DESEO

SUSAN CROSBY

LAS REGLAS DEL DESEO

Editado por Harlequin Ibérica.
Una división de HarperCollins Ibérica, S.A.
Avenida de Burgos, 8B - Planta 18
28036 Madrid

© 2024 Harlequin Ibérica, una división de HarperCollins Ibérica, S.A.
N.º 539 - 25.5.24

© 2005 Susan Bova Crosby
Las reglas del deseo
Título original: Rules of Attraction

© 2005 Susan Bova Crosby
Corazón de olvido
Título original: Heart of the Raven

© 2005 Susan Bova Crosby
Dos extraños y el amor
Título original: Secrets of Paternity
Publicadas originalmente por Harlequin Enterprises, Ltd.
Estos títulos fueron publicados originalmente en español en 2006

I.S.B.N.: 978-84-1062-828-1
Depósito legal: M-6995-2024
Impreso en España por: BLACK PRINT
Fecha impresión para Argentina: 21.11.24
Distribuidor exclusivo para España: LOGISTA
Distribuidor para México: Distibudora Intermex, S.A. de C.V.
Distribuidores para Argentina: Interior, DGP, S.A. Alvarado 2118.
Cap. Fed./Buenos Aires y Gran Buenos Aires, VACCARO HNOS.

Capítulo Uno

El investigador privado Quinn Gerard se arre-
pintió momentáneamente de haber decidido convertirse en una persona respetable siete meses
atrás. Echaba de menos el anonimato, y el peligro.
Desde que había dejado de trabajar por su cuenta
para convertirse en socio de ARC Security & Inves-
tigations, tenía que seguir las reglas del juego, en
vez de ignorarlas o inventar sus propias reglas según le conviniera.

No obstante, había una regla que no había cambiado, la de jamás involucrarse emocionalmente
con una clienta, por tentadora que fuera, y la esbelta rubia de blusa azul eléctrico y falda de cuero
negro que se estaba alejando de su coche era algo
peor que una clienta. Era su objeto de investigación.

En fin, como a cualquier hombre, le estaba permitido admirar el envoltorio, aunque no el conte-
nido. Y en ese momento, aquel envoltorio tenía un
aspecto mucho más interesante que durante los
tres días anteriores que lo había estado vigilando.
De hecho, Jennifer Winston era una cajita de sorpresas ese día. En primer lugar, había salido de su
casa mucho antes de lo acostumbrado. En segundo
lugar, llevaba un ritmo mucho más pausado; normalmente, iba con prisas a todas partes, pero ese
día se movía como si la vida fuera eterna… a menos

que se debiera a que no tenía ganas de llegar al sitio al que se dirigía. En tercer lugar, había tomado prestado el coche de su hermana, un modesto utilitario blanco, en vez de conducir su rojo descapotable. En cuarto lugar, y quizá fuera esto lo más sorprendente, se estaba encaminando hacia el banco de sangre del barrio.

A Quinn jamás se le habría ocurrido pensar que Jennifer Winston pudiera tener una sola gota de compasión en su encantador cuerpo. En ese caso, ¿qué estaba haciendo ahí?

Durante semanas, la habían estado siguiendo las veinticuatro horas del día; primero, los investigadores del fiscal del distrito judicial, y ahora él, Quinn. Según los informes que le habían pasado, la rutina de aquella mujer incluía boutiques de moda, clubes nocturnos frecuentados de San Francisco y lujosos balnearios en el valle del Napa. Llevaba sin trabajar casi medio año, por lo que podía hacer lo que le apetecía en el momento en que le apetecía; en general, se acostaba tarde y no salía de casa hasta pasado el mediodía.

Sospechando el motivo del cambio aquel día, Quinn siguió a la impredecible y sumamente atractiva mujer al interior del edificio en vez de esperar hasta que volviera a su coche. Un cambio en la pauta de comportamiento de un sospechoso resultaba, en muchas ocasiones, en la solución del caso.

La siguió por un ancho pasillo y la vio desaparecer tras una puerta en la que se leía un cartel que decía: *Sala de Donaciones*. Para evitar ser descubierto, Quinn se detuvo a beber agua de una fuente pública y luego fingió leer unos panfletos que había clavados a un tablón de anuncios. Al no verla, se acercó, cruzó el umbral de la puerta...

–¿Ha venido a donar sangre? –alguien casi le gritó a sus espaldas.

El tono de voz empleado no era inquisitivo, sino exigente. Quinn se volvió y miró de arriba abajo a la diminuta mujer de fuerte voz. Apenas le llegaba a la altura del pecho y, al menos, pesaba cuarenta kilos más que ella.

—No, yo...

—¿Por qué no? —preguntó la mujer mientras le miraba de pies a cabeza—. Tiene aspecto sano.

«Porque estoy siguiendo a una mujer que, según el fiscal del distrito, tiene cinco millones de dólares robados escondidos en alguna parte, por eso».

—Porque no tengo tiempo —respondió Quinn.

—No se tarda mucho —comentó aquella apisonadora humana—. La operación se realiza en un abrir y cerrar de ojos.

La tarjeta de identificación llevaba el nombre de Lorna, una voluntaria. Quinn la ignoró y, al pasear los ojos por la estancia, los detuvo en la señora Winston. La señora Winston se había puesto una bata morada encima de su ropa y estaba colocando galletas en una bandeja al lado de un cartón de zumo. ¿Jennifer Winston ocupándose del zumo y las galletas? No podía creerlo... a pesar de haber pensado que esa mujer llevaba una doble vida.

—¿Lo asustan las agujas? —le preguntó Lorna.

—Sí —respondió Quinn con una fría y directa mirada.

Al cabo de unos segundos, Lorna sonrió.

—No lo creo. Vamos, venga conmigo.

Quinn pensó que, como no era probable que la señora Winston se marchara a ninguna parte, él podía cumplir con un deber cívico al tiempo que la vigilaba. Era algo arriesgado estar tan cerca de ella, ya que esa mujer podría reconocerlo posteriormente, pero decidió correr el riesgo.

Respondió a una larga lista de preguntas relacionadas con su salud, le miraron el nivel de hierro y luego lo hicieron tumbarse en una camilla. Miró al objetivo de sus pesquisas mientras una enfermera le introducía una aguja en el brazo. Lorna y la señora Winston estaban riendo. Hasta ese momento no la había visto sonreír.

La señora Winston movió la melena rubia en forma coqueta, alzó la mano para saludar a la persona que acababa de entrar en la sala… y fue entonces cuando se fijó en él.

A una distancia de diez metros, Quinn la vio interrumpir la conversación, su sonrisa desapareció.

¿Se había dado cuenta de quién era? Estaba alerta, dispuesto a correr detrás de ella si decidía salir corriendo. Pero en ese momento, Lorna le dio con el codo y le dijo algo que a la señora Winston le hizo bajar la cabeza sonrojada.

Quinn se tranquilizó. ¿Se había tratado de una de esas cosas que ocurren entre los hombres y las mujeres? Una idea interesante. En su opinión, una de las razones por las que el objeto de su investigación no había reparado en él era debido a su aspecto normal. Nada extraordinario en persona física.

No obstante, el magnetismo animal a veces no tenía explicación. Al ver que la señora Winston lo miraba, el pulso se le aceleró. Una reacción perfectamente lógica, teniendo en cuenta el riesgo que corría a que ella lo identificara en el futuro.

Transcurrieron unos minutos más. Ella lo miraba de vez en cuando. Él no fingió desinterés, tras decidir que podía cambiar de táctica, utilizando una mucho más personal para vigilarla. Por supuesto, requeriría desempeñar un papel mucho más activo por su parte, fingir no saber que al novio de ella lo habían metido en la cárcel por malversación de fondos y que se sospechaba que ella había sido su cómplice.

Sin embargo, Quinn tenía que tener mucho cuidado. Al aceptar trabajar en este caso para el fiscal del distrito, se había convertido en un policía, lo que significaba actuar dentro de los límites que imponía la ley.

La señora Winston avanzó unos pasos hacia él y luego se detuvo. Quinn le sostuvo la mirada. Ella se acercó más, lo suficiente para que él pudiera verle los ojos. Azules. Azul brillante, no marrones.

El estómago le dio un vuelco. Sintió algo parecido a pánico.

Esa mujer no era Jennifer Winston, sino su medio hermana, Claire. Maestra, de ojos azules, de cabellos castaños hasta ese día… la hermana buena.

Se maldijo a sí mismo. Jennifer había escapado a su vigilancia. Podía marcharse de la ciudad y nadie la encontraría; sobre todo, si tenía los cinco millones de dólares que su novio había robado.

—Sáqueme la aguja —le ordenó Quinn a la enfermera.

La hermana buena se detuvo y empezó a retroceder mientras la enfermera decía:

—Es sólo un momento más…

—O me la saca ahora mismo o lo hago yo —Quinn hizo amago de ir a quitarse la aguja.

—¡No, lo haré yo! —la enfermera le apartó la mano, le sacó la aguja y le puso un poco de gasa en el lugar que había ocupado la aguja.

Con el dedo pulgar encima de la gasa, Quinn bajó los pies de la camilla. Tenía que ver si Jennifer Winston se había marchado de la ciudad, si su hermana había sido una trampa para despistarlo. Pero… ¿qué otra cosa podía ser?

—Tiene que sentarse un momento y tomar un zumo y unas galletas —le dijo la enfermera—. Claire lo acompañará.

Quinn se puso en pie y, de repente, la habitación empezó a darle vueltas.

—¡Eh, tengo que ponerle una venda! —oyó la voz como si procediera del fondo de un túnel.

Quinn dio un paso. De repente, todo se volvió oscuro. Sintió náuseas.

—Respire profundamente. Baje la cabeza.

—Baje…

—Les pasa siempre a los hombretones —le dijo Lorna a Claire después de que el increíblemente atractivo hombre se derrumbara en el suelo—. Voy a quitarle las llaves del coche porque tengo la impresión de que se va a negar a quedarse aquí un rato hasta que se encuentre mejor.

Claire se quedó mirando al hombre, que seguía inconsciente, mientras Lorna, rebuscando en sus bolsillos, sacó unas llaves. Había sido su intención coquetear con él, poner a prueba la teoría de que las rubias tenían más éxito con los hombres. La noche anterior, su primera noche de las vacaciones de verano, su hermana la había convencido para teñirse el pelo y cambiar de aspecto. Aquella mañana, incluso se había puesto ropa de Jenn, porque la suya no iba con la imagen de rubia coqueta. Cuando aquel desconocido la miró, le pareció que estaba interesado en ella. Ahora, después del desmayo, estaría demasiado avergonzado de sí mismo para atreverse a dirigirle la palabra.

Quizá fueran sólo ciertas rubias las que tenían más éxito…

—Señor Gerard —dijo Lorna, agachada al lado de él, mientras la daba unas suaves palmadas en las mejillas.

Él abrió los ojos. Miró a su alrededor y luego clavó la mirada en Claire.

Los ojos de ese hombre eran castaños con destellos dorados, como el ámbar. El pelo era negro y lo llevaba corto. Debía de tener treinta y tantos años. Su cuerpo, cubierto con unos pantalones vaqueros y un jersey gris, era sólido y musculoso, y sobrepasaba el metro ochenta de estatura. Era un hombre de estilo duro y sumamente atractivo.

¿Por qué, de repente, había tenido tanta prisa por marcharse? Y había ocurrido al fijarse en ella, aunque no podía haberse debido a que, súbitamente, le hubiera dado un ataque de timidez.

Por fin, el hombre se incorporó hasta sentarse en el suelo.

—Zumo y galletas, señor Gerard —dijo Lorna—. No le voy a permitir que salga de aquí sin haber comido antes.

—¿Cree que puede impedirme salir de aquí? —dijo él en tono desafiante.

Al ponerse en pie, se balanceó ligeramente.

Claire se le acercó, dispuesta a sujetarlo si perdía el equilibrio.

Lorna agitó las llaves que tenía en la mano.

—¿Tiene la costumbre de aprovecharse de los hombres que pierden el conocimiento? —le preguntó él a Lorna.

—¿Necesita una silla de ruedas para ir a la mesa de Claire? —preguntó Lorna a su vez.

—No, puedo arreglármelas yo solo —respondió él conteniendo una sonrisa.

—Supongo que hablaba en serio al decir que le daban miedo las agujas —comentó Lorna.

—Es posible —el hombre miró a Claire—. Vamos, guíeme.

A Claire le gustó la forma como ese hombre se había acoplado al cambio de circunstancias; sobre todo, teniendo en cuenta la prisa que había tenido por marcharse hacía unos momentos.

—¿Zumo de naranja, de manzana o de frambuesa? —le preguntó ella.

–De naranja, gracias –el hombre se sacó del bolsillo un teléfono móvil en el momento en que se hubo sentado–. Cass, ya sé que es muy probable que acabes de acostarte, pero creo que la hemos perdido… Sí, estoy casi seguro.

Claire le sirvió el zumo. Después, empujó hacia él la bandeja con galletas.

–Es una larga historia. Necesito que vayas ahí y veas qué es lo que pasa… Sí. Lo más probable es que sea demasiado tarde, pero hay que asegurarse. Llámame.

Plegó el teléfono móvil y lo dejó encima de la mesa.

–Gracias.

–De nada –respondió Claire.

Quinn bebió la mitad del zumo.

–¿Se marea con frecuencia la gente que viene aquí?

–No es usted el primero.

–Ah, muy diplomática –Quinn acabó el zumo y lo empujó hacia ella para que volviera a llenárselo; después, agarró una galleta y mordió un trozo–. ¿Lleva mucho tiempo trabajando aquí?

–Desde marzo, trabajo aquí como voluntaria un sábado al mes; pero ahora, con las vacaciones de verano, voy a venir a ayudar un día a la semana.

–¿Es usted estudiante?

Claire sabía que parecía más joven de lo que era.

–No, soy maestra.

–¿Lleva mucho tiempo de maestra?

¿Acaso ese hombre estaba intentando averiguar su edad?

–Cuatro años.

«Tengo veintiséis. ¿Demasiado joven para usted?».

–¿Cuánto más voy a tener que esperar a que la sargento me devuelva las llaves?

Claire sonrió.

–Una media hora, hasta que estén seguros de que está bien.

Quinn se acabó la galleta.

–Es la primera vez que me desmayo –dijo él.

Claire se sentó y sonrió. Era un hombre normal, preocupado por dar la impresión de debilidad.

–Lo digo en serio –insistió él.

–Lo creo.

–Se está riendo de mí.

–No, sólo de su ego. Le aseguro que el hecho de que no le gusten las agujas no lo desmerece en nada.

–¡Qué alivio!

Ella se echó a reír y él pareció relajarse un poco, o quizá fuera sólo resignación.

–Me llamo Quinn Gerard –dijo él ofreciéndole la mano.

–Y yo Claire Winston –la mano de él le cubrió completamente la suya. Era una mano cálida y… ridículamente excitante.

–¿Por qué se ha ofrecido para trabajar como voluntaria, Claire Winston?

La emoción se le concentró en la garganta. Después del tiempo que había pasado, debería saber controlarse mejor.

–Hace seis meses, mis padres sufrieron un accidente automovilístico. Mi padre murió en el acto, pero mi madre sobrevivió unos días más; en parte, gracias a una transfusión de sangre. Luego, se complicaron las cosas y también falleció. Pero el tiempo extra sirvió para poder despedirnos.

–Lo siento –dijo él tras titubear unos segundos.

–Este trabajo es de gran importancia. Yo ayudo en lo que puedo.

Él pareció medir sus palabras antes de hablar.

–¿Le gusta la enseñanza?

11

El cambio en la conversación le hizo a Claire guardar silencio unos segundos.

—Me encanta. Siempre quise ser maestra. ¿Y usted? ¿A qué se dedica?

—A descubrir diferentes formar de conocer a mujeres interesantes.

Ese hombre sabía seducir.

—¿Y le pagan por ello? —preguntó Claire en tono burlón, sintiéndose halagada; pero, simultáneamente, con precaución.

Antes de que Quinn pudiera responder un grupo de personas entró en la sala silenciosamente. Por las expresiones de sus rostros, Claire supuso que eran los familiares y amigos de alguien necesitado de una transfusión. Ese tipo de donantes solía entrar en grupo y raramente sonreía.

Lorna lanzó una mirada a Claire, rogándole ayuda en silencio.

—Disculpe —le dijo ella a Quinn—. Me necesitan. Coma y beba tanto como quiera.

Después de unos minutos, el teléfono de él sonó. Claire lo vio pasarse una mano por el rostro antes de colgar. Sus miradas se encontraron y él le señaló el reloj, haciéndole la pregunta con un gesto.

Claire se acercó a Lorna.

—El señor Gerard se está poniendo nervioso.

—Tómale la tensión y el nivel de azúcar en la sangre. Sabes hacerlo, ¿verdad?

Sí, sabía hacerlo. Con el equipo en la mano, Claire se acercó a la mesa. El pulso se le aceleró, pero decidió no disimular.

—Si pasa la prueba, puede marcharse —le dijo Claire mientras se ponía los guantes de goma.

Quinn se quitó el jersey, debajo llevaba una camiseta blanca que destacaba su piel color oliva y los bíceps.

Claire le ajustó en el brazo el implemento para

medir la tensión. Había realizado la operación con anterioridad; sin embargo, en esta ocasión, la piel pareció prenderse fuego.

—No se viste como las maestras, ¿lo sabía? —comentó él.

Sus ojos se encontraron.

La falda de cuero, la blusa ajustada…

—¿Cómo se visten las maestras?

—Con ropa práctica.

Claire le quitó el aparato de medir la tensión sin decir nada. Tenía trabajo, era hora de dejar de coquetear con los donantes de sangre.

—La tensión es normal. Puede marcharse.

—Señorita Winston… Claire.

—¿Sí?

Tras vacilar unos segundos, Quinn se puso en pie.

—Que pase un buen día.

—Gracias, usted también.

Claire lo vio acercarse a Lorna para recoger sus llaves. Luego, él le lanzó una última mirada. El corazón le dio un vuelco. Era una locura, ese hombre era un perfecto desconocido. Un moreno desconocido que ni siquiera le había dicho en qué trabajaba, evadiendo la pregunta. Había coqueteado con ella, eso era todo.

Claire se dio media vuelta; entonces, sintió que alguien le daba con los dedos en el hombro.

Él había vuelto.

—¿A qué hora sale de trabajar? —le preguntó.

—A las cuatro.

Él asintió y se marchó.

Intrigada, Claire sonrió. Quería una aventura y parecía que iba a conseguirlo.

Capítulo Dos

Quinn llevaba horas dentro del coche, aparcado delante de la casa de Claire Winston; una vieja, pero bien cuidada construcción victoriana en la zona de Noe Valley, San Francisco. No había señales de vida dentro de la casa, pero tampoco había esperado que las hubiera. Unos días atrás, Jennifer se había acercado al coche del investigador oficial asignado a vigilarla y le había lanzado un reto; el incidente fue el motivo de que lo contrataran a él, dada su reputación de buen profesional.

Pero Jennifer debía de haber advertido su presencia también, lo que la llevó a utilizar a su hermana para suplantarla. ¿Estaba Claire implicada voluntariamente? No podía estar seguro, pero era sospechoso que, de repente, Claire se hubiera teñido el cabello, hubiera aparcado el coche en la calle en vez de meterlo en el garaje y que su hermana hubiese desaparecido. Todo eso a él le parecía bien pensado.

Lo enfadaba que Jennifer lo hubiera descubierto, nadie lo había hecho hasta entonces. ¿Cómo iba a explicarle a Magnussen, el fiscal del distrito, que había cometido el mismo error que los investigadores que lo habían precedido, dejarse descubrir?

Quinn se miró el reloj. Casi las cinco. Claire acababa el trabajo a las cuatro, ya debía de estar a punto de llegar… a menos que se fuera con ese sexy atavío a otra parte.

Gente subiendo y bajando la calle. Un típico sá-

14

bado de junio, el cielo nublado y la temperatura fresca. Hasta el momento, nadie lo había denunciado por llevar tiempo aparcado ahí dentro del coche, cosa que ocurría con cierta frecuencia en su trabajo cuando estaba vigilando a alguien.

La suerte estaba de su parte. Vio el coche de Claire. La puerta del garaje se abrió. Claire iba a entrar, pero detuvo el coche. El descapotable rojo de Jennifer ocupaba el espacio.

Quinn lanzó un quedo silbido. Menos mal, Jennifer no había escapado. Menos mal.

Vio a Claire aparcar en la calle y luego salir del coche con dos bolsas de la compra en los brazos. Caminó hasta su casa y entró.

Quinn cambió de postura en el asiento del coche, contento de no tener que informar al fiscal del distrito que había perdido a la sospechosa. Era sábado, noche de salir por ahí. Jennifer abandonaría la casa y él la seguiría.

Después de varias horas de vigilancia, Jennifer aún no había salido.

Claire dio un paso atrás para mirar las cortinas que acababa de colgar, el primer paso para cambiar la decoración de la antigua habitación de sus padres, que ahora iba a ser la suya. Habían tenido que transcurrir seis meses desde la tragedia para atreverse a pensar que podría dormir ahí.

Miró al perro que estaba a sus pies.

—¿Qué te parecen las cortinas, Rase? —le preguntó al perro.

El animal movió la cola y Claire se agachó a su lado para acariciarlo.

—¿No te parecen preciosas? —continuó Claire al tiempo que se sentaba en el suelo con las piernas cruzadas.

Se le estaba pasando la desilusión que se había llevado al salir del trabajo y ver que Quinn Gerard no la estaba esperando. En realidad, debería sentirse aliviada. Ese hombre debía de ser un delincuente... o un imbécil.

—No se merece que piense en él, ¿verdad? —preguntó al perro.

Rase alzó las orejas; después, salió de la habitación y bajó las escaleras corriendo y ladrando. Un momento después sonó el timbre de la puerta.

Eran casi las diez y el timbre volvió a sonar.

El perro continuó ladrando mientras Claire se preguntaba quién podría ser a esas horas. Debía de tratarse de algún amigo de Jenn, alguien que no sabía...

Claire agarró el teléfono inalámbrico y se dirigió a la puerta sin encender las luces a su paso, la luz de la farola de la calle iluminaba las escaleras lo suficiente para bajarlas sin problemas. De esa manera, podía fingir que no había nadie en la casa.

Al llegar a la puerta, miró por el ojo de buey. Como la luz del porche no estaba encendida tampoco, sólo vio una silueta masculina.

¿Qué iba a hacer?

—Sé que estás ahí —dijo la voz de un hombre.

Claire dio un salto atrás.

—¿Quién es? —preguntó ella sobresaltada.

—Quinn Gerard.

¿Quinn, el donante de sangre?

Claire volvió a mirar por el ojo de buey, pero seguía sin poder verle el rostro. ¿Cómo sabía ese hombre...? ¿La había seguido?

Claire se cubrió la boca con la mano. ¿Cómo podía ser tan tonta? Le había dicho a qué hora salía del trabajo y él la había seguido hasta su casa.

—Por favor, abre la puerta. Necesito hablar contigo —insistió él.

—Me has seguido. Si no te marchas de aquí voy a

llamar a la policía –dijo Claire, y tenía intención de hacerlo.

–No es necesario que lo hagas –dijo Quinn alzando la voz, pero con calma–. Estoy trabajando para el fiscal del distrito. Si abres la puerta te enseñaré mi carné.

¿El fiscal del distrito? Claire se tranquilizó ligeramente, pero no iba a abrir la puerta.

–¿Qué es lo que quieres?

–En primer lugar, que le digas a tu perro que deje de ladrar para así no tener que hablarte a gritos. A menos, por supuesto, que quieras que tus vecinos oigan lo que hablamos.

En eso, tenía razón.

–Siéntate y cállate –le dijo Claire al perro.

Rase movió la cola, ladró una vez más y se sentó. Ella suspiró.

–Bien. Ahora ya puedes decirme qué es lo que quieres.

–Preferiría decírtelo cara a cara.

–Lo que tú prefieras me da igual.

Se hizo una pausa. El tic tac del reloj de su abuelo se hizo más pronunciado en el silencio.

–Si no me dices ahora mismo a qué has venido, llamaré a la policía –dijo Claire.

–Quiero hablar contigo sobre tu hermana Jennifer.

Claire cerró los ojos. Estupendo. Sí, estupendo. Debería haberlo imaginado. Lo mismo que debería haber imaginado que ese hombre no se había sentido atraído hacia ella. Jennifer y ella eran como el día y la noche. En primer lugar, ella era honesta.

–¿Me has seguido cuando salí del banco de donación de sangre?

–Te seguí hasta el banco de donación de sangre, creía que eras tu hermana. Dime, ¿está tu hermana en casa?

—No.

Se hizo un prolongado silencio.

—¿Va a volver pronto? —preguntó él por fin.

Claire apoyó la frente en la puerta.

—No.

Estaba cansada de disculpar a Jenn, que era dos años mayor que ella, pero que jamás se había comportado como la hermana mayor.

—Claire, ¿se ha marchado tu hermana?

Él le hizo la pregunta con voz queda, casi en tono comprensivo.

—Sí —respondió Claire al cabo de unos segundos.

Jenn se había llevado muy pocas cosas. Tan pocas que Claire no se habría dado cuenta de que se había marchado de no ser porque había dejado...

—¿Cómo lo sabes? —preguntó él.

—Porque ha dejado una nota.

—¿Puedo verla?

—No.

Claire no iba a abrir la puerta a un hombre que había fingido sentirse atraído hacia ella, que la había seducido con su mirada... No, prefería un hombre honesto y aburrido.

—¿Por qué no se ha llevado su coche?

—No lo sé. Vete.

—¿Conoces el motivo por el que el fiscal del distrito está detrás de ella? —preguntó Quinn.

Conociendo a Jenn, podía creer cualquier cosa. Al fin y al cabo, había sido la amante de un broker que había robado millones a sus clientes. Jenn era tan ingenua como esos clientes, por lo que podía considerarse con suerte de que el broker no le hubiera robado a ella también.

—El fiscal cree que tu hermana tiene el dinero que Craig Beecham ha robado —dijo Quinn al ver que Claire no contestaba—. O, al menos, que sabe dónde está el dinero.

–En el juicio se vio que Jenn no sabía nada del asunto.

–Se la está investigando porque nadie cree lo del juicio. ¿Adónde crees que ha ido con cinco millones de dólares, Claire?

–Jenn no tiene ese dinero –Jenn se lo había asegurado. Su hermana podía ser egoísta e inmadura, pero no era una delincuente–. Heredó bastante dinero cuando mis padres murieron, la misma cantidad que el valor de esta casa, que es lo que yo he heredado. Mi hermana tiene dinero.

Más de lo que debería, pensó Claire. Y se lo estaba gastando a toda velocidad. Joyas, coches…

–Mi hermana no necesita más dinero –insistió Claire.

–Todo el mundo quiere más dinero del que tiene, pero espero que tengas razón. Buenas noches.

Claire se acercó a la ventana a tiempo de verlo meterse en su sedan gris. Esperó a que se marchara. No lo hizo.

Quince minutos más tarde, Quinn seguía en su coche. Media hora más. Una hora. Claire subió a su dormitorio y se sentó delante de la ventana. Transcurrió otra hora. Entonces, otro coche se detuvo junto al de Quinn y permaneció allí un minuto antes de retroceder unos siete metros. Quinn se marchó y el otro coche ocupó su lugar.

Cambio de guardia. Dándose por vencida, Claire se metió en la cama, pero casi no durmió. Cuando amaneció, se asomó a la ventana y vio que el coche seguía ahí. ¿Por qué? Ya sabían que Jenn se había marchado.

Después de darse una ducha y vestirse, Claire bajó al cuarto de estar para, desde la ventana, poder ver con claridad al conductor. Era una mujer.

Claire no podía vencer el sentimiento de culpa

que se había apoderado de ella el día anterior al volver a casa y verla vacía, a pesar de que Jenn sólo había hecho lo que ella le había pedido. Debería estar celebrando que Jenn se hubiera marchado; sin embargo, no hacía más que merodear alrededor de la ventana sintiéndose culpable.

Estaba cansada. Tener a Jenn en su casa durante los últimos seis meses y durante el juicio del novio de su hermana había sido un ejercicio agotador; sobre todo, teniendo en cuenta que aún no se había recuperado de la pérdida de sus padres. Además, era posible que no sólo estuviera cansada, sino también enfadada. Sabía que su hermana la había manipulado y la había utilizado; aunque era culpa suya, conociendo a Jenn como la conocía.

Necesitaba estar sola, necesitaba a Jenn fuera de su vida. Y, por fin, así era.

No obstante, ahora se sentía prisionera en su propia casa. La estaban vigilando, quizá para ver si se ponía en contacto con su hermana.

Su medio hermana.

En ese momento, Rase se acercó a ella con la correa en el hocico. Al lanzar otra mirada a la ventana, Claire vio llegar en su coche a Quinn Gerard.

Claire sonrió.

—¿Listo para correr un rato? —preguntó Claire agarrando la correa para atarla al collar.

Rase dio un ladrido y agitó la cola.

—Eres un chico muy listo —dijo Claire—. Vamos a ver si el señor Gerard está en tan buena forma como aparenta.

Capítulo Tres

Quinn detuvo el coche al lado del de Cassie Miranda, se inclinó sobre el asiento contiguo al del conductor y, por la ventanilla, le pasó un vaso de café. Cassie era una de las investigadoras que había contratado a finales del año anterior. Había vigilado a Jennifer y también a Claire.

–Gracias –dijo ella, aspirando el aroma antes de beber–. Nada nuevo en la casa, excepto que ha abierto la persiana para mirar por la ventana hace un rato.

–No parece que vaya a escapar, ¿verdad?

–No tiene motivo para hacerlo –admiraba a Claire por haberse enfrentado a él la noche anterior, por no haberlo dejado entrar en su casa–. Bueno, es probable que te vea luego en la oficina.

–Voy a dormir un rato antes de ir a la oficina.

–Eh, es domingo, tómate una hora extra.

–¡Vaya, qué generoso, jefe! –Cassie puso en marcha el motor–. A propósito, ¿por qué seguimos con este asunto? Ya hemos terminado, no tenemos a quién vigilar.

Cierto. Pero Quinn pensaba que su presencia podría facilitarle las cosas a Claire… si ella no estaba demasiado enfadada con él. Se había encontrado en una situación similar con anterioridad y no había olvidado lo difícil que era recuperarse cuando a uno le invadían la vida privada.

–Está sacando al perro a dar un paseo –observó Cassie–. Bueno, me marcho.

Quinn lanzó una maldición. Apostaba a que Claire había esperado a propósito a que él sustituyera a Cassie. ¿Qué pensaba que iba a hacer, seguirla? Claire debía de suponer que estaba esperando a su hermana.

Aunque no era así.

Al mirarla por la ventanilla abierta, ella le sonrió. Después, empezó a hacer jogging con el perro a su lado.

¿Lo estaba desafiando?

Le faltó tiempo para seguirla, observando el balanceo de la cola de caballo al ritmo de los pasos. Le dio alcance pronto, pero continuó detrás de ella, disfrutando la vista. Tenía unas piernas espectaculares.

Claire aceleró el ritmo. El perro ladró y también aceleró su marcha.

A Quinn le había gustado la falda de cuero del día anterior. Ese día, Claire llevaba unos pantalones cortos, una camiseta y la chaqueta de un chándal atada a la cintura.

Él también se quitó la chaqueta del chándal, sintiendo no haber adivinado que iba a correr. Por suerte, llevaba zapatillas de deporte, la mayoría de las veces llevaba botas.

Se sentía bien. Estaba encantado con ese trabajo en concreto. La rubia teñida de largas piernas y su acompañante de cuatro patas lo habían puesto de muy buen humor.

De repente, Claire se dio media vuelta y corrió hacia él, su perro siguiéndole los talones. ¿Volvía a casa ya? Debía apartarse para cederle el paso…

–No tiene sentido que vayas detrás, será mejor que corras a nuestro lado –dijo ella deteniéndose delante de él, pero aún moviendo las piernas.

El perro empezó a dar saltos a su alrededor, ladrando.

–Quieto, Rase.

–¿A eso lo llamas dar una orden?

Claire apretó los labios. El perro continuó dando saltos.

–Ya veo cómo te obedece –Quinn miró al perro y adoptó un tono autoritario–. Siéntate.

Inmediatamente, el animal se sentó.

Claire dejó de mover las piernas.

–¿Cómo has…? Traidor –le dijo a su perro–. Eres un traidor. A mí nunca me hace caso.

–Eso es porque le dices que se esté quieto, no que se siente –Quinn se agachó ligeramente para acariciar la cabeza del animal y miró a Claire–. ¿Rase?

–Es diminutivo de Eraser –Claire rascó las orejas a su perro–. Debía de tener otro nombre, pero lo saqué de la perrera. Ya tenía dos años.

Claire se enderezó y añadió:

–Bueno, vamos.

Corrieron cuesta arriba, aunque no era una cuesta muy pronunciada tratándose de San Francisco, pero lo suficiente para no hablar mucho mientras corrían.

–Le salvaste la vida –le dijo Quinn a Claire. No lo sorprendía que hubiera salvado a un perro condenado a pena de muerte.

–En cierta manera, él también me salvó la mía. Digamos que nos necesitábamos el uno al otro.

¿Por sus padres o por su hermana? Intentó no sentir compasión por ella. La gente no veía con objetividad a su propia familia. A él le había ocurrido dos veces. Al parecer, Claire era una persona inocente: realizaba trabajo voluntario en un banco de donación de sangre; era maestra de niños, nadie más inocente que ellos; salvaba a perros y… parecía tener fe ciega en su hermana.

Pero también le resultaba difícil imaginar que

Jennifer lograra convencer a Claire de hacer algo que ésta no quisiera hacer. Claire tenía firmeza de carácter; en cuyo caso, ¿por qué se había teñido de rubia? ¿Por qué el cambio de estilo de ropa? Se trataba de un cambio drástico.

¿La había convencido Jennifer de que necesitaba un cambio? A él le resultaba difícil creer que hubiera sido idea de Claire. Jennifer necesitaba escapar a la vigilancia a la que estaba sometida; por lo tanto, había utilizado a su hermana para conseguirlo.

Quinn dejó de hacerse preguntas que no podía contestar y se concentró en la carrera. Se sentía bien, últimamente no se tomaba tiempo de ocio. ¿Últimamente? Casi se echó a reír. Hacía ejercicio porque tenía un gimnasio en casa, pero el ocio era algo casi desconocido para él. Por eso salía con mujeres de carrera y entregadas a su profesión, porque ese tipo de mujeres no le exigía nada… a excepción de las abogadas, que hacían demasiadas preguntas.

A una manzana de distancia de la casa de Claire, Quinn vio a dos hombres esperando al pie de las escaleras de la entrada. Los conocía. Sabía por qué estaban allí.

Claire aminoró la marcha. Quinn también. Rase empezó a ladrar mientras se acercaban.

—No —ordenó Quinn.

El perro cerró el hocico y luego miró a Quinn con adoración.

Claire lanzó un sonoro suspiro.

—A los perros les gusta que se les ponga límites —dijo Quinn.

Claire volvió la cabeza y miró a los dos hombres que ahora los estaban observando.

—¿Amigos tuyos?

—Los conozco.

A Quinn le pareció admirable que Claire no mostrara miedo.

—Gerard —dijo el más alto de los dos hombres a modo de saludo.

—Santos —respondió Quinn.

—Hemos venido para relevarte —le dijo el hombre a Quinn.

Peter Santos era el investigador del fiscal del distrito al que Jennifer había descubierto, motivo por el que lo habían contratado a él, a pesar de ser investigador privado. Jennifer también lo había descubierto a él, una razón más para considerarla culpable; de no serlo, no estaría tan alerta.

—Creo que voy a quedarme —dijo Quinn—. Ésta es Claire Winston.

—Señorita Winston, soy Meter Santos, de la oficina del fiscal del distrito. ¿Podríamos entrar?

—¿Tengo alternativa? —preguntó ella a modo de respuesta.

Pero Claire subió los escalones hasta la puerta sin esperar a que Santos respondiera a su retórica pregunta. Cuando todos estuvieron en el vestíbulo, Santos le ofreció un papel.

Rase ladró.

—Enseguida vuelvo —dijo Claire sin aceptar el documento—. Voy a encerrar al perro en la cocina.

Cuando Claire volvió, estaba tranquila. También se había puesto la chaqueta del chándal.

Santos le dio el papel.

—Es una orden oficial, señorita Winston.

—¿Una orden de qué?

—Es una orden para que me dé la nota que su hermana Jennifer Winston le escribió.

Claire miró a Quinn con expresión dolida.

—¿Tres hombres para darme un papel y recibir otro a cambio? —preguntó Claire—. Deben de haber oído hablar de mi cinturón negro de karate.

Santos ignoró la broma. Quinn se aclaró la garganta. En realidad, tenía gracia que hubiera tres hombres enfrentándose a esa esbelta maestra de reputación impecable.

Claire se tomó su tiempo para leer el papel.

—Señorita Winston —empezó a decir Santos—, lo único que dice es...

—Sé leer.

Claire abrió el cajón de la consola del vestíbulo, sacó un papel y se lo dio a Santos.

Santos lo miró. Quinn extendió la mano y Santos le dio la nota, quizá porque no quería discutir con él delante de Claire.

Querida Claire: Estoy haciendo lo que me pediste que hiciera. Te llamaré. Un abrazo, Jenn, leía la nota.

—¿Qué quiere decir con eso de que está haciendo lo que usted le pidió? —preguntó Santos.

—Anteanoche le di un ultimátum para que se buscara un piso y se fuera de esta casa.

—¿Por qué?

—Porque ya llevaba demasiado tiempo aquí.

—Pero ha dejado su coche en el garaje.

—Y no sé por qué. Supongo que volverá a recogerlo.

Santos le quitó la nota a Quinn.

—Usted se ha teñido el pelo.

Claire arqueó las cejas. A Quinn le pareció que tenía un aspecto magnífico, altivo y frío.

—¿Y qué? —preguntó ella.

—Ahora se parece mucho a su hermana. ¿Era su intención hacerse pasar por su hermana para que ésta pudiera escapar, señorita Winston?

—Sólo estoy obligada a darle la nota. Ya he respondido a preguntas sin tener que hacerlo. Me parece que es hora de que se vayan.

La puerta de la entrada seguía abierta y Claire, con un gesto, les indicó que se fueran.

Quinn se hizo a un lado para dejar salir a los dos investigadores.

–Usted también, señor Gerard –dijo ella, pero con los ojos fijos en los otros dos hombres que se dirigían a su coche.

Pero Quinn vio una debilidad en ella que Santos no había advertido.

–Me gustaría hablar contigo –dijo Quinn.

–No tengo nada que decir.

–Pero yo sí. Me quedaré aquí, en el vestíbulo, con la puerta abierta. O, si lo prefieres, saldré afuera –Quinn sacó de una cartera de cuero una tarjeta y se la dio a Claire–. Yo no trabajo en la oficina del fiscal del distrito. Soy investigador privado y tengo mi propia oficina. El trabajo que he hecho para ellos terminó en el momento en el que tu hermana se marchó. Lo que quiero hablar contigo es personal, es sólo entre tú y yo.

Quinn recordó lo traicionado que se sintió unos años atrás, pero controló la emoción. Sabía cómo se sentía Claire en esos momentos. Y eso era lo que quería decirle, tenía pocas dudas respecto a que Claire fuera víctima inocente de las maniobras de su hermana.

–Sabías que nos estaban esperando a la vuelta de hacer jogging –dijo ella en tono acusatorio.

–Sabía que vendrían hoy, pero no cuándo.

–Les dijiste lo de la nota.

–No tenía alternativa.

–Sí la tenías.

–No. Claire, ¿estás preocupada por tu hermana?

–¿Preocupada?

–Ayer, después de volver a tu casa, no encendiste ni una sola luz del piso de abajo. Por eso es por lo que llamé a la puerta y por lo que sabía que pasaba algo. Si tu hermana sólo hubiera hecho lo que tú le habías pedido, marcharse de tu casa, tú habrías encendido las luces y habrías hecho tu vida normal.

Claire dejó caer los hombros y cerró los ojos.

—Lo que me digas va a quedar entre tú y yo —dijo Quinn con la esperanza de que Claire decidiera deshacerse de la carga que llevaba.

Él había pasado por la misma situación. La comprendía.

—No se ha llevado sus cosas —dijo Claire con expresión confusa.

—¿Nada?

—Bueno, se ha llevado sus joyas, pero no la ropa; al menos, no mucha. ¡Y el coche! Adora ese coche.

—¿A qué crees que se debe?

—No lo sé. Ojalá lo supiera.

Quinn titubeó un momento antes de preguntar:

—¿Podríamos sentarnos?

Claire asintió. Después de sentarse en el sofá, él la vio acariciar con los dedos la tarjeta que le había dado.

—¿Qué representan las siglas ARC? —preguntó Claire.

—Son las iniciales de los tres socios originales de la empresa: Alvarado, Remington y Caldwell. Ahora yo también soy socia.

—¿Llevan ellos mucho tiempo en este trabajo?

—Unos ocho años. Trabajaban en Los Angeles. Me encargaron abrir la oficina de aquí el año pasado después del Día de Acción de Gracias, pero llevo trabajando como investigador privado diez años.

—¿Por qué estabas trabajando para el fiscal del distrito?

—Tu hermana descubrió a los que la estaban siguiendo, por eso el fiscal me contrató a mí para que los relevara. Soy bastante bueno en mi trabajo.

—Esta vez no.

–Supongo que a mí también me descubrió.

Quinn sabía que Claire estaba haciendo tiempo.

–Jenn no tiene el dinero –dijo Claire por fin.

–¿Por qué estás tan segura?

–Porque me dijo que no lo tenía.

–¿Es honesta?

Claire abrió la boca para contestar, pero la cerró.

–Normalmente, sí. Brutalmente honesta.

Quinn se inclinó hacia delante, apoyando los brazos en los muslos.

–¿Por qué te has teñido el pelo?

Claire se pasó una mano por la cola de caballo.

–Me apetecía un cambio.

–¿Idea tuya?

–No del todo.

–¿Se le ocurrió la idea a tu hermana?

–Jennifer me dijo que las rubias…

–¿Se divierten más que las morenas? –concluyó él por ella.

–Sí.

–¿Y la ropa? Me refiero a la ropa que llevabas ayer.

–Parte del cambio. Y sí, también fue idea suya. Pero yo no tenía por qué hacerle caso y ella no podía forzarme.

Quinn conocía los métodos de manipulación. Algunas personas eran excelentes.

–Lo hicimos así, sin más, para celebrar el comienzo de las vacaciones de verano.

–¿Ella también ha realizado cambios en su aspecto físico?

Claire frunció el ceño.

–¿Te refieres a si ha hecho cambios para parecerse a mí?

–Sí.

–Crees que ha escapado, ¿verdad?

–Podría ser.

–En la nota dijo que me llamaría. ¿No significa eso que no está escapando ni escondiéndose?

Quinn no respondió. Él sabía algo que Claire desconocía: a su hermana la seguía alguien que no trabajaba para el fiscal del distrito. Quinn lo había visto y había informado de ello al fiscal. Lo más probable era que se tratara de alguien que el novio de Jennifer, desde la cárcel, había logrado contratar; por lo tanto, debía de creer que Jennifer suponía un peligro para él. Y, por lo tanto, Jennifer sabía más de lo que había reconocido saber en el juicio.

–Tú no la crees –dijo Claire con fría mirada.

–No la conozco.

–Bueno, si de algo estoy segura es de que Jennifer jamás se teñiría de castaña ni llevaría la ropa que yo llevo.

–¿Has notado que te falte ropa?

Claire se recostó en el respaldo del asiento.

–No lo sé, no he mirado.

–Deberías hacerlo. Y deberías mirar en la basura para ver si hay algún bote de tinte de pelo.

Quinn se puso en pie. Su trabajo estaba hecho, desgraciadamente. No lo habría molestado conocer mejor a esa mujer.

–Quizá debieras considerar objetivamente los hechos y ver a qué conclusión llegas –dijo Quinn; después, señaló su tarjeta–. Tienes mi número de teléfono. Si quieres hablar conmigo, puedes llamarme al móvil a cualquier hora del día o de la noche.

Claire también se levantó.

–¿Para qué iba a llamarte?

–Sé por lo que estás pasando, Claire.

Quinn resistió la tentación de ponerle una mano en el hombro. No tenía derecho a tocarla; además, tenía miedo de no poder parar si lo hacía. Él había pasado por todo lo que Claire estaba pasando en esos momentos, ella era tan inocente como él lo había sido.

Si alguna vez se cruzaba con Jennifer Winston…

–Gracias por quedarte a hablar conmigo –dijo Claire.

–Gracias por no considerarme tu enemigo.

–Te he visto desmayarte –comentó ella con una burlona sonrisa.

A pesar de ver en el rostro de esa mujer que estaba agotada, seguía viéndose bonita. No se trataba de una belleza clásica ni de un irresistible atractivo. Se trataba de una belleza que procedía de dentro…

Tentación, ése era el nombre que podía aplicarse a Claire.

Y él necesitaba evitar esa tentación en particular.

–¿Te ocurre algo?

Quinn negó con la cabeza.

–¿Me llamarás si necesitas hablar?

Claire volvió a sonreír.

–Es posible.

–Adiós, Claire. Espero que ahora puedas dormir.

Quinn salió de la casa y cerró la puerta sin volver la vista atrás. No quería verla en la ventana mirándolo con esos ojos azules que ya no eran tan inocentes como lo habían sido el día anterior.

Sentía mucho haber formado parte de esa pérdida de inocencia.

Capítulo Cuatro

Por primera vez desde los dieciséis años, Claire no tenía trabajo durante el verano. Iba a arreglar la casa y ponerla más a su gusto; quería cambiar algunos muebles, lijar y pintar los armarios de la cocina, y también iba a hacerse una colcha para la cama de su dormitorio. Incluso estaba pensando en escribir un cuento para niños, algo que tratara de algún tema con el que sus pequeños alumnos se pudieran identificar.

Hacía una semana de la marcha de Jenn. A ella no le faltaba ropa ni se había encontrado un bote de tinte en la basura.

Mientras lijaba un armario de la cocina, Claire supuso que su hermana estaría bien, como de costumbre.

Rase ladró y luego salió de la cocina. El timbre sonó. Durante toda la semana, cada vez que sonaba el timbre, esperaba que fuera Quinn. Una tontería por su parte, lo sabía. Quinn había hecho su trabajo y nada más. Sin embargo, ella había sentido algo especial por él y había pensado que quizá fuera recíproco.

Quinn le había dado su número de teléfono. Ella había marcado seis de los dígitos varias veces, pero había colgado en el último momento. ¿Qué podía decirle, que hacía que se le parara el corazón? Quinn estaba convencido de que Jennifer era culpable. ¿Cómo podía ella querer estar con una persona que pensara eso? Una vez más, Jenn se inmiscuía en su vida.

Claire llegó a la puerta, miró por el ojo de buey y, sonriendo, abrió la puerta a la madre de Jenn, Marie, a quien consideraba una segunda madre.

–Hola, cariño… ¡Oh, Dios mío, Claire! Estás rubia. Creía que eras Jenny –dijo Marie entrando en la casa, Rase dando vueltas a su alrededor.

–Para –ordenó Claire en tono serio.

Como de costumbre, el perro la ignoró.

–¿Cómo está mi perro precioso? –le dijo Marie al animal mientras éste daba vueltas alrededor de sus piernas.

–Siéntate –volvió a ordenarle Claire.

El perro siguió sin hacerle caso. Claire suspiró.

Marie abrazó a Claire.

–Estás monísima, cielo.

–Gracias, Marie –Claire adoraba a esa pelirroja cincuentona de cabellos rizados, maquillaje dramático y resonantes alhajas–. ¿Y tú, cómo estás?

–No puedo quejarme.

La radiante sonrisa de Marie le recordó a Claire por qué su padre se había sentido atraído hacia esa mujer, a pesar de que la personalidad *new age* de Marie fuera tan diferente a la suya, lógica y racional. Ése era el motivo principal por el que no se habían casado, a pesar de que su padre le ofreció a Marie el matrimonio cuando se quedó embarazada; fue Marie quien no quiso casarse. Y un año después, su padre se casó con la mujer que sería su madre.

–El negocio me va bien –añadió Marie–, hay mucha gente estresada en el mundo. Incluso he tenido que rechazar a algunos clientes.

–Das unos masajes sensacionales.

–Sí, ¿verdad? –Marie flexionó los dedos de las manos–. Oye, cariño, quería preguntarte sobre

Jenn. Llevo toda la semana dejándole mensajes en el móvil, pero aún no me ha contestado. No es nada nuevo, por supuesto, pero… en fin, hace un rato he vuelto a llamar y resulta que la línea está cortada. ¿Sabes qué es lo que pasa?

Claire la habría invitado a sentarse, pero Marie nunca se quedaba mucho tiempo.

–Jenn se ha marchado.

–¿Qué quieres decir?

–Que se ha ido a vivir a otra parte. Y eso es todo lo que sé de ella.

–¿Habéis discutido?

–No. Bueno, supongo que algo sí. Verás, le pedí que se marchara de esta casa. Me parecía que ya había llegado el momento de vivir por su cuenta.

–Estoy de acuerdo contigo, lo sabes porque ya lo hemos hablado. ¿Por qué no me llamó para decírmelo?

–Creía que lo había hecho.

Marie sacudió la cabeza.

–¿Ha dejado un cheque para mí?

–Que yo sepa, no.

Marie empezó a pasearse por la estancia, sus verdes tacones repicaron en el suelo de madera.

–Tenía que darme un cheque.

–¿Por qué no vas a mirar a su cuarto?

Marie se echó a reír, era un sonido musical.

–Como si alguien pudiera encontrar algo ahí.

En ese momento, el teléfono móvil de Marie sonó y la mujer lo sacó de un enorme bolso y contestó.

–Cielo, ¿dónde estás?

Mirando a Claire, Marie pronunció con la boca en silencio:

–Jenn.

Claire se cruzó de brazos.

–Me prometiste un cheque por… Sabes que…

¡No, no puedo esperar! Jennifer Marie, me prometiste… Lo necesito, cariño… De acuerdo, de acuerdo. Gracias.

Claire extendió el brazo, pidiendo el teléfono.

—Escucha, estoy en casa de tu hermana —dijo Marie—. Claire quiere hablar contigo… Porque estaba preocupada por ti. Dime tu nuevo número de móvil… Está bien, cuando lo tengas, llámame. Llámame pronto, cielo, ¿de acuerdo?

Marie le pasó el teléfono a Claire.

—¿Qué pasa, Jenn? —preguntó Claire.

—Que me marché, tal y como me pediste que hiciera —respondió Jenn.

—No te pedí que te marcharas ese mismo día. ¿Dónde estás?

—¿A ti qué más te da?

Claire estaba harta de su hermana.

—En primer lugar, tu coche me tiene ocupado el garaje. Si no te lo llevas, pediré a los de la grúa que se lo lleven.

—Vaya, estás sacando las uñas, hermanita.

Marie acercó el rostro al teléfono.

—¿Puedo utilizar tu coche hasta que vengas a por él, cariño? —le preguntó a su hija en voz alta; luego, habló a Claire en un susurro—. Voy al baño un momento.

—Dile a mamá que no. Lo destrozaría, como ha destrozado todos los coches que ha tenido.

—Díselo tú —Claire esperó a que Marie cerrara la puerta del baño que había en el vestíbulo; después, entró en el cuarto de estar y dio rienda suelta a su frustración—. No me habías dicho que la policía te estaba vigilando.

—El fiscal del distrito, no la policía. Llevaban semanas siguiéndome a todas partes. ¿Y qué? No es nada extraordinario.

—¿Es ése el motivo por el que te marchaste?

–Me marché porque me dijiste que lo hiciera.

Claire apretó los dientes. No creía a su hermana.

–Voy a preguntártelo otra vez, Jenn. ¿Tienes el dinero que Craig Beecham robó?

–Y voy a contestarte otra vez. No.

–En ese caso, ¿por qué has escapado?

–¿Quién ha dicho que me he escapado?

–Te despediste de mí con una nota, una forma muy cobarde de marcharse, y lo sabes perfectamente. También has cambiado de móvil. Te has escapado –insistió Claire.

–Estoy empezando a vivir la vida que siempre he querido vivir, eso es todo. Escucha, tengo que dejarte. Hasta luego.

Claire pulsó el botón que cortaba la comunicación y, furiosa, se paseó del cuarto de estar al vestíbulo y viceversa hasta que Marie salió del baño.

Un movimiento en la calle llamó su atención, se trataba de un sedán gris que acababa de aparcar en la acera de enfrente. Al reconocer a Quinn Gerard, cerró los ojos y lanzó un gemido. Estupendo. Maravilloso. Había pasado toda la mañana lijando los armarios de la cocina y ni siquiera se había dado una ducha todavía. Se recogió el pelo con un pasador de pelo. Había elegido el peor día para ir a verla.

Quinn debería haber llamado antes de ir. En realidad, podía haberle dado la información por teléfono. No obstante, estaba delante de la casa de Claire, más nervioso que cuando, a los dieciocho años, le pidió a Melanie Davison salir a bailar con él. ¿Por qué lo intimidaba esa mujer de aspecto inofensivo?

Subió los escalones de la entrada, ocho escalones, y respiró profundamente.

Justo cuando iba a llamar, la puerta se abrió y se

encontró delante de una parlanchina y sonriente pelirroja.

–Sólo he destrozado dos coches y de eso hace años –estaba diciendo la mujer.

Su sonrisa cambió, al igual que su actitud, cuando casi se chocó con él.

–Vaya, hola –dijo la pelirroja al estilo coqueto de Mae West, pero sin conseguirlo del todo.

–Buenos días.

Rase salió de la casa y se lanzó a él.

–Siéntate –ordenó Quinn al animal.

El perro lo obedeció, pero su excitación no disminuyó. Quinn le acarició la cabeza.

–Traidor –oyó decir a Claire.

La pelirroja le extendió una mano con la muñeca llena de pulseras.

Quinn le estrechó la mano.

–Soy Marie DiSanto.

–Quinn Gerard.

La puerta se abrió más y Claire salió, colocándose al lado de la mujer de aspecto exótico.

–¿Podría hablar contigo unos minutos? –le preguntó Quinn a Claire.

–Sí, claro. Bueno, Marie, nos vemos pronto, ¿de acuerdo?

–De acuerdo, cielo –entonces miró a Quinn–. Bueno, adiós, y encantada de conocerlo.

–Lo mismo digo.

Cuando Quinn se volvió hacia Claire, sintió la mano de la otra mujer en el brazo. Al mirarla, vio que ya no sonreía.

–El pasado le va a dar alcance –dijo ella con la mirada perdida.

Maldición, una adivinadora. Decidió seguirle la corriente.

–Espero que se trate de Andrea Scarpelli. Ella…

Marie lo amonestó con la mirada.

–No bromee, se trata de algo muy serio para usted.

–Escuche...

–Marie –dijo Claire poniendo la mano en el hombro de la otra mujer.

Marie pareció salir de su trance... o lo que fuera.

–Oh, lo siento –murmuró Marie.

Como Quinn no creía que nadie pudiera predecir el futuro, la consideró inofensiva; aunque jamás habría imaginado que una persona de tanto sentido común como Claire creyera en semejantes tonterías.

–Entra –le dijo Claire–. Y puedes entrar con tu perro.

Quinn sonrió. El perro lo siguió.

Quinn se quedó mirando a Claire, que tenía la ropa cubierta de algo parecido al polvo, pero que no era polvo.

–¿He interrumpido algo?

–Marie es la madre de Jenn.

Quinn intentó imaginar a madre e hija juntas, no lo consiguió.

–¿Has tenido noticias de tu hermana?

Claire empezó a caminar en dirección opuesta al cuarto de estar, él la siguió.

–He estado lijando los armarios de la cocina –dijo ella volviendo la cabeza–, así que, si no te importa, prefiero que no vayamos al cuarto de estar. ¿Te apetece beber algo?

«¿Qué pasa, Claire, no quieres contestar a la pregunta?».

–No, gracias.

La cocina era espaciosa y al lado tenía un cuarto para comer con puertas correderas de cristal que daban a un jardín bien diseñado con distintos niveles en madera. Los electrodomésticos de la cocina parecían bastante nuevos, al contrario que el mobiliario. Los armarios de la cocina se veían recién lijados.

Cuando vio un cesto con cojines en el suelo, se dio cuenta de que debía de ser la cama de Rase e instó al perro a que se tumbara con el fin de no tenerlo dando vueltas a su alrededor.

Claire se sacudió el polvo de la ropa y se lavó las manos. Era evidente que la había tomado por sorpresa.

–La madre de Jennifer es una… ¿cómo se llama?

–Tiene «poderes» –concluyó Claire con una sonrisa.

–¿De verdad?

–Es masajista, y muy buena. En cuanto a lo de los poderes, no sé. ¿Qué pasa, hay algo en tu pasado que no quieres que te dé alcance?

–¿No le pasa eso a todo el mundo respecto a algunos aspectos del pasado?

Claire frunció el ceño.

–No –respondió ella por fon–. A mí no me pasa. Dime, ¿a qué has venido?

«Necesito verte».

–He seguido en contacto con los de la oficina del fiscal. He pensado que querrías saber que tu hermana no ha utilizado sus tarjetas de crédito en toda la semana; algo que, según debes saber, es muy raro. Tu hermana saca dinero con la tarjeta a diario, le gusta gastar.

–Sobre todo, desde que se solucionó lo de la herencia y cobró su dinero hace dos meses.

–Lo que puede que no sepas es que retiró una respetable cantidad de dinero de su cuenta bancaria el día anterior a marcharse.

–¿El día anterior?

Quinn asintió.

Claire sacó un refresco del refrigerador, la mano le tembló ligeramente.

39

–Así que lo tenía todo planeado –dijo Claire–. No se marchó porque yo se lo pidiera, pensaba hacerlo.

–Eso parece.

Claire apoyó un codo en el mostrador de la cocina.

–¿De qué cantidad de dinero estamos hablando?

–No puedo darte la cifra concreta, pero sí puedo decirte que lo suficiente para vivir a todo lujo durante una temporada –Quinn se sentó en el taburete que ella le indicó con un gesto–. ¿Has tenido noticias de tu hermana?

Claire bebió un sorbo de refresco.

–No soy tu enemigo –dijo él–. Ya te lo dije el otro día, lo que me digas quedará entre tú y yo.

Claire se sentó a su lado y se disculpó en tono muy bajo cuando, accidentalmente, le rozó el brazo con el suyo. El contacto hizo estragos en sus hormonas.

–Jennifer ha llamado hoy a su madre –dijo Claire–, pero no ha dicho dónde está. Excepto…

Quin esperó. Se le daba bien esperar.

–Bueno, me ha dicho algo que… una especie de pista.

–¿Qué? –preguntó Quinn.

–Me ha dicho que, por fin, está viviendo la vida que siempre ha querido vivir.

–¿Sabes lo que significa eso?

Claire lo miró directamente a los ojos.

–Jennifer siempre ha tenido la obsesión de que, algún día, iba a casarse con un príncipe.

Quinn arqueó las cejas.

Claire sonrió.

–Sí, ya lo sé, aires de grandeza. Pero lo creía de verdad. Soñaba con ir a algún lugar de Europa donde va la nobleza, allí conocería a un príncipe y éste…

Una expresión de horror cruzó los rasgos de Claire al darse cuenta de todo lo que había dicho.

–No te preocupes, no se lo diré al fiscal –le aseguró él–. Aunque sabes perfectamente que es en interés de tu hermana que vuelva al país. No sé si ha escapado o si no, pero es lo que parece. Aunque no tenga el dinero que Beecham robó, lo parece; sobre todo, si se ha marchado a Europa.

La experiencia le había enseñado que, en general, la gente que parecía culpable de algo lo era.

Además, había visto que otra persona estaba siguiendo a Jennifer.

–¿No se han puesto en contacto con las líneas aéreas para ver si ha tomado un vuelo a alguna parte? –preguntó Claire.

–Es posible. Pero si ha cambiado de nombre…

–¿Por qué iba a hacer eso? –Claire se quitó el pasador de pelo y una cortina de cabello le cubrió el perfil.

Quinn deseó acariciarle el pelo, comprobar si era tan sedoso como parecía.

–Sólo tu hermana puede contestar a esa pregunta.

–Esta mañana volví a preguntarle si tenía el dinero y me dijo que no.

–¿Esperabas que te dijera que sí?

Tras un minuto, Claire sacudió la cabeza.

–No, supongo que no.

–El problema es que, tarde o temprano, este asunto va a salir a la luz pública. En consecuencia, puede que te veas acosada por los medios de comunicación. Créeme, es terrible.

Culpable por ser un familiar. A él le había pasado y lo había marcado para el resto de su vida. No quería que le ocurriera lo mismo a Claire; sobre todo, por culpa de una persona querida. Era mucho peor cuando se trataba de una persona querida. Se suponía que las familias estaban para ayudarse los unos a los otros; sin embargo, con frecuencia, un miembro inocente de la familia se quedaba atrás para solucionar los problemas creados por otros. Cuando esto ocurría, los lazos familiares debían romperse. Él lo había hecho. Tenía que hacerlo.

Jennifer, egoístamente, había utilizado a Claire. ¿Acaso ésta no podía verlo?

–Tienes que averiguar dónde está –dijo él–. Tu hermana tiene que demostrar que no ha escapado.

Claire bebió otro sorbo de refresco y dejó la botella en el mostrador antes de contestar.

–No lo comprendo. Mi hermana me ha dicho que no sabe dónde está el dinero. No se han encontrado pruebas de que ella lo tenga o sepa dónde está. En ese caso, ¿por qué no puede hacer lo que quiera? ¿Cómo puede el fiscal del distrito tenerla vigilada sin contar con prueba alguna de su culpabilidad?

–Las pruebas circunstanciales son suficientes para hacerlos seguir investigando.

–No sé cómo podría yo averiguar dónde está. Tampoco veo razón para tener que hacerlo. En mi opinión, lo que a Jenn le pasa es, ni más ni menos, lo típico que le pasa a Jenn.

No podía obligarla a que intentase descubrir el paradero de su hermana, pero no conocía otro motivo por el que podía seguir en contacto con Claire. Para verla, necesitaba mantener aquella situación.

–Yo podría ayudarte… si quieres.

Claire frunció el ceño.

–Si el fiscal del distrito no puede encontrarla, ¿por qué tú sí podrías?

–Porque, mientras trabajaba para el fiscal, era un agente de policía y tenía que seguir ciertas reglas. Trabajando por mí mismo, puedo enfocar la investigación de forma diferente.

–¿Con métodos ilegales?

–Diferentes.

Claire sonrió.

–No creo que pueda pagarte.

–Gratis. Ya te lo he dicho, sé lo que estás pasando –dijo Quinn.

Jamás había visto un azul de ojos tan azul y brillante como el de Claire.

–Un investigador privado con corazón, ¿eh? –dijo ella.

–No somos tan duros como nos ponen en los programas de televisión. Me metí en este negocio para ayudar a los inocentes y a los necesitados.

–Porque tú mismo te has encontrado en esa situación.

Quinn no respondió, pero ella pareció leer la respuesta en sus ojos.

–¿Qué te pasó?

–No quiero hablar de eso. Lo superé. Digamos que no quiero que te ocurra lo que me ocurrió a mí.

«Y también quiero ver lo que podría haber entre los dos».

Claire se bajó del taburete, con el resfresco en la mano.

–He buscado tu empresa en las páginas web y en las páginas amarillas, no la he encontrado.

–Conseguimos nuestros clientes por recomendación de otros, y por buena reputación –Quinn se acercó a ella–. Escucha, Claire, este asunto también me interesa personalmente; se trata de mi reputación personal. Perdí a tu hermana, ella se escapó cuando yo la estaba vigilando. Es la primera vez que me pasa. Soy bueno en mi trabajo, muy bueno, y no quiero que esto quede así.

–Lo que quieres es demostrar que mi hermana es culpable.

–Quiero salvar mi reputación y quiero evitar que te hagan daño a ti. Lo que le ocurra a tu hermana dependerá de si es culpable o no, no de si la encontramos o no.

Claire le sostuvo la mirada con firmeza. Necesitaba creer en él, Quinn lo comprendía. La encontró increíblemente atractiva.

Era demasiado tarde para no involucrarse personalmente con esa mujer. Quería deslizar las manos por debajo de la camiseta de ella y acariciar su cálida piel. Quería que Claire le rodeara el cuello con los brazos. Estaba seguro de que se entregaría completamente al beso.

Quizá debiera poner a prueba su teoría…

Capítulo Cinco

Claire olvidó de qué estaban hablando. Era algo referente a Jenn…

Le gustaba ese hombre físicamente; le gustaban sus rasgos marcados y sus ojos color ámbar. Y le gustaba su lógica y su tranquilidad. Lo creyó cuando dijo que sabía lo que ella estaba pasando. Si le permitía ayudarla, tendría muchas más posibilidades de encontrar a su hermana… si quería hacerlo.

Pero eso también conllevaba problemas. En primer lugar, la atraía ese hombre y temía que su atracción por él aumentaría con el contacto. En segundo lugar, si lograban encontrar a Jenn, cabía la posibilidad de que su hermana acabara en la cárcel. ¿Podría superar el sentimiento de culpa que eso le produciría?

Tenía que tener cuidado de no acabar enamorándose…

No. Estaba harta de tener cuidado con todo. Quería besarlo y que él la besara. Abrazarlo y que él la abrazara. Tener un compañero. ¿Por qué no podía enamorarse de él? ¿Por qué no podían enamorarse ambos?

Sabía el porqué. Era porque él creía en la culpabilidad de Jenn y ella creía en la inocencia de su hermana; al menos, a lo que el dinero de Beecham se refería. Jenn podía querer la luna, pero jamás robaría.

–Claire.

La voz de Quinn la sacó de su ensimismamiento.

–De acuerdo, colaboraremos –respondió ella.

Con repentina claridad, Claire se dio cuenta de que él la necesitaba. Ese hombre era demasiado serio, necesitaba diversión en su vida, necesitaba sonreír más. Ella podía ayudarlo.

–¿Cuándo quieres que empecemos? –le preguntó Quinn.

–Supongo que mi horario es más flexible que el tuyo –respondió Claire–. Lo dejo a tu elección.

«¿Mañana, cuando esté más presentable que hoy?».

–¿Ahora? –sugirió él.

Claire contuvo un suspiro.

–Bien. ¿Por dónde empezamos?

–Por la habitación de Jennifer.

Claire lo condujo escaleras arriba, Rase los sobrepasó y se quedó esperándolos en el descansillo.

–¿Tienes las llaves de su coche? –preguntó Quinn un poco antes de alcanzar el final de las escaleras.

–No. ¿Crees que ha escondido algo ahí?

–Es posible.

Antes de entrar en la habitación, Claire dijo:

–Necesito que me prometas una cosa.

–¿Qué?

–Si en algún momento decidiera que cesáramos la búsqueda de mi hermana, tienes que prometerme que lo aceptarás.

–No me pongas condiciones, Claire. Éste es mi trabajo, me gano la vida haciendo esto. Por supuesto, respetaré tus deseos, si puedo. Pero eso es lo máximo que puedo prometerte. Si no lo aceptas, será mejor que paremos aquí y ahora.

Los motivos de Claire para continuar se debían principalmente a la atracción que sentía por Quinn. No iba a arriesgarse a que ese hombre desapareciera de su vida para siempre.

–De acuerdo –dijo ella abriendo la puerta del dormitorio de Jenn.

Claire se avergonzó del estado caótico en que Jenn había dejado la habitación: la cama sin hacer y ropa tirada por todas partes.

Claire se quedó quieta mientras Quinn rebuscaba entre las pertenencias de Jenn.

–¿Tiene un ordenador? –preguntó él.

–Un portátil. Pero se lo ha llevado.

Quinn abrió todos los cajones y miró hasta debajo de la cama. También miró detrás de los tres retratos enmarcados que Jenn tenía del matrimonio entre el príncipe Charles de Gran Bretaña y la princesa Diana.

Jenn no tenía muchos libros, pero Quinn los examinó todos. Dentro de uno de los libros había un par de CD ROM.

Claire le miró a los ojos.

–Voy al coche a por mi ordenador portátil –dijo Quinn.

Claire esperó a que Quinn saliera; entonces, agarró todos los papeles que él había tirado en la cama y bajó al piso inferior mientras, por primera vez, consideraba la posibilidad de que su hermana fuera culpable de algo.

Quinn puso el ordenador encima de la mesa de comedor. Claire ya había dejado los papeles en mitad de la mesa y ahora estaba de pie con las manos metidas en los bolsillos de los pantalones.

Recuerdos del pasado lo asaltaron: hombres sacando cajas llenas de papeles del dormitorio de sus padres, del despacho de su padre e incluso del garaje. Él estaba como Claire estaba en ese momento, asustado y vulnerable, sin saber qué encontrarían esos hombres y sin siquiera saber qué estaban buscando. Había tratado de detenerlos. Su madre le ordenó que fuera a su habitación y que no saliera de allí hasta que los hombres se marcharan. Él se había negado. Después, no lo dejaron entrar en su propia habitación cuando también la registraron. Nadie le dio una explicación, ni siquiera su madre.

Él no iba a dejar a Claire en la oscuridad. Lo que encontrara lo compartiría con ella.

Quinn puso dos sillas juntas y la invitó a sentarse. Claire aceptó el asiento que él le ofreció a su lado.

—Es mejor conocer la situación que especular sobre las posibilidades —dijo él.

—Es posible.

—Lo es, créeme —Quinn le dio un apretón de manos para animarla—. ¿Lista?

Ella asintió.

Quinn metió el primer CD ROM en el ordenador. Claire se acercó a él para intentar ver mejor la pantalla y pegó el hombro a su brazo, y no se apartó. Él tampoco.

Quinn volvió la cabeza y la miró. Ella clavó los ojos en los suyos. Deseaba besarla; pero claro, no podía. No debía. Era demasiado pronto. Apenas se conocían. Se pondrían nerviosos.

Quinn miró a la boca de ella. Los labios estaban ligeramente entreabiertos.

No podía. Apartó la mirada y trató de fijarla en la pantalla. No debía.

Claire se apartó lo suficiente para no rozarlo, pero seguía tan cerca que aún podía sentir el calor de su cuerpo.

—Claire…

—¿Qué? —respondió ella en voz más alta que de costumbre.

¿Emoción? ¿Qué tipo de emoción? Le estaba dando demasiadas vueltas. No podía besarla.

No debía.

¡Qué demonios!

Quinn se volvió, le tomó el rostro con las manos,

esperó un par de segundos y entonces la besó. Y Claire también lo besó y lanzó un gemido de placer. Pero cuando ella le puso las manos en el pecho y empezó a subirlas, antes de que pudiera rodearle el cuello con los brazos, él se apartó.

No iba a disculparse por algo que, evidentemente, Claire deseaba tanto como él. El problema era que él tenía sus reglas y acababa de romper una de ellas.

–Bueno, ya nos hemos quitado eso de encima –dijo Quinn al cabo de un minuto.

Claire, sonriendo, apoyó el rostro en su brazo.

–¿Qué pasa? –preguntó Quinn.

–Eres gracioso.

¿Qué era gracioso? Nadie lo había considerado gracioso nunca. Ladeó la cabeza para poder ver el rostro de Claire.

–Si tú lo dices.

Ella continuó sonriendo y luego, con un visible esfuerzo, trató de ponerse seria.

–Bueno, ¿nos quitamos esto de encima? –dijo Claire señalando el ordenador.

Quinn empezó a examinar el CD. Parecía contener…

–Música –dijo Claire–. Los nombres de los archivos son títulos de canciones.

Quinn abrió un archivo. Una canción empezó a sonar. Al momento, sintió el alivio de Claire.

–Lo más seguro es que bajara las canciones ilegalmente, por eso ha debido esconder los CD –dijo él.

Quinn abrió un archivo y luego otro. Abrió todos los archivos del primer CD y luego examinó el segundo. Lo mismo.

Examinaron los papeles: recibos de los dos últimos meses que incluían el coche, cartas del banco, listas de cosas que hacer, algunas cosas tachadas, cosas para comprar. Ninguna pista de su actual paradero ni de los planes que tenía. Ninguna información sobre hoteles o billetes de vuelos. No encontraron nombres de amigos o compañeros de trabajo. Si Jenn tenía una agenda, la tenía consigo.

—Vamos al garaje a examinar el coche. ¿Tiene alarma?

Claire asintió con la cabeza; luego, le puso una mano en el brazo brevemente.

—¿Tienes hambre? Ayer preparé una sopa de arroz con pollo. Podría ponerla a calentar mientras examinamos el garaje.

—Estupendo.

Mientras Claire ponía la cacerola en el fuego, él le preguntó:

—¿Cómo es que tienes tan buena relación con la madre de Jennifer?

—Mis padres tenían muy buena relación con Marie. Yo pasaba tanto tiempo en su casa como Jenn aquí. Cuando Marie se quedó embarazada de Jenn, mi padre le pidió que se casara con él; pero ella lo rechazó, le dijo que acabarían divorciándose. Lo más probable es que tuviera razón. Marie jamás puso obstáculos a la relación de mi padre con su otra hija, y mi madre la aceptó y la quiso mucho.

—¿A quién, a Marie o a Jenn?

Claire sonrió.

—A las dos. Uno no puede evitar querer a Marie.

—Pero Jenn era más difícil, ¿no?

—Sí, en todos los sentidos. Nunca se sentía satisfecha, todo le parecía poco.

Claire podía haber salido de la cocina pasando por su lado; sin embargo, le puso una mano en la espalda y se la acarició unos segundos antes de decir:

—Bueno, vamos.

El gesto posesivo lo complació y lo preocupó simultáneamente. Le gustaba que se sintiera cómoda en su presencia, pero lo preocupaba que esperase más de lo que él estaba dispuesto a dar.

Quinn la siguió, con Rase en la cocina ladrando porque lo hubieran dejado allí encerrado.

–¿Tiene muchos amigos? –preguntó Quinn.

–¿Jenn? Sí. Aunque no tiene amigos de hace años. Mi hermana sólo hace amigos con la gente que le interesa; cuando deja de interesarle, los deja.

–¿Qué sabes sobre Craig Beecham?

–Lo vi en el juicio. Jenn había vivido con él durante un año; durante ese tiempo, yo no la vi mucho. Sólo por Navidad. Luego, mis padres murieron y a la semana de eso arrestaron a Craig. Jenn no tenía ningún otro sitio adonde ir.

Claire pulso las teclas del número de la alarma para entrar en el garaje.

–Deberías taparte con la otra mano para evitar que alguien vea el número que estás tecleando –dijo él.

–Tu trabajo te debe de crear mucha paranoia –dijo Claire apretando la tecla de apertura.

Podía tener razón, pensó Quinn.

–¿Cómo estaba tu hermana durante el juicio? –preguntó Quinn–. ¿Intentó hablar con él?

–Sí. También fue a visitarle a la cárcel.

–¿Sabía que él era culpable?

La puerta del garaje se abrió, el coche rojo apareció a la vista.

–Jenn no me ha dicho nada al respecto.

–¿La llamaron como testigo?

–Sí. Y dijo que no sabía nada del negocio de Craig ni del dinero.

Quinn iba a pedir una copia de las transcripciones del juicio.

El coche estaba cerrado con llave y una luz roja intermitente en el panel del coche indicó que la alarma estaba conectada.

–¿Puedes abrir evitando que suene la alarma? –preguntó Claire.

–Lo dudo, pero conozco a una persona que sabe hacerlo. Si me das permiso…

–Quiero acabar con este asunto lo antes posible.

–Bien.

–Aunque no es mi coche –observó ella–. Por lo tanto, ¿tiene importancia que yo dé permiso o no?

–El coche está dentro de tu propiedad, suficiente para mí –ésa era la línea divisoria entre lo legal y lo ilegal que Quinn traspasaba a veces.

Volvieron a la casa. Mientras ella servía la sopa, él fue al comedor a llamar a uno de sus operarios.

–James Paladin –dijo una voz al otro lado de la línea.

–Jamey, soy Quinn. ¿Podrías venir a abrirme un coche?

–Una proposición que no me hacen todos los días. ¿No podría esperar a mañana? Tengo tres entrevistas y luego mi primera cita con una mujer desde hace cuatro meses.

–Sí, puede esperar a mañana. No creo que el coche vaya a desaparecer –Quinn le dio la dirección a James–. ¿Te parece bien mañana a las diez de la mañana?

–Ahí estaré.

Claire llegó con los platos con la sopa justo cuando él colgó. También llevó una cesta con pan, mantequilla y té con hielo. Cuando se sentaron, Rase intentó tumbarse en los pies de Quinn.

–No le has enseñado a tu perro buenos modales –dijo Quinn llevando al perro a la cesta que tenía para dormir.

–Lo he intentado, pero es imposible.

–Claro que no es imposible –dijo Quinn volviendo a sentarse–. Lo único que tienes que hacer es dejar bien sentado que tú eres la jefa.

Claire sonrió.

–Dime, ¿como es que tu amigo sabe cómo evitar que suenen las alarmas de los coches?

–Es algo que ha aprendido con los años. Jamey ha trabajado durante veinte años buscando delincuentes por encargo de la policía, y también ha trabajado para una empresa dedicada a recuperar coches cuyos compradores no pagaban las letras.

–¿Y ahora trabaja en tu empresa?

–La sopa está estupenda, gracias –no sólo estaba buena, sino que tenía mucho sabor para ser una sopa de pollo–. Es uno de los investigadores que he contratado. La otra es Cassie Miranda, que antes trabajaba haciendo labores de investigación en un despacho de abogados.

–Así que sois una empresa de tres personas, ¿no?

–Con el respaldo de la oficina de Los Angeles, que es mucho más grande, supongo que creceremos. Y también tenemos otros tres operarios de apoyo.

–¿Qué es lo que hace que tu empresa sea tan exclusiva?

–Los tres socios que la fundaron lo hicieron con una idea muy clara del mercado que querían. Tenían contactos para empezar, pero su buena reputación les fue abriendo muchas puertas –Quinn se interrumpió para untar mantequilla en el pan.

Quinn observó a Claire mientras comían. Aunque Claire no tenía tantas curvas como su hermana, a él le parecía más atractiva. Quizá se debiera a su aspecto sano y a la sencillez de su maquillaje. Tenía el cuello delgado, la piel pálida y pecas en las mejillas y en los brazos.

–¿Trabajas los sábados? –preguntó ella.

Quinn se dio cuenta de que había estado sosteniendo la cuchara junto a la boca sin comer.

–Sólo cuando las circunstancias lo requieren. Nos tomamos el día libre cuando podemos, pero no ocurre con frecuencia.

–¿Este asunto te está impidiendo que te encargues de otros trabajos?

A Quinn nunca le faltaba trabajo. Nunca.

–Pueden esperar un poco. De todos modos, no voy a dedicar todo mi tiempo a buscar a Jenn –Quinn se inclinó hacia ella–. Claire, sé que quieres participar, pero tienes que dejar que yo lleve la investigación.

Ella dejó la cuchara en el plato con expresión reflexiva.

–¿Quieres decir que no debo hacer nada sin consultarte a ti primero?

–Exacto.

–¿Harás tú lo mismo?

–Estoy más preparado que tú para dirigir una investigación y saber que es lo que hay que hacer.

–No –dijo ella con firmeza–. La verdad es que no quiero hacer esto; pero si voy a hacerlo, será como socia, en igualdad de condiciones.

–Compartiremos los resultados.

–Quieres decir que me harás partícipe de los resultados. Como yo no puedo investigar por mí misma, no podré hacerte partícipe de los resultados a los que me lleve mi investigación.

–Harás llamadas telefónicas desde aquí.

–Fantástico –dijo Claire irónicamente al tiempo que se cruzaba de brazos–. De eso nada, señor Gerard. O trabajamos en condiciones de igualdad o no trabajamos juntos. Dejaremos que se hunda o salga a flote por sí misma, que, en cualquier caso, es lo que yo prefiero.

Quinn titubeó un momento.

–Estamos tan metidos en esto que ya no podemos echarnos atrás –dijo él por fin. Y no dispondría del tiempo que necesitaba para estar con Claire–. Ven conmigo.

Quinn la llevó hasta la ventana apoyando una

mano en su hombro. Desde la ventana, señaló un punto en la calle.

–¿Ves esa furgoneta pequeña blanca?

–Sí.

–Cuando yo empecé con mi trabajo de vigilar a tu hermana, el tipo que conduce esa furgoneta ya estaba vigilando tu casa.

–¿Quién es?

–No lo sé. Sospecho que sea alguien que tenga que ver con Beecham. Los de la oficina del fiscal, por el número de matrícula, vieron que el coche estaba registrado a nombre de una mujer que murió el año pasado. Para despistar, incluso han puesto una sillita de niño en el asiento trasero.

–¿No pueden arrestarlo?

–El coche no aparece como robado. La policía podría hablar con él y hacerle que se marchara, pero volvería y tendría más cuidado al esconderse. Al menos, de este modo se sabe dónde está. Si lo que quiere es pasar desapercibido lo está haciendo muy mal. Hoy ha venido cuando estábamos en la habitación de Jenn.

–¿Crees que está buscando a Jenn?

–Estoy noventa y nueve por ciento seguro de ello.

Claire lo miró con expresión incisiva.

–¿Por eso es por lo que crees que mi hermana es culpable, porque alguien la está siguiendo?

–O alguien la está siguiendo porque hay personas que piensan que es culpable.

–Si lleva tiempo vigilando la casa, debe de saber que Jenn ya no está aquí.

–Pero ha visto el coche en el garaje –Quinn la vio tragar saliva. No quería hacer que se preocupara, pero Claire tenía que saber qué estaba pasando a su alrededor–. Me parece que tu hermana nos ha dado esquinazo a todos, quizá sea por eso por lo que ha dejado el coche. Es posible que se marchara a pie para evitar que ese individuo la viera; ya te había mandado a ti de avanzadilla, pensando que ese tipo y también yo te seguiríamos. Cuando te seguí hasta el banco de donación de sangre, ese tipo ya estaba vigilando tu casa y pensó que tú eras Jenn.

–¿También me siguió?

–No, y me pareció raro en ese momento, pero no podía vigilarlo a él y seguirte a ti al mismo tiempo. Después, dejé de pensar en el asunto porque, al volver, el tipo ya no estaba. No sé si ha seguido vigilando la casa durante la última semana porque no he estado por aquí.

–Si supiera que Jenn no está, no vigilaría la casa, ¿no te parece?

–Puede que lo sepa, pero que esté esperando a que vuelva.

Quinn le puso las manos en los hombros a Claire, el cuerpo de ésta estaba rígido.

Claire lo miró a los ojos.

–Ojalá no supiera que ese hombre está ahí vigilando.

–Saber es poder.

–Yo soy una simple maestra. Llevo una vida honesta y sencilla. ¿Por qué me está pasando esto?

–Porque tu hermana no es como tú.

–Lo sé. Siempre lo he sabido.

Quinn advirtió tensión en la voz de ella. ¿Estaba enfadada con su hermana? ¿Tenía miedo?

–¿Qué quieres que haga, Claire? –preguntó Quinn esperando una respuesta sincera–. ¿Qué puedo hacer para que te sientas a salvo?

Claire no titubeó ni un segundo.

–Múdate a mi casa.

Capítulo Seis

Sorprendida por sus propias palabras, Claire se apartó de él. No necesitaba un guardaespaldas, simplemente quería que Quinn se quedara. Él la había besado y quería más.

El silencio era incómodo. Claire se dio cuenta inmediatamente de que tenía que fingir que había sido una broma. Recogió los platos sucios y los llevó a la cocina.

—No te asustes, estaba bromeando —dijo ella.

Quinn la siguió con la cesta del pan y la mantequilla.

—No te dejaría sola si pensara que corres peligro, Claire.

—Repito, ha sido una broma —le había proporcionado una excusa para quedarse y Quinn la había rechazado—. No obstante, ¿cómo estás tan seguro de que no corro peligro?

—Experiencia e intuición. Pero si quieres, podemos hacer una prueba.

—¿Qué prueba?

—Nos vamos a dar un paseo en coche. Si nos sigue, me trasladaré a tu casa durante unos días, si es que eso te hace sentir más segura. Si no nos sigue, es porque piensa que Jenn está todavía por aquí o que, si no está, va a volver. Lo único que parece estar haciendo es vigilar.

Claire metió los platos en el lavavajillas y metió el resto de la sopa en la nevera. Se sentía avergonzada. ¿Por qué había dicho una cosa así? Apenas lo conocía. Lo único que sabía era que se sentía atraída hacia él.

57

Y esperaba que la furgoneta les siguiera.

–¿Adónde vamos a ir? –preguntó Claire.

–A ningún sitio en particular, vamos a dar un paseo en coche.

–¿Puedo darme una ducha y cambiarme de ropa antes de salir?

–Sí, claro. Yo aún tengo algo de trabajo, así que no corras.

Claire no corrió escaleras arriba ni tardó más que de costumbre en ducharse y vestirse, aunque sí se puso un poco de perfume en las muñecas y en el cuello. Y no dejó de pensar en él ni un segundo. Estaba obsesionada.

Claire hizo un esfuerzo por respirar a un ritmo normal mientras bajaba las escaleras enfundada en unos pantalones vaqueros y una camiseta de manga larga.

–Ya estoy lista –dijo casi sin respiración.

–¿Vas a dejar a Rase en el jardín mientras estamos fuera? –preguntó él.

Claire se sintió algo desilusionada, no le habría importado otro beso ahora que estaba limpia.

–Hay una abertura en la puerta para que salga cuando quiera.

–En ese caso, vámonos.

Imitando a Quinn, Claire evitó mirar al conductor de la furgoneta cuando se marcharon. Pero… ¿no debería ser capaz de identificarlo si se cruzaba con él por la calle?

Le hizo la pregunta a Quinn.

–Tengo una foto de él, te traeré una copia.

Cuando el coche pasó a la furgoneta y siguió, Claire miró por el espejo retrovisor.

La furgoneta no los siguió.

Quinn y Claire volvieron a casa de ésta una hora más tarde, después de dar un paseo por la ciudad y de pararse a tomar unos helados. La furgoneta ya no estaba.

–Voy a ocuparme de un par de cosas y, antes de marcharme, pasaré a tu casa para hablar contigo un momento –dijo Quinn mientras ella abría la portezuela del coche.

–De acuerdo.

Desde el coche observó a Claire entrar en su casa. Después, recorrió la calle examinando los vehículos. Prestó especial atención a dos furgonetas de reparto que podían ser utilizadas fácilmente para vigilancia. Se fijó en los nombres de los negocios que aparecían en las furgonetas, ambos nombres aparecían en las páginas amarillas. No vio ningún coche ocupado.

¿Dónde estaba el tipo de la furgoneta blanca? A Quinn lo preocupaba más su ausencia que el hecho de que estuviera vigilando la casa. Quizá hubiera recurrido a algún truco, quizá hubiera enviado otro coche a que los siguiera.

No, nadie los había seguido. Estaba seguro.

Y desilusionado. Le habría gustado tener una disculpa para quedarse…

Llamó a la puerta de Claire. Podría haberse despedido simplemente, pero entró en la casa.

–Siéntate –le ordenó a Rase.

El perro le miró.

–Siéntate –repitió Quinn.

–¿Quieres un perro, barato? –preguntó Claire, exasperada al ver que el perro se había sentado.

–Insiste. Si no estoy aquí, tu perro acabará obedeciéndote.

–Marie ha dejado un mensaje –dijo Claire cerrando la puerta.

–¿Ha tenido noticias de tu hermana?

–No –Claire entrelazó los dedos–. Ha dicho que te diga que vas a intentar resistirte a lo que te va a pasar, pero que no lo hagas. Ha dicho que tienes que enfrentarte a ello. Y que es ahora o nunca.

Quinn reprimió dejar claro su desprecio por semejantes tonterías.

—Bien. Bueno, escucha, la furgoneta no está y no veo a nadie merodeando por aquí. Sé cautelosa, pero no te preocupes, ¿de acuerdo? Nadie te ha molestado hasta ahora, así que no creo que vayan a hacerlo. Volveré mañana por la mañana con Jamey.

Claire le puso una mano en el brazo.

—Gracias por el helado.

Quinn le cubrió la mano con la suya, sujetándola en su brazo. Se sostuvieron la mirada. El deseo de besarla era sobrecogedor.

Ella se estaba convirtiendo en una complicación.

—¿Tienes miedo? —preguntó él.

—¿De ti?

No, no se había referido a eso. Se había referido a estar sola, a temer estar en peligro por causa de Jenn. No obstante, quizá Claire viera las cosas con más claridad que él. ¿Representaba un peligro para ella, para su pacífica existencia?

Era muy probable que Claire fuera quien suponía un peligro para la tranquila existencia de él.

—Jamás he tenido menos miedo de nadie —dijo Claire tomándole las manos—. Estoy completamente segura de que jamás me harías daño.

Quinn sintió una enorme responsabilidad sobre los hombros.

—Quizá deberíamos establecer unas reglas respecto a esta atracción —dijo Quinn, retrocediendo.

—¿Lo dices en serio?

¿Estaba Claire irritada o divertida?

—Hoy nos hemos excedido.

—Sí. Pero… ¿qué reglas podríamos poner?

—No tengo ni idea.

Claire se echó a reír.

–Ya he incumplido una de mis reglas por ti –dijo él.

–¿En serio? –Claire ladeó la cabeza, sus ojos brillaron–. ¿Qué regla?

–Nunca te involucres con una clienta. Ni con un objeto de investigación. Ni con una compañera de trabajo.

–Yo no entro en ninguna de esas categorías.

–Estamos trabajando juntos.

–Estamos trabajando juntos para alcanzar un objetivo común. ¿Tienes otras reglas?

–Sí.

–¿No quieres decirme cuáles son?

Quinn sacudió la cabeza.

–¿Cómo voy a saber si incumplo una regla o no si no sé cuáles son las reglas? –preguntó ella.

–Te lo diré si lo haces.

–Ah, ya veo, se trata de las reglas ocultas. De acuerdo, lo que tú quieras. Pero yo también tengo mis reglas, aunque las mías están mecanografiadas y colgadas en las paredes para que todo el mundo pueda verlas.

Como Quinn se moría de ganas de besarla, cruzó los brazos a modo de barrera entre los dos.

–¿Qué reglas son ésas?

–Ven, te las enseñaré.

Quinn la siguió a una habitación que ella utilizaba como estudio. En una de las paredes había una lista enmarcada: *Las Reglas de los Maestros.*

Quinn leyó en voz alta la primera de las reglas:

–«Todos los días, los maestros limpiarán las chimeneas y llenarán las lámparas. Cada maestro traerá un cubo de agua y una ración de carbón para la sesión diaria». ¿Cuándo escribieron esto?

–En mil ochocientos setenta y dos.

Quinn siguió leyendo el resto de la lista. Al llegar a la regla seis...

–«Las maestras que se casen o que se conduzcan de forma inapropiada serán despedidas». ¿Lo ves? Si seguimos ciertas reglas respecto a nuestra atracción evitaremos que te despidan.

–Tus reglas me parecen tan relevantes como éstas –dijo ella con una sonrisa–. Me parece que no deberías resistirte, Quinn.

Quinn sabía perfectamente qué era lo que ella estaba diciendo.

–Regla número uno, Claire: «Nadie sale mal parado».

–En realidad, ésa es la regla número dos. Y nadie puede asegurar una cosa así.

Quinn no había esperado que Claire fuera tan obstinada. Se estaban poniendo demasiado serios.

–¿Tienes miedo de estar sola en tu casa? –preguntó Quinn en un esfuerzo por cambiar de conversación.

Transcurrieron unos segundos.

–No, estoy bien.

–¿Me llamarás si pasa algo?

–Por supuesto.

–Si tienes noticias de Jenn...

–Te llamaré.

Claire pareció quedarse a la expectativa, probablemente esperaba un beso de despedida. Maldición.

Quinn salió de la estancia y se dirigió a la puerta.

–Hasta mañana –dijo ella a sus espaldas.

–Vendré antes que Jamey.

–De acuerdo.

Quinn se marchó. Tenía cosas que hacer en la oficina: preparar una petición de la transcripción de la declaración de Craig Beecham en el juicio, llamar a la cárcel donde estaba para obtener permiso para visitarlo, archivar unos informes referentes a unos casos en los que estaban trabajando.

No le apetecía hacer nada de eso.

Fue a casa en vez de a la oficina. Dejó el coche que utilizaba para trabajar en el aparcamiento del sótano, al lado del Corvette; después, subió las escaleras hasta su moderno ático de dos pisos en el edificio que antiguamente era un almacén. Lo había decorado a su gusto, desde el sofá y los sillones de cuero negro hasta las mesas de cristal y cromo, y la cocina de acero inoxidable y granito. Todo ello salpicado de azul en alfombras, cojines y figurillas de cristal. Todo estaba limpio y ordenado. Todo estaba en su sitio.

Unos ventanales del suelo al techo daban a un patio interior que Quinn compartía con los otros dueños del edificio, pero casi nunca utilizaba ese espacio y no sabía casi nada de sus vecinos. Estaba acostumbrado a estar solo. Le gustaba. Nunca se sentía solo. Estar solo era distinto a sentirse solo.

Claire era la clase de persona que se sentiría sola si pasaba mucho tiempo sola.

Agarró una cerveza de la nevera, encendió el ordenador e imprimió una foto del conductor de la furgoneta, según le había prometido a Claire. A continuación, volvió a leer los informes que él había escrito mientras vigilaba a Jenn, también leyó los informes del fiscal.

Buscó en Internet artículos de periódico referentes al juicio, que había concluido hacía un mes con la condena de Beecham. Se trataba de un caso sencillo. Beecham era un broker que había robado a sus inversores cinco millones de dólares durante un periodo de seis años. La mayoría de sus clientes eran ancianos, muchos de ellos habían fallecido, y a los herederos les habían mostrado papeles falsos.

También había robado a personas aún vivas, pero en cantidades menores.

Se suponía que tenía el dinero en Suiza, aunque no se había negado ciertos lujos. Su casa, en la que había vivido Jenn, valía dos millones de dólares. Se había vendido, pero los beneficios de su venta habían ido a parar a los abogados, no a las personas a las que había robado.

Beecham era metódico y ambicioso. Jenn Winston le parecía hecha para él. Claire, por supuesto, se mostraría contraria a su opinión.

De repente, sintió necesidad de salir de la casa.

Agarró una vieja chaqueta de cuero y se la puso. El teléfono móvil sonó en el momento en que estaba apagando las luces. Era Claire.

—He hablado con Marie —dijo ella después de saludarlo—. Me dijo que Jenn tenía que enviarle un cheque.

Quinn enderezó los hombros.

—¿Lo va a enviar por correo?

—Eso es lo que supone Marie.

—¿Podrías conseguir ver el sobre cuando Marie lo tenga en su poder, para examinar el sello?

—No sin decirle a Marie lo que pasa. No tengo por costumbre aparecer en su casa.

—En ese caso, ¿para qué me llamas?

—Te he llamado porque Marie siente una conexión especial contigo. Si fuera a verla como clienta… —Claire se interrumpió y suspiró—. No puedo creer lo que estoy diciendo.

—¿Quieres que vaya a husmear a casa de Marie?

—Bueno, ella trabaja fuera de casa. Deja el correo encima del mostrador de la cocina, al lado de la nevera. Oye, quiero demostrar que mi hermana es inocente. Estoy dispuesta a hacer lo que sea para demostrártelo.

–¿Incluso sugerirme que viole la intimidad de Marie?

–Sí, si es necesario. Y esto me parece necesario.

Quinn sacó un papel y un bolígrafo de un cajón de la cocina.

–Dame la dirección y el teléfono.

Claire así lo hizo, luego dijo:

–El hecho de que vayas a verla no significa que Marie crea que tú crees que tiene poderes de adivinación. Tendrás que convencerla. No se le escapan los escépticos.

Quinn había representado tantos y tan variados papeles durante los últimos diez años que estaba convencido de merecerse un Oscar.

–Gracias por el consejo, y por la información.

–Bien. Hasta mañana por la mañana.

Después de colgar, Quinn se quedó mirando la dirección de Marie y el teléfono. Poderes. Ya. Había dicho que el pasado iba a darle alcance. Todo el mundo tenía un pasado.

Capítulo Siete

Claire acababa de ponerle a Quinn una taza de café cuando Jamey Paladin llegó. Era de la misma altura que Quinn, algo mayor, más ancho y musculoso, con cabello más largo que Quinn y simpáticos ojos verdes. Su presencia, menos intimidante, ayudó a calmarle los nervios.

Quinn no le había dado un beso de buenos días. Suponía que él había decidido cumplir esas reglas suyas que no tenían sentido.

–¿Puede abrir el coche sin que se dispare la alarma? –le preguntó a Jamey al salir de la casa.

–Lo intentaré.

Ella lo miró asustada, él sonrió traviesamente.

–No se preocupe, nadie va a oír nada.

Claire tecleó la clave para abrir el garaje. La puerta empezó a levantarse…

–No está –dijo ella perpleja–. El coche… no está.

–¿No ha oído nada durante la noche? –le preguntó Jamey adentrándose en el garaje.

–Nada. Rase… El perro no ha ladrado, y lo oye todo. Absolutamente todo.

Claire volvió el rostro y clavó los ojos en Quinn.

–Si Jenn ha sacado el coche, significa que aún está aquí, en la ciudad.

–Si ha sido ella quien ha sacado el coche, cosa que no sabemos.

–¿Qué otra persona puede haberlo hecho?

–¿Su madre?

–Marie no tiene las llaves. Además, cuando le

preguntó a Jenn si podía utilizar el coche, ésta le contestó que no.

–No parece que hayan forzado la entrada –dijo Jamey–. ¿Está segura de que lo sacaron anoche?

–Ayer estaba aquí. Los dos lo vimos –respondió Claire.

–Pero estuvimos fuera durante una hora –le recordó Quinn–. Y cuando volvimos, la furgoneta ya no estaba; cosa que nos pareció extraña. En cuanto a que no has oído a Rase ladrar podría deberse a que no se han llevado el coche durante la noche.

Confusa, Claire se apartó el pelo de la cara y miró al suelo.

–¿Cómo ha podido alguien entrar en el garaje y llevarse el coche sin forzar la entrada?

–Es posible que el tipo de la furgoneta tuviera prismáticos y te viera teclear los números para abrir la puerta del garaje.

Quinn le estaba recordando la advertencia del día anterior. En el momento, a ella la actitud de Quinn le había parecido algo paranoica.

–De todos modos, además de forzar la puerta del garaje ha tenido que abrir el coche sin que se disparase la alarma y hacer una conexión con los cables para llevarse el coche sin tener las llaves.

–Cosa que no es demasiado difícil –dijo Jamey–. ¿Qué había dentro del coche?

–Esperábamos encontrar pistas –respondió Claire–, y quizá algo más, quizá dinero. ¿Deberíamos denunciar el coche como robado?

Claire miró a Quinn esperando una respuesta, pero sabía que iba a llamar a la policía, al margen de lo que Quinn pudiera opinar.

–Sí, vamos a denunciar el robo del coche.

Jamey se marchó. Ella y Quinn volvieron a la casa y buscaron entre los papeles la marca, el modelo y el número de matrícula del coche. Después,

Quinn llamó a la policía y habló con alguien a quien parecía conocer personalmente.

Claire no sabía qué pensar. ¿Había sido Jenn quien se había llevado el coche? Y si había sido ella, ¿por qué esperar tanto tiempo? ¿Por qué no antes?

Quinn terminó su conversación y se metió el móvil en el bolsillo.

—¿Te encuentras bien? —le preguntó él.

Sí, estaba bien.

—Es todo este misterio… Supongo que, antes o después, nos enteraremos de qué está pasando. Por otra parte, si se mira por el lado bueno, por fin tengo el garaje para mí sola.

—Exacto. Creo que el siguiente paso es ir a la cárcel a hacerle una visita a Beecham para ver qué tiene que decir al respecto. Yo podría ir solo…

—Me gustaría ir también —la sorprendió lo que acababa de decir.

Hasta la desaparición del coche, tenía curiosidad por saber dónde estaba Jenn, pero no estaba preocupada por ella. Ahora, esa curiosidad se había transformado en preocupación.

—¿Crees que hablará con nosotros? —añadió Claire.

—A veces, a los delincuentes les gusta presumir de sus proezas. No es que digan nada en concreto, pero hablan de sí mismos en sentido hipotético. Voy a solicitar permiso para ir a visitarlo —Quinn apretó la mandíbula—. Claire, Beecham no está en una cárcel de alta seguridad, pero si nunca has ido a una cárcel…

—¿Desconcertante?

—Eso es ponerlo muy suave.

—No te preocupes, no me va a pasar nada.

Quinn le sostuvo la mirada unos segundos y luego asintió.

—Sí, supongo que no te va a pasar nada. Bueno, por el momento no hay nada más que hacer. Los de la comisaría van a enviar un policía para registrar el garaje, así que no metas tu coche todavía, espera a que lo registren y se vayan.

Claire quería pedirle que se quedara, pero no se le ocurrió ninguna excusa. La furgoneta ya no estaba y no parecía haber nada que pudiera preocuparlos por el momento. Le habría encantado que estuviera la furgoneta.

–Gracias por tu ayuda.

–Te llamaré cuando me den permiso para ir a ver a Beecham. De todos modos, si necesitas algo, no dudes en llamarme.

Con el fin de no echarse encima de él y rodearle el cuello con los brazos, los cruzó a la altura del pecho.

–Está bien, gracias.

Quinn se dio la vuelta para marcharse, pero se volvió de nuevo y la miró.

–¿Seguro que estás bien? –preguntó él.

–Estoy bien.

–De acuerdo.

Claire lo siguió hasta la puerta.

–Adiós –dijo él, con la mano en el hombro de ella.

Entonces, le puso las manos en el rostro y a Claire le temblaron las piernas.

–Claire –dijo Quinn en un susurro.

Se abrazaron. Claire se apoyó en él. El pecho de Quinn era sólido. Hacía mucho tiempo que alguien no la abrazaba y la reconfortaba. Pero se trataba de algo más. Esto hacía que el corazón le latiera con fuerza y que los ojos le escocieran.

Quinn la estrechó con más fuerza y ella gimió de placer. Después, él le acarició el cabello.

«Es maravilloso estar contigo», se dijo Claire. «Sería maravilloso estar contigo durante el resto de la vida».

Quinn la soltó, pero no se echó hacia atrás.

Claire dejó caer los brazos. Quinn se los agarró con las manos. Se miraron fijamente. Mientras se miraban, Quinn bajó la cabeza y le acarició los labios con los suyos lentamente.

Claire arqueó la espalda. El beso se hizo más intenso. Fue un momento mágico.

Quinn se echó atrás. Claire abrió los ojos y no vio nada en la expresión de él.

—Piensas que, como hemos quebrado la regla una vez, hacerlo una segunda vez no tiene importancia, ¿verdad? —preguntó ella.

—Algo así.

—Así que… la regla número tres es ser flexible.

Claire esperó a que Quinn cerrara la puerta; después, se apoyó en ésta y miró al techo sonriendo.

Jenn tenía razón en una cosa: las rubias se lo pasaban mejor.

El lunes por la mañana Quinn, recurriendo a su encanto natural, convenció a una anciana vecina de Marie DiSanto de que le dijera a qué hora llevaban el correo; después, aparcó el coche cerca de la casa de Marie, bajó la ventanilla y esperó. Si Jenn había enviado el sobre con el cheque el sábado, cuando habló con su madre, y si estaba en San Francisco, el sobre debería llegar ese día.

No sabía si Marie estaba en casa o no. El cajetín para el correo estaba a la entrada del edificio, perfectamente accesible, y eso era lo importante. Prefería quebrar la ley respecto a examinar el correo ajeno a fingir interés en los poderes psíquicos de Marie.

Al mirar por el espejo retrovisor vio a una mujer haciendo jogging acompañada de un perro, ambos bajando la cuesta. Reconoció las largas piernas y la cola de caballo inmediatamente; entonces, encendió el motor para poder bajar la otra ventanilla delantera. Cuando fue a llamarla, la vio aminorar la marcha y encaminarse hacia su coche.

Claire se agachó y sonrió.

–Buenos días.

Rase se alzó y colocó las pezuñas delanteras en el coche.

–Baja –ordenó él al perro, que obedeció al instante.

Quinn volvió la mirada a Claire, que parecía relajada y tensa simultáneamente.

–Estás lejos de tu casa –dijo él.

–Hace un día estupendo para hacer jogging.

Pero la mañana era húmeda y fría.

–Sí, seguro.

Los ojos de ella brillaron. Sus labios estaban hechos para besar.

–Vamos, entra –dijo él.

Quinn se encogió al ver que Claire abría la puerta trasera para que Rase entrara, con sus húmedas pezuñas dejando huellas en el asiento. Luego, ella se sentó en el asiento contiguo al suyo mientras Rase se echaba hacia delante para lamerle la oreja a él.

–No, siéntate –ordenó Quinn al perro.

–Hoy casi me ha obedecido –dijo Claire refiriéndose al animal.

–Bueno, dime la verdad, ¿qué te ha traído hasta aquí? –preguntó Quinn–. No es posible que hayas venido hasta aquí haciendo jogging.

–¿No, estás seguro?

–Vives a seis kilómetros de aquí y no se te ve cansada de correr.

–Me has pillado –Claire se apoyó en la puerta–. Pensé… ¿qué estará haciendo Quinn hoy? Y decidí que habrías venido a husmear el correo de Marie. Me pareció buena idea venir a hacerte compañía.

La voz de Claire parecía conllevar cierto tono acusatorio.

–No te estaba excluyendo. Me dijiste que me las arreglara con Marie yo solo.

–He cambiado de idea –Claire sonrió dulcemente.

–¿Y eso?

–¿Es que tú nunca cambias de idea?

–A veces.

–Pero no lo haces con frecuencia, ¿verdad?

–No –Quinn se inclinó sobre ella ligeramente–. ¿Has dormido bien?

Claire asintió.

–¿Lo dices de verdad?

Claire se echó hacia delante y le tocó la mano. Quinn se contuvo.

–He dormido –declaró Claire.

–De camino aquí he pasado por tu casa, no he visto la furgoneta.

–Yo tampoco.

–¿Ninguna llamada de Jenn?

–Si hubiera llamado te lo habría dicho.

Quinn quería, necesitaba, darle un beso de buenos días. Se miraron durante unos segundos. Los ojos de Claire se clavaron en su boca; después, apartó las manos.

–Bueno, ¿cuál es el plan? –preguntó ella echando la espalda hacia atrás.

Quinn no sabía si sentir alivio o pesar porque el momento hubiera pasado.

–Esperar a que traigan el correo y ver si podemos echarle un ojo.

–¿Qué? ¿Es que no quieres charlar un rato con Marie? –bromeó ella.

–Haré lo que tenga que hacer.

–Tengo la impresión de que te estoy robando el tiempo.

–No te preocupes –Quinn la vio frotarse los bra-

72

zos con las manos–. Tu día estupendo es más frío de lo que pensabas, ¿eh?

Claire sonrió irónicamente.

–A lo mejor debería echar una carrera alrededor de la manzana para entrar en calor.

Quinn se sacó el jersey por la cabeza y lo colocó encima de ella.

–Qué caliente –Claire se lo puso–. Gracias.

Se hizo un incómodo silencio. Quinn se preguntó si Claire tenía idea de lo tentadora que le parecía.

–Ahí viene el cartero –dijo Quinn mirando por el espejo retrovisor.

Miró la hora, las diez y media. Puntual.

Al llegar al buzón de Marie, el cartero echó un sobre blanco.

Claire puso la mano en la manija de la puerta del coche.

–Deja que se vaya –dijo Quinn.

Claire se quedó quieta.

–Me parece que no tengo la paciencia necesaria para esta clase de trabajo.

–¿Siendo maestra no tienes paciencia?

–No, lo que tengo es aguante –Claire sonrió traviesamente–. ¿Podemos ir ya?

–Iré yo. Tú quédate aquí.

–Pero…

Quinn sacudió la cabeza.

–No te involucres en esto.

Claire apartó los ojos de él y los clavó en el edificio.

Quinn se bajó del coche y se encaminó hacia el edificio. Con los ojos fijos en la puerta de cristal de la entrada, levantó la tapa del buzón, sacó el sobre…

–Es un delito apropiarse del correo ajeno –dijo una voz.

73

Capítulo Ocho

Quinn alzó el rostro y encontró a Marie asomada a una ventana.

–¿Qué está haciendo? –preguntó ella.

–He venido a verla –Quinn agitó el sobre que tenía en la mano–. Acaban de traerle el correo y lo he recogido para dárselo.

Transcurrieron unos segundos.

–Voy a darle al telefonillo para abrirle la puerta.

Quinn miró al coche antes de dejar que la puerta se cerrase tras de sí. No podía ver la expresión de Claire a través del parabrisas, pero imaginaba que se alegraba de haberse quedado en el coche; si hubiera intentado mentir a Marie, ésta lo habría notado enseguida.

La puerta del piso estaba abierta. Al entrar, Quinn la oyó hablando, las pausas le indicaron que se trataba de una conversación telefónica.

Quinn le dio el sobre, el remite era de una consulta de médico, y se paseó por la estancia mientras esperaba a que Marie acabara de hablar. Había cristales, velas, terciopelo y cortinas de bolitas de cristal en la puerta que daba al pasillo. Nada de ello lo sorprendió. No lo convencía el olor a incienso ni el de las velas aromáticas, pero tampoco le disgustaba.

Vio un sobre de FEDEC encima de una mesa de bronce y cristal parcialmente vestida con un tapiz. El sobre ya había sido abierto. Podía haberlo enviado cualquiera y podía haber llegado días atrás, pero el instinto le decía que era de Jenn. A pesar de que la estancia estaba llena de cosas, no estaba desordenada. El sobre resaltaba porque era para tirar a la basura.

–Estás ignorando lo que es evidente –dijo Marie en su conversación telefónica–. Ya hemos hablado de eso, Monique.

Quinn se asomó a la ventana y vio a Claire mirándolo. Ella se tapó la boca con una mano.

–Sí, puedo verte esta tarde pronto. ¿A eso de las cuatro? –Marie se despidió y colgó el teléfono–. Me sorprende verlo. Señor Gerard, ¿verdad?

–Quinn, y tutéeme. No acabo de creerme que haya venido aquí.

Marie sonrió, aunque la sonrisa no alcanzó sus ojos.

–Te tenía por un no creyente –Marie hizo una pausa–. Y tutéame a mí también.

–Tienes razón, no soy un creyente.

–Pero estás aquí.

Quinn se encogió de hombros.

–Siéntate.

Él se sentó en el sofá y estiró los brazos a lo largo del respaldo con intención de parecer tranquilo y abierto. Ella se sentó en un sillón que más bien parecía un trono. Sus rojos cabellos la cubrían como una capa real.

Marie encendió una vela a su lado y cerró los ojos.

Quinn no quería estar ahí haciendo eso. Sintió una enorme resistencia, pero Claire le había dicho que tenía que convencer a Marie, que ésta no se dejaba engañar por los escépticos.

Quinn decidió que lo mejor era no ocultar su resistencia, eso convencería a Marie.

Ella abrió los ojos con expresión de placidez.

–¿A qué pregunta estás buscando respuesta?

«¿Puedo marcharme de aquí ya?».

Quinn titubeó durante demasiado tiempo. La expresión de ella cambió, se tornó más intensa.

–¿A qué has venido? La verdad –dijo Marie.

Quinn no podía hablar. Su mente evocó ciertas imágenes, todo ello debido al hecho de que la situación de Claire era parecida a lo que había sido la suya. Intentó contener el asalto del recuerdo.

–Construyes fuertes muros a tu alrededor –dijo Marie–. No puedo echarlos abajo, ni siquiera puedo penetrarlos.

–No quiero que lo hagas.

–Sí, ya lo veo. En ese caso, ¿a qué has venido?

No podía mencionarle a Jenn y no quería hablar de su propio pasado.

De repente, Marie pareció alerta y preguntó:

–¿Qué relación tienes con Claire?

–Somos amigos.

Marie posó las manos en su regazo.

–No pareces ser su tipo. O es posible que ella no sea tu tipo.

–Ya.

Marie arqueó las cejas.

–Lo que hay entre vosotros es más que simple amistad.

–Todavía no.

¿Por qué estaban manteniendo esa conversación? ¿Cómo podía marcharse de allí dejando abierta la posibilidad de volver para obtener información si lo necesitaba?

–Sin embargo, ella y su perro están esperándote en el coche.

Quinn se puso tenso. Había infravalorado a Marie DiSanto.

–Claire me ha convencido para que viniera a verte.

–Sin embargo, has venido solo. Claire y Rase han aparecido una hora después a que lo hicieras tú.

Quinn miró a su alrededor.

–¿Dónde tienes la bola de cristal? No la veo.

Marie sonrió, sinceramente.

–Soy claustrofóbica. Tengo las ventanas abiertas y me gusta mirar el parque desde la ventana. No sabía que estabas en el coche, sólo que había un coche aparcado y que el conductor seguía dentro, sin salir. Luego, Claire ha llegado a pie y se ha metido en el coche, lo que ha despertado mi curiosidad. Al poco tiempo, tú has venido hacia aquí, pero parecías más interesado en mi buzón de correos que en mí personalmente. Y no me digas nada, me gustan los puzzles.

Marie se asomó a la ventana y, tras unos segundos, agitó la mano.

Quinn se reunió con ella. Claire le sonreía como si quisiera decir con ello: «Te han pillado».

–Eres una caja de sorpresas –le dijo Quinn a Marie.

–Verdad –Marie le miró fijamente–. Y esa joven que te espera en el coche también es una caja de sorpresas.

–No me cabe duda alguna. Ya me ha sorprendido en más de una ocasión.

–Me gusta pensar que se debe a la influencia que he ejercido en ella –la sonrisa de Marie estaba llena de satisfacción–. Esos padres tan estrictos que tenía intentaban que fuera...

–¿Modosa? –sugirió él al ver que Marie no acababa la frase.

–Exacto. Pero yo la animé a que fuera más libre. Por otra parte, creo que me excedí con Jenny; debería haber sido más firme con ella.

Quinn no hizo comentario al respecto, no merecía la pena.

–¿Vas a volver? –preguntó Marie–. Déjame que lo intente otra vez.

–Es posible –Quinn le dio un billete de veinte dólares.

Tras vacilar un momento, Marie aceptó el dinero.

–A veces, el dolor produce placer.

–A mí jamás me ha ocurrido eso.

–Ahora eres más maduro. Más sabio.

Eso lo sorprendió. ¿Cómo sabía Marie que era muy joven cuando…?

Marie le dio unas palmadas en el brazo.

–Claire te está esperando.

Cuando Quinn salió de la casa y se dirigió al coche en un estado de absoluta confusión.

–¡Te ha pillado! –exclamó Claire cuando él entró en el vehículo.

Quinn se dio cuenta de que Rase estaba trotando encima del asiento trasero del coche, pero no le ordenó que parase.

–¿Qué ha pasado? ¿Has logrado averiguar algo?

Lo primero en lo que Quinn se fijó fue en el brillo de los ojos de Claire y en su luminosidad. No quería que sufriera, y tenía miedo de que Jenn acabara causándole mucho sufrimiento. Tampoco quería ser él quien le hiciera daño. Cabía la posibilidad de que hubiera cometido el mayor error de su vida al instigar aquella investigación que Claire, realmente, no había querido llevar a cabo. Quizá sólo fuera a causar sufrimiento.

Pero no valía la pena darle vueltas a la cabeza.

Abrazó a Claire y la besó como no había besado a nadie en su vida: sin pensar y sin esperar nada. Tras un momento de incertidumbre, Claire le rodeó el cuello con los brazos y se apretó contra él.

Quinn le acarició el interior de la boca con la lengua, deleitándose en su calor, en su sabor, en esa persona llena de… vida. No se había dado cuenta de lo muerto que había estado viviendo en sombras durante tanto tiempo. Sin emoción. Todo control y estabilidad.

Claire le hacía perder esa estabilidad.

Quinn dio fin al beso porque tenía que hacerlo, porque estaba perdiendo el control, algo que jamás hacía.

Claire abrió los ojos y lo miró. Luego, le acarició los labios con las yemas de los dedos.

–Tienes cara de querer disculparte… o de establecer una nueva regla –dijo ella sonriendo.

¿Cómo estaba empezando a conocerlo tan bien en tan poco tiempo?

–Me parece que debería prometer que no voy a permitir que esto ocurra otra vez –contestó Quinn.

–No prometas nada que no quieras cumplir.

Quinn se recostó en el respaldo del asiento. Ella le puso una mano en el brazo y se inclinó hacia él.

–No puedes negar que hay atracción entre los dos, o como quieras llamarlo. Así que no lo niegues y no prometas nada que vaya en su contra. Deja que las cosas sigan su curso.

Maldición. Claire le gustaba más y más. Era más profunda de lo que había imaginado.

–Vamos, quítate la idea de la cabeza.

Quinn sonrió y le acarició el cabello. No obstante, tenía que ser honesto con ella.

–Claire, no estoy hecho para las relaciones estables. Nunca he vivido con una mujer. Necesito mi propio espacio, mi intimidad.

Y jamás había dependido de nadie para nada. Sólo contaba consigo mismo. Sólo se necesitaba a sí mismo.

–Eso es algo egocéntrico, ¿no te parece? –preguntó ella con ojos brillantes–. Ha sido sólo un beso.

Era el mejor beso de su vida, pero… ¿para ella era sólo un beso?

–Un beso espectacular –añadió Claire, contestando a su silenciosa pregunta–. Un beso que me ha quitado la respiración. Pero un beso, sin compromiso de ninguna clase. ¿De acuerdo, MQ?

–¿MQ?

–*Mighty Quinn.* ¿No conoces esa canción?

–Ah, sí, la canción de Bob Dylan.

–A Marie le encantaba Bob Dylan, sus canciones de cuna eran de él –Claire subió los pies y se sentó con las piernas cruzadas en el asiento, rompiendo el contacto físico–. Hablando de Marie, ¿te ha dicho algo?

A Quinn le extrañó el cambio de actitud de Claire.

–He visto un sobre vacío de FedEx encima de la mesa de centro, pero no era un sobre internacional.

–¿Vas a vigilar su correo mañana también?

–No. Marie sospecha algo y va a estar vigilando.

–¿Quieres que vaya a verla?

–¿Puedes mentirle?

–Depende de la mentira. No quiero que sepa que sospechamos de Jenn, pero no veo razón alguna por la que el tema salga en la conversación.

–En ese caso, decide tú. Pero antes de hacer nada, dímelo.

–Lo haré.

Claire volvió la cabeza y vio a Rase acurrucado en el asiento y profundamente dormido.

–Deberíamos marcharnos –dijo ella–. Debes de tener trabajo.

–Puedo llevarte al sitio donde has dejado tu coche.

–Gracias, pero no. Antes vamos a correr un poco por el parque. Además, he aparcado el coche a sólo una manzana de aquí.

–Supongo que pronto nos darán permiso para ir a visitar a Beecham. Te llamaré en el momento en que nos lo den.

–Llámame cuando quieras –Claire bajó las piernas y luego le acarició la cara–. No necesitas ninguna excusa para hacerlo.

–Lo mismo digo.

Ella asintió.

–Rase, venga, vamos a echar una carrera.

El perro se puso en pie inmediatamente y, cuando Claire abrió la puerta delantera, el animal saltó y salió a la calle; aunque, de camino, le lamió una oreja a Quinn.

–Necesita entrenamiento –dijo Quinn limpiándose la oreja.

–Te adora –le dijo Claire con mirada tierna.

A Quinn le pareció que esas palabras, referidas a él, eran de un idioma extranjero.

–Hasta luego, PA –dijo Quinn encendiendo el motor del coche.

–¿PA?

–Pollyanna.

–No.

–Sí. Y no es un insulto.

–A mí me lo parece. Llevo tiempo haciendo grandes esfuerzos por no ser tan sensata, previsible, tan… buena.

–No puedes hacer nada por evitar ser una buena persona, Claire. Pero te aseguro que de previsible no tienes nada.

–¿En serio?

–En serio.

–Bueno, vale. Hasta la vista.

Claire y el perro corrieron al parque. Quinn lanzó un suspiro, esa mujer tenía unas piernas espectaculares. Sacudió la cabeza cuando ella se volvió y agitó una mano en su dirección, sonriendo ampliamente.

Quinn sintió la tentación de hacer novillos.

No. No podría divertirse sabiendo que tenía trabajo y que no lo estaba haciendo.

Quizá otro día.

Capítulo Nueve

Claire resistió la tentación de sentarse al lado de Quinn y darle la mano. Había creído estar preparada para visitar una cárcel federal, al fin y al cabo había visto montones de ellas en las películas y en la televisión, pero la realidad era muy distinta. La verdad era que había querido acompañar a Quinn a ver a Craig Beecham porque de esa forma pasarían el día entero juntos.

El viaje a la cárcel les había llevado seis horas, y habían salido a las seis de la mañana. Mientras Quinn conducía, ella había estado leyéndole en voz alta el testimonio en el juicio, cosa que podría ayudarlos en su encuentro con Beecham. El resto del viaje había transcurrido en silencio.

Había visto a Quinn en seis ocasiones durante la semana y media que habían estado esperando al permiso para ir a la cárcel. Quinn había ido a su casa por las mañanas en cinco ocasiones para correr con ella y con Rase. En otra ocasión le había llevado cena. Después de la cena, ella había hablado de su infancia, Quinn no. Ella había hablado del trabajo, Quinn no. Quinn se había sentado a su lado en el sofá, a veces tomándole la mano y, al final de la velada, le había dado un beso de despedida. Fue un beso que la dejó nuevamente sin respiración.

Al mirarlo ahora, sentada en la sala de visitas de la cárcel, se preguntó qué estaría pensando Quinn en ese momento. La mayoría del resto de las mesas estaban ocupadas por presidiarios con sus familias… y algún abogado que otro. Estos últimos sobresalían porque los presidiarios hablaban con ellos con más intensidad y nerviosismo. Con las familias, los condenados sonreían forzadamente y bromeaban sin humor. Las risas estaban vacías. Nadie se tocaba.

–¿Te encuentras bien? –le preguntó Quinn en voz baja.

–¿Cómo logran sobrevivir? –preguntó ella.

–Algunos no lo hacen.

–Todo el mundo debería ver lo que es esto.

–¿Crees que eso evitaría que la gente cometiera delitos?

–¿Tú no lo crees?

–Es posible que evitara que algunos lo hicieran, pero la mayoría de los delincuentes piensan que no los van a atrapar.

Claire reconoció a Beecham en el momento en que atravesó el umbral de la puerta. Se le notaban los seis meses que ya llevaba sin libertad. La sonrisa de seguridad en sí mismo era forzada. Le pareció que aparentaba más edad de la que tenía, cuarenta años. El grisáceo cabello, tan corto, revelaba una cabeza cómicamente puntiaguda y hacía resaltar sus grandes orejas. Las ojeras tampoco le favorecían. Aunque delgado en el juicio, ahora se le veía esquelético.

–Ponte derecho –le dijo el guarda a Beecham cuando éste se medio recostó en el asiento–. Y pon las manos encima de la mesa.

Beecham obedeció inmediatamente.

–La hermana, Claire –dijo Beecham en tono burlón. Luego, mirando a Quinn, ladeó la cabeza–. Me han dicho su nombre, pero me parece que no lo conozco.

–Soy un amigo de la familia. Estamos buscando a Jennifer.

Beecham agrandó los ojos.

—Qué coincidencia, estaba aquí hace unos minutos. ¿No se han cruzado con ella en el pasillo? Está completamente entregada a mí.

—No se ha puesto en contacto con usted —dijo Claire, segura de sus palabras.

—Todo lo contrario. Recibo a diario una carta perfumada. También me envió una caja de bombones con una lima escondida en la caja, pero la confiscaron. Esa Jenny es una mina.

—Tenía a alguien siguiéndola desde que lo trajeron aquí —dijo Quinn.

—¿Sí? —Beecham se encogió de hombros—. Un hombre tiene que cuidar de su mujer.

—El problema es que se le ha escapado a usted también —observó Quinn.

—¿Eso cree?

—Lo sabe perfectamente. El tipo que tenía siguiéndola ha dejado de vigilar la casa de Claire desde que Jenn se marchó.

Beecham no dijo nada.

—Se lo ve preocupado —continuó Quinn.

—¿A mí? Ni pensarlo.

—¿No? ¿Crees que estará esperándolo cuando salga? ¿Crees que hay muchas posibilidades de que eso ocurra? —le preguntó Quinn a ella.

—No.

Quinn asintió.

—¿Tenía Jenn acceso a tu dinero, Beecham?

—Yo no tengo dinero. Todo el dinero que tenía lo tienen ahora mis abogados.

—A excepción de los cinco millones de dólares que ha robado.

—No tengo dinero —repitió Beecham.

—Quizá no lo tenga en Estados Unidos y es posible que no lo tenga en metálico —Quinn se recostó en el respaldo del asiento—. ¿Lo tiene en diamantes?

Beecham no abrió la boca.

–¿Sabe Jenn dónde está? –preguntó Quinn.

–¿A qué viene todo esto? –preguntó Beecham por fin–. Aunque conteste a sus preguntas no le va a servir de nada.

–Supongo que su plan, como el de la mayor parte de los que se dedican a robar al prójimo, es cumplir su sentencia, acortarla lo más posible por buen comportamiento, y luego vivir del dinero robado. Un dinero que usted acabará convencido de que se merece después de haber pagado su deuda a la sociedad. Pero… ¿qué pasa cuando se sale de la cárcel y se descubre que el dinero no está? –Quinn hizo una pausa momentánea–. Nosotros también queremos encontrarla, aunque por motivos diferentes a los suyos. Si nos ayuda, se ayudará a sí mismo.

–Según las últimas noticias, Jenny tenía dinero propio, era rica. ¿Por qué iba a necesitar más?

Poco tiempo atrás, Claire le había hecho una pregunta muy parecida a Quinn. Éste le había hecho ver que podía estar equivocada, le había abierto los ojos en lo referente a su hermana.

–Usted ha vivido con ella durante un año; sin embargo, no la conoce, ¿verdad? –preguntó Claire.

Beecham plantó las palmas de las manos en la mesa y se inclinó hacia ella.

–Es ambiciosa, eso sí lo sé. Y manipuladora. Pero, al menos, sabía qué era lo que hacía. Usted, hermanita, era demasiado estúpida…

–Échese hacia atrás –le ordenó el guarda.

La tensión se prolongó durante unos segundos.

–Jenny y yo hacíamos buena pareja –dijo Beecham con voz más tranquila–. Sabía divertirse.

«Al contrario que tú». No tenía que decir las palabras para que Claire las oyera.

Claire miró a Quinn, esperando que él pudiera ver en su expresión que quería marcharse de allí.

–Puedes esperarme fuera si quieres –sugirió él.

–Vámonos.

–Me gustaría…

Claire sacudió la cabeza, interrumpiéndolo.

–Nos vamos ya –le dijo Quinn al guarda.

El guarda ordenó a Beecham que se pusiera en pie.

–Dígale a su hermana que mi amor por ella me llevará al fin del mundo –dijo Beecham con calma–. La encontraré, de eso no le quepa duda.

La amenaza fue clara. La mano de Quinn la hizo mantenerse en su sitio.

Después de que Beecham se marchara, les permitieron irse a ella y a Quinn. Estaba temblando de pies a cabeza. Odiaba ese lugar.

Cuando devolvieron sus tarjetas de visita, el guarda le devolvió a Quinn la suya.

–Señor Gerard, al ayudante del director le gustaría hablar con usted.

–¿Por qué?

–No lo sé, señor.

–Está bien.

–Voy a llamarlo. Siéntense, por favor.

En el momento en que se sentaron, Quinn le puso un brazo sobre los hombros. Ella se apoyó en él.

–¿Te arrepientes de haber venido?

–No.

–Eres más dura de lo que pareces, PA.

Claire lanzó una queda carcajada. Luego, cerró los ojos mientras Quinn le acariciaba el cabello.

–No dejo de imaginarme a Jenn en un sitio así.

–Sí.

–Es mi hermana. No soporto la idea de que esté… –Claire no pudo acabar la frase.

–¿Sigues creyendo que es inocente?

Claire se quedó pensativa.

–Sí. Pero se ha cavado su propia tumba y, en lo

que a mí concierne, es su problema. Tanto si es culpable como si es inocente, ya estoy harta. Se acabó la investigación, ¿de acuerdo? Aquí se termina todo.

Quinn frunció el ceño.

–Claire...

–Señor Gerard. Por favor, acompáñeme.

–Enseguida vuelvo –le dijo él a Claire.

Claire no sabía cuánto tiempo había tardado Quinn en volver, pero el suficiente para sentirse incómoda con la espera.

Quinn apareció cruzando la puerta como un vendaval, tiró su tarjeta de visitante en la mesa de recepción y extendió la mano para recibir sus objetos personales, que habían permanecido bajo la custodia de las autoridades. Luego, abrió la puerta de salida y se hizo a un lado para dejarla pasar a ella primero. Estaba muy pálido y su mirada era fría y dura.

–¿Qué ha pasado? –preguntó Claire al salir.

–No puedo hablar de ello.

–No puedes o no quieres.

–Lo que tú prefieras.

Claire estuvo a punto de contestarle mal, pero se controló porque, normalmente, Quinn era una persona muy tranquila y no solía perder la calma.

Quinn no la miró hasta que no estuvieron dentro del coche y él puso en marcha el motor.

–Perdona –dijo Quinn con la mandíbula tensa, aferrándose al volante.

–No te preocupes –ella le tocó el brazo ligeramente, lo sintió contraer los músculos–. ¿Quieres que conduzca yo?

–No.

–Soy buena conductora. Nunca he tenido un accidente.

–Qué sorpresa, PA.

El sarcasmo la enfadó.

87

—No sé lo que te pasa, pero sé que yo no he tenido la culpa. Lo único que estoy haciendo es tratar de ayudarte. Y no estoy dispuesta a pasarme seis horas en el coche con un maníaco al volante.

Después de un minuto, Quinn la miró con las cejas arqueadas.

—¿Estás segura?

Estaba bromeando.

—Segura.

Quinn se quedó un rato con la mirada perdida,.

—Te pido disculpas —dijo él por fin.

—No tiene importancia. Pero conduzco yo.

—En serio, Claire, estoy bien. Déjame que te compense.

—¿Cómo?

—No me mires con esa cara de no fiarte. ¿Podrías conseguir que alguien dé de comer a Rase y lo saque a dar un paseo esta noche y mañana por la mañana?

—Es posible.

—En ese caso, ¿por qué no seguimos la costa y vamos a Santa Bárbara? Allí, tomaremos un par de habitaciones en un hotel, iremos a cenar, daremos un paseo por la playa… y nos olvidaremos de todos los problemas. ¿Qué te parece?

Claire titubeó. Un par de habitaciones. Eso restaba tensión. Podrían ocurrir cosas o no. Pero no podía permitirse semejantes lujos. Entonces, oyó una voz parecida a la de Marie que le preguntaba si se había vuelto loca.

—Sí, buena idea —respondió Claire, ignorando el hecho de que no tenía ropa para cambiarse, ni maquillaje ni pijamas—. ¿Tienes pensado un sitio en particular?

—Sí. Deja que los llame por teléfono.

Capítulo Diez

Quinn se alegraba de haber elegido el Corvette. En ese hotel, incluso el botones lo habría mirado con desprecio si se hubiera presentado con el sedán gris que utilizaba para trabajar.

Detuvo el coche a las puertas del hotel.

–No vamos a quedarnos aquí, ¿verdad? –dijo Claire con voz resistencia en la voz.

–Sí.

Quinn agarró su portafolios y abrió la puerta mientras un empleado del hotel se les acercaba.

–No puedo pagar una habitación aquí –dijo ella–. Debe de costar un par de cientos de dólares la noche.

–El coste de las habitaciones varía entre quinientos y mil dólares por noche.

–En ese caso, sigue conduciendo. Vamos, ya. De camino, he visto un motel en la carretera que tenía un cartel de habitaciones libres.

–Es gratis, PA. Lo único que tenemos que pagar es la ropa que necesitemos comprarnos.

–¿Gratis? De ninguna manera.

Quinn recordaría la expresión de ella durante el resto de su vida.

–Hola, Way, buenas tardes –le dijo al empleado que acababa de abrir la puerta de Claire.

–Bienvenidos al Descanso –respondió el empleado del hotel–. ¿Va a quedarse en el hotel, señor?

–Sí, vamos a quedarnos.

–Ahora mismo envío a alguien para que les suban las maletas.

–No tenemos equipaje.

Quinn salió del coche, lo rodeó y, al llegar al lado de Claire, le dio una propina al joven empleado. Luego, siguió la sorprendida mirada de Claire hasta el edificio.

Era una construcción de estilo español con la marca del elegante viejo mundo. El cercano sonido de las olas... Aspiró el olor del mar y se alegró de haber ido allí, no sólo por Claire sino también por sí mismo. Era un buen sitio para tomar decisiones... y para retrasar la toma de decisiones.

Tomó a Claire de la mano mientras ella salía del coche.

–No llevo la ropa apropiada para este sitio –le susurró ella.

Quinn contempló los pantalones azul marino y la blusa azul pálido que Claire llevaba.

–Estás bien.

–Los hombres no sabéis de estas cosas.

–Vamos, deja de preocuparte, Claire.

Entraron en el vestíbulo, de imponente tamaño y con una escalinata de hierro forjado que conducía al piso superior. Preciosos y enormes jarrones de flores de increíble aroma. El asolado español era fresco y de color terroso.

Se acercaron a la recepcionista, una joven muy bien vestida.

–El señor Baxter nos está esperando.

–¿El señor Gerard?

–Sí. Y la señorita Winston.

La recepcionista hizo una breve llamada al encargado, supuso Quinn, para decirle que habían llegado. Cuando acabaron de inscribirse y recibieron las llaves, el amistoso Brent Baxter se les aproximó.

—Doc —dijo él ofreciéndole la mano a Quinn—. Me alegro de que hayas venido.

A Quinn no le pasó desapercibida la reacción de Claire cuando el otro hombre utilizó su viejo apodo. Tendría que darle una explicación.

—Y yo me alegro de tener tiempo por fin para aprovechar tu invitación, Brent. Ésta es Claire Winston.

Brent inclinó la cabeza. Claire no se echó a reír, pero pareció hacerle gracia el gesto.

—Os enseñaré vuestras habitaciones —dijo Brent—. ¿Escaleras o ascensor?

—Escaleras —respondió Claire cuando ambos hombres la miraron. Luego, le dio la mano a Quinn—. Tengo que hacer unas pequeñas compras.

—Después de que veamos las habitaciones —respondió él mientras se preguntaba por qué Claire le había tomado la mano. ¿Estaba nerviosa?—. Yo también tengo que comprar algunas cosas.

Sus habitaciones estaban juntas, pero no se comunicaban. La vista al océano Pacífico era incomparable. En el cuarto de baño, Claire encontró todos los productos de aseo que podía necesitar; en el cuarto de estar, encontró una bandeja con quesos, pan y fruta esperándolos, al igual que una botella de champán con dos copas.

—Por favor, llamadme si necesitáis cualquier cosa —dijo Brent—. Disfrutad vuestra estancia.

Brent salió de la habitación con pies ligeros.

Quinn contempló a Claire mientras ésta apoyaba los brazos en el hierro forjado del balcón. Sus cabellos al viento.

Acudió a ella como a un imán.

—Bonito, ¿verdad?

–Es mucho más que bonito, MQ. Y realmente eres Mighty Quinn por conseguir todo esto gratis.

–No es exactamente gratis. Hace un par de años hice un trabajo para Brent. Él no quería que los dueños se enteraran, así que le dije que se lo cobraría en especie algún día. Pero seguirá en deuda conmigo incluso después de esto.

–Te ha llamado Doc.

Quinn sabía que Claire no iba a dejar pasar eso.

–Así era como solían llamarme.

–¿Un apodo?

–Sí. Hasta que me hice socio de la empresa ARC, operaba en secreto la mayor parte del tiempo.

–¿Hacías trabajos sucios?

–Realizaba investigaciones encargadas por personas que requerían absoluta discreción. Era lo suficientemente anónimo para cumplir con los requisitos de esa gente.

–¿Cómo es que te conocían?

–Por el boca a boca.

–¿Por qué Doc?

–Uno de mis primeros clientes me llamó así. Decía que yo era un especialista en mi trabajo.

Claire sonrió.

–Suena a típico de «capa y espada».

–Me gustaba. Tenía una empresa con un nombre, pero nadie conocía mi verdadero nombre. Funcionaba. Hablando de otra cosa, ¿tienes hambre?

–Sí.

Quinn abrió la botella de champán y llevó la comida al balcón. Allí, comieron en silencio acompañados del murmullo de las olas. Sorprendió a Claire cerrando los ojos y alzando el rostro al sol con la copa de champán en la mano. De ser un pintor, le habría gustado pintarla.

–Gracias por la invitación –dijo ella.

–De nada –Quinn se miró el reloj–. He pedido cita para que nos den un masaje a cada uno dentro de media hora.

–¿De verdad?

–Y a ti te van a dar también… Bueno, no me acuerdo cómo se llama, pero es un tratamiento para el cuerpo.

Quinn temió que Claire protestara, pero ella sonrió ampliamente.

–Estupendo –sus ojos adquirieron un brillo travieso.

–Vamos a ver si las tiendas logran tentarte.

–Aparte de un par de cosas que voy a necesitar, soy absolutamente resistente a la tentación.

–¿En serio?

Ella sonrió.

–En lo que a ropa se refiere. Compro ropa de saldo.

Quinn decidió dejar el tema mientras bajaban la impresionante escalinata.

–¿Te está permitido decirme qué clase de trabajo hiciste para el señor Baxter? –preguntó ella.

–Le llegaron rumores de que alguien llevaba un servicio de prostitución de alto nivel en el hotel. Me contrató para que investigara quién y cómo.

–¿Cuánto tiempo te llevó?

Quinn le lanzó una mirada que la hizo reír.

–Una semana para descubrir a todos los involucrados.

–¿Y trabajaste… «en secreto»?

–No puse en peligro mi virtud.

Ella sonrió maliciosamente. Le gustaba el sentido de humor de Claire.

–Quiero que me cuentes todos y cada uno de los detalles sórdidos del asunto –dijo ella.

–Algún día te los contaré –llegaron al pie de la escalinata–. Pero primero vamos a hacer unas compras y a darnos unos masajes.

Dos horas más tarde Claire logró llegar a su habitación caminando como una sonámbula. Iba vestida con un albornoz blanco y unas zapatillas, y llevaba una bolsa con las compras que había hecho más la ropa que llevaba puesta al llegar al hotel.

En vez de entrar en su habitación, fue a la de Quinn. Llamó, pero no obtuvo respuesta. En su habitación, encontró un mensaje de él diciéndole que estaba en la piscina y que la esperaba allí.

Claire se puso sus nuevos pantalones cortos color coral, unas sandalias y se fue a la piscina.

A distancia, lo vio con unas bermudas de baño color negro estirado en una tumbona. Tenía los ojos cerrados y… quitaba la respiración.

Como si hubiera sentido su presencia, Quinn volvió la cabeza y la miró. Ella logró sonreír mientras avanzaba hacia él.

–Una tentación irresistible, ¿eh?

A Claire le llevó varios segundos darse cuenta de que Quinn estaba hablando del nuevo conjunto de pantalones cortos.

–No podía ponerme otra vez la ropa que he llevado a la cárcel. Tenía que comprar algo.

Él le tomó la mano, su mirada era comprensiva. Claire se agachó a su lado.

–¿Qué tal el masaje? –le preguntó Quinn.

Claire le puso un brazo en el rostro.

–¿A qué huelo?

Quinn olfateó.

–A guacamole.

Claire esbozó una ensoñadora sonrisa.

–Después de un masaje increíble, me han untado una mezcla de aguacate y cítricos por el cuerpo. Marie da muy buenos masajes, pero esto ha sido maravilloso. ¿Y el tuyo?

–Muy bueno también.

–Estoy tan relajada que me doblo.

–¿Te apetece un baño?

Lo que Claire quería era enterarse de qué era lo que había disgustado a Quinn tanto en la cárcel aquella mañana. Durante el masaje, no había dejado de darle vueltas al asunto.

–No he comprado traje de baño. Además, no creo que al aguacate le vaya bien el cloro –Claire se sentó en el borde de la tumbona.

–Se está bien al sol –comentó Quinn.

Claire asintió.

–Voy a traer una tumbona y ponerla aquí, al lado de la tuya. Tú puedes echarte una siesta.

«¿Por qué no vamos a tu habitación y nos echamos una siesta juntos?», pensó Claire.

Debió de haberse dormido porque, de repente, vio que el sol estaba muy bajo en el horizonte.

–Hola, bella durmiente.

–Hola –Claire le sonrió y se estiró; entonces, notó la sombrilla que le hacía sombra–. No me había dado cuenta de que estaba tan cansada. ¿Tú también has dormido?

–Sí.

–¿Has puesto tú la sombrilla?

Quinn se encogió de hombros.

–No quería que te quemaras.

–Gracias.

–De nada –Quinn se puso en pie y le dio una mano para ayudarla a levantarse–. Si vamos a arreglarnos ahora, podremos ver la puesta de sol mientras cenamos.

Claire sintió un temblor recorrerle el cuerpo. La cena. Y luego... ¿qué?

–Llama a la puerta cuando estés lista –dijo él.

Claire no le había dicho que había comprado un vestido para salir a cenar. Se había enamorado de un vestido de seda azul que estaba rebajado. El vestido era escotado por delante y mucho más por detrás, y la falda tenía dos aberturas hasta media pierna. Era un vestido para ir sin sujetador.

Cuando acabó de peinarse y maquillarse, dio unos golpes en la pared que daba a la habitación de Quinn y abrió la puerta.

Unos segundos después, Quinn apareció con un ramo de rosas amarillas en la mano, una caja de bombones en la otra y la expresión de un hombre que tenía la intención de hacerle la corte.

Capítulo Once

Era la primera vez que Quinn le regalaba bombones y flores a una chica con la que iba a salir. Demasiado visto, pensó siempre. No obstante, con Claire le pareció que era lo adecuado. Y cuando la vio llevarse las rosas al rostro para olerlas, se alegró de haber actuado instintivamente.

–Son preciosas –dijo ella con ojos brillantes.

–Tengo un jarrón en la habitación –quería darle el ramo, no un arreglo floral en un jarrón–, ahora mismo voy a por él.

Se alegraba de tener algo que hacer. No había contado con los nervios propios de una cita de verdad. Hasta ese momento, se había sentido a gusto con ella; excitado, pero a gusto, pensó mientras llenaba de agua el jarrón en el cuarto de baño.

Cuando volvió a la habitación de Claire, ella había abierto la caja de bombones y estaba eligiendo uno. Mordió y le ofreció la caja.

–Después de la cena –contestó él.

–La vida es corta. Según me dijo mi madre antes de morir, es mejor comer el postre primero.

Evidentemente, no podía seguir negándose. Quinn se metió un bombón en la boca. Ella dio otro mordisco al suyo; después, se metió el resto en la boca, cerró los ojos y lo saboreó con gusto.

–¿Tenías ese vestido escondido en el bolso? –preguntó Quinn.

Claire se acarició la falda del vestido.

Quinn había notado que no llevaba sujetador en

97

el momento que la vio; también había notado que tenía unos pechos del tamaño perfecto con erectos pezones.

–Lo he comprado. Lo consideraré un recuerdo del viaje.

Se alegró de que Claire se hubiera olvidado de la mala experiencia de la cárcel y se concentrara en el placer de su estancia en el hotel. A él le gustaría hacer lo mismo, pero no podía. Tenía que tomar una decisión. Y también tenía que volver a enterrar unos recuerdos. Se había distraído…

«Para. Relájate, aunque sólo sea por esta noche».

Unos minutos más tarde, ambos estaban sentados junto a la ventana de un restaurante. Brindaron con un cóctel mientras contemplaban el ocaso y cenaron pausadamente. Él le contó algunas anécdotas relacionadas con su trabajo; Claire coqueteó con él mediante el lenguaje corporal y con palabras. Compartieron un postre de chocolate y tomaron brandy.

–¿Te apetece dar un paseo por la playa? –preguntó él cuando ya no pudieron prolongar más las dos horas de la cena.

Claire sacudió la cabeza.

–¿Prefieres ir a tu habitación?

–Sí, no me importaría.

A pesar de que Quinn sospechaba que Claire quería acabar la velada en la cama, igual que le ocurría a él, esperó a que ella tomara la iniciativa, o con palabras o con acciones; sin embargo, en esta ocasión, Claire decidió ser prudente.

Se sentaron en el balcón del cuarto de ella y, en un momento de la conversación, Claire apoyó la cabeza en su hombro. El aroma de ella lo envolvió. Creyó que Claire se había quedado dormida, hasta que la oyó suspirar.

–¿Cansada? –preguntó Quinn, sin saber qué hacer.

Claire mostró incertidumbre.

–Un poco.

Se conocían desde hacía poco, pero de una cosa Quinn estaba seguro; para Claire, acostarse con alguien no era algo sin importancia. No debía presionarla.

Pero eso no solucionaba su dilema. ¿Quería o no Claire acostarse con él?

Quizá estuviera esperando a que él diera el primer paso; pero no, no podía ser eso. Desde que la conocía, Claire no había tenido problemas en dar su opinión o en decir lo que quería. En esta ocasión, no iba a comportarse de forma diferente.

«Vamos, vuelve la cabeza y dame un beso», suplicó Quinn en silencio.

Pero el tiempo fue pasando y nada. Debía de ser demasiado pronto para Claire. Y quizá también lo fuera para él; de lo contrario, tomaría la iniciativa.

–Me parece que voy a dejarte para que puedas descansar –dijo Quinn.

El sonido de las olas intensificó el silencio.

–Gracias. Ha sido una noche preciosa.

Quinn se puso en pie, pero Claire no lo miró.

–Hasta mañana.

–Buenas noches –dijo Claire.

Quinn salió a toda prisa. Era como si tuviera diecisiete años otra vez y se sintiera inundado por las dudas.

«Mujeres», pensó Quinn con exasperación.

Claire no se movió.

Quinn se había marchado, sin más. Ni un beso de despedida, sólo «hasta mañana».

Se aferró a los brazos de la silla mientras se preguntaba qué acababa de pasar. Había estado convencida de que Quinn quería... algo más que un beso. Le había llevado flores y bombones. Durante la cena, había respondido a su coqueteo. ¿Qué había cambiado?

Por supuesto, ella no se le había tirado encima. A los hombres no les gustaban las mujeres que tomaban la iniciativa; por lo menos, a los hombres que ella conocía.

Claro que Quinn era diferente a los demás hombres que ella conocía. Quizá había estado esperando a que diera el primer paso, a insinuársele. Se frotó las sienes. No lo había hecho y había sido una idiota. ¿Por qué no lo había hecho?

Porque quería que él la deseara. Incontrolable y completamente.

«Bueno, ¿le has dado la oportunidad de demostrártelo o no?».

«No».

«Idiota».

¿Cómo podía arreglarlo sin necesidad de llamar a la puerta de la habitación de Quinn y arrojarse a sus brazos?

De repente, la habitación se le antojó demasiado vacía y silenciosa. Encendió el aparato de música y eligió una melodía apropiada para como se sentía. Un fuerte ritmo le movía el cuerpo. Apagó las luces, se quitó el vestido y las bragas, y se puso el albornoz. Se movió por la habitación inquieta, sintiendo no tener una copa de vino; después, bailando, salió al balcón y casi se tropezó al ver lo que vio.

Quinn estaba también en su balcón mirando al mar. Llevaba pantalones cortos caqui, pero iba sin camisa. La miró y no dijo nada. Nada.

−¿No puedes dormir? −le preguntó Quinn unos segundos después.

–No.

Él asintió y volvió el rostro al mar.

A ella le escocieron los ojos.

«Dime algo. Por favor, dime algo».

–¿Qué ha pasado esta noche, Claire? –preguntó Quinn mirándola de nuevo.

–No lo sé.

–¿Te he malinterpretado? Creía que…

Ella se le acercó. Al parecer, Quinn estaba tan confuso como ella. Todavía había esperanza.

–Yo también creía que…

–¿Hemos…? –Quinn se interrumpió, frunció el ceño y empezó de nuevo–. ¿Me he comportado como un imbécil?

–No. Pero yo sí. Estaba esperando a que tomaras la iniciativa –confesó ella.

–Yo estaba esperando a que me dieras una indicación… No quería presionarte.

Transcurrieron diez segundos. La confusión dio paso al alivio y después a la esperanza.

–¿Te parece que hagamos como si no te hubieras marchado? –preguntó Claire.

Inmediatamente, Quinn se subió al forjado de hierro que separaba los dos balcones.

–¿Qué haces? –preguntó Claire casi gritando.

–Ir ahí.

–¡No! Te vas a romper la cabeza.

–No te preocupes.

El pánico se apoderó de ella.

–Espera, voy a abrir la puerta. Baja de ahí.

–Si entro por la puerta, no podemos hacer como si no me hubiera ido. Tendríamos que empezar, en vez de continuar.

–No tengo ningún problema con empezar otra vez –dijo ella angustiada, viéndolo hacer equilibrios en la barandilla de hierro de su balcón.

–Échate hacia atrás.

Claire se tapó la boca con las manos y retrocedió unos pasos.

Quinn saltó a la barandilla del otro balcón, se balanceó ligeramente y luego aterrizó con una traviesa sonrisa.

—Era absolutamente innecesario —observó Claire, pero con enorme alivio.

—¿En serio? —Quinn se acercó a ella.

—En serio.

Quinn le agarró la mano y la condujo hasta la habitación.

—Una música… interesante —comentó Quinn.

—Apropiada para el momento en el que me encontraba.

—¿Estabas loca?

—No, sólo enfadada conmigo misma.

Aún tomándole la mano, Quinn se acercó al estéreo y cambió la música. Las notas de un clarinete fueron una promesa en la noche. Una mezcla de jazz y blues. Muy sensual.

Quinn encendió una lámpara antes de tomar ambas manos de ella en las suyas.

—¿Me podrías hacer un favor?

—¿Qué favor?

—Ponte otra vez el vestido.

Claire no tenía objeciones.

—Date la vuelta.

Quinn se dio la vuelta. Ella también se dio la vuelta para ponerse el vestido, pero sin nada debajo.

—Ya puedes mirar —dijo Claire dándose la vuelta.

Cuando ambos estuvieron cara a cara, Quinn señaló con un dedo la pared de espaldas a él. Un espejo le había dado una imagen perfecta de la espalda de ella.

—Podías haber dicho algo —murmuró Claire.

—A caballo regalado no se le mira el diente.

–De todos modos…

Quinn se le aproximó.

–Te diré lo que vamos a hacer, PA. Me voy a dar media vuelta y me bajaré los pantalones durante tres segundos. Así estaremos en paz.

–Ah, la regla de la igualdad de condiciones. Bien, de acuerdo.

La respuesta lo dejó sorprendido y Claire se echó a reír.

Quinn la atrajo hacia sí.

–No vamos a hacer nada que no quieras hacer, ¿de acuerdo?

–Voy a hacer un trato contigo, MQ –dijo Claire acariciándole el pecho con la yema de los dedos–. Salvo que te diga que pares, sigue con lo que estés haciendo.

Quinn sonrió perezosa y sensualmente.

–Trato hecho. Siempre y cuando tú me prometas lo mismo.

–¿Sellamos el trato con un apretón de manos?

–Podríamos sellarlo con…

Claire contuvo la respiración mientras los labios de Quinn le acariciaron la mandíbula. El cuerpo entero le tembló cuando él empezó a juguetear con el lóbulo de la oreja. Se aferró a él porque las piernas no le sostenían.

–Un baile –concluyó Quinn.

Le gustaba el sentido del humor de Quinn. Contenta, le rodeó el cuello con los brazos y dejó que los de él le rodearan la cintura. Se movieron al son de la música. Las manos de Quinn descendieron ligeramente, estrechándola contra su cuerpo.

Claire se dio cuenta de que estaba enamorándose de él. Quizá, con el tiempo, le pesara; sobre todo, teniendo en cuenta que Quinn le había dicho que no quería tener relaciones estables con una mujer. Pero el posible placer pesaba más que el posible sufrimiento. Durante las últimas semanas, había decidido arriesgarse más. Ya no necesitaba tanta seguridad como antes. Seguridad y aburrimiento.

Lo que estaba haciendo no tenía nada de aburrido.

Y Quinn la necesitaba.

La canción llegó a su fin. Empezó otra, algo más movida, más jazz que blues. No era música lenta, pero continuaron bailando. Quinn le puso las manos en las nalgas y tiró de ella hacia arriba, haciéndola ponerse de puntillas. Ella respiró profundamente al sentir su erección. Continuaron bailando con la promesa de más, mucho más.

—¿Estás segura? —le preguntó Quinn, permitiéndole plantar los talones en el suelo.

«Deja de ser tan considerado», pensó Claire con impaciencia. Lo deseaba. Lo deseaba con desesperación. Ya. No quería pensar, ni debatir ni hablar.

Sólo quería disfrutar de él.

Al ver que no contestaba, Quinn dobló ligeramente las rodillas para mirarla a la cara. Ella le puso las manos en el rostro.

—No tengo ninguna duda —respondió Claire—. ¿Acaso estás buscando una disculpa para escapar?

—Lo que pasa es que te deseo tanto que no quiero asustarte.

«Muy bien».

—No te preocupes. A propósito, estoy tomando la píldora.

—Yo también tengo condones.

—En ese caso, no hay más que hablar.

Claire lo besó suavemente.

—¿No te gusta hablar mientras…?

—Lo que quiero es sentir —respondió Claire.

«Sentir durante el resto de mi vida».

—¿Sientes esto? —Quinn se dispuso a excitarla.

Los labios de él estaban en su cuello, erizándole la piel con la punta de la lengua. Quinn acabó cubriéndole un pezón con la boca por encima del vestido.

A Claire le pareció que llevaba toda la vida esperando a ese hombre. Quinn la necesitaba, lo sabía. Pero ella también lo necesitaba a él.

Claire susurró su nombre.

Quinn la tomó en sus brazos y giró con ella una vuelta completa. Echando la cabeza hacia atrás, Claire rió. El romántico gesto le encantó.

Quinn la dejó en la cama y se tumbó a su lado. Ella no quería esperar para que la besara. Lo necesitaba...

Quinn le cubrió la boca con la suya, cálida y maravillosa. Intensa, insistente e irresistible. Llevaba la vida entera esperando sentir eso, sentir esa unión con otra persona, porque sentía una completa unión con Quinn. Y le respondió con caricias y besos.

Quinn levantó el rostro. Sus ojos adquirieron una expresión seria e intensa mientras ella seguía acariciándolo, más abajo, nerviosa y excitada, temblando.

–¿Asustada? –le preguntó Quinn cubriéndole las manos con las suyas en el momento en que ella llegó al botón de la cinturilla de los pantalones.

–No, en absoluto.

–Eres preciosa.

El halago la hizo dejar de temblar.

–Los cumplidos no son necesarios, estoy perfectamente dispuesta, no tienes que convencerme de nada..

–Oh, Claire...

Quinn se apoyó en un codo y, con un dedo, le acarició los labios, el cuello, y continuó bajando hasta deslizarlo por debajo del vestido. Luego le cubrió un seno y empezó a acariciarle el pezón.

–Yo no me ando con cumplidos, Claire. Desde el primer momento que te vi me pareciste muy atractiva.

Ella sacudió la cabeza.

–Sí –insistió Quinn bajándole el escote del vestido y deleitándose en lo que veía–. Esa forma de andar perezosa que tienes. La forma como mueves las caderas cuando vas con falda… Eres preciosa y muy atractiva.

Quinn le tocó los pechos y añadió:

–Perfectos –luego le acarició las piernas–. Y éstas son sensacionales.

Quinn la miró a los ojos y sonrió.

–Y lo que he visto a través del espejo me ha parecido muy bien también –concluyó Quinn antes de colocar la boca en uno de sus pechos y empezar a chuparle un pezón.

Claire arqueó la espalda y gimió.

–¿Me crees? –preguntó Quinn.

Sí, lo creía, pensó Claire mientras Quinn le bajaba el cuerpo del vestido hasta la cintura y empezaba a besarle el otro pecho.

–¿Me crees? –repitió Quinn con más dureza en sus caricias.

–Sí, sí.

Claire alzó las caderas para que Quinn le bajara el vestido y sintió el aliento de él acariciándole la piel cuando Quinn tiró la prenda al suelo.

–Perfecta –dijo Quinn con emoción en la voz.

Claire no quería esperar más. Necesitaba sentirlo encima, dentro. Pero no quería meterle prisa, era mejor dejarlo.

Quinn deslizó una mano entre sus piernas. Ella se sobresaltó.

–Tranquila –dijo Quinn acariciándole el vientre con la lengua.

Claire le clavó las uñas en los hombros mientras

Quinn le separaba las piernas para tocarla íntimamente.

Claire gimió al sentir algo ardiente y punzante en su bajo vientre. Alzó las caderas y emitió sonidos incomprensibles. Entonces, la mano de Quinn ocupó el lugar que acababan de abandonar sus dedos y a Claire le pareció estar levitando.

Exquisito. Generoso. Incomparable.

Y justo en el momento en que iba a alcanzar la cima del placer, pero antes de aliviar la tensión, sintió el cuerpo desnudo de Quinn encima del suyo.

Quinn la devoró con la boca, su beso sólo disminuyó en intensidad cuando se unió a ella en un momento de absoluta hermosura. Él se quedó muy quieto, su cuerpo en tensión, su respiración entrecortada. Ella saboreó el aroma de ese hombre dentro de ella y la sensación de absoluto bienestar.

La tensión volvió a aumentar. Quinn se movió más profundamente, con más dureza. Le puso una mano detrás de la espalda para alzarle las caderas, sus cuerpos cubiertos en sudor moviéndose al mismo ritmo, hechos el uno para el otro.

Cuando Claire alcanzó el clímax, ocultó el rostro en el hombro de Quinn y no pudo evitar morderlo mientras gemía de placer. Él echó la cabeza hacia atrás en éxtasis.

Quinn se movió contra ella, dentro de ella, con un último movimiento.

Después de varios segundos, Quinn bajó la cabeza y la besó. Ella le acarició las mejillas y le devolvió el beso con fervor, temerosa de que Quinn le notara lo mucho que significaba para ella.

Por fin, Quinn se tumbó de costado y la estrechó contra sí.

–Quinn…

–Sssss.

Quinn le acarició el cabello. Ella no podía verle

la cara, pero lo sintió sonreír. Pronto, notó que los brazos de Quinn se habían relajado y su cuerpo estaba muy quieto.

«Se ha dormido», pensó Claire.

Intentando no despertarlo, Claire fue a cambiar de postura.

—Vamos, duérmete —le dijo Quinn.

—Sí, señor, a sus órdenes.

La risa sacudió el pecho de Quinn.

—Creía que te habías dormido —comentó Claire.

—No. Estaba disfrutando el roce de tu cuerpo mientras te colocabas. Muy agradable.

—No lo he hecho a propósito.

—Vale.

Claire volvió la cabeza.

—Me estaba poniendo cómoda.

—Si tú lo dices.

Claire sonrió y cerró los ojos. Se le ocurrió que, en realidad, tenía que darle las gracias a Jenn por esa noche. Lo reconocía.

Capítulo Doce

Al amanecer de la mañana siguiente, Quinn le escribió una nota a Claire y la dejó encima de la almohada. Casi le acarició el pelo, casi la besó. Pero si la despertaba, tendría que decirle que se iba otra vez a la cárcel y explicarle el porqué. Ya iba a tener suficientes problemas cuando le dijera que no tenía intención de dejar la investigación, como ella quería que hiciera. Era demasiado tarde.

Mientras conducía por la autopista, trató de no pensar en Claire, no quería ensuciarla ni con el pensamiento. El día anterior se quedó perplejo cuando el ayudante del director, en privado, le dijo que lo sabía todo respecto a él. Se sintió sucio, y no quería que a Claire le salpicara su pasado.

Por fin, detuvo el coche delante de la cárcel y enderezó los hombros, preparándose para el enfrentamiento que iba a tener lugar.

Debido a que aquélla era una zona de la cárcel de seguridad media, en vez de serlo de seguridad mínima como la zona del día anterior, el escrutinio al que se vio sometido fue más exhausto y prolongado.

Una vez cumplidos los trámites, lo llevaron a una sala de visitas similar a la del día anterior, salvo que parecía aún más gris y siniestra.

Lo condujeron hasta una mesa, pero estaba demasiado inquieto para sentarse. Había tomado una decisión, ya no podía echarse atrás; sin embargo, la espera lo estaba destrozando.

Lo peor era no saber qué lo esperaba. Llevaba diecisiete años viviendo y trabajando para lograr un objetivo, ganarse el respeto de la gente, que nadie cuestionara su reputación ni sus motivos.

La puerta se abrió. Entró un hombre seguido de un guarda. El hombre se detuvo al verlo; después, continuó avanzando.

–Siéntese –dijo el guarda.

Fascinado al tiempo que con repulsión, Quinn guardó silencio.

El presidiario tomó asiento frente a Quinn.

–Hola, hijo –dijo Robert Gerard.

Quinn se negaba a llamarlo papá, como había hecho hasta cumplir los dieciocho años. Ni siquiera lo reconocía. Lo poco que le quedaba de pelo era gris; sus ojos, color marrón claro como los suyos, ahora carecían de brillo; los pómulos sobresalían por encima de huecas mejillas. Con el cuerpo sumamente delgado, parecía un anciano, aunque sólo tenía sesenta y un años.

–No sabía que te habían trasladado aquí –dijo Quinn.

–Sí, la semana pasada. Por buen comportamiento –dijo Robert con ironía–. Hace años dejé de tratar de ponerme en contacto contigo, Bobby. Lo estuve intentando, al menos una vez al mes, durante siete u ocho años. Pero me devolvieron sin abrir todas las cartas que te envié.

Quinn ignoró el dolor en el tono de su padre.

–Ya no me llamo Bobby.

Quinn había renunciado a ese nombre cuando a su padre lo condenaron a cadena perpetua por traición. Él tenía sólo dieciocho años.

Robert arqueó las cejas.

–¿Cómo quieres que te llame?

–Quinn.

110

–El apellido de soltera de tu madre.

–Mejor que otras cosas –aunque no mucho. Su madre también lo había hecho sufrir.

–Tu madre también ha perdido el contacto contigo –dijo Robert.

–Fue ella quien me abandonó –dijo Quinn sorprendido por las palabras de su padre.

–Te pidió que te fueras con ella.

–¿A Europa? ¿Exiliado? ¿A vivir de tu sucio dinero?

–Tu madre tuvo que hacer muchos sacrificios, el primero de todos dejarte.

–Sí, claro. Mi madre agarró el dinero que tú ganaste vendiendo secretos de estado y lleva viviendo como una reina desde entonces.

–¿Qué querías que hiciera?

–Que devolviera el dinero. Que empezara otra vez su vida. No era ella quien había cometido un delito de traición, sino tú.

–Ya veo que sigues siendo un idealista –Robert se inclinó hacia delante–. ¿En serio crees que podría haber seguido viviendo en Estados Unidos sin que la trataran como a la esposa de un espía? ¿Crees que alguien creería que ella no sabía nada del asunto? La única posibilidad que tenía de llevar una vida decente era lejos de los que me conocían. Y otra cosa, si crees que empezó una nueva vida con un montón de dinero, estás completamente equivocado. Al contrario de lo que la mayoría de la gente cree, el trabajo de espía no es demasiado lucrativo.

Quinn miró con dureza a su padre.

–Según el fiscal, ganaste mucho dinero.

–Lo que gané me lo gasté con mi familia. Después, el gobierno vendió lo que teníamos y los beneficios fueron confiscados.

Quinn se lo quedó mirando con incredulidad.

–¿Tanto tenías que gastarte con tu familia que tuviste que vender secretos de estado al enemigo?

–Cuando tu madre accedió a casarse conmigo, le prometí cuidar de ella. No se me estaba dando muy bien.

–¿Actuaste en contra de tu país sólo para que tu esposa tuviera una casa mayor y un coche nuevo?

–Peggy era muy frágil.

–Débil.

–Es posible.

–La estás utilizando para ocultar tu propia debilidad.

–Me entregué a las autoridades para protegeros a ti y a tu madre. Yo no llamo debilidad a eso.

–Te entregaste porque temías que iban a atraparte –contestó Quinn–. Demasiado tarde.

–Vivo con la esperanza de que nunca es demasiado tarde.

Quinn intentó leer entre líneas.

–¿Esperas de mí comprensión?

–Lo que espero es que entiendas la situación. Nunca me diste la oportunidad de explicarme. Supongo que ésta va a ser la única ocasión que se me presente. Cuando me enteré de que venías, no sabía qué pensar. Llegué incluso a esperar que me habías perdonado.

–Ni en sueños.

–Perdonar es bueno –dijo Robert sin poder contener la emoción en su voz.

A Quinn le dieron ganas de gritar, pero se contuvo.

–Te encarcelaron. Mi madre se fue a Europa. Y los dos me dejasteis solo cargando con las consecuencias de vuestra traición. Perdí mi vida y a mis amigos por vuestra culpa. He pasado la mayor parte de mi vida de adulto solo, con miedo de que alguien descubriera quién soy.

«Acabo de descubrir la luz y el sol y no voy a volver a las sombras».

–Por mí, puedes irte al infierno. No te perdonaré jamás –añadió Quinn cruzando los brazos.

Robert se recostó en el respaldo del asiento. Por fin, dejó de mirar a su hijo y clavó los ojos en el tablero de la mesa.

–¿A qué has venido? –preguntó Robert con voz derrotada.

–He venido porque ayer estuve visitando a otro preso. Al igual que al resto de los visitantes, han mirado en los ordenadores antes de dejarme entrar y descubrieron mi relación contigo. Me pidieron que viniera a verte.

–Así que no ha sido por interés propio, ¿eh?

–No, de ninguna manera.

Robert se encogió de hombros.

–En ese caso, ¿por qué has venido hoy? Podrías haber ignorado la petición y haberse olvidado de mí.

–Curiosidad.

–¿Has satisfecho ya tu curiosidad?

–Sí, para el resto de mi vida.

Robert alzó la cabeza muy despacio. Luego, clavó los ojos en Quinn.

–Quizá algún día logres perdonarme por haberte destrozado la vida. Vendí algo de información tecnológica, pero te aseguro que nadie murió por ello. Tampoco fue el fin del mundo.

–Lo fue del mío –Quinn enderezó la espalda, pero no pudo evitar sentirse culpable.

Su vida no estaba destrozada. A pesar de sus padres, se había labrado un porvenir. Había aprendido a vivir sin el apoyo de su familia. Pero se sentía como Claire el día anterior, no podría soportar una nueva revelación.

No obstante, tenía algo importante que preguntar.

—¿Te arrepientes de lo que hiciste?

—Sí, todos los días.

Quinn asintió y miró al guarda.

—Estoy listo para marcharme.

—Espera —le dijo su padre—. Déjame hacerte un par de preguntas, sólo será cuestión de unos minutos más.

Robert hizo una pausa. Al ver que Quinn no asentía, pero tampoco se negaba, continuó.

—Has dicho que ayer viniste a ver a un preso. ¿Te has hecho abogado, como querías?

—Investigador privado.

—¿Por qué el cambio?

—Porque me permitía el anonimato.

—Ah —Robert asintió—. ¿Te has casado? ¿Tienes hijos?

—No —Quinn necesitaba salir de allí, pero no podía hacerlo hasta que no se llevaran a su padre—. No tengo nada más que decir.

Robert se puso en pie, pero se quedó quieto al lado de la mesa.

—Eres mi hijo y te quiero —dijo Robert con voz temblorosa—. Gracias por venir a verme.

«Te quiero». Esas palabras golpearon el corazón de Quinn, pero de su boca no salió sonido alguno.

—Tengo la dirección de tu madre y su número de teléfono si quieres.

—¿Se volvió a casar?

—No nos hemos divorciado.

El guarda instó a Robert a salir de la sala. Volvió la cabeza y añadió:

—Ódiame si quieres, pero el único delito de tu madre fue enamorarse de un hombre que no pudo ofrecerle la vida que se merecía.

Quinn no respondió.

–Es tu madre, Bobby.

La puerta se cerró. Quinn no se movió hasta que otra guarda lo hizo levantarse.

Volvió a su coche como envuelto en una niebla. Condujo hasta encontrar un lugar con vistas al mar, y paró para descansar. En la distancia, vio el hotel en el que había pasado una maravillosa noche con Claire. Habían hecho el amor dos veces, la segunda con menos control, menos ternura, pero incluso más intensidad.

Al volver, Claire iba a preguntarle dónde había estado y él no quería hablar de ello.

Se sentó en una roca y cerró los ojos, dejando que el sol le bañara el rostro.

Claire se agachó en la arena, tenía las piernas frías después de la hora que había estado paseando por la orilla del mar.

Con las sandalias en una mano, se hizo sombra encima de los ojos con la otra y miró en dirección a las escaleras que subían al hotel.

Nada.

¿Dónde estaba Quinn?

Al despertarse, había leído la nota en la almohada que le había dejado Quinn diciéndole que le subirían el desayuno a las ocho y que él creía que estaría de vuelta a las nueve. Por supuesto, no había mencionado adónde iba.

Ella había esperado despertarse en sus brazos.

–¡Claire!

Claire volvió la cabeza y vio a Quinn bajando las escaleras, ni despacio ni deprisa. No sabía cómo reaccionar. La había molestado que Quinn se marchara sin despertarla para decirle adónde iba, pero también estaba satisfecha y feliz después de haber hecho el amor con él. Además, no sólo le agradecía haberla llevado allí, sino también haberla ayudado a intentar encontrar a su hermana antes de que pudieran hacerlo las autoridades.

Al final, decidió ignorar el enfado y se alegró de que Quinn estuviera de vuelta.

Mientras Quinn se le acercaba, ella sonrió. Le puso las manos en el pecho cuando llegó a su lado.

–¿Cómo…?

Quinn la besó. Y la besó. Y la besó. Después, la abrazó con fuerza.

–Te he echado de menos –dijo Claire junto a su pecho.

Quinn no contestó.

–¿Has desayunado? –le preguntó él por fin.

El hecho de que no le dijera algo más personal le causó una desilusión.

–Sí, ¿y tú?

–Todavía no.

–Tomaré un café contigo mientras desayunas –Claire se sentía casi como una desconocida.

–Bien.

–Necesito arreglarme un poco primero –añadió ella.

Quinn asintió.

Mientras caminaban hacia el hotel, Claire se dio cuenta de que algo le ocurría a Quinn. Era como si llevara un peso sobre sus hombros. Pero también sabía que Quinn no querría hablar de ello. Estaba segura.

Decidió no hacerle preguntas de momento.

En silencio, se dirigieron a la habitación de ella. Quinn la siguió adentro. La nota que él le había escrito seguía encima de la almohada. Claire lo vio mirando la nota.

–Te esperaré en el balcón –dijo él.

Claire le puso una mano en el brazo, deteniéndole. Vio en los ojos de Quinn agonía. ¿Qué había pasado? ¿Qué lo había hecho cambiar?

Sabía que tenía que distraerlo, hacerlo pensar en otra cosa.

Haciendo acopio de valor, Claire se sacó la camiseta por la cabeza y se bajó los pantalones cortos. Encima de la cama, se puso de rodillas y empezó a desabrocharle a Quinn la camisa.

Al principio, Quinn permaneció inmóvil; resistiéndose, pero no rechazándola. Después, poco a poco, se concentró en ella.

–No esperaba verte con ropa de lencería tan sensual, PA –dijo Quinn mirándola mientras le quitaba la camisa.

–Soy una cajita de sorpresas –respondió ella lanzándole una coqueta mirada antes de empezar a quitarle los pantalones.

Desnudo, Quinn se reunió con ella en la cama. Le quitó el sujetador lentamente, entre caricias y besos, sabiendo lo que la excitaba y lo que la volvía loca.

–Ahora me toca a mí –dijo ella después de un rato, haciéndolo parar.

Quinn no protestó.

Claire le hizo olvidar todo salvo a ella. Quinn le agarró el pelo y se lo apartó para poder mirarle el rostro. Ella lo hizo temblar. Le hizo contener la respiración. Le hizo…

–Ven aquí –dijo Quinn alzándola.

Claire se encontró encima de él, moviéndose con él, sintiéndose deseada. Quinn recibió con la boca su aliento, le cubrió las nalgas con las manos para ayudarla a encontrar el ritmo; luego, la dejó establecer el ritmo que ella quería.

Claire se movió hasta casi alcanzar el clímax, y entonces se detuvo hasta que la sensación se desvaneció. Volvió a moverse otra vez. Volvió a parar.

–No puedo –dijo Quinn con voz ronca, cambiando de posición hasta colocarse encima, penetrándola con profundidad, volviéndola loca.

Sólo había sensaciones. Un rápido ascenso, poderoso, una cresta. Quinn gritó su nombre. Ella alzó las caderas y le hundió los dedos en la espalda. Quinn se movió con más dureza y rapidez, besándola al mismo tiempo. Todo se intensificó. Por fin, lo sublime.

Claire tardó un rato en notar el maravilloso peso del cuerpo de él encima del suyo, el sonido de su respiración, las caricias de Quinn en el rostro.

—Gracias —le dijo él.

—No, gracias a ti —contestó Claire solemnemente, haciendo un esfuerzo por no sonreír.

Apoyándose en los brazos, Quinn se incorporó ligeramente y la miró a los ojos.

—Supongo que darte las gracias ha sido un poco…

—Tonto.

—Más o menos. Bueno, sí.

.En ese caso, ¿por qué me has dado las gracias? —Claire le peinó los cabellos con los dedos.

—No lo sé.

Sí, claro que lo sabía, pero no quería decírselo.

—Está bien. Bueno, ¿se te ha abierto el apetito? —preguntó ella.

Quinn se movió hasta tumbarse de lado, pero manteniéndola a su lado.

—Sí —Quinn le acarició el rostro—. No me has preguntado dónde he estado.

—Supongo que me lo dirás… si quieres hacerlo.

Aunque se moría de curiosidad.

—¿Y si no quiero?

Claire le tomó la mano y se la besó. Después, lo miró con tristeza.

—En ese caso, no tenemos una buena relación, ¿no te parece?

Ocho horas más tarde, cuando Quinn paró el coche delante de su casa, Claire seguía preguntándose por qué él no quería decirle lo que había hecho por la mañana.

Tenía la impresión de que Quinn no iba a salir del coche. Apartando el rostro para que viera lo desilusionada que estaba, movió la manija de la puerta.

Quinn se inclinó sobre ella y le cubrió la mano con la suya.

—Claire.

«Haz como si nada, haz como si nada».

—¿Mmmmm?

—He escuchado los mensajes que me han dejado y, al parecer, tengo bastante trabajo esperándome. No tenía pensado ir a Santa Bárbara, así que el trabajo se me ha amontonado. Me va a llevar unas horas.

—¿Qué es lo que quieres decir?

—Que no voy a entrar contigo a tu casa.

—No creía que fueras a hacerlo —contestó Claire en tono de no darle importancia.

—Te llamaré mañana.

—De acuerdo —Claire esperó unos segundos antes de volver el rostro y mirarlo a los ojos—. Siento lo que ha pasado con Jenn.

—¿A qué te refieres?

—A no haber averiguado nada que pudiera ayudarnos a localizarla. Sé que piensas que tu reputación profesional está en juego.

—Sobreviviré.

—Estupendo —dijo ella con falso ánimo.

No había nada más que hablar. Claire agarró su bolsa y abrió la puerta del coche.

—¿Es que no me vas a dar un beso de despedida?

Claire quería que Quinn se quedara, quería tenerlo otra noche para ella sola.

Por fin, se volvió hacia él. Quinn le acarició el rostro y la besó.

—Buenas noches —dijo él.

Claire salió del coche. Antes de cerrar la puerta, se agachó y depositó un objeto en la mano de Quinn.

—Para ti.

Quinn miró la pequeña y blanca caracola que tenía en la palma de la mano.

—Un recuerdo, MQ.

Quinn cerró el puño.

—Adiós.

Aquella noche, antes de acostarse, Claire encendió el ordenador para ver si tenía algún mensaje electrónico… y encontró uno de Jenn.

Capítulo Trece

Quinn no prestó atención a la espectacular vista de la bahía de San Francisco de la sala de conferencias de ARC. La noche anterior había llamado a sus investigadores para que fueran a la oficina a las siete de la mañana a una reunión.

Todos habían llegado pronto y él les había contado los hechos referentes a Jenn, Claire y Beecham; pero Cassi había ido a contestar una llamada telefónica que no podía ignorar y, entretanto, Jamey se había ofrecido a preparar café mientras la esperaban.

A Quinn le estaba costando un gran esfuerzo no perder la paciencia, casi perdida del todo la noche anterior. ¿En serio creía Claire que había estado buscando a Jenn por salvaguardar su reputación profesional? De ser sólo por eso, habría dejado el caso dos semanas atrás.

Por otra parte, había tenido la oportunidad perfecta para decirle a Claire que iba a seguir buscando a Jenn, pero no lo hizo. Era raro en él no enfrentarse a las situaciones difíciles.

Ahora, quería la opinión de Cassie y de James porque no había tiempo que perder.

–Perdonad –dijo Cassie después de colgar el teléfono–. Llevaba esperando una semana la llamada de ese tipo.

Jamey volvió con tres tazas de café.

–Enséñale a Olivia a hacer café, por favor –le

dijo Cassie a Jamey alzando su taza a modo de brindis–. Haces el mejor café del mundo.

–Preferiría enseñarte a ti –respondió él.

–Pero es Olivia quien dijo en su entrevista de trabajo que no tenía inconveniente en prepararnos café.

–Olivia necesitaba trabajo.

–Y yo creo que…

–¿Podríamos centrarnos en el caso? –interrumpió Quinn.

–Perdón –se disculpó Cassie–. Está bien, resumiendo, tú crees que la tal Jenn está metida en graves problemas y, por ser la hermana, Claire también lo está.

–Beecham está tratando de encontrar a Jenn. Yo creo que nuestra visita a la cárcel ha servido para aumentar sus sospechas respecto a que Jenn sabe dónde está el dinero. Durante la noche me pasé dos veces por casa de Claire, también lo he hecho esta mañana; no he visto la furgoneta blanca, pero eso no quiere decir que no la estén vigilando.

–¿Por qué van a vigilar a Claire? –preguntó Jamey–. Es evidente que no sabe dónde está su hermana.

–Por ser el único lazo de unión con Jenn. Salvo su madre, claro; pero la madre es tan… rara que no creo que nadie le preste mucha atención.

Cassie frunció el ceño.

–No sé. Beecham ha vivido con Jenn durante un año, es de suponer que tenga una idea de adónde ha ido Jenn o qué ha hecho. Así que… ¿por qué Claire? A menos que alguien quiera utilizarla como cebo para encontrar a Jenn.

–He considerado esa posibilidad y es por eso por lo que quería que Claire me acompañara a ver a Beecham, para que se diera cuenta de que Claire no sabe dónde está su hermana. Ese hombre es muy ambicioso, pero no lo veo como asesino.

–No es necesario que mate a nadie –observó Cassie–. Es evidente que ha contratado a alguien para hacer el trabajo sucio y es posible que ese alguien no tenga reparos en matar o raptar. Es posible que le hayan dicho que haga lo que considere necesario.

–Lo que dices tiene sentido, Cass; sin embargo, no lo veo así. Si yo fuera Beecham, lo que más me preocuparía sería que el tipo al que he contratado se largara con el dinero, los brillantes o lo que sea.

–Es posible que Beecham no le haya dicho nada del dinero al tipo que ha contratado –comentó Jamey–. Puede ser que lo que quiera es conocer el paradero de Jenn hasta el momento en que salga de la cárcel y pueda encargarse de ella personalmente. ¿Podría gastarse Jenn cinco millones de dólares mientras Beecham cumple su sentencia? Sí, pero le resultaría difícil ser discreta. Compraría una propiedad, y de eso queda constancia.

Jamey ladeó la cabeza y añadió:

–Me parece que también te preocupa que sea el fiscal quien la esté buscando.

–Sí. Tarde o temprano unos u otros acabarán encontrándola, y lo va a pasar muy mal; sobre todo, si tiene el dinero. Y Claire va a ser víctima de los medios de comunicación.

–¿Por qué? –preguntó Cassie.

–Porque es lo que pasa siempre –Quinn se levantó de la mesa y se acercó a la ventana, dándoles la espalda a Jamey y Cassie–. No estoy diciendo que el nombre de Claire vaya a aparecer en los periódicos, pero la van a perseguir. Le van a pedir que hable sobre su hermana, y ella la va a defender. Sí, los medios de comunicación sólo hacen su trabajo, pero yo voy a hacer lo que esté en mis manos por proteger a Claire.

–¿Qué hemos venido a hacer aquí realmente, Quinn? –le preguntó Cassie con impaciencia–. Estamos hablando de un caso que no existe. Estamos especulando, nadie corre peligro.

–Estamos aquí porque lo digo yo.

Se hizo un profundo silencio. Una respuesta brillante, pensó Quinn enfadado consigo mismo. Cassie y Jamey debían de estarse mirando, preguntándose si su jefe se había vuelto loco. Y era probable, debido a que el dolor que había sufrido de joven se había reavivado en él el día anterior al ver a su padre.

En cualquier caso, estaba decidido a exagerar de precavido. Mejor prevenir que curar.

Tenía que encontrar a Jenn.

Se metió las manos en los bolsillos y tocó la caracola que Claire le había dado. Quizá estuviera obsesionado. Cabía la posibilidad de que hubiera perdido el control. No parecía tener elección.

–De acuerdo –dijo Jamey–, creo que Cassie y yo comprendemos lo mucho que esto significa para ti. Vamos, dinos qué quieres que hagamos.

Ya habían hecho lo que él quería, le habían dado su opinión, habían confirmado que estaba un poco loco y bastante obsesionado con… ¿Con qué? ¿Con el caso?

Agarró con fuerza la caracola mientras se recordaba que debía ser honesto consigo mismo. La verdad era que estaba loco por y obsesionado con Claire.

–Ya os lo diré –respondió Quinn–. Y si se os ocurre algo, decídmelo. Ah, y gracias por venir tan temprano.

Cassie asintió. Luego, agarró su taza y unos papeles y salió de la sala. Tenía cosas que hacer.

Jamey se quedó un momento más.

–¿Hay alguien que esté pagando esta investigación? –preguntó Jamey.

–No –respondió Quinn, dispuesto a defender su posición.

–Está bien. Si necesitas que alguien se quede vigilando a Claire para asegurarse de que todo está bien, avísame.

–Gracias.

Jamey le dio una palmada en el hombro y se fue.

Quinn se miró el reloj, aún no eran las siete y media. Como no quería llamar a Claire tan temprano, se puso a trabajar unas horas. Por fin, llamó a Claire.

–¿Diga?

Hasta que oyó la voz de Claire no se había dado cuenta de lo tenso que estaba.

–¿Diga? –repitió ella al ver que nadie contestaba.

Quinn se enderezó en su asiento.

–Buenos días, PA –respondió Quinn alzando la voz debido al ruido al otro lado de la línea–. ¿Cómo estás?

Oyó ladrar al perro con fiereza.

–¿Hay alguien en la puerta?

–Creo que no. Pero espera, voy a ver por si acaso.

Quinn esperó. Se dio cuenta de que Claire tenía el teléfono inalámbrico porque podía oír sus pisadas.

–No veo a… Espera. ¡Rase, no! Es el cartero. Rase se pone como loco cuando viene el cartero, no lo comprendo. El hombre viene todos los días y ni siquiera llama a la puerta.

–Ese es el problema precisamente.

–¿Qué quieres decir? El pobre cartero no supone ninguna amenaza, Rase debería haberse dado cuenta de eso.

–El animal está protegiendo su casa y ahuyentando al cartero. Está orgulloso de sí mismo porque ha hecho su trabajo.

–Nunca lo he visto de esa manera.

Quinn oyó ruido de coches y supuso que Claire había salido afuera para recoger el correo. Se le ocurrió…

–¿Sigues recibiendo el correo de Jenn?

–No, nunca lo he hecho. Jenn tiene un apartado de correos.

Un apartado de correos. Él no podía averiguar dónde, pero el fiscal del distrito sí.

–¿Qué tal tienes el día? –preguntó ella.

–Muy ocupado.

¿Ahora qué? ¿Iba a ponerse en contacto con el fiscal? Le había dicho a Claire que no lo haría.

–¿Quieres venir a cenar esta noche? –le preguntó ella.

Le gustaría, pero… ¿debía hacerlo? ¿Cuánto tiempo podía seguir ocultándole a Claire la verdad?

–No sé. Tengo que…

–No importa –lo interrumpió ella–. Era sólo una idea.

–¿Qué tal mañana?

–Es posible. Bueno, tengo que volver a… lo que estaba haciendo. Hasta luego –Claire colgó sin esperar a que se despidiera.

Quinn colgó el auricular. Olivia apareció en la puerta.

–Hay un periodista que quiere verte, aunque no tiene cita –anunció ella.

El fiscal del distrito debía de haberse puesto en contacto con los de la prensa informalmente con el fin de forzar a Jenn a salir de su escondite, era la única explicación que se le ocurría de que un periodista quisiera hablar con él.

–Dile que pase –le dijo a Olivia.

Hablaría con el periodista. Después, llamaría a

Claire para advertirle de la posibilidad de que la prensa intentara ponerse en contacto con ella y de cómo responder.

Olivia hizo pasar a un veterano que parecía haber visto de todo durante sus años de profesional y había logrado sobrevivir. De cincuenta y tantos años, cabellos rojos salpicados de gris y mirada inteligente.

–John Foley –dijo el periodista ofreciendo la mano.

–Quinn Gerard. Siéntese, por favor.

Foley esperó a que él también se sentara para hablar. Por fin, abrió un cuaderno de notas.

–No me reconoce, ¿verdad?

A Quinn raramente le fallaba la memoria, pero no lograba recordar a aquel hombre.

–No.

–Hace diecisiete años escribí una serie dividida en tres partes sobre su padre.

Capítulo Catorce

Claire se levantó después de una noche dando vueltas en la cama. Había esperado que Quinn la hubiera vuelto a llamar el día anterior, pero no lo había hecho, por lo que estaba dolida con él.

No había imaginado que Quinn fuera la clase de hombre que, después de acostarse con una mujer, no quería volver a verla.

En fin, no era la primera vez que se equivocaba.

Rase corrió escaleras abajo mientras ella se dirigía a la cocina a preparar un café. En el vestíbulo, se detuvo, se ató bien la bata y luego salió para recoger el periódico.

Dejó el periódico encima del mostrador de la cocina, dio de comer a Rase y preparó el café.

Cuando se sentó con la humeante taza delante, agarró el periódico, le quitó la goma elástica y la primera página llamó su atención: *El espía que se libró de la pena capital se enfrenta a otra forma de morir.* No era un tema que normalmente le interesara, pero el apellido Gerard llamó su atención al momento y continuó leyendo. El artículo hablaba de Robert Gerard, un antiguo residente de la zona de la bahía condenado a cadena perpetua por un delito de traición diecisiete años atrás, que ahora estaba muriendo de cáncer de hígado a los sesenta y un años. Robert Gerard tenía un hijo, Robert «Quinn» Gerard, un investigador privado de San Francisco.

Claire se quedó atónita. Se sentía clavada a la silla. El café se le enfrió mientras leía el artículo con suma lentitud. Al final, se conectó a Internet y buscó la página web del periódico para leer una serie dividida en tres partes escrita sobre el tema años atrás.

Quinn debía de tener por entonces dieciocho años. Su nombre y el de su madre, Peggy, estaban incluidos en el artículo. Se había cambiado el nombre. ¿Por vergüenza?

Claire se recostó en el respaldo del asiento. El artículo decía que Quinn se había negado a hablar de su padre. Podía imaginar su expresión.

Ahora empezaba a comprender. Quinn había ido a la cárcel a visitar a su padre la mañana que estaban en Santa Bárbara.

¿Había descubierto esa mañana que su padre se estaba muriendo de cáncer? ¿Era por eso por lo que estaba tan tenso? ¿Con qué frecuencia iba a visitar a su padre?

Claire agarró la tarjeta de visita de Quinn y lo llamó al móvil, pero sólo estaba el contestador. Colgó y llamó a la oficina, allí le dijeron que Quinn no iba a ir a la oficina ese día.

—Soy una amiga —le dijo a la mujer que había contestado la llamada—. ¿Está trabajando fuera o está en casa?

—No podría decírselo —le respondieron.

—Por favor, ¿podría hablar con Jamey Paladin?

—Está en una reunión.

—Dígale que soy Claire Winston, por favor —Claire se paseó mientras esperaba.

Sólo tuvo que esperar un par de minutos.

—Señorita Winston, soy James Paladin. Dígame qué se le ofrece.

Quinn abrió la puerta de un mueble y miró a la botella de whisky regalo de Navidad de un cliente. La botella aún estaba sin abrir.

Agarró la botella y luego la soltó. Demasiado temprano.

Demasiado estúpido.

Cerró la puerta de un golpe, se alejó y, al pasar por un espejo, vio su imagen. Tenía aspecto de no haber dormido, y así era, de no haberse duchado y de no haberse afeitado. Llevaba una camiseta y unos pantalones de chándal que se había puesto esa mañana para ir a comprar el periódico. Sabía que iba a salir el artículo, Foley se lo había dejado muy claro antes de que él lo echara de la oficina. Lo que no había imaginado era que apareciese en la portada del periódico.

No sabía cómo se había enterado el periodista de que era socio de ARC, tampoco sabía cómo había encontrado la oficina, ya que el teléfono no aparecía en la lista y la dirección, aunque no secreta, tampoco era conocida.

Evidentemente, ese periodista tenía contactos. Lo más probable era que la persona que le había dicho a Foley que Robert estaba muriéndose era la misma que lo había informado de dónde trabajaba él. Lo que significaba que era alguien de la cárcel, alguien con acceso a la información que él había dado con el objeto de poder visitar a Beecham.

Estaba muriéndose.

Quinn se dejó caer en el sofá, apoyó la cabeza en las manos e intentó no pensar en su padre. ¿No podía haber sido él quien se pusiera en contacto con Foley…?

No. Quinn no podía creer eso.

Echó la cabeza hacia atrás y miró al techo. El pasado lo acechaba. Y no sólo lo afectaba a él, sino a ARC, a la empresa cuyo éxito dependía en gran medida de su discreción y confidencialidad. Si el artículo sobre su padre que aparecía en la portada del periódico dañaba…

El timbre sonó.

Se le hizo un nudo en el estómago y no se movió. El timbre volvió a sonar. Él siguió ignorándolo. No quería ver a nadie, no quería hablar con nadie.

—¡Sé que estás ahí!

Claire.

—A menos que quieras que tus vecinos se enteren de lo que hablamos, será mejor que me abras —dijo ella.

Quinn bajó las escaleras mientras Claire golpeaba la puerta.

—Eh, espera un momento. Ya voy —gritó Quinn.

El golpeteo cesó.

Quinn respiró profundamente, se peinó con las manos y abrió.

Le escoció la garganta. No se había dado cuenta de lo mucho que la necesitaba hasta no verla ahí con ojos llenos de comprensión.

—Podrías hasta asustar a los niños en Halloween —dijo ella entrando sin esperar a que la invitara.

Sorprendido, Quinn pensó que Claire podía ser muy tierna y dulce… y encantadoramente irritante. El hecho de que pareciera saber que él no quería compasión le agradó.

Rase empezó a saltar alrededor de sus piernas. Pero cuando él lo miró severamente, el animal se sentó al instante.

—¿A qué has venido? —le preguntó él.

Pero, en realidad, quería preguntar: «¿Cómo te has enterado de dónde vivo?».

—Pasábamos por aquí.

Quinn no pudo evitar lanzar una carcajada.

—Vamos, sube —dijo él señalando las escaleras del dúplex.

Cuando subieron al segundo piso, Quinn llenó un cuenco de agua para Rase y lo dejó en el suelo de la cocina. Observó a Claire mientras ésta contemplaba el cuarto de estar y se preguntó qué estaría pensando.

Con las manos en los bolsillos, se acercó a ella. Sus dedos tocaron la concha.

—Jamey me ha dado tu dirección —confesó Claire.

Luego tendría que llamar a Jamey para darle las gracias o para echarle una bronca.

—Siéntate.

Claire se sentó en el medio del sofá de cuero. Él tomó asiento en uno de los sillones que hacían juego con el sofá.

—¿No vas a decirme qué te parece mi casa? —preguntó él retrasando la inevitable conversación sobre su padre.

—Es muy… ordenada.

Quinn esbozó una ladeada sonrisa. Rase se les acercó con el hocico mojado y dio unos cabezazos a Quinn en la pierna.

—Eso significa que quiere que le des un abrazo —le explicó Claire—. No va a dejarte en paz hasta que lo hagas.

Como no tenía ganas de discutir, Quinn le dio un abrazo al perro; después, el animal se tumbó a los pies de él y se quedó quieto.

Quinn miró a Claire fijamente.

—Como no contestabas el teléfono, he recurrido a Jamey. Por favor, no te enfades con él.

—No estoy enfadado.

—¿Por qué no me dijiste nada de tu padre?

Al parecer, Claire había decidido no perder más tiempo.

—He hecho lo posible por olvidarlo.

—Fuiste a verlo a la cárcel al día siguiente de ver a Beecham.

—Sí.

—¿Vas a verlo con frecuencia?

—Ni siquiera sabía que estaba allí. Me enteré

justo después de ver a Beecham. No lo había visto desde que lo condenaron.

Se hizo un profundo silencio.

—Eso es muy triste —dijo Claire—. Y ahora se está muriendo.

—Eso parece.

Claire arqueó las cejas.

—Es el periodista quien me lo ha dicho —explicó Quinn.

—¿No te lo ha dicho tu padre?

Él negó con la cabeza.

—¿Te has enterado por el periódico? —preguntó Claire con incredulidad en la voz.

—No. Ayer, el periodista que ha escrito el artículo vino a mi oficina y me lo dijo. Supongo que pensaba que yo ya lo sabía.

—Oh, lo siento, Quinn.

—Robert Gerard es un desconocido para mí, Claire. Le pagaba un gobierno extranjero a cambio de información de su propio país. Cometió traición. Tiene lo que se merece. La única razón por la que no lo condenaron a muerte fue porque se entregó él mismo antes de que lo atraparan.

—De todos modos, es tu padre.

—Para mí como si no lo fuera.

—No habrías ido a verlo si no te importara nada.

—Estaba por ahí cerca y sentía curiosidad.

—No te creo —dijo ella con voz queda.

—Claire, no todos ven la vida de color de rosa como tú.

Claire parpadeó.

—En eso somos diferentes —contestó ella.

—Sí, lo somos.

—¿Dónde está tu madre?

—En Europa, aunque no sé exactamente dónde. Desapareció con el dinero sucio de mi padre.

—¿Tampoco la has visto?

133

Él sacudió la cabeza.

—Quinn...

—No lo digas —Quinn se levantó, se acercó a la ventana y miró al jardín interior—. No sabes lo que tuve que pasar.

—Lo único que sé es que daría cualquier cosa por volver a ver a mis padres, aunque sólo fuera por un día.

—Yo no soy como tú.

—Pero...

El timbre sonó.

—Vaya suerte —murmuró Quinn.

Bajó al piso inferior y abrió la puerta. Era Sam Remington, uno de los socios de ARC.

—Tenemos que hablar —dijo Sam sin preámbulos.

—Sí —Quinn abrió la puerta del todo y, con un gesto, le indicó a Sam que entrara y subiera las escaleras.

Sam era el que le había recomendado a sus dos otros socios, que no estaban convencidos de que fuera bueno para la empresa porque lo encontraban demasiado poco sociable.

Quinn hizo las presentaciones brevemente. Claire parecía incómoda.

—Bueno, creo que voy a marcharme ya —dijo ella vacilante, más bien a modo de pregunta.

—Te llamaré luego —dijo Quinn.

Vio un brillo de pesar en los ojos de Claire, pero sólo momentáneamente.

—Encantada de conocerlo —le dijo ella a Sam.

—Igualmente.

No había sido su intención ofender a Claire, pero lo había hecho.

—¿Has venido en avión esta mañana? —preguntó Quinn a Sam cuando se quedaron solos y se sentaron.

–No. Dana tenía que venir anoche y la acompañé.

La esposa de Sam era senadora y pasaba la mayor parte del tiempo en Washington. Los dos viajaban constantemente.

–Esta mañana, me he quedado algo sorprendido al ver el periódico.

–Yo también.

–Siento lo de tu padre.

Quinn se encogió de hombros.

–Escucha, sé que esto es un problema para la empresa.

–Desde luego, nos ha pillado de sorpresa.

Hacía muy poco tiempo que Quinn había empezado a sentirse a gusto, a creer que no estaba solo en el mundo.

–Presentaré mi dimisión inmediatamente –dijo Quinn conteniendo la angustia.

–No queremos que dimitas –respondió Sam.

Un inmenso alivio se apoderó de él. No podía ni hablar.

–Estamos contigo. No obstante, tenemos que prepararnos para lo que pueda pasar. Aunque he visto que el periodista no ha mencionado el nombre de la empresa.

–Todavía no, pero el artículo ha enfatizado lo irónico que es que el hijo del espía sea investigador privado. ¿Qué puede impedir a ese periodista que decida seguir escribiendo sobre el hijo que intenta enmendar los delitos de su padre? El hijo dedicado a ayudar al inocente y al necesitado.

–¿Es por eso por lo que te hiciste investigador privado?

–Sí, en su mayor parte.

–En ese caso, es posible que sea eso lo que debieras hacer, contar la historia tú mismo, a tu manera. Llama al periodista.

Quinn se rebeló contra la idea.

–¿Que salga más a la luz pública? No, ni hablar.

–Si se maneja bien, funcionará. Escucha, podríamos hablar con los de la oficina de Dana. Hay gente muy preparada que podría ayudarnos con la presentación. Este tipo, Foley, el periodista… Diana lo conoce desde hace años. Es un periodista de fiar.

Quinn se frotó el rostro con las manos.

–De acuerdo. Estoy dispuesto a discutir la posibilidad de hacerlo.

–Estupendo. Voy a llamar para ir a ver a los de la oficina de Dana esta tarde. Te llamaré con lo que me digan. Contesta el teléfono, por favor.

Quinn asintió.

Después de que Sam se marchara, Quinn se dio una ducha, se afeitó y se preparó huevos revueltos con tostadas. Trató no de pensar en la expresión de dolor de los ojos de Claire.

Sam lo llamó para decirle que la cita era a las cuatro de la tarde, aún le quedaban cuatro horas.

Miró al teléfono, lo pensó mejor y se apartó de él. Se acercó a la ventana con vistas al patio y vio un perro.

¿Rase?

Entonces vio a Claire jugando con él, corriendo y saltando. ¿Qué estaba haciendo ahí? Se había marchado hacía una hora.

«¿Por qué estás aquí todavía?», se preguntó en silencio.

Pero se dio cuenta de que no importaba. Claire estaba ahí.

Y él la necesitaba.

Bajó corriendo al patio. Claire sonreía, estaba preciosa. Rase lo vio y empezó a ladrar.

–Hola, MQ, estábamos…

Quinn la besó. Luego la estrechó en sus brazos y

esperó a que Claire abriera los ojos para besarla otra vez mientras le acariciaba el sedoso cabello.

Y la levantó en sus brazos.

–¿Qué haces? –preguntó ella mirando a su alrededor.

–Es una nueva regla.

–¿Sí?

–Cada vez que me beses así tenemos que acostarnos.

–Oh –Claire sonrió–. Salvo que más bien has sido tú quien me ha besado.

–¿Quieres cambiar la regla, PA?

–No, en absoluto.

Rase corrió alrededor de ellos.

–Necesitas entrenamiento, perro.

–A mí no me hace caso –Claire apoyó la cabeza en el hombro de él.

Quinn volvió la cabeza y la besó.

–¿Por qué estabas aquí todavía? –preguntó Quinn.

–Estaba esperando a ver si tenía el valor suficiente para volver a llamar a tu puerta.

–¿Así que te has quedado por aquí para ver si te veía por la ventana?

–Quería dejar que tú tomaras la decisión. Si no querías verme, no bajarías a buscarme.

–No te he visto hasta hace un minuto.

Quinn volvió a besarla y luego subió los escalones que daban a su puerta.

–Puedes dejarme en el suelo –dijo ella sin estar convencida.

–Estoy tratando de ser romántico, PA.

Claire lo besó en la sien, en la mandíbula, en el oído… Quinn sintió la lengua de ella acariciándole el cuello.

–Eres muy romántico –dijo Claire–, pero yo no soy una pluma.

Quinn gruñó y asintió, ella le dio en el hombro con el puño.

–Tú misma lo has dicho –observó Quinn con una traviesa sonrisa.

Cuando llegaron al dormitorio, Quinn cerró la puerta con el pie para evitar que Rase entrara. Después, dejó a Claire en la cama y se tumbó jadeante.

–¿Lo ves? –dijo Claire acercándose a él en la cama–. No había necesidad de…

Claire lanzó un pequeño grito cuando, de repente, él tiró de ella y se la colocó encima.

–Preciosa. Mi preciosa Claire con sus hermosos ojos azules –dijo Quinn acariciándole el cabello.

Claire se quedó muy quieta y seria.

–Tú también me pareces muy guapo –declaró Claire.

Quinn sonrió.

–Y muy fuerte –añadió Claire acariciándole los labios.

Quinn contuvo la respiración. Entonces, le quitó la camiseta, pero el sujetador deportivo demostró ser mucho más difícil, y Claire se echó a reír.

Pero Claire se puso seria cuando él le cubrió los senos y empezó a juguetear con los pezones.

Quinn movió el cuerpo, con ella encima, hasta descansar la cabeza en una almohada; después, agarró las manos de ella y se las hizo poner en las barras verticales del cabecero, lo que le acercó al rostro los pechos de Claire. Pasó la lengua por un pezón y luego lo atrapó con la boca, chupándolo y lamiéndolo.

Claire movió el cuerpo contra el suyo a un ritmo que empezó a hacerlo enloquecer.

Quinn quería ser paciente y atender a las necesidades de ella, pero su propio cuerpo le exigía tomar más, dar más. Hacer más.

Con rapidez, ayudó a Claire a deshacerse del resto de la ropa y luego se despojó de la suya.

Se quedaron sentados, el uno frente al otro, con las rodillas flexionadas y las piernas entrelazadas. Ella le pasó la mano por el pecho y el vientre; luego, cerró la mano sobre su miembro y lo excitó. Quinn quería cerrar los ojos y entregarse a ese placer, pero también quería mantenerlos abiertos para verla disfrutar de las caricias que él le estaba administrando.

Claire abrió las piernas más. Él la acarició más profundamente. Luego, tuvo que agarrar a Claire de la muñeca para impedirle hacerla estallar.

–Disfruta. Túmbate –dijo Quinn.

Claire se tumbó.

Quinn le cubrió el sexo con la boca. Claire empezó a gemir y a pronunciar palabras incoherentes. La oyó gritar al borde del éxtasis, pero no le dejó alcanzar el clímax. Inmediatamente, se colocó encima de ella y la penetró.

Se movió dentro de ella con más y más intensidad. Pronto, ambos estallaron en gemidos de placer y suspiros de satisfacción.

Un minuto más tarde, Quinn colocó la cabeza al lado de la de Claire.

–Quinn –susurró ella.

Él alzó el rostro y la besó.

–¿Qué?

–Nada –Claire le puso las manos en la cara–. Sólo quería decir tu nombre.

–¿No querías decirme que ha sido la experiencia más extraordinaria de tu vida? –bromeó él.

–La humildad no es tu fuerte, querido –respondió ella en tono ligero, a pesar de que algo muy serio permanecía en su expresión.

Pero Quinn no quería saber qué era. Todavía no. Había muchas cosas que aclarar entre los dos.

Permanecieron en la cama hasta que Rase empezó a golpear la puerta con la cabeza. Quinn se levantó para dejarlo entrar y le dio a Claire su ropa; también agarró la suya.

En el momento en que entró, Rase saltó a la cama.

—¿Qué tal se llevaban Rase y Jenn? —preguntó Quinn cuando él y Claire ya estaban vestidos.

—A Rase le gusta todo el mundo.

—¿Y a Jenn le gustaba él? —insistió Quinn.

—Supongo que sí. ¿Por qué?

—Por nada, por curiosidad.

Los perros sabían juzgar a las personas mejor que los propios seres humanos.

—Bueno, por supuesto no ha preguntado por el perro en el e-mail que me ha enviado, pero no lo molestaba que le saltara encima.

—¿E-mail?

—¡Oh! Vaya, se me había olvidado decírtelo. Cuando volvimos de Santa Bárbara, tenía un mensaje de Jenn.

Capítulo Quince

Claire miró al techó y suspiró.

Después de darle al perro la comida, se sentó en un taburete delante del mostrador de la cocina y volvió a suspirar.

Se encontraba en un ridículo estado de ensoñación desde que Quinn se marchó. Él había ido con ella a su casa, aunque en su propio coche, para ver el mensaje de Jenn. Luego, se había marchado a la reunión que tenía a las cuatro.

–Vuelve cuando hayas terminado –le había dicho ella.

–Si puedo –le había respondido Quinn.

Iba a pedirle que pasara la noche en su casa. Podían charlar tumbados a oscuras en la cama. Quería preguntarle sobre sus padres y sobre su vida antes de que encarcelaran a su padre.

El teléfono sonó y Claire contestó inmediatamente.

–¿Diga?

–No me vas a encontrar por mucho que lo intentes.

Su buen humor se disipó.

–¡Jenn!

–Mamá me ha contado que has contratado a un investigador privado para que me encuentre. No te va a servir de nada, jamás me encontrarás. Salvo que quiera que me encuentren, claro.

¿Cómo sabía Marie...? Claro, había leído el artículo del periódico y había llegado a sus propias conclusiones.

–No estoy buscándote –la informó Claire.

–No soy imbécil.

–Te estaba buscando, pero ya no.

–¿Por qué? –preguntó Jenn sin acabar de creerla.

–Porque ya no estoy dispuesta a seguir ayudándote, Jenn.

–¿Qué te hace pensar que necesito ayuda?

–He visto a Craig Beecham.

Se hizo un breve silencio.

–¿Cuándo?

–Hace tres días.

–¿Por qué? ¿Por qué has cometido semejante locura?

–Me da igual que me creas o no, pero lo hice por ayudarte.

Jenn lanzó una serie de juramentos.

–¿Y qué te dijo? –preguntó Jenn por fin.

–Me dijo que está dispuesto a ir al fin del mundo para encontrarte. Y va a hacer lo que sea por conseguirlo.

–¿Y a qué conclusión has llegado?

–A que tienes lo que él quiere –admitió Claire a pesar suyo.

–No vuelvas a visitarlo, ¿me oyes?

–No tengo intención de…

La comunicación se cortó.

La puerta de Claire se abrió antes de que él pudiera llamar siquiera. Claire debía de haberlo estado esperando asomada a la ventana.

–Hola. Jenn acaba de llamar –dijo Claire–. Jenn…

–¿Ha llamado alguien más después de Jenn? –preguntó Quinn dirigiéndose hacia la cocina, donde estaba el teléfono más cercano.

–No. Ella…

–Espera.

Quinn marcó un asterisco, un seis y un nueve, y esperó. Cuando el mensaje automático le comunicó que el número no estaba disponible, colgó el auricular.

—¿Qué te ha dicho?

Claire frunció el ceño y cruzó los brazos.

—Bueno, en primer lugar, hemos decidido no seguir buscándola, así que... ¿a qué viene eso de intentar localizar su teléfono?

—Es simplemente la costumbre —Quinn se agachó a acariciar al perro.

Claire le repitió la conversación telefónica que había tenido con su hermana.

—Marie debe de saber dónde está Jenn —concluyó Claire.

—Es posible. También cabe la posibilidad de que Jenn haya llamado hoy a su madre.

—Sí, tienes razón. Pero hoy he llamado a Marie y ella no me ha dicho nada. Lo único que me ha dicho es que se va de vacaciones mañana por la mañana.

—¿Adónde?

—No me lo ha dicho.

—¿No ha querido hacerlo?

—No sé. Simplemente, no me lo ha dicho. Me ha insinuado que se iba con un hombre y no he querido preguntarle nada —Claire se le acercó—. La reunión ha sido muy larga, ¿no?

Quinn se preguntó si Marie no iba a reunirse con Jenn.

—Después de la reunión he estado con John Foley, el periodista.

Quinn había accedido a concederle a Foley una entrevista. En primer lugar, lo había hecho porque el periodista iba a mantener a ARC en el anonimato; pero, sobre todo, porque él quería hablar del sufrimiento de los familiares de alguien que cometía un delito. Si la historia lograba evitar que una persona cometiera un hecho delictivo, a él le parecía que merecía la pena.

—¿Va a seguir escribiendo sobre el asunto? —preguntó Claire.

—Sí. Podrás leer el artículo en el dominical del periódico —respondió Quinn sintiéndose agotado de repente.

—¿Mañana? Qué rapidez —Claire le indicó el frigorífico—. ¿Tienes hambre? He hecho sopa.

Quinn contempló el bonito rostro de ella y vio preocupación en sus ojos. Preocupación por él.

«Qué buena persona eres, Claire Winston».

Quinn la abrazó.

—No, no tengo hambre.

Quería dormir con ella. Sólo dormir.

Pero lo preocupaba no haber sido honesto con ella. No le había dicho que había hablado con el fiscal para averiguar el apartado de correos de Jenn. No le había dicho que tenía buenos conocimientos de informática y que iba a intentar averiguar el punto de origen del mensaje de Jenn. No le había dicho que iba a pedirle al fiscal que intentara localizar la llamada de Jenn.

Pero quería librar a Claire del problema que su hermana representaba para ella. Todavía no sabía cómo, pero iba a conseguirlo.

—¿Vas a pasar la noche conmigo? —le preguntó Claire.

—Sí —Quinn bajó la cabeza para besarla con ternura—. Me gustaría sólo… dormir.

—Sí.

Claire le dio la mano y salieron de la cocina.

Quinn y Claire se desnudaron y se metieron en la cama. Ella apagó la luz de la mesilla de noche, dejando la habitación en la oscuridad. Entrelazaron los dedos.

—Se me da bien escuchar —dijo ella en voz queda.

Quinn le apretó la mano.

—Otro día, ¿de acuerdo? Anoche no dormí.

—Está bien. Buenas noches.

—Buenas noches.

El domingo por la mañana, temprano, Quinn estaba sentado en la cocina de Claire con el teléfono móvil al oído. Pero también estaba alerta a cualquier sonido que pudiera proceder del piso superior; aunque, de momento, nada.

Peter Santos, el investigador de la oficina del fiscal, estaba enfadado por haber sido despertado a esas horas un domingo.

—¿Es que este asunto no puede esperar a mañana?

—Mi operario dice que no —respondió Quinn—. ¿Has conseguido la información sobre el apartado de correos de Jennifer Winston o no?

—Sí, la tengo, pero Magnussen dice que no podemos estar vigilando el sitio todo el tiempo basándonos en la remota posibilidad de que ella aparezca. No hay presupuesto para eso.

Precisamente lo que Quinn esperaba.

—En ese caso, quiero permiso para vigilarlo yo. Dile al fiscal que no os cobraré a menos que la localice.

Quería hablar con Jenn y convencerla de que le contara todo.

—Si te damos la información, trabajas para nosotros. Tienes que seguir el protocolo —respondió Santos.

Lo que significaba ser agente de policía, igual que cuando lo contrataron para seguir a Jenn. Lo que significaba obedecer la ley.

Lo que significaba entregarla si la encontraba.

—Conozco las reglas, Santos.

145

–Espera, Gerard. Tengo que hablarlo con Magnussen, y te aseguro que no lo va a hacer muy feliz que lo llame a las seis de la mañana.

Entonces, quizá por quinta vez, leyó el artículo del dominical mientras esperaba. Era un buen artículo; equilibrado, profundo y… catárquico. Lo que lo sorprendió fueron unas referencias atribuidas a su madre. ¿Le había dado su padre esa información a Foley? ¿Había entrevistado Foley a Robert también? Quizá quedara por escribir una tercera parte.

Su madre hablaba de su vida en el exilio que se había impuesto a sí misma, pero no en demasiado detalle.

Quinn se preguntó cómo estaría físicamente.

Santos volvió al teléfono.

–Magnussen quiere saber por qué estás dispuesto a trabajar gratis.

–Porque la perdí.

Transcurrieron unos segundos.

–Está bien. Anota.

Quinn tomó nota de los detalles. La oficina de correos estaba a sólo unas manzanas de la casa de Claire; evidentemente, no podía vigilarla todo el tiempo que estuviera abierta, pero lo haría el mayor tiempo posible, empezando esa misma mañana.

Lo único que tenía que hacer era mantener a Claire al margen.

Quinn pensó que lo esperaba un día largo y aburrido.

Había despertado a Claire con un beso. Después, le dijo que tenía trabajo, que la llamaría más tarde y que se volviera a dormir.

Aparcó el coche en un lugar desde el que podía ver la entrada de la oficina de correos. Mientras esperaba, decidió pedirle a Sam que le prestara un par de investigadores de Los Ángeles durante una semana, el tiempo que estaba dispuesto a vigilar el lugar con la esperanza de que Jenn hiciera su aparición.

El hecho de que Marie se marchara de vacaciones le hacía sospechar que Jenn estaba fuera de la ciudad, quizá en otro país, pero tenía que tener en cuenta todas las posibilidades.

Transcurrió una hora. Bostezó. Le pesaba no tener algo que comer. No dejaba de mirar el café al otro lado de la calle.

Por fin, decidió ir a por café y algo para desayunar. Además, el restaurante tenía un buen ventanal y desde allí podría ver la entrada de correos.

Cruzó la calle, hizo el pedido y luego se acercó a la ventana para esperar allí. Mientras hacía el pedido, una furgoneta blanca se había detenido delante de correos, tapando la entrada.

Inmediatamente, Quinn reconoció la furgoneta.

Cruzó la calle justo en el momento en que una mujer subía los escalones de la entrada.

Jenn.

A pesar de que llevaba una gorra de béisbol, una camiseta holgada y pantalones vaqueros, era Jenn. La reconocería en cualquier parte.

El conductor de la furgoneta salió y la siguió, pero se detuvo al pie de la escalinata y miró a su alrededor.

Quinn aceleró la marcha. ¿Acaso ese tipo intentaba raptar a Jenn a plena luz del día? ¿En serio pensaba que nadie lo detendría? Si tenía tanta confianza en sí mismo era porque tenía una pistola.

Quinn no iba armado.

Oyó un ladrido y lo reconoció al instante.

Quinn se volvió. Claire y Rase iban hacia él haciendo jogging. Ella lo saludó con la mano.

—¡Vuelve a casa ahora mismo!

Quinn, sin esperar, corrió a la oficina de correos para impedir el rapto.

El hombre lo vio ir hacia él. Al principio, Quinn se quedó inmóvil; después, se lanzó a por él escaleras arriba, donde también estaba Jenn.

Quinn, abalanzándose, lo agarró por las piernas y lo tiró. Jenn gritó. Claire vio a su hermana y gritó su nombre. Rase salió corriendo, subió las escaleras y empezó a girar alrededor de Jenn, enredándole la correa en sus piernas.

Un problema resuelto.

Quinn, mientras luchaba con ese tipo, se dio cuenta de que llevaba una semiautomática.

—¡Corre, Claire! —gritó Jenn—. ¡Corre!

—¡Corre tú! —le gritó el tipo a Jenn—. Las llaves están en la furgoneta.

Pero Jenn no podía ir a ninguna parte porque tenía las piernas atadas con la correa. Rase se movía todo el tiempo. Jenn no podía agarrar al perro para quitarse la correa.

Claire, desobedeciendo las órdenes de Quinn y de su hermana, se acercó a ellos.

—Quinn, ¿qué puedo…?

—¿Quinn? —repitió Jenn con sorpresa—. ¿Tú eres Quinn?

—Sí…

—Éste es mi guardaespaldas. Suéltalo ahora mismo.

—¿Guardaespaldas?

¿Que lo soltara?

No hasta que no se aclarase todo. Continuó sujetando al individuo.

—Me has mentido —le dijo Jenn a Claire—. Me dijiste que habías dejado de buscarme.

—Y así es, te lo juro —Claire miró a Quinn para que confirmase sus palabras.

Se oyeron sirenas. En cuestión de segundos, dos

coches de policía aparecieron y cuatro policías armados los rodearon.

No iba a ser un día aburrido, pensó Quinn alzando las manos tal y como le habían ordenado que hiciera.

Claire tenía mucho que decir, pero no en el asiento posterior de un coche de policía. Estaban llevándolos a casa, a Quinn, Rase y a ella, después de haberlos interrogado. Nunca había estado tan enfadada. Ni siquiera podía mirar a Quinn.

Se habían disipado muchas dudas. Marie no se había ido de vacaciones, sino que se estaba haciendo una operación de cirugía estética para quitarse unas arrugas, con el cheque que le había enviado Jenn, y no quería que nadie se enterase.

En cuanto al descapotable rojo, Jenn lo tenía en un garaje. El guardaespaldas de Jenn, el conductor de la furgoneta blanca, lo había sacado del garaje de Claire. Por eso había estado aparcado delante de su casa, esperando a que no hubiera nadie para sacar el coche.

Pero había mucho más.

Claire dio las gracias al policía por haberla llevado a su casa, salió del coche y subió corriendo los escalones de la entrada. Sabía que Quinn estaba a sus espaldas, por lo que dejó la puerta abierta mientras llevaba a Rase a la cocina para encerrarlo allí un rato con el fin de poder hablar con Quinn sin interrupciones.

Casi se tropezó con Quinn al salir de la cocina y cerrar la puerta.

—Al cuarto de estar —le dijo ella.

Una vez en el cuarto de estar, Claire decidió permanecer de pie.

—Te dije que era inocente —declaró Claire.

Quinn permaneció de pie también, cerca, pero no lo suficiente como para tocarla.

—Así que... ¿has creído sus explicaciones?

—¿Tú no?

—¿Tiene importancia eso?

—Sí, la tiene.

—Creo algunas cosas de lo que ha dicho —respondió Quinn desapasionadamente, con objetividad.

—¿Como qué?

—Creo que estaba asustada. También la he creído cuando ha dicho que Beecham era una mala persona y que llevaba meses intentando romper con él. Y también la he creído cuando ha dicho que se vino a vivir contigo porque tenía miedo de estar sola, y que se marchó porque tenía miedo de que te hicieran daño. Y esto último lo he creído porque, al verte, gritó para que te marcharas de allí corriendo; tenía miedo por ti.

Quinn dio un paso hacia ella.

—Claire...

—¿Y qué es lo que no crees?

—¿Tenemos que seguir con esto?

—Sí.

Quinn apretó los labios.

—Está bien, no he creído que descubriese los brillantes hace sólo dos semanas y que se los enviase a sí misma a un apartado de correos simplemente para guardarlos.

—¿Por qué no crees eso?

—Porque, una vez que los tuvo en su posesión, ¿por qué no los entregó a las autoridades? De haberlo hecho, Beecham no habría tenido ya motivos para seguirla o vigilarla o lo que fuera que hizo desde la cárcel. Eso, si lo hizo, cosa de la que no tenemos pruebas.

Claire no contestó.

—Jenn creía que la estaban siguiendo.

–No desde que se marchó de aquí.

–Deberías estar contento. Después de descubrir a Santos siguiéndola, supuso que habría alguien más; pero a ti no te vio.

–Sí, eso es lo único que me importa, ¿verdad? Mi reputación profesional.

El sarcasmo de Quinn la hizo sentirse culpable. Él sólo había hecho su trabajo.

–¿Por qué estás enfadado conmigo, Claire?

–Porque me mentiste y me has hecho quedar como una mentirosa.

–¿Cómo es eso?

–Yo le dije a Jenn que no estábamos buscándola, y por eso mi hermana salió de su escondite. Tú estuviste de acuerdo conmigo en dejar de perseguirla.

–Tomé una decisión basada en lo que creía ser correcto. Y otra cosa, Claire, lo que la hizo salir de su casa fue leer el artículo sobre mí esta mañana. Jenn no quería vivir como una víctima, escondiéndose del mundo, que fue lo que me pasó a mí.

–Exacto. Hoy iba a recoger los diamantes y a entregarlos a las autoridades.

Quinn no contestó.

–Tampoco crees eso –dijo Claire.

–No lo sé. Creo que nunca conoceremos la verdad.

–Tú pusiste a la policía sobre aviso.

–No. Alguien los llamó al ver lo que estaba pasando a la entrada de la oficina de correos. Mi única intención era hablar con ella e intentar convencerla de que fuera a ver a las autoridades.

Quinn se le acercó más y le puso una mano sobre el hombro.

–¿Por qué estás tan enfadada, Claire? Todo ha salido bien. El problema está resuelto.

–Según tú.

Quinn arqueó las cejas.

—Sigues sin entenderlo, ¿verdad? —Claire se apartó de él—. La cuestión es que no confiabas en mí.

—Eso no es verdad.

—No me dijiste que todavía estabas buscando a Jenn. No te fiabas de mí. Además, no hiciste lo que te pedí.

—No querías que te involucraras más en el asunto. No quería que sufrieras. ¿Qué habrías hecho si te lo hubiera dicho?

—Habría insistido en que lo dejaras.

—Por eso no te lo dije. Claire, había que encontrar a Jenn. No es posible que lo dudes.

—Lo único que sé es que me lo ocultaste. Si me lo hubieras explicado quizá lo habría entendido. Confiaba en ti. Ahora… ahora ya no puedo.

—¿Nunca?

¿Qué importancia tenía? Además, Quinn no quería tener relaciones duraderas.

—Claire —había dolor en su voz.

Claire lo ignoró.

—Márchate, por favor.

Quinn se la quedó mirando. Por fin, dio un paso atrás y se metió las manos en los bolsillos.

—Vete —repitió Claire con más dureza.

Quinn sacó una mano y se la ofreció. Claire no quería aceptarla; pero, por fin, le dio la mano.

Quinn le dio algo; después, se dio la vuelta y se marchó.

Claire abrió la mano y vio la caracola que ella le había dado en Santa Bárbara. Quinn la había tenido consigo todo ese tiempo y ahora se la había devuelto.

Claire se echó a llorar.

Capítulo Dieciséis

–¿Estás loca? –Jenn alzó los brazos y se alejó unos pasos–. ¿Cómo puedes ser tan idiota?

Claire se volvió hacia Marie, sentada en su trono como una reina con el rostro vendado.

–A mí no me mires, estoy de acuerdo con Jenny.

–¿Has dejado a ese hombre maravilloso por intentar ayudarte y protegerte? Jamás he visto a una persona tan imbécil… –Jenn sacudió la cabeza–. Conseguí que prestaras más atención a tu aspecto físico y ¿para qué? Contigo es un desperdicio.

–Lo hiciste para así poder escapar sin que te viera nadie –dijo Claire.

Jenn se encogió de hombros.

–Maté dos pájaros de un tiro.

Claire se había despedido de Quinn hacía una semana. Desde entonces, se sentía peor que nunca. Ya no podía soportarlo más.

Echaba de menos a Quinn. Quería pasar el mayor tiempo posible con él. Incluso había pasado por su casa y había visto ambos coches aparcados, pero no había tenido el valor necesario para llamar a su puerta.

Quería que Quinn fuera a buscarla, por injusto que pareciera. Quería que Quinn le rogara.

No, no quería eso. Lo que quería era que Quinn la amase.

Marie le puso una mano en el brazo.

De repente, Claire se dio cuenta de que su reacción de la semana anterior había sido una reacción nacida de la ira y del dolor; e incluso del alivio, al ver que Jenn estaba bien. Pero no había visto que Quinn había hecho lo posible por ayudarlas, a ella y a Jenn.

Claire lanzó un suspiro.

—Está bien, iré a verlo.

Claire dio un abrazo a Jenn y otro a Marie.

—Deseadme suerte.

—Amor y suerte, cielo –dijo Marie.

—Vamos, Rase.

—Deja aquí al maldito perro –dijo Jenn–. Y llámame si quieres que cuide de él esta noche. Ah, y no olvides que si todo sale bien entre tú y ese hombre, me lo debes a mí.

Claire consideró lo irónico del caso.

Pensó que iba a desmayarse cuando, después de subir los escalones de la entrada, llamó al timbre de la puerta de Quinn y nadie le abrió.

Quinn llevaba una semana ignorando el timbre. No tenía problemas en ignorarlo ese día tampoco, igual que los golpes en la puerta.

Cuando dejaron de llamar, volvió a cerrar los ojos. Estaba tumbado en el sofá, llevaba así más o menos una semana. Se duchaba de vez en cuando, pero no se había afeitado y casi no había comido. Dormía de vez en cuando.

Oyó un ruido. Había alguien en la casa. Esperó a que el intruso subiera las escaleras, y entonces se abalanzó sobre…

Claire lanzó un grito.

—¿Cómo has entrado? –preguntó Quinn atónito.

—Memoricé el código de la puerta.

¿Que había memorizado…? ¿La última vez que estuvo allí, cuando él entró con ella en brazos?

—Supongo que deberías haberte tapado mientras tecleabas el número, ¿no? –le preguntó Claire en tono deasfiante.

Un punto para Claire.

Ella se le acercó mirándolo fijamente.

–Estás enfermo.

Quinn sacudió la cabeza.

Claire se acercó más y la esperanza se abrió camino en su corazón.

La observó en silencio mientras ella paseaba la mirada por el caos del cuarto de estar: periódicos tirados por todas partes, correo encima de la mesa de café, platos sucios y botellas de cerveza vacías…

Claire estaba realmente sorprendida.

–¿Qué ha pasado? –preguntó ella.

«Tú».

La vio hojear unos papeles que él había imprimido de Internet con información de vuelos a Londres.

–Voy a ir a ver a mi madre –dijo Quinn.

–Oh, no sabes cuánto me alegro. Ya verás como no te arrepientes.

–Eso espero. También voy a ir a visitar a mi padre otra vez. Supongo que también eso te alegrará.

–La cuestión es si te va a alegrar a ti.

Quinn se encogió de hombros.

–¿A qué has venido, Claire? ¿Qué pasa? –preguntó Quinn.

Debía de haber ocurrido algo serio para que Claire se presentara en su casa.

–No pasa nada.

Quinn esperó. La esperanza se reavivó.

–¿Nada?

–Bueno, eso no es del todo verdad –Claire empezó a recoger periódicos y a amontonarlos–. Nada tiene sentido.

Aún más esperanzado.

–Es posible que me haya dado cuenta de que tú tenías razón y yo estaba equivocada. Tenía que decírtelo –Claire seguía sin mirarlo–. Y a juzgar por tu aspecto, puede que a ti tampoco te vaya muy bien.

Quinn se le acercó, le tocó el hombro y la sintió temblar.

–Te he echado de menos –dijo Quinn con voz queda.

Claire dejó caer los periódicos y se llevó las manos a la boca para ahogar un sollozo.

–Claire…

Vio lágrimas resbalándole por las mejillas.

–Te amo –dijo él sintiéndose feliz.

Claire asintió. Le devolvió esas mismas palabras con los ojos, a pesar de intentar pronunciarlas con la boca. Claire le rodeó el cuello con los brazos y se aferró a él.

–Yo también te amo –dijo ella por fin–. He sido una idiota.

–No –Quinn le acarició el cabello–. Yo he sido el idiota. Debería haber confiado en ti. Llevaba años sin confiar en nadie, años solo…

–Ya no tienes que estar solo.

Quinn la abrazó con fuerza y rió quedamente.

–¿Es que no vas a dejar que sea yo quien proponga…?

–No me refería a eso –lo interrumpió Claire–. Ya sé que no quieres relaciones duraderas. Lo que quiero es que sepas que ya no me importa, aceptaré lo que estés dispuesto a darme.

–¿En serio? –Quinn no la creyó, en el fondo no se conformaría con esa clase de relación.

–Te amo, Claire. Y quiero casarme contigo. Por favor, di que sí. No puedo vivir sin ti

–No dejes nunca de decir que me quieres…

–De acuerdo –respondió él, y ella lo besó, una y otra vez.

DESEO

SUSAN CROSBY

CORAZÓN DE OLVIDO

Capítulo Uno

Cassie Miranda sintió un escalofrío mientras entraba con su coche por el camino de Wolfback Ridge. Aquel sitio daba miedo, pensó. ¿Dónde estaban el cielo azul y la temperatura agradable que la habían seguido desde el Golden Gate hasta Sausalito?

Hasta unos minutos antes, aquel día de septiembre parecía de postal. Uno de esos días en los que los fotógrafos no paraban de retratar la bahía de San Francisco y los ejecutivos dejaban de trabajar para irse a ver un partido de los Giants.

Pero entonces, sin avisar, el cielo se había cubierto de nubes. Justo encima de Wolfback Ridge. Cassie miró por el retrovisor. Como imaginaba, atrás había dejado un cielo completamente azul.

Entonces vio la casa, una edificación de cristal y madera con una vista espectacular de San Francisco y el puente más famoso del mundo... si la vista no estuviera tapada por el tupido bosque que rodeaba la propiedad. Ningún rayo de sol podría penetrar ese tupido follaje.

Estaba claro que su nuevo cliente requería una anormal privacidad.

A ella no le importaban las excentridades... hasta cierto punto. Si quisiera ver gente normal todos los días no sería investigadora privada.

Cassie aparcó bajo un árbol retorcido que parecía tener más de cien años. Siendo una chica de ciudad, pensó que sería un roble, pero lo único que ella sabía de robles era que daban bellotas. Y no veía ninguna bellota por allí.

Tomando el maletín y la chaqueta, salió del coche. Todo estaba en silencio. Un silencio ominoso. Como si los pájaros temieran llamar la atención.

Cassie miró alrededor mientras se ponía la chaqueta y un escalofrío recorrió su espalda. Alguien la estaba observando.

—Era una oscura noche de tormenta... —murmuró, intentando tomárselo a broma. Pero no le hizo ninguna gracia.

Suspirando, se sacó la trenza, aprisionada por la chaqueta, y la dejó caer sobre su espalda. Que los pájaros no cantasen la hizo pensar si habría algún animal salvaje por allí... La presencia de un depredador haría que los pájaros se quedaran en silencio, ¿no? Al menos, eso era lo que pasaba en las películas.

Un lobo quizá. Al fin y al cabo, aquel sitio se llamaba Wolfback Ridge, la sierra de los lobos.

Cassie miró hacia la casa. Los cristales eran oscuros. ¿Estaría observándola su cliente? Incluso su nombre sonaba gótico: Heath Raven.

Debía ser un hombre oscuro y misterioso, quizá incluso desfigurado. Atormentado.

No, tonterías. Cosas de su imaginación. Su jefe, en Los Ángeles, le había asignado el caso: una persona desaparecida. Habló con el cliente por teléfono y parecía normal. Y cuando buscó su nombre en Internet comprobó que era un arquitecto muy conocido. No podía ser tan raro.

Se acercó a la casa, sus botas crujiendo sobre el camino de grava. La masiva edificación impedía toda posibilidad de que allí penetrara algún rayo de sol.

Cassie confiaba en su instinto y su instinto le decía que se diera la vuelta y saliera corriendo, que el hombre que vivía en aquella extraña casa de cristales oscuros iba a conseguir despertar sus demonios personales, los que llevaban años escondidos. Pero justo en ese momento la puerta se abrió.

El hombre que vio en el porche no estaba desfigurado. No, pero era como había imaginado: alto, moreno, con el pelo un poco demasiado largo, facciones angulosas, ojos de color verde claro, penetrantes, y sí, atormentados.

Delgado, pero con un cuerpo fibroso.

–¿Señorita Miranda? –preguntó él, con una voz perfectamente normal.

–Sí, buenas tardes –contestó ella, ofreciéndole una tarjeta que la identificaba como Cassie Miranda, de ARC Seguridad e Investigación.

–Yo soy Heath Raven. Entre, por favor.

Llevaba vaqueros y un polo de color rojo. Un atuendo normal.

Sin embargo, no había nada normal en aquel hombre.

La casa estaba tan silenciosa como una celda. Los muebles del salón parecían nuevos, como la chimenea, que no debía haberse encendido nunca. Los enormes ventanales deberían dejar pasar la luz. Pero no había luz en aquella casa. Era oscura y triste... especialmente triste, como si estuviera de luto.

Cassie sacó cuaderno y bolígrafo del bolsillo y se sentó en el sofá.

—¿Quién es la persona desaparecida, señor Raven?

—Mi hijo. Mi hijo ha desaparecido —contestó él, apretando los dientes.

Cassie levantó la mirada. ¿Su hijo, un niño? Aquél no era un caso para su empresa, sino para la policía.

—¿Qué ha dicho la policía?

Él negó con la cabeza.

—Pero si su hijo ha desaparecido...

—La mujer que está embarazada de mi hijo ha desaparecido dejando una nota —explicó él entonces—. Y la policía no quiere hacer nada porque ella es una adulta y se ha marchado voluntariamente.

Parecía furioso. ¿Con la mujer o con la policía? En cualquier caso, era comprensible.

—¿Puedo ver la nota?

Él salió un momento de la habitación y Cassie aprovechó para respirar a gusto. Si hubiera sabido que se trataba de un niño... No, hubiera ido de todas formas. Pero le habría gustado estar preparada. Cuando había un niño de por medio, los casos solían ser agotadores y, en general, deprimentes.

Heath Raven volvió unos segundos después.

—Aquí está la nota —murmuró, ofreciéndole un papel de color rosa.

Querido Heath,

Tengo que pensarme todo esto. No me busques. Yo te llamaré.

Eva

No era exactamente una carta de amor, pensó Cassie.

—¿Cuándo la recibió?

—Llegó esta mañana en el correo.

—¿Es su esposa?

—No. Estuvimos juntos una sola noche, hace ocho meses. Le pedí que se casara conmigo varias veces, pero me dijo que no.

—¿Por qué se ha marchado?

—No la he maltratado, si eso es lo que piensa —contestó él.

7

–Sólo estoy intentando entender la situación. Ése es mi trabajo.

Él se pasó una mano por la cara, impaciente.

–Yo no salgo mucho. En general, la gente viene aquí cuando necesito algo. Eva trabaja como secretaria en el bufete de mi abogado y solía venir por aquí para traerme documentos. Después de casi un año viéndola una vez a la semana, nos acostamos juntos. Una vez. Y quedó embarazada.

–¿Cuándo nacerá el niño?

–En tres semanas –contestó él, moviéndose por la habitación.

–¿Está seguro de que es suyo?

Heath Raven vaciló un segundo.

–No tengo razones para creer otra cosa.

Cassie estaba segura de que había pensado en ello más de una vez. Pero parecía convencido.

–Muy bien. ¿Sabe usted dónde podría haber ido?

–No tengo ni idea. Solía venir por aquí un par de veces por semana, me contaba lo que le había dicho el ginecólogo, charlábamos un poco... Eso es todo. No he hecho nada que la obligase a desaparecer. Ella aceptó compartir la custodia del niño conmigo. Teníamos una relación amistosa.

¿Una relación amistosa? Eso sonaba un poco raro.

–¿Le da usted dinero?

–Sí.

–Voy a necesitar más detalles, señor Raven.

–Señorita Miranda, Eva va a tener un hijo mío y quiero que el niño esté bien cuidado. Eso empieza en el embarazo. Yo quería que viniera a vivir aquí, pero Eva se negó, de modo que le ofrecí dinero para que fuera al mejor ginecólogo. Si quiere, le mostraré una copia de los cheques... pero, ¿qué importa eso?

–Importa porque establece un patrón. Quizá se ha marchado porque pretende sacarle más dinero manteniendo al niño como... rehén, digamos. En la carta dice que se pondrá en contacto, pero usted ha llamado a mi agencia. Si confiara en ella, sencillamente esperaría.

Él apartó la mirada, apretando los puños. Las emociones de aquel hombre, apenas contenidas, la fascinaban.

–Hace tres años mi hijo murió. Mi único hijo. No quiero perder también a este niño.

Su dolor rompía la habitación como un lamento y Cassie asintió con la cabeza, comprensiva. Tenía veintinueve años y había visto mucho sufrimiento en su vida, pero nada tan terrible como perder un hijo.

Su propio sufrimiento... no, no pensaría en ello.

–Le ayudaré –dijo por fin.

–Gracias.

–¿Qué cree que quería decir Eva con esa nota?

–No tengo ni idea.

–¿Tenía novio?

–No, que yo sepa.

–¿Y familia?

–Eva no solía hablar de su vida. Sé que sus padres viven en la costa Este, pero nada más.

–Muy bien. Ya tenemos algo, pero necesitaré más información. Su apellido, su dirección... Todo lo que sepa de ella.

Heath Raven asintió.

–Vamos a mi estudio.

Cassie lo siguió por una escalera hasta una enorme habitación con dos mesas de dibujo llenas de planos y varios ordenadores.

Una de las paredes era enteramente de cristal. Y estaba cubierta por persianas. Y todas las persianas estaban bajadas.

Heath agradecía la eficiencia de Cassie Miranda. Incluso antes de que empezara a hacerle preguntas, vio que era una persona que prestaba atención a los detalles. Su camisa blanca bien planchada y los vaqueros nuevos le decían que era una persona meticulosa, organizada.

Y también estaba llena de energía. Se movía rápido, hablaba rápido, pero sabía qué preguntar.

No podía decir que hubiera elegido bien porque él había llamado a la agencia preguntando por su jefe, Quinn Gerard, pero Gerard estaba fuera de la ciudad, por eso estaba ella allí.

Era alta y tenía presencia. Con las botas vaqueras le llegaba por encima del hombro. Y él medía más de metro ochenta y cinco. Llevaba el pelo, castaño, sujeto en una trenza que le llegaba casi hasta la cintura. Sus ojos, de color azul oscuro, podían ser perspicaces o comprensivos. Se llevarían bien.

En aquel momento, estaba anotando algo en su cuaderno. Se había quitado la chaqueta de cuero, que colgaba del respaldo de una silla, y llevaba una cartuchera... con una pistola. No había esperado eso, pero no sabía por qué le sorprendía. Si Quinn Gerard hubiera aparecido con una pistola le habría parecido normal.

–¿De qué marca es la pistola?

–Sig Sauer. Calibre cuarenta.

–¿Sabe usted disparar?

–¿Usted qué cree? –sonrió ella. Parecía muy segura de sí misma y eso le gustó–. No la llevo siempre conmigo, pero no sabía qué iba a encontrarme.

–Ya.

–Muy bien... –dijo ella entonces, golpeando el cuaderno con el bolígrafo–. Dice que Eva trabaja en el bufete de su abogado.

–Así es. Está de baja por maternidad desde hace unos días.

–Qué pronto, ¿no? Ahora, las mujeres trabajan prácticamente hasta que rompen aguas.

–No sabría decirle.

Su ex mujer había dejado de trabajar cuando se casaron.

–¿Es un bufete importante?

–Torrance y Torrance.

–Ah, muy importante –murmuró Cassie–. Yo trabajé para Oberman, Steele y Jenkins durante cinco años como investigadora privada, así que conozco bien los bufetes de San Francisco. Oberman se dedica al derecho penal y Torrance al derecho civil, pero deben operar de la misma forma.

–Es posible.

–Supongo que Eva tendría amigos en la oficina... en un bufete tan grande debe haber por lo menos uno o dos compañeros con los que saliera a comer. Lo comprobaré.

–No puede hacer eso.

–¿Qué?

–No puede hablar con la gente del bufete.

–Pero tengo que hacerlo...

–No.

–¿Por qué?

–Porque nadie sabe nada de nuestra relación. En Torrance y Torrance tienen unas reglas muy estrictas sobre las relaciones entre empleados y clientes. La despedirían.

–¿Nadie sabe que usted es el padre del niño?

–No.

–Ah, ya veo.

–A Eva le gusta mucho su trabajo. No quiero causarle problemas.

–Ya... muy bien, por el momento dejaremos eso. ¿Sabe dónde vive?

Heath le dio una tarjeta y Cassie anotó la dirección en su cuaderno.

–Vive con una compañera de piso, Darcy. No sé cómo se llama de apellido.

–¿Ha estado en su casa?

–No.

–Entonces, ¿esa noche es lo único que hubo entre ustedes? ¿No salieron nunca juntos?

–Nunca –dijo él. Admitirlo hacía que sonara sórdido. Y no había sido sórdido. Él no se había aprovechado de Eva. Ella estaba interesada, más que eso. En realidad, había ido detrás de él.

Cassie miró la tarjeta de nuevo.

–¿Éste es su número de teléfono?

–Sí, es un móvil.

–Supongo que la habrá llamado.

–Está apagado. Todo el tiempo.

–Muy bien –Cassie anotó el número y le devolvió la tarjeta–. ¿Le ha hablado alguna vez de sus amigos?

–De una chica que se llama Megan. Y de un chico que se llama Jay.

–¿Qué le ha contado de ellos?

–Que es la gente con la que sale los fines de semana.

–¿No cree que Jay podría ser su novio?

–No hablaba de él como si lo fuera –a Heath le gustaba cómo hacía las preguntas, una tras

13

otra, como si siempre fuera un paso por delante.

–Ha dicho que sus padres vivían en la costa Este. ¿Le dijo sus nombres?

–No.

–¿Sabe si tiene hermanos?

–Una hermana, Tricia. Mayor que ella. Tiene tres hijos. Eva la llamaba para pedirle consejo sobre el embarazo. Decía que no podía hablar con nadie más.

–¿Su hermana vive por aquí?

–No tengo ni idea.

Cassie lo miró, en silencio.

–Sé que debería saber algo más sobre la mujer que va a tener un hijo mío, pero... no es que no le hiciera preguntas, es que a Eva no le gusta mucho hablar sobre sí misma.

–Tenía secretos.

Que fuera una afirmación y no una pregunta confirmó sus miedos. Heath siempre había sabido que no podía confiar en Eva. Era una distracción cuando la necesitaba... o eso pensó. Al final, se había equivocado, pero eso no lo libraba de su responsabilidad.

–Era como si... como si quisiera parecer misteriosa para mantenerme interesado.

–¿Y lo consiguió?

Heath lo pensó un momento.

–Hasta cierto punto. La intriga despierta el interés, pero empezaba a cansarme.

–Sí, claro. ¿Sabe si tiene estudios universitarios?

–Está estudiando dirección de empresas. El bufete le paga los estudios y podía ir a clase durante las horas de trabajo –contestó él, ofreciéndole una hoja de papel–. Éste es su coche, con el número de matrícula.

–¿Quién es su ginecólogo?

Él le dio otra tarjeta en la que también estaba anotado el nombre del hospital en el que daría a luz.

–¿Ha ido usted con ella a las clases de parto sin dolor? ¿Piensa estar con ella durante el parto?

–No y no.

–¿Ha ido con ella al ginecólogo alguna vez?

–No.

Había estado a punto, cuando iba a hacerse la primera ecografía, pero cambió de opinión cuando estaba en la puerta.

Cassie golpeó el cuaderno con el bolígrafo.

–Dice que no sale mucho, ¿verdad?

–Eso es.

–¿Sale *alguna* vez, señor Raven?

–Heath, por favor. Llámame de tú. Y no, no salgo.

–¿Desde cuándo?

–Desde hace tres años.

No había salido de casa desde que perdió a su hijo.

–Y tampoco subes las persianas.

–No.

Cassie Miranda no preguntó por qué, pero si

15

lo hubiera hecho él no habría contestado. No era asunto suyo.

–Muy bien. Tengo suficiente para empezar. Aunque necesitaría una fotografía. ¿Tienes una fotografía de Eva?

Él le dio una carpeta.

–Muy joven.

–Veintitrés años. Yo tengo treinta y nueve. Sí, es muy joven –dijo Heath Raven. Y no tenían nada en común–. También hay una copia de la ecografía...

–Ah, no había visto nunca una de estas.

–Eso es la nariz, la barbilla, los brazos, las piernas...

Cassie sonrió.

–Si tú lo dices... ¿Sabes si es niño o niña?

Él señaló el papel.

–Tiene las piernas cruzadas.

–O no hay nada que ver. Podría ser una niña.

–Podría ser.

Cassie cerró su cuaderno y él le dio un sobre con un cheque para los primeros gastos, como habían quedado por teléfono. Luego, bajaron la escalera en silencio.

–¿Estás enamorado de ella?

Como si él creyera en el amor...

–No.

–Pero te habrías casado con ella.

–Así es.

–Hay una cosa que quiero que hagas –dijo Cassie entonces–. Es posible que tengas que salir de casa en algún momento debido a la investigación, quizá para ir conmigo a algún sitio o para quedar con Eva si ella te llama. ¿Podrías hacerlo?

–Sí –contestó él. Haría cualquier cosa por su hijo. Cualquier cosa. Incluyendo llevar a Eva a los tribunales para exigir la custodia del niño. Evidentemente, no estaba preparada para ser madre–. ¿Qué puedo hacer mientras tanto?

–Deja que empiece a investigar. A veces estas cosas se solucionan solas en unos días. Pero si te acuerdas de algo que pueda ser importante, llámame.

Cassie le ofreció su mano y Heath la estrechó automáticamente, para cerrar el trato. Iba a soltarla, pero ella no lo dejó.

Y Heath se perdió en la intensidad de sus ojos azules.

–Encontraré a tu hijo –dijo, con convicción.

Él asintió con la cabeza. Le había emocionado tanto su interés que estuvo a punto de abrazarla.

Porque la creía.

Capítulo Dos

Cassie no tardó mucho en encontrar la fecha de nacimiento de Eva y su número de la Seguridad Social. Para el resto tardaría más. Esperaba que la entrevista con su compañera de piso, Darcy, le aportase algunos datos importantes... a menos que Eva hubiera sido tan cauta con ella como con Heath.

Cassie pulsó el botón de la impresora y luego se levantó para estirar un poco las piernas. Mientras se imprimían los documentos, llamaría al ginecólogo de Eva. Levantó el auricular, empezó a marcar el número... pero luego cambió de opinión y llamó a Heath.

—Hola, soy Cassie Miranda.

—¿Tienes alguna noticia?

Cassie lamentaba no poder decir que sí. Aún no sabía mucho sobre Eva, pero sí estaba segura de una cosa: la gente que usaba a los niños para conseguir algo era lo más bajo de la especie humana.

—No, lo siento. Estoy a punto de llamar a su ginecólogo haciéndome pasar por ella. ¿Tiene algún acento especial?

Al otro lado del hilo hubo un silencio y Cassie imaginó que Heath estaba intentando controlar la desilusión.

–No, no tiene ningún acento especial.

–¿Alguna forma de hablar en particular? ¿Dice «¿sabes?» al final de las frases o algo así? La gente joven suele hacerlo.

–Se ríe mucho.

–¿Cómo?

–Es como... una risa nerviosa.

Genial.

–¿Puedes darme un ejemplo?

Silencio.

–Sí, claro, se me da muy bien imitar a la gente, es lo mío –contestó Heath por fin.

El sarcasmo la hizo sonreír.

–Me habría gustado que lo intentaras –Cassie miró la fotografía de Eva. Resultaba difícil imaginarlos juntos. No pegaban nada. Ella era la típica vecinita de al lado, pelirroja y con pecas, y él parecía un hombre de mundo, a pesar de la reclusión en la que vivía tras perder a su hijo.

«Y es un ermitaño, no lo olvides».

–¿Te has acordado de algo más?

–Le gusta ir de compras.

Cassie sonrió. Se estaba acostumbrando a esa forma de ofrecer datos: frases cortas, puntuales, directas y vagas al mismo tiempo.

–¿Alguna tienda en particular?

–Le gustan las gangas. Dice que nunca ha pa-

19

gado el precio real por una prenda y que no piensa hacerlo.

—¿Le gustan las rebajas o las tiendas en las que venden prendas de la temporada anterior?

—Las dos cosas, supongo. Y las tiendas de decomiso. Encontró una en la que sólo vendían ropa premamá.

—No puede haber muchas de esas en la ciudad. Gracias, lo comprobaré.

Nada más colgar, llamó a la consulta del ginecólogo.

—Hola, soy Eva Brooks. He hecho una tontería... —Cassie soltó una risita que le pareció más o menos apropiada—. He perdido la tarjeta en la que tenía anotada la fecha de mi próxima consulta. ¿Puede decirme qué día es?

—¿Eva Brooks?

—Sí.

Cassie oyó a la secretaria teclear en el ordenador.

—¿Es usted paciente del doctor Sorenson?

—Sí.

¿Sonaría inocente, alegre? «Por favor, que no me haga reír otra vez».

—¿Se ha registrado con un nombre diferente?

¿Un nombre diferente? De modo que la pequeña Eva Brooks mentía sobre eso. ¿Estaría embarazada o sería todo una trama para sacarle dinero a Heath?

—Lo siento... ¿ha dicho doctor Sorenson? No, no, creo que me he equivocado. Perdone.

Después de colgar, Cassie se quedó mirando el teléfono, pensativa.

–¿Cass?

James Paladin acababa de entrar en su despacho. Igual que ella, había sido contratado como investigador nueve meses antes, cuando ARC, que tenía su cuartel general en Los Ángeles, abrió una oficina en San Francisco.

–¿Todo bien?

–Sí, claro –contestó Cassie–. ¿Necesitas algo, Jamey?

–Hablar sobre el caso Kobieski, si tienes tiempo.

Ella miró su reloj... las cinco en punto. Y no quería contarle a Heath su último descubrimiento por teléfono. Al menos, en persona suavizaría el golpe. Pero el tráfico en el puente a esa hora sería horrible. Si esperaba un par de horas...

–Sí, claro que tengo tiempo.

Desde la ventana del salón, Heath observaba a Cassie salir del coche y dirigirse hacia la puerta con paso seguro. Había llamado unos minutos antes, mientras atravesaba el puente, para alertarlo de su visita. Un gesto innecesario ya que él nunca salía de casa... y ella lo sabía.

¿Qué habría descubierto? Algo importante o se lo habría dicho por teléfono, pensó. Algo bueno, esperaba.

Intentó no verla como mujer, pero era imposible. Era preciosa, sencillamente. Y no parecía darse cuenta. Si usaba algo de maquillaje, era lo mínimo.

Llevaba el pelo sujeto en una simple trenza, sin máscara de pestañas, sin colorete, nada. Tenía un cuerpo atlético y voluptuoso, un problema para un hombre convencido de que el celibato era lo suyo, pero que, evidentemente, no era capaz de hacer tal sacrificio.

Además de un cuerpo y una cara espectaculares, tenía una buena cabeza sobre los hombros. Y no se reía como una tonta.

Entonces sonó el timbre. No había querido hacerla esperar, pero estaba tan distraído mirándola... Pero se controlaría, aunque su apasionada afirmación de que encontraría a su hijo era tan seductora como su apariencia física.

Heath soltó el osito de peluche que tenía en la mano y se dirigió a la puerta, con el corazón lleno de esperanza.

Pero esa esperanza se esfumó en cuanto la miró a los ojos.

–Dime.

–¿Podemos sentarnos?

–Dímelo.

–¿Seguro que Eva está embarazada?

No estaba muerta. Si lo estuviera, Cassie se lo habría dicho de inmediato. Heath dejó escapar un suspiro.

–Sí.

–¿Seguro del todo?

–Claro. ¿Por qué?

–Porque en la consulta del doctor Sorenson me han dicho que Eva Brooks no es una de sus pacientes. ¿Cómo sabes que está embarazada?

–Porque sentí que el niño se movía.

–No quiero interrogarte, pero...

–Eva me pedía que pusiera la mano sobre su abdomen cuando el niño estaba moviéndose. Además, he vivido un embarazo antes, Cassie.

Ella se puso las manos en las caderas, mirando al suelo.

–Pensé que podría estar engañándote. Que podría...

–¿Estar tomándome el pelo?

–Que podría querer aprovecharse de un hombre decente y vulnerable. Un hombre con dinero, además.

–¿Cuál es el siguiente paso? No puedes llamar a todos los ginecólogos de la ciudad.

–Sí puedo.

–Lo dirás de broma.

–No.

–Pero no puedes...

–¿Cómo que no? Además, intentaré hablar con su compañera de piso mañana mismo. Me parece que esa va a ser la mejor fuente de información.

–Hablar con todos los ginecólogos de San Francisco no va a ser fácil.

Cassie sonrió.

–Pero podríamos tener suerte.

–¿Qué puedo hacer yo? –preguntó Heath entonces.

–Estar aquí por si llama Eva.

–Yo siempre estoy aquí.

Cassie lo estudió, en silencio.

–¿Seguro que podrías salir de casa si hiciera falta?

A Heath no le gustó que le cuestionara.

–¿Se te ha ocurrido pensar que no salgo de casa porque no quiero, que es una decisión consciente? –preguntó, inclinándose hacia ella–. Pero haré lo que tenga que hacer.

–Muy bien –suspiró ella, mirando alrededor–. ¿Tú diseñaste esta casa?

–Sí.

–Es espectacular.

–¿Pero?

–No hay ningún pero.

–Sí lo hay.

Cassie negó con la cabeza.

–Si Eva hubiera desaparecido sin dejar una nota, esta situación sería completamente diferente. La policía se habría involucrado y tendríamos acceso a la información que ellos consiguieran. Y sigo pensando que alguien del bufete podría ayudarnos.

–No quiero causarle problemas en el trabajo. Podría estar deprimida, alterada por los cambios hormonales...

–Ya –murmuró Cassie.

–No me siento culpable por estar buscándola, aunque en la nota me pide que no lo haga. Pero ese niño es hijo mío y está jugando con mi vida –Heath se pasó una mano por el pelo–. Mira, estoy intentando hacer las cosas bien. Es culpa mía que esté embarazada.

–¿Qué? ¿Sabes una cosa, Heath? En el siglo XXI se considera que un embarazo es cosa de dos.

–Eva es muy joven.

–No tanto. Y tú eres muy vulnerable... con ese tema en particular.

Era la segunda vez que usaba esa palabra para describirlo. Y a Heath no le gustaba. ¿Por qué había llegado a esa conclusión tan apresuradamente?

–Vulnerable no significa débil –dijo ella entonces, como si hubiera leído sus pensamientos–. Significa que te han hecho daño, que has sufrido mucho. La mayoría de la gente no puede sobrevivir sin la compañía de otras personas, de una pareja, amigos...

–¿Lo dices por experiencia?

–Yo no he perdido un hijo –Cassie abrió la puerta–. Cuando tenga algo nuevo, te llamaré.

–Quiero que me informes de cualquier progreso.

–Muy bien.

Heath no quería que se fuera... pero no podía pedirle que se quedara.

Capítulo Tres

Cassie tomó un sobre de aspecto oficial del asiento del pasajero y, con él en la mano, se dirigió al apartamento de Eva. El rellano era sorprendentemente luminoso y alegre. Alguien estaba tocando el clarinete, repitiendo las mismas notas una y otra vez, y olía a comida... ¿qué era, curry?

Eran las cinco de la tarde de un viernes y esperaba pillar en casa a la compañera de Eva. Debía ser tan joven como ella y, seguramente, estaría arreglándose para salir, pensó, mientras subía al tercer piso.

Cassie llamó al timbre y esperó quince segundos. Nada. Volvió a llamar, pero tampoco esa vez hubo respuesta. Dentro no se oía nada.

Apoyó un hombro en la pared y se dispuso a esperar. Una gran parte de su trabajo consistía en esperar y ella era increíblemente paciente. Vigilar a alguien era, a menudo, aburrido, pero le gustaba trabajar para la ARC y no le importaba estar sentada en el coche horas y horas. Su vida había cambiado drásticamente desde que Quinn la contrató...

Entonces pensó en Heath. Un hombre fascinante, lleno de emociones que intentaba controlar con mano de hierro. Sombrío, enfadado con la vida.

Y tenía buenas razones para estar enfadado con la vida.

Cassie había descubierto que su hijo de cinco años, Kyle, había muerto en un accidente cuando iba en el autobús del colegio tres años antes. Y que Heath estaba con él, pero no pudo hacer nada. Heath estaba casado entonces, de modo que debía haberse divorciado tras la muerte del niño.

La muerte de Kyle, el divorcio y ahora la desaparición de la mujer que iba a tener un hijo suyo... le sorprendía que no saliera a la calle con una escopeta en la mano.

La noche anterior, cuando tuvo que ir a decirle que Eva podría haberle mentido, le dieron ganas de abrazarlo al ver su expresión. El dolor que veía en sus ojos le recordaba su propio dolor; diferente, pero causado también por otras personas...

Alguien estaba subiendo la escalera. Cassie se apartó de la pared y enseguida vio a una joven de largo pelo negro. Llevaba un *piercing* en la nariz y un mini–vestido sobre un pantalón vaquero.

–¿Tú eres Darcy? –preguntó Cassie.

–¿Por qué?

–Estoy buscando a Eva Brooks.

Darcy metió la llave en la cerradura.

–Pues ponte a la cola.

–¿Perdona?

–Eva se piró hace un mes y tuve que buscar un trabajo por la tarde para poder pagar el alquiler yo sola –contestó la chica, mirándola de arriba abajo–. ¿Para qué la quieres?

–Tengo un documento para ella –contestó Cassie.

–¿Qué clase de documento?

–No sé qué es.

–Pues yo no puedo ayudarte, no sé nada.

Darcy iba a cerrar la puerta, pero Cassie se lo impidió.

–Tengo que encontrarla. Si la encuentro, y es la Eva Brooks que estoy buscando, podrías recuperar tu dinero.

Era la táctica adecuada. La palabra «dinero» hizo que Darcy se lo pensara dos veces.

–Me debe el alquiler.

Cassie esperó.

–Mira, yo no sé dónde está. El abogado para el que trabaja también ha llamado, pero no he podido decirle dónde estaba. No tengo ni idea.

–¿Desde cuándo vivís juntas?

–Un par de años. Pero se quedó embarazada y casi me alegré de que se marchara porque no me apetecía nada vivir con un niño pequeño.

–Sí, claro. ¿Te habló del padre? A lo mejor está con él.

28

–No lo creo –contestó Darcy, haciendo una mueca.

–¿Por qué no?

–Porque es muy mayor, muy aburrido, no sé. Según ella, había un montón de razones para no estar con él.

Cassie podía entender que Eva viera a Heath como un hombre aburrido... sobre todo, si no veía más allá de su dolor. ¿Pero mayor?

–Pero está embarazada. Lo lógico es que le pidiera ayuda.

–Yo de eso no sé nada.

–Ya.

–Su correo sigue llegando aquí. Facturas... aunque yo no pienso pagarlas, claro.

–¿Podría echar un vistazo?

Darcy arrugó el ceño.

–¿Tú quién eres?

Cassie le dio su tarjeta.

–¿Una investigadora privada? –la chica lanzó un silbido–. Qué alucine.

–Sí, bueno...

–¿Eva tiene un tío millonario que le ha dejado dinero o algo así?

–Algo así. A lo mejor puedo encontrarla a través del correo, así recuperarías tu dinero.

Darcy vaciló. Por un segundo, Cassie pensó que la había convencido, pero la chica negó con la cabeza.

–No estaría bien. Y tengo que irme, si llego cinco minutos tarde me quitan una hora de sueldo.

–No voy a abrir el correo. Sólo ver quién se lo manda...

–No.

–Bueno, tienes mi número de teléfono –dijo Cassie, antes de que la puerta se cerrara.

¿Ahora qué?, se preguntó, mientras volvía al coche.

Eva Brooks había desaparecido sin dejar rastro. Era raro que una persona se esfumara de la faz de la tierra así como así. Y más una mujer embrazada de ocho meses.

Cassie decidió que no había ninguna otra pista, de modo que podía volver a la oficina, llamar a Heath y dedicarle un poco de tiempo a otros dos casos que estaban pendientes.

Sacó el móvil del bolsillo de la chaqueta y unos segundos después volvió a guardarlo. ¿A quién quería engañar? No iba a llamarlo por teléfono, quería verlo en persona. Era una bobada. Ella no se liaba con los clientes y, especialmente, no debería liarse con Heath Raven, un hombre con más penas que ella... y eso era mucho decir. Aunque las suyas estaban escondidas desde hacía tiempo.

Debería llamarlo por teléfono... pero entonces recordó el brillo de sus ojos cuando le dijo que su hijo había desaparecido...

Cassie miró su reloj. Habría un atasco espantoso para cruzar el puente.

No conseguiría nada yendo a su casa, pensó, apretando el volante. Eso aumentaría la atracción que sentía por él. Una atracción que no la llevaría a ningún sitio.

«Si yo le hubiera importado a alguien como a él le importa su hijo».

Cassie dejó escapar un largo suspiro. Muy bien, se sentía atraída por aquel hombre. Quizá porque era una persona decente. Y ella conocía a muchos que no lo eran tanto.

Heath debía sentirse especialmente solo. Las horas debían parecerle interminables...

Resignándose a lo inevitable, Cassie arrancó el coche y se dirigió hacia el puente.

Heath miraba el teléfono. Si Cassie tuviera noticias para él, lo habría llamado. Pero la espera era insoportable. Había llamado una vez para decir que no tenía nada nuevo. Eso fue horas antes.

Suspirando, se levantó de la silla. No podía trabajar.

Tras la muerte de Kyle, se había lanzado de cabeza al trabajo, descansando sólo cuando se quedaba dormido encima de los planos. Mary Ann lo había dejado el día del funeral. Debería haber sido el momento menos creativo, menos productivo de su vida, pero no fue así. Estaba lleno de ideas.

Había diseñado edificios que nunca serían construidos, rascacielos de aspecto futurista que ningún arquitecto, ningún ingeniero, podría levantar. Pero también había hecho diseños sensatos, factibles, edificios que no había visto más que en vídeo, cuando ya estaban construidos o en construcción.

Un psicólogo le diría, sin duda, que se sumergía en el trabajo para olvidar el dolor. Y para un psicólogo, esa sería la verdad. Heath sabía que era mucho más complicado que eso.

Cuando Eva le dijo que estaba embarazada al principio se quedó atónito, luego no quiso creerla. Pero al final decidió que aquel niño sería su oportunidad de volver a hacerlo, de hacerlo bien.

Entonces sonó el timbre y Heath sacó la cartera del bolsillo. Había pedido la cena en Villa Romano.

Pero no era el chico del restaurante.

—¿Interrumpo? —preguntó Cassie.

Aquel día llevaba una camisa azul, en lugar de blanca. Y los vaqueros. Era una especie de uniforme, pensó Heath, pero le quedaba de maravilla. Luego intentó leer su expresión. ¿Tendría buenas o malas noticias?

Mientras la miraba, tuvo que contener el deseo de tomarla entre sus brazos. Su necesidad de otro ser humano, de tocar y ser tocado, apareció así, de repente.

—Lo siento —dijo ella—. Debería haber llamado antes.

Heath se quedó mirándola en silencio durante un rato. Pero Cassie Miranda no sabía que

32

estaba intentando luchar con lo que empezaba a sentir por ella. Sentía algo... pero no sabía qué era.

–Me alegro de verte –dijo por fin.

En ese momento apareció un jeep por el camino.

–Mi cena –explicó Heath.

–Hola –los saludó un chico con tatuajes en el brazo–. Su pedido.

Heath le dio el dinero y tomó la bolsa.

–Entra, Cassie.

–No tengo noticias de Eva –dijo ella, acompañándolo a la cocina–. He llamado a varios ginecólogos, pero no he conseguido nada.

Heath se preguntó cuántos golpes tendría que soportar. «Maldita seas, Eva».

–¿Quieres una cerveza o algo?

–No, gracias –respondió ella–. He estado en su antiguo apartamento, pero tampoco he logrado averiguar nada. Volveré mañana a ver si puedo hablar con algún vecino, aunque como es sábado supongo que la gente estará por ahí, de compras...

–Muy bien.

–He llamado a la facultad, pero los profesores están de vacaciones durante dos semanas. Luego he estado en dos tiendas de decomiso, de las que venden ropa pre–mamá. Uno de los dependientes reconoció la fotografía de Eva, pero me dijo que llevaba dos meses sin aparecer por allí. Le he dejado mi tarjeta, por si acaso.

–Veo que has estado trabajando mucho.

–Sí, claro. Y antes de venir aquí he hablado con Darcy, su compañera de piso. Eva se marchó hace un mes sin dejar ninguna dirección. Darcy está muy enfadada con ella porque ahora tiene que pagar sola el alquiler.

–¿Tan enfadada como para no darte información?

–Estoy segura de que no sabe nada, pero lo intentaré de nuevo. Puede que sepa más de lo que cree.

Heath abrió una botella de cerveza, pensativo. Si Darcy no sabía nada, ¿de dónde iban a sacar información? Eva podría estar en cualquier sitio. Con cualquiera. Y él podría no ver a su hijo nunca. Jamás.

¿Qué había hecho para merecer aquello? ¿No había pagado ya un precio altísimo?

Entonces, Cassie puso una mano sobre la suya.

–La encontraremos. De verdad.

Heath no retiró la mano.

–Podrías haber llamado para decirme eso.

–Sí, es verdad.

«¿Y por qué no lo has hecho?».

–Aquí hay ravioli para los dos –dijo él entonces.

Cassie vaciló. Eso era algo que les pasaba a menudo. A los dos. Como si estuvieran probando... a ver qué ocurría.

–Te lo agradezco, pero tengo que marcharme.

Se había equivocado, no quería quedarse. Y eso lo frustró aun más.

–En fin...

–Gracias de todas formas –sonrió Cassie, saliendo de la cocina.

Él la siguió. Si antes se sentía frustrado, ahora lo veía todo negro. El día anterior estaba casi convencido de que encontraría a Eva, pero...

–No sé lo que podré hacer hasta el lunes, pero seguiré trabajando.

Estaba siendo tan eficiente como él esperaba, pero seguía sin saber por qué había ido a verlo en lugar de llamar por teléfono... especialmente si no tenía intención de quedarse a cenar.

Cassie esperaba, como dándole la oportunidad de decir algo. Como no lo hizo abrió la puerta y salió al porche. Hacía una noche preciosa, cálida, con una suave brisa. Una noche estupenda para conducir el deportivo que estaba en el garaje. El que no había conducido en tres años. El que, sin duda, no arrancaría.

–Lo siento –dijo ella entonces.

–¿Qué sientes?

–Haberte molestado.

Heath no le dijo que no era verdad. Le gustaba que fuera a su casa.

Cassie entró en su coche y desapareció por el camino.

Nunca se había sentido atraído por una mujer de esa forma, tan rápidamente. Había conocido a Mary Ann meses antes de empezar a salir con ella. Eva ni siquiera había sido una tentación hasta un año después de conocerla y sólo porque no dejaba de tontear con él.

Pero Cassie...

Cassie se había ido. Suspirando, Heath entró en casa. Tenía que comer porque necesitaba combustible, pero enseguida volvió a su estudio.

Dieron las doce. La una. Las dos. Se le cerraban los ojos, pero no quería dormir. Hasta hacía poco, cada vez que se quedaba dormido, oía la voz de Kyle llamándolo: «Papá, papá». Y despertaba sobresaltado, cubierto de sudor, sin aliento. Últimamente oía el llanto de un niño...

Heath levantó la cabeza y se golpeó con la lámpara. De nuevo, estaba oyendo aquel llanto...

No, era el timbre. Tuvo que parpadear para mirar el reloj: las cuatro y media de la mañana. Se había quedado dormido sobre la mesa de trabajo, como siempre.

El timbre volvió a sonar. ¿Quién podría ser a esas horas?, se preguntó, mientras bajaba la escalera. Y entonces la vio, a través del cristal de la puerta.

Eva. Con un niño en brazos.

Capítulo Cuatro

Heath abrió la puerta a toda prisa, nervioso. Primero miró el bulto que Eva llevaba en brazos, luego a ella. Tenía los ojos llorosos, el pelo despeinado.

–Entra, por favor –le pidió, tomando la bolsa de pañales que había dejado en el suelo. En la puerta estaba el coche. No la había oído llegar porque estaba dormido...

En el salón, Eva se sentó en el sofá. Heath se sentó a su lado y esperó, sabiendo que no debía pedirle explicaciones, pero deseando hacerlo...

«¿Dónde has estado?». «¿Por qué te marchaste así, de repente?». «¿Por qué me has dejado con esta preocupación?».

–Es un niño –dijo ella por fin.

Heath experimentó un tornado de emociones, una ola gigante que rompió las barreras que, tan cuidadosamente, había levantado con los años.

Un niño. Su hijo.

–¿Quieres tenerlo en brazos?

–Sí –murmuró él, secándose las manos en el pantalón.

Al tomarlo, la mantita cayó a un lado y pudo ver la cara de su hijo por primera vez. El niño se movía, arqueaba la espalda y hacía pucheros, pero no abría los ojos. Tenía el pelo oscuro, la carita rosada. Los ojos de Heath se llenaron de lágrimas.

—Es precioso —murmuró—. Gracias.

—¿Lo quieres? —preguntó ella entonces.

—Claro que lo quiero. Te lo dije desde el principio.

—Me refiero... ¿quieres quedártelo? ¿Para siempre?

El corazón de Heath empezó a latir con una fuerza inusitada.

—¿Cómo?

—Si lo quieres, lo dejaré aquí, contigo.

—¿Por qué?

—¿Lo quieres o no?

Él intentó entender... ¿por qué le ofrecía que se quedara con él? ¿Estaría sufriendo una depresión post–parto? Si era así, algún día volvería para recuperar a su hijo...

Pero, mientras tanto, estaría con él.

—Sí —contestó sencillamente.

—¿Cuánto vale para ti?

Heath la miró, perplejo. ¿Quería vendérselo? ¿Quería venderle a su hijo?

No la conocía en absoluto. Se dio cuenta entonces de que no sabía quién era Eva Brooks.

«Mi hijo lo vale todo».

¿Cómo podía establecer un valor monetario?

–Puedo darte un cheque de diez mil dólares ahora mismo. Si quieres más, tendrás que esperar hasta que abran los bancos el lunes.

–Muy bien.

Heath vaciló. ¿Tan poco? Ella sabía que podía ofrecerle mucho más...

Aquello era muy extraño. Pero cuando miró a su hijo, dejó de pensar.

–¿Firmarás un documento confirmando que yo soy el padre y renunciando a la custodia del niño?

–Sí, claro. ¿Por qué no?

Heath iba a poner a su hijo en los brazos de Eva para ir a buscar el talonario, pero se dio cuenta de que no podía separarse de él.

–Ven conmigo arriba. Voy a redactar el acuerdo.

Él le dictó el documento y Eva lo escribió en el ordenador, con manos temblorosas. Luego firmaron los dos. Heath firmó un cheque por diez mil dólares y se lo entregó.

–Espero que tengas fondos. Si no, vendré a buscarlo –dijo ella, con una frialdad pasmosa–. Sólo tendría que alegar depresión post–parto. Todo el mundo lo entendería.

Lo que a Heath le preocupaba era que el documento tuviera valor delante de un juez.

–¿Le has puesto nombre?

–No.

–¿Cuándo nació?

–Ayer.

–¿Ayer? ¿No debería seguir en el hospital?

–No –contestó ella, dirigiéndose a la escalera, el rostro pálido, las piernas temblorosas.

–Eva –la llamó Heath–. Tienes que descansar un poco. Quédate, duerme un rato...

–No puedo –contestó ella. Entonces miró al niño, escondió la cara y salió corriendo escaleras abajo.

–¡Espera!

Pero no esperó y Heath tuvo que bajar la escalera corriendo.

–¿Cómo puedo ponerme en contacto contigo? –le gritó desde el porche.

–Hay biberones en la bolsa. Sólo tienes que calentarlos.

Luego entró en el coche, cerró de un portazo y desapareció por el camino a toda velocidad.

Heath se quedó parado en el porche hasta que ya no pudo oír el motor y luego entró en casa. Apartó la mantita y se quedó mirándolo. Su hijo. Su segunda oportunidad.

Temblando, inclinó la cabeza y besó aquella cabecita. Se sentía mareado, casi con náuseas. Llegó hasta el salón y se dejo caer en el sofá, mirando al niño. Pronto empezaría a llorar, pidiendo su comida...

Como si hubiera leído sus pensamientos, su hijo arrancó a llorar. Heath miró en la bolsa, buscando un biberón...

No sabía si calentarlo en el microondas o al baño maría...

Decidió hacer esto último. Tardaría más, pero en el microondas podría derretirse la tetina...

Mientras esperaba, paseaba por la cocina, intentando calmar al niño, hablándole en voz baja, apretándolo contra su corazón, moviéndolo arriba y abajo. Los gritos del bebé eran cada vez más desesperados, más angustiosos. Heath probó la leche. Aún no estaba caliente...

Entonces levantó el teléfono. Eran las cinco y cuarto de la mañana. ¿Se enfadaría?

–¿Sí? –contestó una voz medio dormida al otro lado.

–¿Cassie? –dijo él, intentando hacerse oír por encima de los gritos del niño.

–¿Heath? ¿Eso es...?

–Es mi hijo. ¿Puedes venir?

Cassie esperaba ansiosamente en la puerta. El silencio habitual rodeaba la casa. Nada de llantos infantiles, nada de pájaros cantando al amanecer.

Iba preparada para conocer a Eva, para ser amable con la mujer que estaba causándole tanto dolor a Heath Raven.

Y también preparada para el hecho de que no volvería a verlo. El asunto estaba cerrado. Ni siquiera había tenido oportunidad de encontrar al niño ella misma, de resolver el caso, de demostrarle lo buena que era en su trabajo.

41

Debería alegrarse de que aquello hubiera terminado. Y se alegraba, por Heath. Pero a partir de entonces su relación con él habría terminado también.

Quizá se casaría con Eva, pensó entonces. El niño merecía tener una familia...

La puerta se abrió en ese momento. Heath apareció con los brazos vacíos. Debería estar sonriendo, pero no era así.

–Gracias por venir.

–¿Dónde está el niño? –preguntó ella, mirando alrededor.

–Está dormido, en el moisés.

–¿Y Eva?

–Se ha ido.

–¿Dónde?

–No lo sé.

Cassie se inclinó sobre el moisés, forrado con una tela de cuadros amarillos.

–Pero... ¡ay, qué rico!

El niño estaba envuelto en una mantita azul, su carita apenas visible. Y a Cassie se le encogió el corazón. Se había creado un lazo con aquel crío desde que supo de su existencia y verlo en persona...

–¿Cómo que no sabes dónde está Eva?

–Me lo ha vendido por diez mil dólares. Y ha firmado un documento renunciando a la custodia del niño.

Ella lo miró, boquiabierta.

–¿Lo dices en serio?

–Completamente.

Cassie se dejó caer sobre el sofá.

–¿Tú qué crees? A lo mejor está deprimida...

–No sé lo que siente o lo que pasa, sólo sé que vino a mi casa y me vendió a mi hijo por diez mil dólares. Y mi hijo es lo único que importa. Tengo que cuidar de él, pase lo que pase.

Cassie miró el moisés y el niño se movió en ese momento.

–Sí, eso es lo primero.

–No creo que el documento valga de nada para un juez.

–Yo tampoco lo creo, pero al menos es algo. Lo primero es llevarlo al pediatra, para ver cómo está. Además, necesitas la partida de nacimiento. Y tienes que ponerle un nombre –el niño abrió los ojos y Cassie le sonrió–. Necesitas un nombre, ¿verdad, chiquitín?

Heath levantó al niño del moisés.

–Daniel. Daniel Patrick.

–¿Ese nombre significa algo para ti?

–Era el nombre de mi padre... antes de hacerse hippy. Ahora se llama «Sendero».

–¿Tus padres son hippies? –Cassie soltó una carcajada.

Heath no dijo nada; se quedó mirándola en silencio, muy serio, pero ella no entendía por qué.

–Es la verdad –dijo por fin–. Mi madre se hace llamar Crystal y viven en una comuna en New Hampshire.

—¿Tú creciste allí?

—Sí. Estaba deseando irme a la universidad.

Había cierta calidez en su voz, como si entonces no pudiera soportar a sus padres, pero las cosas hubieran cambiado.

—Sólo comen productos macrobióticos.

—Verduras, ¿no?

—Que saben a cartón.

—A mí me gusta la carne —sonrió Cassie.

—A mí también. Y pedir la comida por teléfono.

Daniel empezó a llorar en ese momento y ella tuvo que hacer un esfuerzo para no quitárselo de las manos... pero empezó a cantarle una canción que recordaba de pequeña...

—No —dijo él.

—¿No qué?

—No le cantes.

—¿Por qué no? A los niños les gusta.

—No tengo por qué darte explicaciones —replicó Heath, intentando calmar al niño, que estaba llorando a pleno pulmón.

Cassie se preguntó entonces si Heath Raven estaría bien de la cabeza. ¿O sería el estrés por todo lo que había pasado?

—A lo mejor tiene hambre.

—Le he dado un biberón antes de que llegaras.

—A lo mejor necesita que le cambies el pañal. ¿Quieres que lo mire?

Heath no contestó. Ni siquiera la miraba. Tenía miedo de confiar en ella. Seguramente, tendría miedo de confiar en cualquier otra persona.

–Lo haré con mucho cuidado, te lo prometo.

Él la miró entonces, en silencio.

–De acuerdo –dijo por fin.

Pasar al niño de unos brazos a otros fue un poco torpe, pero pronto Daniel estuvo con Cassie, tan tranquilito.

«Como si fuera su sitio».

Cassie no cuestionó aquel pensamiento. Pero tuvo que contener las lágrimas cuando una sensación de amor por aquel niño la invadió, por sorpresa. Aquel recién nacido abandonado por su madre y cuyo padre no sabía cómo abrir de nuevo su corazón, cómo reír, cómo aprender a vivir de nuevo. Daniel no debería crecer encerrado en aquella casa porque su padre hubiera decidido vivir así.

–¿Tienes pañales?

–En su habitación. Ven –dijo él, llevándola a un cuarto infantil tan alegre que parecía pertenecer a otra casa.

–Qué bonita. ¿Eva te ayudó a decorarla?

–No, quería que fuera una sorpresa.

Cassie dejó al niño sobre la mesita y, con cuidado para no tocar el recién cortado cordón umbilical, le cambió el pañal y volvió a envolverlo en la manta. Aun así, el niño gimoteaba y lo apretó contra su corazón hasta que, poco a poco, se quedó dormido.

–¿Dónde has aprendido a cuidar niños?

–Aquí y allá.

–¿Has sido niñera?

–En cierto modo. Pasé mucho tiempo en casas de acogida y siempre había niños pequeños que atender.

Sabía que Heath la estaba mirando con curiosidad, pero Cassie no dijo nada. No le gustaba ver miradas de compasión. Todo eso había quedado en el pasado. De modo que se sentó en la mecedora, mirando alrededor.

–¿Tienes todo lo que necesitas?

–Excepto leche materna. Eva ha traído diez biberones, así que puedo esperar hasta que abran las tiendas mañana. La pediré por teléfono.

Estaba acostumbrado a hacer eso, pensó Cassie: a dejar que el mundo fuera a su casa. No era un buen ejemplo para su hijo.

Además, no le dejaba cantarle.

–Tengo que contratar una niñera.

–Ya me imagino.

–Podrías ayudarme a encontrar una.

–¿Yo? Hay agencias para eso. Yo puedo comprobar el pasado de las candidatas, si te interesa. Aunque todas tendrán referencias.

–Eso estaría muy bien –murmuró Heath, poniendo una mano en el cuerpecito de su hijo–. Mientras tanto, ¿te importaría quedarte y ayudarme un poco con Daniel?

–No te hago falta. Tú sabes cuidar de un niño.

–Sé que hay que darle el biberón, cambiarlo y bañarlo. Pero cuidar de un niño es algo más que eso.

Cassie miró el inocente rostro de Daniel. Le gustaría que tuviera un hogar, un sitio en el que fuera feliz. Le gustaría comprobar que tenía todo lo que necesitaba, pero sentía una absurda y peligrosa atracción por el padre... y Heath tenía demasiados problemas.

Y luego estaba el otro asunto, el más importante. No podía pasar la noche en aquella casa. Él no debía saber...

–No puedo. Lo siento, pero no puedo.

Capítulo Cinco

Unas horas después, Cassie miraba el reloj mientras entraba en su despacho. Sólo eran las diez, pero parecía mucho más tarde. Seguía entristecida por dejar a Heath así. Por dejar a Daniel. Habría querido quedarse, pero no podía, no debía...

Nunca se había sentido tan indecisa.

—¿Jamey? —llamó a su compañero por el pasillo.

—Estoy aquí —contestó él.

Cassie apoyó el hombro en la puerta del despacho de James Paladin, que llevaba unos pantalones de color caqui y una camisa de cuadros remangada hasta el codo. Su pelo oscuro aún estaba mojado de la ducha, sus ojos eran amistosos e inquisitivos.

—Aquí estamos otra vez un sábado por la mañana. No hay descanso para el guerrero —dijo, señalando la montaña de papeles que había sobre su mesa—. ¿Cuando aceptaste el trabajo sabías que no tendrías un solo día libre?

—¿Tú tenías días libres cuando eras un caza-recompensas?

–*Touché*. De todas formas, gracias por venir tan rápido.

Cassie se sentó frente a él.

–De todas formas no estaba en casa. ¿Por qué me has llamado? ¿Qué ocurre?

–He recibido una llamada de Sam Remington.

Sam era uno de los jefazos, uno de los tres propietarios de ARC Seguridad e Investigaciones, que trabajaba en la oficina de Los Ángeles. El cuarto propietario, Quinn Gerard, era su supervisor inmediato, pero Quinn estaba trabajando en un caso fuera de la ciudad.

–¿Un caso nuevo?

–Algo así. Para ti, no para mí.

–¿Por qué no me ha llamado a mí directamente?

–Te llamó, pero tenías el móvil apagado.

Ah, cierto. Había apagado el móvil para que no sonara mientras Daniel estaba durmiendo. Y para que Heath no insistiera...

Pero Jamey llamó en cuanto volvió a encenderlo para pedirle que fuera a la oficina.

–Bueno, el caso es que la mujer de Sam...

–La senadora Dana Sterling.

–Sí, eso es. Dana es amiga de nuestro cliente, Heath Raven.

–¿Ah, sí?

¿Cuándo se habrían hecho amigos? Sin duda, antes de que Heath se recluyera en casa.

–¿Y qué?

—Y quiere que le ayudes con el niño.

Cassie saltó de la silla.

—De eso nada. No pienso hacer de niñera.

—Son órdenes del jefe.

—Le dije que no y ha buscado la forma de hacerlo... —murmuró ella, incrédula—. Eso es... eso es...

¿Cómo se atrevía a ponerla en aquella situación?

Muy bien. Lo haría. Protegería al niño de una madre sin corazón que lo había abandonado por dinero, pero también lo protegería de un padre sin alegría, de un hombre que no sabía vivir, que no sabía relacionarse con otros seres humanos.

Ella había vivido una infancia sin alegría y podía hacer que Daniel sí la tuviera... al menos durante el tiempo que estuviera en esa casa.

—He visto esa expresión antes, Cass —dijo Jamey entonces.

—¿Qué expresión?

—De rebeldía. Pero él es el cliente, es el que paga las facturas.

—No te preocupes, no tendrá ninguna queja de mí. Además, alguien tiene que proteger a ese niño.

—Ten cuidado, Cass. Tú no puedes salvar al mundo.

—¿Qué quieres decir con eso?

—Que siempre andas con alguna cruzada. A veces eso es bueno, pero si no ganas la batalla podrías acabar con el corazón roto.

–¿Ahora eres un experto en mí?

–Sí, creo que sí. ¿Pasa algo?

Cassie conocía sus defectos y sus virtudes. Y, aparentemente, su compañero también.

–No, no pasa nada. Uno de estos días hablaremos sobre ti, amigo. Yo también te tengo pillado.

Jamey soltó una carcajada.

–Ya me lo imagino. Oye, llámame si me necesitas para algo. O si necesitas un hombro sobre el que llorar. O si el señor Raven necesita atención médica.

Cassie le dio un puñetazo en el hombro, sonriendo.

–Idiota.

–A algunas personas no se las puede salvar, Cassie –dijo Jamey entonces, más serio.

Esas palabras le provocaron un escalofrío. Había leído sus pensamientos. Estaba un poco obsesionada con Heath Raven, por eso se había marchado de su casa a toda prisa. Reconocía los síntomas, aunque nunca antes se había sentido así. Pero quizá parte de la obsesión era que Heath, el problema de Heath, incluía un niño.

–Llámame.

–Lo haré.

Sintió la mirada de Jamey clavada en su espalda mientras salía del despacho. Quinn y él eran como hermanos para ella, pero a veces los hermanos eran exageradamente protectores.

Aunque Cassie no tenía experiencia con hermanos, eso había oído. Aun así, era estupendo que alguien se preocupara por ella.

Heath abrió la puerta antes de que ella llamara al timbre.

—¡Has llamado a una senadora! —le espetó Cassie a modo de saludo—. Te has aprovechado de su amistad con mi jefe para obligarme a venir.

—Tengo que cuidar de mi hijo —replicó él.

Estaba preciosa con la cara colorada de rabia y los ojos echando chispas. Se había reído antes, cuando le habló de sus padres, y él se había quedado sorprendido porque aquel sonido, aquella risa, parecía iluminar su casa.

Pero aquella Cassie, aquella Cassie furiosa, lo excitaba.

—No sabía que los ermitaños tuvieran amistades en las altas esferas. ¿La senadora Sterling es amiga tuya?

—Sí, desde hace años. Y usaré los contactos que haga falta para cuidar de mi hijo.

—Hablas como si yo fuera una experta... ¿desde cuándo está llorando así? —preguntó Cassie entonces, mirando al bebé.

—Desde hace una hora. No quiere el biberón.

—¿Has comprado chupetes? —preguntó ella, tomando al niño en brazos. Esta vez, Heath no puso ninguna pega.

–No.

–Pues necesita un chupete. Saca las cosas de mi coche... por favor –dijo Cassie entonces, tirándole las llaves.

Heath se dio cuenta de que el «por favor» lo había dicho porque era un cliente. Y no quería que lo tratase como a un cliente. La Cassie natural le daría alegría a su casa. La Cassie profesional podía ser fría, distante, demasiado competente.

Pero tenerla allí le daba tranquilidad, pensó, mientras apretaba las llaves.

Para sacar las cosas del coche tendría que salir de la casa, salir del porche, atravesar el camino hasta el viejo roble bajo el que ella había aparcado. Heath miró el coche y luego a Cassie. Le había dicho que no salía de casa por decisión propia y era cierto, pero se había acostumbrado...

«No lo pienses. Hazlo».

Heath salió al camino sin dejar de mirar el coche. Estaba allí, al final de un largo túnel...

«Concéntrate, concéntrate. Mantén los ojos en el coche, en tu objetivo. Paso a paso. Poco a poco».

Intentó comprobar si podía llevarlo todo en un solo viaje y decidió que sí. Tomó el maletín, la maleta y el porta–trajes, cerró el coche, volvió a la casa a paso rápido, cerró la puerta y se apoyó en ella, respirando agitadamente.

Lo había conseguido.

Luego subió la escalera hasta la habitación de invitados. Dejó la maleta en el suelo, colgó el porta–trajes en el armario y comprobó el cuarto de baño. Había de todo: jabones, toallas, champú, gel. Muy bien. De todas formas, seguramente Cassie habría llevado lo que pudiera necesitar.

Después, se dirigió a la habitación del niño. Había salido de la casa, pensaba. Más allá del porche. Había caminado veinte metros. Y seguía respirando, aunque sudaba y tenía la boca seca.

¿Demasiado temprano para tomar un whisky?, se preguntó. Sí, demasiado.

Cuando entró en la habitación, Cassie estaba acunando al niño en la mecedora. Daniel había dejado de llorar y todo estaba en paz. Una paz que no había sentido en años.

Heath respiró profundamente, saboreando aquel momento, intentando grabarlo en su memoria. Pasó la mano por la cabecita de su hijo... Daniel lo miró con sus ojitos azul oscuro mientras chupaba el meñique de Cassie como si fuera un chupete.

Ella había conseguido que dejara de llorar. No había tardado más de un minuto.

Entonces, Cassie lo miró directamente a los ojos, sonriendo. Sería maravilloso despertar cada mañana y verla estirarse bajo la sábana...

–¿Estás mal? –preguntó ella entonces.

Heath dio un paso atrás. ¿Con qué expresión estaba mirándola? Quería besarla, sí, pero ¿tanto como para que ella dudara de su cordura?

–¿Por qué dices eso?

–No sé... parecías... enfadado.

Enfadado. Enfadado, no loco.

–No, no. Gracias por tranquilizar a Daniel.

–De nada –sonrió Cassie, poniendo al niño en sus brazos. Después, se estiró como él había imaginado, sus pezones marcándose bajo la tela de la camisa...

Un hombre listo, un hombre que hubiera aprendido la lección, no se fijaría en esas cosas. Pero, aparentemente, él no había aprendido la lección. Porque él deseaba tocarla, ver sus pechos desnudos, acariciar su piel...

–¿Estás bien? –preguntó Cassie entonces, cruzándose de brazos, como si hubiera leído sus pensamientos.

–Sí, estoy bien.

–¿Has sacado las cosas de mi coche?

–Sí, todo.

–¿Y qué te ha parecido?

–Que traes cosas suficientes para estar una semana.

–Me refiero... muy bien, otro tema que no se puede tocar. De acuerdo.

–El pediatra ha venido cuando tú no estabas.

–¿Ah, sí?

–Dice que Daniel está perfectamente.

–Debe ser estupendo tener tantos contactos –replicó ella, irónica–. Los médicos ya no van a casa de nadie.

–Somos amigos hace años.

Jake Mercer había sido el pediatra de Kyle y Heath había diseñado su casa. Aunque él solía diseñar rascacielos, de vez en cuando también hacía casas normales para amigos o gente especial.

—Quiere volver a ver a Daniel dentro de una semana. Antes, si hay algún problema.

—¿Irás a su consulta?

—Ése es el plan —contestó Heath. Salieron de la habitación a la vez, pero ambos se detuvieron en la puerta.

—¿Adónde vamos?

—No tengo ni idea.

—Bueno... yo debería deshacer la maleta.

—Tu habitación está arriba, la segunda puerta a la derecha.

«Frente a la mía».

Cassie empezó a subir la escalera.

—Oye, perdona que llegase de tan mal humor.

—No tienes que disculparte. Es una reacción normal, lo comprendo.

—Me sentía como una cría en su primer trabajo, con el jefe dándome ordenes.

—Lo siento. No sabía cómo hacer que volvieras. Y te necesito.

Su expresión cambió por completo. Palabras mágicas aparentemente. Aunque era la verdad.

—Voy a deshacer la maleta. ¿Hay algo en la nevera o debería ir al supermercado? Podría hacer unos filetes para cenar.

Excepto cuando sus padres iban a visitarlo, en aquella casa no se cocinaba nunca. Tenía invitados de vez en cuando, pero Heath solía pedir la comida por teléfono. Tener a alguien moviéndose por la cocina, compartir el espacio... había pasado tanto tiempo...

–Tengo filetes en el congelador. Ah, he llamado a mis padres para darles la noticia. Supongo que vendrán a ver al niño.

–A lo mejor podrían quedarse durante un tiempo y no te haría falta una niñera.

–No pienso dejar que se sientan tan cómodos.

Cassie rió mientras subía la escalera. Y esa risa resonó por toda la casa, llenándola, apartando las telarañas de oscuridad y tristeza.

Heath volvió a entrar en la habitación.

–Debo tener cuidado –murmuró, mirando a su hijo–. Podría acostumbrarme a ella, ¿no te parece?

Tenía la impresión de que... en fin, que quizá Cassie también estaba un poco interesada. Pero no, era el niño. Lo que le importaba era el niño. Aunque quizá también le importaba él... ¿un poco?

Heath resistió la tentación de seguirla, pensativo. ¿Por qué habría acabado en casas de acogida? ¿Por qué habría elegido ser investigadora privada? En realidad, no sabía nada sobre Cassie Miranda.

¿Contestaría ella a esas preguntas?

La había contratado para hacer un trabajo. Cualquier cosa que no fuera eso, como preparar la cena, por ejemplo, estaba fuera de lo estipulado. Y no quería que se fuera antes de solucionar el papeleo legal. Y, sobre todo, antes de contratar a una niñera con la que se encontrase a gusto.

Una niñera. Él no quería otra persona viviendo en su casa... ¿podría solucionarlo con una niñera que estuviera allí sólo durante el día? ¿Daniel dormiría de un tirón o sería de los que se despiertan a media noche?

Eso era algo que debía averiguar antes de contratar a nadie...

Heath cortó aquel monólogo interno. Llevaba allí un rato sin hacer nada. ¿Y si ponía a Daniel en el moisés? ¿Se despertaría? Mejor no intentarlo.

¿Y qué estaba haciendo Cassie? ¿Por qué tardaba tanto tiempo en deshacer la maleta?

Sin pensarlo dos veces, subió la escalera y asomó la cabeza en su habitación.

—¿Querías algo? —preguntó ella.

—No, sólo comprobar que todo estaba bien.

—Sí, me gusta mucho la habitación.

—La mía está enfrente.

—Ah, ya —sonrió Cassie—. Oye, se te da bien lo de tener al niño en brazos.

—Esto es fácil.

—¿Y qué es lo difícil?

Heath vaciló un momento antes de contestar:

–Recordar.

Cassie asintió, pero no dijo nada. Y él se lo agradeció.

–Mary Ann cuidaba de Kyle. Yo pensaba que lo más importante era que a mi familia no le faltase nada, así que estaba siempre trabajando. No fui parte de la vida diaria de Kyle, especialmente cuando era muy pequeño. Esta vez, será diferente.

–Muy bien. Aunque, aparentemente, eres un hombre con mucho trabajo. Por lo que he leído en Internet, recibes encargos continuamente. Eres muy famoso.

–No me va mal. Es asombroso cómo algo tan absurdo como ser un recluso puede tener tal impacto. La gente siente curiosidad, llaman para ver mis diseños... y en general les gustan.

–¿Cómo ves a tus clientes?

–Vienen aquí. Y me parece que se llevan una desilusión al ver que no llevo una barba muy larga y no tengo ojos de loco. Mi socio es ingeniero y se encarga de estar a pie de obra. Y un gerente se encarga de todo lo demás. Yo sólo diseño.

Daniel se movió entonces y, un segundo después, empezó a llorar.

–Voy a calentar un biberón –suspiró Heath.

–Eso puedo hacerlo yo. Tú podrías cambiarle el pañal –sugirió Cassie.

–Un trabajo de simple ingeniería, ¿no?

–Por supuesto. Voy a calentar el biberón –sonrió ella, besando la cabecita del niño–. Papá tiene que aprender a hacer muchas cosas, ¿verdad, Danny?

Danny. Heath tuvo que contenerse para no darle un beso a ella en la cabeza. No sabía qué mecanismos del destino estaban en marcha cuando llamó a ARC y consiguió que Quinn enviara a Cassie Miranda, pero se sentía más que agradecido.

Estaba seguro de que Quinn Gerard no habría querido ser una niñera temporal.

Capítulo Seis

–Creo que deberías poner el monitor en mi habitación –insistió Cassie, a las once. Habían metido a Danny en el moisés y esperaban que durmiera al menos dos horas.

–Yo soy su padre.

–Y yo soy la niñera.

–Niñera a la fuerza.

Ella golpeó el suelo con el pie. La volvería loca irse a la cama sabiendo que Heath estaba con el niño. Llámalo instinto maternal, llámalo egoísmo, llámalo locura, quería estar con Danny si se despertaba por la noche. Francamente, quería que pusiera el moisés en su cuarto.

Por otro lado, ella tenía que dejar alguna luz encendida y quizá Danny no podría dormir así... o se acostumbraría a hacerlo y, más adelante, tendría miedo de la oscuridad.

–Podemos hacer turnos –sugirió Heath.

–¿Cómo?

–Pondré el monitor en el pasillo y los dos dejaremos la puerta abierta. Yo me levantaré la primera vez, tú la segunda.

Si dejaba la puerta abierta, Heath sabría lo cobarde que era, pensó Cassie. Pero como parecía la única solución, aceptó.

—Lo intentaremos.

—Qué magnánima.

Ella soltó una risita. Heath no se había reído en ningún momento. Había sonreído alguna vez, o casi, y parecía mucho más simpático. Quizá no debería preocuparse porque no hubiera alegría en la vida de Danny. Pero quería que saliera de paseo con su padre, no con una niñera.

—Buenas noches.

—Buenas noches.

Cassie cerró la puerta. Cuando se puso el pijama y volvió a abrirla, él ya estaba en la cama. Su puerta estaba medio abierta, la habitación a oscuras. Apenas se había percatado del silencio de la casa durante el día, incluso cuando Danny estaba dormido... Pero ahora sí lo notaba.

Un silencio abrumador, raro.

Debía ser que extrañaba la casa, pensó. Y las puertas estaban abiertas, algo que parecía demasiado íntimo entre dos personas que apenas se conocían. Heath podría entrar en su habitación cuando estuviera dormida y no se daría ni cuenta.

Cassie se metió en la cama e intentó relajarse. Había dejado encendida la luz del cuarto de baño.

Podría meterse en *su* habitación mientras dormía y Heath no se daría ni cuenta.

Esa idea la intrigaba. ¿Qué tenía Heath Raven que la interesaba tanto? Su aspecto físico, claro. Y su inteligencia. El éxito también. Eso era importante para Cassie. No que ganara dinero, sino que hubiera triunfado en su oficio, que hiciera lo que le gustaba.

Heath Raven era uno de los arquitectos más importantes del país, quizá del mundo. Lo buscaban de todas partes. La gente esperaba mucho tiempo para que él les diseñara una casa, incluso para hacerle una consulta.

¿Cómo iba a incorporar un niño a esa vida? Especialmente, sin una mujer. Una niñera sería una gran ayuda, pero no era lo mismo.

Quizá cuando empezara a salir de la casa se abriría a los demás, podría conocer a alguien, salir con chicas, casarse, tener más hijos.

Cassie miró alrededor. Ella no sabía mucho de muebles, pero todos parecían caros, ricas maderas bien pulidas. Sobre la cama, una colcha hecha a mano, con un diseño raro, exótico. Y los cuadros que había en las paredes no habían sido comprados en un mercadillo, como los suyos.

Pero, como el resto de la casa, aquella habitación necesitaba flores frescas y un cierto toque femenino. Ella compraba flores todos los viernes y las consideraba una necesidad, no un lujo.

Cassie pasó la mano por la colcha, trazando el dibujo con un dedo. Si no estuviera en casa de Heath Raven, estaría vigilando a alguien. Y si no, cenando con alguna amiga. Pero empezaba a cansarse de esa rutina. Tenía veintinueve años y empezaba a sentirse inquieta. Pero trabajaba más de sesenta horas a la semana y no sabía si algún hombre aceptaría esos horarios. Había perdido varios novios potenciales por esa razón. Y le daba igual.

Hasta muy recientemente.

Un golpecito en la puerta la sobresaltó.

–¿No puedes dormir?

Cassie se incorporó, sobresaltada.

–Entra.

Heath llevaba una camiseta y un pantalón de pijama. También ella iba en pijama y, sin embargo, le parecía una imagen demasiado íntima.

–¿Tú tampoco puedes dormir?

–No –contestó él, apoyando un hombro en la puerta–. Lo que dijiste sobre las casas de acogida... ¿qué edad tenías entonces?

–Nueve años –contestó Cassie.

–¿Y por qué acabaste en casas de acogida? ¿Quién te llevó allí?

–Mi madre murió de una sobredosis cuando yo tenía cinco años. A mi padre no lo conocí. A partir de los nueve años viví en casa de mi abuelo –recitó Cassie entonces, como si fuera algo que hubiese contado muchas veces–. Pero todo eso es el pasado, Heath. Ya está olvidado.

–¿Cuántas casas?

–Siete.

–¿Eras una niña problemática?

–Supongo que sí, pero he cambiado.

–No estoy yo tan seguro –dijo él.

–Depende de las circunstancias, señor Raven, amigo de la senadora Sterling.

–Y no lo lamento.

Por el monitor oyeron que Danny empezaba a protestar.

–Es mi turno –dijo Heath, cuando Cassie iba a levantarse.

–Pero yo también estoy despierta. No creo que quiera el biberón ahora, así que... a lo mejor sólo quiere que lo acunen. Y eso se me da mejor a mí.

–Fanfarrona.

–Es verdad.

Heath y Cassie se miraron.

–¿Qué tal si vamos juntos? –preguntó ella por fin.

–Buena idea.

Ella rió, pero luego vaciló un momento. Aunque su pijama era muy discreto, estaba claro que no llevaba sujetador. La única opción era vestirse, pero entonces parecería una mojigata...

–No parece muy contento –murmuró Heath.

–Sí, venga, vamos a animarlo.

Heath sabía que Cassie quería tener al niño en brazos, pero no pensaba dejar que se hiciera cargo de todo. Al fin y al cabo, Danny era su hijo y ella no estaría allí para siempre. Tenía que aprender a cuidar del niño, especialmente si decidía que la niñera sólo estuviera en casa durante el día.

Afortunadamente, Danny estaba dejando de llorar. Heath paseaba por la habitación con el niño en brazos, meciéndolo un poco, intentando calmarlo. Quizá había tardado más de lo que tardaría Cassie, pero por fin se quedó dormido.

–¿Cómo es que no conociste a tu padre? –preguntó entonces, de sopetón.

–No lo sé. Su nombre no estaba en mi partida de nacimiento.

–¿Y qué tal te llevabas con tu abuelo?

Cassie sonrió.

–Muy bien. Era muy majo. No se hablaba con mi madre y no sabía de mi existencia, así que se quedó de piedra cuando los Servicios Sociales de Florida se pusieron en contacto con él, aquí, en San Francisco. Yo fui una responsabilidad tremenda para él en un momento en el que eso era justo lo que menos necesitaba, pero nos llevábamos bien. Además, en la vida de todo el mundo hay cosas buenas y malas. Yo no soy diferente.

De modo que era un tema del que no quería hablar, pensó Heath. Pero si hubiera sido una experiencia positiva, lo habría dicho.

–¿Fuiste a la universidad?

–Sí.

–Y eras una buena estudiante.

–Decidí que sería tan buena como cualquiera. Quizá tenía más problemas que algunas personas, pero también tenía menos que otras. No quería convertirme en un estereotipo.

–¿Un estereotipo? ¿Quieres decir un producto del sistema?

–Sí. Por eso hice todo lo posible para seguir en el mismo instituto durante todo el bachiller. ¿Podemos cambiar de tema?

–Me interesa porque nuestras vidas son muy diferentes. ¿Por qué te pones a la defensiva?

–Porque no suelo mirar atrás.

–¿Qué estudiaste en la universidad? –insistió él.

Cassie tiró del pantalón de su pijama, incómoda.

–Empecé Derecho.

–¿Derecho?

–Quería ser abogado. No es tan raro, ¿no?

–¿Y por qué no lo eres?

–Me quedé sin dinero para pagar la carrera, así que tuve que aceptar un trabajo como investigadora en Oberman, Steele y Jenkins. Y, al final, me gustó. No tenía que estar todo el día metida en una oficina.

Heath asintió con la cabeza. Estaba seguro de que aún soñaría con ser abogado, probablemente para defender los derechos de los niños.

—¿Cómo te pagaste la carrera?

—Trabajando.

Él pensó en su vida. Había conseguido una beca, no tuvo que trabajar mientras estudiaba...

—Danny está dormido. Yo creo que deberíamos aprovechar para irnos a la cama. Nunca se sabe el tiempo que va a durar.

Heath no estaba cansado. Quería saber más cosas de su vida, cómo se había labrado un futuro. Su trayectoria había sido mucho más fácil, sin ningún obstáculo, sin ningún problema...

Excepto Kyle.

—Tienes razón. Esperemos que esta vez aguante más de media hora —murmuró, dejando al niño en el moisés—. La próxima vez te encargas tú. Aunque yo esté despierto.

—¿Crees que vamos a pelearnos por él? —sonrió Cassie, los dos inclinados sobre el moisés, mirando a aquella cosita dormida.

Heath se volvió. Estaban a unos centímetros el uno del otro. La luz que llegaba del pasillo iluminaba apenas su cara, llenándola de sombras. Cassie estaba muy quieta, mirándolo. Olía a jabón y a pasta de dientes. Heath habría querido acariciar su cara, meter la mano bajo el pijama para tocar...

Entonces ella dio un paso atrás.

—Oye... yo... no...

—Sí, ya, claro —murmuró él, cortado. ¿Qué demonios estaba haciendo? ¿No era así como se había metido en aquel lío precisamente? Bueno, no era lo mismo. Pero dejarse llevar por el deseo tenía mucho que ver. No podía besarla, no podía cometer ese error.

–Nos vemos después –se despidió Cassie, saliendo de la habitación.

Heath esperó un minuto y luego subió la escalera para evitar el momento incómodo de entrar cada uno en una habitación.

Una hora después, Danny despertó y Heath dejó que Cassie se encargara de todo. La siguiente, dos horas después, ella siguió durmiendo, o fingió hacerlo, mientras él le daba el biberón y le cambiaba el pañal.

Mientras paseaba por la habitación para dormir a su hijo, miró hacia la escalera, preguntándose si estaría despierta, pensando en el beso que casi se habían dado... que se habrían dado si ella no se hubiera echado atrás, si no hubiera mostrado más control que él.

Tenía que salir más de casa, pensó, riéndose de sí mismo.

Cuando subió a su habitación unos minutos después, comprobó que la luz del dormitorio de Cassie seguía encendida. Se quedó en la puerta unos segundos, por si lo llamaba...

Pero no lo llamó y Heath entró en su solitaria habitación, pensando en todos los cambios que estaba experimentando su vida y en qué le deparía a partir de entonces. Estaba listo para la aventura.

Capítulo Siete

Cassie no solía dedicarse a holgazanear los domingos, de modo que tener que calentar biberones, cambiar pañales y jugar con Danny le parecían unas vacaciones. Aún no las había tomado en la agencia, aunque Quinn le informó que tenía tres semanas al año, quisiera o no.

Estaba canturreando mientras hacía tortitas en la cocina. Había oído la ducha arriba, de modo que Heath debía estar a punto de bajar.

Y tenía que calmarse antes de que bajara.

Había estado a punto de besarlo por la noche. «A punto» no debería contar, pero contaba. Porque Heath era su cliente y ella tenía un trabajo que hacer.

Por supuesto, había notado cómo la miraba... y quizá también él había notado cómo lo miraba ella. Era muy difícil disimular esas cosas.

De modo que estaba nerviosa. ¿Y qué?

¿Sería demasiado levantar las persianas de la cocina? ¿Protestaría Heath? Le daba igual. Un niño no podía vivir sin sol. Además, había puesto la mesa en el porche. ¿Qué iba a hacer, despedirla?

Eran casi las once. Danny no había dormido mucho por la noche, pero ahora llevaba dos horas dormidito. Cada quince minutos, Cassie entraba en su habitación de puntillas para no despertarlo... y lo miraba durante un rato, con aquella cara de angelito. El pobre debía estar agotado.

Cuando oyó a Heath bajando la escalera, se le aceleró el corazón. Estaba deseando ver lo que decía sobre las persianas subidas.

—El desayuno está listo —anunció, levantando la bandeja—. He pensado que podríamos desayunar en el porche.

Heath la miró a los ojos durante un rato.

—Veo que estás como en tu casa.

—Para eso me has contratado, ¿no?

—Ésta es mi casa, Cassie. Yo decido.

—¿Ah, sí? Pues no quiero alarmarte, pero a mí me parece que Danny está un poco amarillo. Necesita sol y aire fresco.

Aunque ni el sol ni el aire fresco podían penetrar aquel bosque, pensó Cassie.

—Ya.

—¿Te gustan las tortitas? —preguntó ella entonces, para cambiar de tema.

—Sí.

—¿Tomas café?

—Sí.

Estaban tensos, pero Cassie no pensaba rendirse.

—Vamos a llevar un cubreplatos. Si no, las tortitas se quedarán frías. ¿Quieres mantequilla?

–No, gracias.

–¿Te importa llevar la bandeja fuera?

–Sé lo que estás haciendo, Cassie –dijo Heath, sus ojos casi del color del bosque.

–¿Y?

–No sé.

–¿Qué es lo que no sabes?

–No sé si es buena idea.

–Heath... –empezó a decir ella, tocando su brazo.

–Te necesito aquí y no quiero hacer nada que te moleste. Sé que estás aquí por Danny.

–En parte –contestó Cassie, con sinceridad–. Siempre me han gustado los niños, pero...

–¿Pero?

–Tú también me importas.

No podía decir nada más porque no sabría qué decir. Sólo sabía que se sentía atraída por él, que sentía algo especial.

–Yo no... no me siento atraído por ti porque lleve mucho tiempo sin estar con una mujer –dijo Heath entonces–. Quiero que sepas eso. Las mujeres van y vienen en mi vida, contactos profesionales, antiguas amigas... pero nunca había sentido esto, esta conexión tan especial.

Cassie tragó saliva.

–Muy bien, pues entonces debemos tener cuidado –murmuró, apartando la mano–. Nada de tocarnos.

–No debemos poner reglas, ¿no te parece?

Ella asintió con la cabeza. No necesitaba sentirse culpable por *saltarse* esas reglas.

Heath pareció relajarse entonces.

–Muy bien, iremos despacio. A ver qué pasa.

«Despacio» no iba a funcionar y ella lo sabía. La tensión que había entre ellos podría cortarse con un cuchillo.

–En fin... el desayuno se está enfriando.

Comieron en silencio, incómodos, no sólo por la conversación previa, sino porque él estaba fuera, en el porche, algo absolutamente fuera de lo normal. Cuando estaban terminando la segunda taza de café, Cassie cerró los ojos, deseando que el sol pudiera penetrar aquella maraña de árboles.

–¿Qué harías hoy si no estuvieras aquí? –preguntó Heath.

–Cuando no estoy trabajando, paso los domingos en el Centro infantil O'Connor.

–¿Y qué haces allí?

–Doy consejos, ayudo a los niños.

–Te echarán de menos. Quizá deberías...

–No, ya he llamado para decir que no podía ir. Saben que no pueden contar conmigo todos los fines de semana. Mi profesión me exige viajar a menudo y, además, suelo trabajar hasta muy tarde.

–Pero te gusta.

–Sí, claro que sí. Los clientes son fascinantes: políticos, estrellas de cine, ejecutivos... el trabajo no suele ser rutinario. Por cierto, he oído que querías que mi jefe llevara tu caso.

—Normalmente, trato con los jefes —murmuró Heath.

—Pero esta vez no.

—Mejor para mí.

—Gracias.

—No creo que tu jefe hubiera querido hacer de niñera.

A Cassie le pareció verlo sonreír. Tenía un brillito en los ojos...

—A él no se lo habrías pedido.

—No, es verdad —suspiró Heath, dejando la taza sobre la mesa—. Esto está bien, ¿no?

—Me alegro.

—¿Estabas preocupada?

—No, yo cocino muy bien... cuando me pongo —sonrió Cassie. Sabía que no se refería a eso, pero prefirió no responder.

Por el monitor, que habían dejado sobre la mesa, oyeron que el niño empezaba a lloriquear.

—Yo voy a lavar los platos, tú encárgate de Danny —dijo él.

—Ya, lo que pasa es que no quieres cambiar pañales.

Heath sonrió.

Y el silencio lo envolvió todo como las alas de un enorme pájaro. Su corazón se detuvo. Había conseguido que sonriera. Lo había hecho sonreír.

Ahora sólo tenía que imaginar cómo volver a hacerlo, una y otra vez.

Un par de horas después, Heath se acercó a la ventana de su estudio y levantó un poco la persiana. No podía ver a Cassie y Danny, que estaban dando un paseo. Ella lo había invitado a acompañarlos, pero Heath se excusó diciendo que tenía que trabajar.

En realidad, tenía mucho trabajo pendiente, pero poco interés.

Se acercó a la otra ventana y miró hacia fuera. Allí estaba, meciendo al niño.

Cassie conseguía relajarlo... excepto cuando lo excitaba.

Si salía para reunirse con ellos podría tocarla, poner una mano en su brazo. No se apartaría, ¿no?

Le gustaba cómo le hablaba, el fuego que había en sus ojos... cómo se estiraba todo lo posible y levantaba la barbilla para demostrar que no podía darle órdenes. Y, al hacerlo, sus pechos se marcaban bajo la camisa. Sí, le gustaría reunirse con ellos.

Pero se había decidido demasiado tarde porque acababan de entrar en la casa. Danny tenía los ojos abiertos...

–Vuelvo enseguida –dijo Cassie, poniendo al niño en sus brazos.

Y luego se dirigió al lavabo, moviendo el trasero. Heath imaginó sus manos allí, levantándola, apretándola contra él...

Pero no, eso sólo complicaría las cosas.

—¿Lo has pasado bien, Danny?

El niño no tenía la cara amarilla. Además, Cassie había levantado todas las persianas y era casi como estar en medio del campo... que había sido la idea original cuando construyó la vivienda.

—Ella es especial, ¿verdad? —dijo en voz baja—. Es guapísima... y le gustan mucho los niños.

Danny arqueó la espalda, sacando las manitas de la manta para ponerlas bajo su barbilla, como si estuviera pensando. Heath inclinó la cabeza para besar esas manos diminutas, respirando el olor de su hijo...

Entonces recordó a Kyle y sus ojos se llenaron de lágrimas. De pequeño, tenía el pelo rubio como Mary Ann, pero había heredado su nariz y sus ojos verdes.

Le habría gustado compararlos, pero no podía hacerlo porque Mary Ann se había llevado todos los álbumes de fotos. Se lo había llevado todo, dejándole sólo los recuerdos. Unos recuerdos teñidos de dolor...

«¡Papá!». «¡Papá!».

El grito de Kyle estaría en su cerebro y en su corazón para siempre.

—¿Has trabajado mucho? —preguntó Cassie.

Heath no quería que lo viera así, pero no podía escapar.

76

–Oh, Heath...

La compasión que vio en sus ojos fue como una bofetada. Cuando ella levantó una mano, Heath se apartó. Pero Cassie lo intentó de nuevo y consiguió tocar su pelo. El roce lo consolaba. No quería ponerse a llorar. No había llorado. Iba a ser terrible cuando lo hiciera...

–No –dijo en voz baja.

Como siempre, Cassie no le obedeció. Se puso de puntillas y lo besó en los labios, un roce apenas. Pero Heath sujetó su cabeza con una mano y alargó el beso. Luego la tomó por la cintura y la apretó contra él. Ah, el simple placer de tocar a otro ser humano. Había pasado tanto tiempo. Tanto, tanto tiempo...

–Gracias por estar aquí. No sé si habría podido hacerlo solo.

–Seguro que sí. Se te da muy bien.

«Porque tú estás aquí», pensó él. ¿Cómo lo hacían los padres solteros? Bueno, él estaba a punto de enterarse.

–¿Tienes algo que hacer?

–Revisar unos informes, pero lo haré cuando Danny se duerma. Deberíamos echarnos una siestecita, nos va a hacer falta.

–Sí, es verdad.

–¿Quieres comer algo?

–No tienes por qué cocinar para mí.

–No pienso cocinar para ti. Esta noche *tú* harás una barbacoa –replicó ella, entrando en la cocina, con la trenza moviéndose de un lado a otro.

Le gustaría tocar su pelo. Le gustaría... no, demasiadas fantasías, pensó Heath.

Hora de darse una ducha fría... o algo parecido. Danny y él verían un partido en televisión.

Nunca es demasiado pronto para el primer partido de fútbol.

Capítulo Ocho

Después de una corta siesta, Cassie se acercó al estudio de Heath.

Estaba de espaldas, trabajando en el ordenador... y las persianas seguían bajadas. ¿Qué tendría que hacer para convencerlo?, se preguntó. ¿Por qué no las abría?

No esperaba que diese un giro de ciento ochenta grados a su vida, pero abrir las persianas sería un pequeño paso adelante.

No sabía qué hacer. Le gustaría llevar allí su ordenador y trabajar con él, a su lado, donde pudiera verlo, tocarlo. Especialmente, eso.

Cada vez le costaba más trabajo no hacerlo.

–Puedes entrar –dijo él, sin volverse–. ¿Has dormido algo?

–Sí, ¿y tú?

–Lo suficiente –contestó Heath–. ¿Y ahora qué hacemos, Cassie? –preguntó luego, volviéndose para mirarla.

–Pues... chuletas de cerdo y espárragos frescos que podemos hacer al grill. Patatas al horno con romero y aceite de oliva...

–Me refería a Danny, pero eso suena muy bien.

Cassie sonrió.

—Perdona, es que tengo hambre. Por cierto, conozco una agencia de empleo que podría interesarte para encontrar niñera. Es una gente muy seria —dijo, golpeándose la mano con un bolígrafo—. Además, necesitas un abogado para todo el papeleo, la partida de nacimiento... y supongo que tendrás que hacerte una prueba de ADN para demostrar que eres el padre de Danny. Hay algunos laboratorios privados que te hacen las pruebas y te dan los resultados en una semana. ¿Tienes abogado?

—Sí. ¿De dónde saco una copia de la partida de nacimiento?

—La tendrán en el Ayuntamiento.

—¿Y me darán una copia?

—Puede que Eva haya dado tu nombre como padre de Danny, pero no lo sabemos. No te preocupes, yo tengo buenas relaciones con la oficina de empadronamiento —sonrió Cassie—. Veré qué puedo hacer.

—¿Crees que Eva habrá puesto mi nombre?

—No lo sé. ¿Has firmado una declaración de paternidad?

—¿Qué? Ni siquiera sabía que eso existiera.

—No te preocupes, tu abogado se encargará de eso. Pero ayudaría mucho hablar con Eva.

—Sí, claro.

Cassie decidió que lo mejor sería hacer la cena porque lo que de verdad quería hacer era bombardearlo a preguntas. Para entenderlo mejor.

–¿Llamarás a tu abogado mañana? A menos que también sea amigo tuyo y esté dispuesto a venir un domingo.

Heath sonrió.

–Parece que te molesta que tenga contactos, Cassie.

–No, qué va. Me da envidia. En fin, supongo que el abogado redactará un documento legal que Eva tendrá que firmar. Si vuelves a verla.

–Espero volver a verla.

–¿Por qué estás tan seguro?

–Por instinto. Quizá por cómo miró a Danny antes de salir corriendo.

–¿Cómo?

–Triste, destrozada.

Cassie dudaba que las cosas fueran a salir como Heath quería. Existía la posibilidad de que el niño no fuera suyo o de que Eva quisiera recuperarlo. Y debía saberlo.

–¿Cómo era durante el embarazo?

–¿Qué?

–¿Estaba contenta, triste, asustada? ¿Parecía deseosa de tener el niño?

–El embarazo no fue planeado y no estábamos casados. No era una situación ideal.

–Sí, lo entiendo.

–No me dijo que estaba embarazada hasta que era evidente. Y yo diría que no estaba demasiado contenta, pero tampoco asustada. No entiendo por qué salió corriendo, no entiendo su actitud.

—No parecía querer nada de ti, excepto dinero.

Heath se levantó, con expresión seria.

—Eso no es verdad... del todo. Quiso compartir el embarazo conmigo.

—A lo mejor porque sabía que tú necesitabas eso.

—Es posible.

—Y luego desapareció, ¿no?

—Haces muchas preguntas, Cassie Miranda.

—Me interesa el bienestar de Danny.

—Lo sé. Se te nota en la cara cada vez que miras a mi hijo.

Pero, ¿sería su hijo de verdad?

—Los niños merecen...

—Sé que los niños merecen tener una familia y lo estoy intentando, Cassie. Y también sé que no me has contado ni la mitad, ni la cuarta parte, de lo que pasaste en esas casas de acogida, pero no pudo ser nada bueno. Espero que me lo cuentes algún día.

Cassie había bloqueado esos recuerdos y no quería revivirlos. Además, muchos niños habían soportado situaciones peores que la suya.

—No abusaron de mí.

No, no habían abusado de ella, pero la cuestión de la confianza... Confiar en una persona que no fuera ella misma le resultaba casi imposible.

–Me alegro.

–Bueno, voy a hacer la cena.

Pero no se movió. Y tampoco se movió Heath. Estaban mirándose a los ojos, buscando, esperando... ¿qué?

–¿Qué te pasó en esas casas de acogida?

–Dame media hora para preparar las cosas y luego podemos empezar con la barbacoa.

No quería hablar del asunto.

–Menuda pareja hacemos, ¿eh?

–Sí.

Cassie bajó la escalera a toda prisa. Pero cuando iba hacia la cocina, Danny empezó a llorar y entró en su habitación para tomarlo en brazos, besando su cabecita.

Estaba enamorándose de aquel niño... y de aquel hombre. No debería quedarse.

Pero no podía irse.

¿Podría irse algún día?

–Tienes razón. Este documento no valdría de nada ante un juez –estaba diciendo el abogado de Heath al día siguiente, mientras tomaba una ensalada de pasta.

Kerwin Rudyard había salido del bufete a la hora de comer para ir a su casa. Cassie estaba en la ciudad resolviendo unos asuntos y no había vuelto a tiempo para conocerlo.

–Entonces, tienes que redactar un documento que sea legal.

–Puedo hacerlo, pero debes saber que esto podría ser una batalla. Ella también tiene sus derechos, si cambia de opinión.

–Ya me imagino –murmuró Heath–. Quiero proteger a Danny, Kerwin. ¿Eva podría quitármelo?

–Mejor no pensar en eso ahora. Lo primero, es pedir una prueba de ADN.

–Sí, Cassie me lo dijo.

–¿Cassie?

–Cassie Miranda, de ARC Seguridad. Es investigadora privada, la contraté para encontrar a Eva.

–Ah, ya. Conozco a Quinn Gerard desde hace años y sé que estás en buenas manos.

–Lo sé. Bueno, ¿cuál es el segundo paso?

–Encontrar a Eva.

–Cassie está en ello. ¿Podremos conseguir la partida de nacimiento?

–No hasta que tengamos la prueba de ADN confirmando que eres el padre del niño –contestó Kerwin, levantándose–. Gracias por la comida.

–Gracias a ti por venir.

–Te veo mejor –sonrió su amigo.

–Sí, supongo que sí.

–¿Te has perdonado a ti mismo?

Heath negó con la cabeza. No había nada que decir.

–¿Sabes que Mary Ann está a punto de casarse?

–No, no lo sabía. No seguimos en contacto.

–No, ya me imagino. Ah, otra cosa, ¿quién sería el tutor de Danny en caso de que te pasara algo?

Heath lo miró, atónito.

–No había pensado en eso.

–Pues piénsalo.

Cuando el coche desaparecía por el camino, Heath cerró los ojos y levantó la cabeza... un extraño placer lo asaltó entonces, el deseo de sentir el sol en la cara. Y lo invadió una sensación de paz, de consuelo.

Entonces oyó el ruido de un motor. Era Cassie. Iba a tener que hacer algo con aquellas malas hierbas. Habían crecido tanto que podían arañar la pintura de un coche. ¿Por qué nadie le había dicho nada?

Una pregunta retórica, por supuesto. Nadie le criticaba, nadie le daba consejos. Sólo Cassie Miranda.

–¿Qué tal ha ido todo?

–Bien, pero tengo que seguir haciendo llamadas –contestó ella–. Quiero hablar con Darcy otra vez. Si Eva se pone en contacto con alguien, seguro que es con ella. ¿Cómo está Danny?

–Estuvo llorando un rato cuando llegó Kerwin, pero luego se durmió. Lleva una hora y media dormido.

–¿Qué ha dicho tu abogado?

–Lo mismo que tú, que tengo que hacerme una prueba de ADN antes de nada.

«Pero quiere saber quién sería el tutor de Danny en caso de que me pasara algo».

–Hace un día precioso, ¿verdad? Nada como un día de septiembre en San Francisco.

Bañada en la luz del sol tenía un aspecto angelical, pero Heath sabía que era dura. O, más que dura, resistente.

–He hablado con la agencia de empleo... para lo de la niñera. La directora vendrá mañana a hablar contigo, a las diez.

–Muy bien –murmuró Heath.

Pero no estaba bien. No estaba preparado para eso. No quería compartir su casa con nadie... que no fuera Cassie.

–Encontraremos a alguien con quien te encuentres cómodo –le aseguró ella.

Danny estaba llorando a pleno pulmón. Lo acunaron, pasearon por la casa, hicieron de todo, pero el niño no dejaba de llorar. Cassie incluso le había cantado... cuando Heath no podía oírla.

–Voy a llevármelo a dar una vuelta con el coche.

–No.

–Así se calmará. Los niños se calman cuando van en coche... y yo soy una buena conductora, no te preocupes.

Danny lanzó un alarido.

–Bueno, bueno, no te pongas así –murmuró Heath–. Voy con vosotros. Y no pienses ni por un minuto que no sé lo que estás haciendo.

Le gustaba más cada día, pensó Cassie, sin dejar de sonreír. Su confinamiento habría destrozado a otro hombre con menos personalidad, pero Heath había lidiado con el dolor a su manera.

Después de colocar la sillita del niño en el asiento de atrás, Heath se sentó a su lado. Por el rabillo del ojo, Cassie vio que tenía los labios apretados. No le preguntaría si estaba bien. Sabía que no lo estaba.

Aún era de día, afortunadamente. Y quería que viera lo que se estaba perdiendo.

Danny por fin dejó de llorar y Cassie temió que Heath quisiera volver a casa, pero él no dijo nada.

–Se me había olvidado lo bonito que es esto –dijo por fin, cuando llegaron a un sitio desde el que había una vista espectacular de la bahía.

–¿Qué tal si tomamos un helado?

Heath tardó un momento en contestar:

–Muy bien. Podríamos ir a ver el ferry.

Cassie no daba crédito. Pero poco después estaban apoyados en la barandilla del muelle, mirando a la gente que bajaba del ferry. Ella no solía ir por Sausalito, pero sabía que era una zona muy conocida por sus carísimas casas y su mercado de artesanía.

–Estás muy callada –dijo Heath.

–Estoy disfrutando de los últimos rayos del sol.

–No me has preguntado cómo me encuentro.

–No pareces a punto de sufrir un ataque de pánico.

–Espero que no. Pero hace tres días no podría haber hecho esto.

–No es cosa mía. Es cosa de Danny –sonrió Cassie, apartando la mantita para verle la cara–. ¿Te parece real?

–¿Danny?

–Sí.

–Claro, pero me da miedo. ¿Y si Eva quiere recuperarlo?

De modo que también él había estado pensando en ello...

–No puedes reservar tus sentimientos por miedo a que cambie la situación –dijo Cassie entonces.

Aunque ella había hecho eso durante toda su vida. Había aprendido a mirarlo todo desde fuera, a no involucrarse por miedo a que la cambiasen de familia. Sabía que no estaría en ninguna de aquellas casas mucho tiempo, ¿para qué iba a tomarles cariño? Y así era más fácil para sus padres de acogida dejarla ir.

–Danny es mío –dijo Heath entonces–. Pero sé que podría tener que enfrentarme con Eva.

«Quizá es hijo tuyo». ¿Debería decirle eso? No, mejor no.

–No te rindas.

–No lo haré –murmuró él, poniendo una mano en su hombro.

–Me parece que un helado esta llamándome...

No más revelaciones, no más preguntas, nada de revivir el pasado. Sólo un hombre, una mujer y un niño, juntos por circunstancias extraordinarias.

–¿Quieres conducir tú? –preguntó Cassie después.

–No, gracias.

Danny seguía durmiendo y Heath no dijo nada durante todo el camino. Aquel silencio era relajante, pero Cassie no quiso pensar que era la calma que precedía a la tormenta.

Capítulo Nueve

Heath despertó sobresaltado. Se quedó un momento escuchando, pero no oía nada. Cuando miró el reloj, comprobó que era medianoche. Danny debía estar a punto de despertar para pedir su biberón...

Cerró los ojos, pero no podía volver a dormirse, de modo que se levantó y miró por la ventana. Había un coche aparcado en la puerta. Un coche que parecía...

Asustado, corrió hacia la habitación de Cassie.

–Cassie...

–¿Qué? –exclamó ella, incorporándose de un salto.

–Hay un coche en la puerta. Creo que es el de Eva.

Cassie apartó la colcha y saltó de la cama.

–¿Y qué hace aquí? ¿La has visto salir del coche? –preguntó, mientras bajaban por la escalera.

–No, no he visto nada.

A través del cristal de la puerta vieron dos siluetas en el interior del coche.

–Hay dos personas –murmuró, inclinándose para sacar algo del maletín.

–¿Qué haces? –contestó ella, montando la pistola.

–Prepararme.

–¿Y si son dos adolescentes dándose el lote?

–Entonces, no dispararé –sonrió Cassie–. Sé lo que hago, note preocupes.

Se quedaron mirando el coche un momento y sí, la pareja estaba besándose. Poco después las puertas se abrieron.

–Oh, no –murmuró Heath.

–¿Los conoces?

–Sí –suspiró él, abriendo la puerta.

–¡Earthie!

Heath cerró los ojos al oír la voz de su madre, que corría hacia él para abrazarlo. Iba vestida con una especie de túnica larga de colores, sandalias, el pelo gris largo, encrespado.

–¿Dónde está mi nieto?

–Dormido, mamá –contestó él. Danny empezó a llorar en ese momento–. Bueno, ya no. Es hora de darle el biberón. ¿Por qué no habéis llamado antes de venir?

–Queríamos darte una sorpresa –contestó su padre.

–Mamá, papá, os presento a Cassie Miranda, una amiga mía. Cassie, mis padres, Crystal y Sendero Raven.

–Encantada.

Afortunadamente, había oído antes los nombres. De no ser así, le habría dado un ataque de risa.

—¿Cómo está mi nieto? —preguntó su padre, dándole un golpecito en la espalda.

—Podéis ir a verlo ahora mismo. Está en esa habitación —contestó Heath.

Sus padres se dirigieron hacia allí, emocionados.

—¿Earthie? —repitió Cassie en voz baja.

Heath se encogió de hombros.

—Earth Heathcliff Raven. Ése es mi nombre.

—Di eso diez veces seguidas, deprisa.

—No me da la gana.

Entraron juntos en la habitación del niño y Heath se percató de que, por primera vez, se sentía relajado, algo extraño cuando sus padres estaban cerca.

—¡Está usando pañales de usar y tirar! —exclamó su madre.

—Ya empezamos... Voy a calentar un biberón, mamá. Vuelvo enseguida.

Heath salió de la habitación con Cassie de la mano.

—Ya no me necesitas —dijo ella.

—¿Cómo que no? Ahora te necesito más que nunca. Por favor, quédate.

—Sólo hay una habitación para invitados.

—Mis padres pueden dormir en mi habitación. Yo dormiré en el sofá del estudio.

—¿Por qué quieres que me quede?

«Porque la vida es mejor cuando tú estás cerca».

—Porque si no te quedas, mi madre se hará cargo de todo.

–¿Y crees que, estando yo aquí, no se atreverá a hacerlo por miedo a invadir mi territorio?

–Exactamente.

–Pero éste no es mi territorio.

–Ella no lo sabe –respondió Heath.

–Pero no dormimos juntos.

–Pensará que lo hacemos por consideración.

En ese momento, su madre entró en la cocina con Danny en brazos. Danny, que había dejado de llorar.

–El biberón –dijo Crystal.

–Tengo la sensación de que ya no voy a poder abrazar a mi hijo.

–Claro que sí. Cuando yo me vaya.

Cassie levantó una ceja, como diciendo: «¿lo ves? No me necesitas».

–Voy a hacer la maleta.

–No, no, por favor no te vayas –protestó Crystal.

–Yo creo que es lo mejor. Heath, ¿te importa subir conmigo un momento?

Cuando se quedaron solos, Cassie le preguntó si tenía otro juego de sábanas.

–No lo sé.

–¿Cómo que no lo sabes?

–Que no lo sé. Cambio las sábanas todas las semanas, las lavo y vuelvo a ponerlas.

Ella levantó los ojos al cielo. Afortunadamente, encontraron otro juego de sábanas en el armario y cambiaron las de su habitación para que los Raven pudieran dormir allí.

Apenas hablaron mientras hacían la cama.

–¿De verdad te marchas?

–Es mejor, Heath. No tengo nada que hacer aquí.

–Pero...

–Estaremos en contacto –lo interrumpió Cassie.

–No puedo creer que me dejes aquí solo... comiendo cartón.

–Eres un exagerado. Además, hay comida en la nevera.

–Mi madre la tirará a la basura. Y querrá que me purgue.

–¿Qué?

–Déjalo, mejor no te lo cuento.

–Sobrevivirás, en serio.

–¿Pasarás a verme?

–Sí, claro. Quiero saber todo lo que te diga tu abogado, ¿de acuerdo?

–Muy bien.

Cassie se volvió para guardar las cosas en su maleta.

–Oye, gracias por todo. Especialmente por sacarme de casa –dijo Heath, en un absurdo intento de retenerla, aunque fuera unos minutos más.

–De nada.

Estaba sonriendo, pero la sonrisa no iluminaba sus ojos.

–Duermes con la luz encendida –dijo Heath entonces.

–Sí.

–¿Por qué?

–No quiero hablar de eso.

Era capaz de salir a la calle con una pistola en la mano para enfrentarse a dos desconocidos, pero tenía que dormir con la luz encendida. Heath estaba perplejo.

–Quédate.

–No puedo.

–¿No quieres conocer a mis padres?

–Seguro que son estupendos, pero no, de verdad. Además, no son tan raros como dices. Parecen encantadores.

Sí, lo eran, pero no podían haber elegido un momento peor para ir a ver al niño. Cassie y él estaban empezando a conocerse...

–Al menos, quédate hasta mañana. Es muy tarde para volver a San Francisco.

–Suelo estar de vigilancia toda la noche, Heath. Esto es normal para mí.

–Cassie –murmuró él, tomando su cara entre las manos.

–Earthie –respondió ella.

–¿Cassie es el diminutivo de Cassandra?

–No. Cassie es Cassie.

Heath sonrió. Ella lo agarró por las muñecas, pero no lo obligó a bajar las manos. Parecía preocupada. O asustada. ¿De él? ¿De sus sentimientos?

–Tus padres...

Heath le impidió terminar la frase con un beso. No un roce casual, un beso en los labios, con la boca abierta, un beso apasionado. Metió la lengua en su boca y perdió la cabeza, perdió la noción del tiempo. Sólo sabía que desearía seguir besándola para siempre.

Ella se apartó un poco, sin aliento, y apoyó la cabeza en su hombro. Heath la apretó contra su corazón, sintiéndola temblar, oyéndola respirar agitadamente. Como él.

Esperó que dijera algo, que dijera que aquello había sido un error... pero él no pensaba lo mismo. No lo lamentaba.

–Muy bien –dijo Cassie por fin–. Muy bien.

–¿Muy bien qué?

–Ahora lo sabemos.

–¿Qué sabemos?

–Lo que hay entre nosotros.

–¿Tenías alguna duda?

–Hay una gran diferencia entre lo que uno imagina y la realidad.

–¿Y ha sido peor o mejor de lo que imaginabas?

–Mejor.

–¿Y eso te asusta, Cassie?

–Sí.

–¿Por qué?

–¡Earthie! –la voz de su madre rompió el momento, la burbuja en la que estaban metidos.

–Tengo que irme –dijo Cassie.

–Pero tenemos que hablar de esto.

Ella no dijo nada.

Heath no la acompañó hasta el coche. Cuando entró en el cuarto de su hijo su padre estaba acunándolo, su madre colocando la ropita en la cómoda...

–Cassie me ha pedido que os diga adiós.

Adiós.

Cassie hizo un esfuerzo para no pisar el acelerador en las calles de Sausalito, pero no dejaba de pensar en Heath y en aquel beso. Había aprendido de pequeña a no dejarse llevar por las emociones, pero...

Sabía que Heath iba a besarla y le había dejado, aunque no debería. ¿Cómo podía olvidar tantos años de disciplina con un hombre al que acababa de conocer?

Podría haberlo detenido con una sola palabra. Pero no lo había hecho. Todo lo contrario, le devolvió el beso con una pasión que le resultaba desconocida.

¿Por qué?

Aunque lo supiera, no quería reconocerlo. Estaba asustada... y un poco desesperada. Entendía que estuviera asustada, pero ¿desesperada? Nunca se había sentido desesperada. Siempre tenía un plan, o dos. Siempre sabía cómo salir de cualquier situación.

Pero no había contado con Heath. Ni con Danny.

Una estupidez. Debería haber sido más lista.

Cassie sabía lo que iba pasar. Los padres de Heath se quedarían hasta que todo estuviera solucionado: el papeleo legal, el asunto de la custodia, la niñera. Y Heath volvería a conducir, llevaría a Danny al parque, su mundo volvería a ser el que había sido una vez...

Sin ella.

Ya no sería necesaria. De nuevo, no sería necesaria para nadie.

Suspirando, llamó a Jamey al móvil.

—Sé que es muy tarde, pero... ¿puedo ir a tu casa?

—Sí, claro. ¿Qué ocurre?

—Te lo contaré cuando llegue.

Vivían en el mismo barrio; ella en un estudio alquilado, Jamey en una casa que compró con el dinero que había ganado trabajando durante veinte años como cazarecompensas.

—Parece como si hubieras perdido a tu mejor amigo. ¿Quieres una cerveza? —dijo su compañero nada más abrir la puerta.

—Sí, gracias.

—Siéntate.

Cassie se dejó caer en el sofá, pero unos segundos después se levantó y empezó a pasear por el salón, nerviosa. Jamey volvió de la cocina con dos botellas de cerveza.

—¿Qué pasa?

—No estoy siendo objetiva.

—¿Sobre qué?

—Sobre Heath.

—Ah, ya. ¿Por qué te has ido de su casa?

—Porque ya no me necesita.

—¿Y eso?

–Han llegado sus padres. Y no me apetecía quedarme.

–¿Por qué?

–Porque así nos acercamos cada vez más y...

–Y podría hacerte daño.

–Sí –suspiró Cassie. Además, Eva podría volver en cualquier momento.

–Por tu vida ha pasado demasiada gente. Y se han quedado muy pocos, ¿no?

Ella asintió. Era una admisión dolorosa. Le costaba trabajo conservar a los amigos porque siempre intentaba ganarles la partida... siendo ella la primera en decir adiós.

–Y tu reloj biológico está empezando a hacerse notar –dijo Jamey entonces.

–Ese reloj lleva haciéndose notar desde que tenía quince años.

–¿Tú crees que eso es parte del encanto de Heath Raven, que viene con familia incluida?

–Probablemente. Pero no es todo. Cuando me besa...

–Ah, os habéis besado.

–Es mejor que no volvamos a vernos.

Jamey soltó una carcajada.

–Cassie, tú siempre has llamado a las cosas por su nombre. Deja de esconderte, es una tontería.

–Muy bien, pero tú sabes cómo es nuestro trabajo. Es algo exótico, así que resulta fácil ligar, pero mantener una relación es otra cosa.

–No culpes a la profesión, aunque estoy de

acuerdo contigo. El problema tiene que ver con tu pasado, con tu miedo a ser abandonada. Tienes miedo de encariñarte con alguien por temor a perderlo.

—Lo sé, lo sé. Pero saberlo no arregla nada. Tengo una vida social, amigos...

—Gente que se siente fascinada por lo que haces. En las fiestas, todo el mundo espera que cuentes historias sobre tu trabajo.

—El problema es que no podemos hablar de nuestro trabajo.

—Dímelo a mí. Pero me parece que ha llegado la hora de ponerte seria.

—¿Qué quieres decir?

—Que Heath Raven no es uno de esos que esperan que le cuentes historias. Es un hombre adulto, maduro, un hombre que te interesa. Un hombre que tiene un hijo, además. Relájate, haz tu trabajo y a ver qué pasa.

Cassie sabía que su compañero tenía razón, pero...

—Esto es demasiado para mí. Vamos a hablar de otra cosa.

—Muy bien. Mi hijo cumple dieciocho años este mes.

—Y estás angustiado.

Jamey asintió y Cassie levantó la botella.

—Por el futuro.

—Por el futuro.

Se quedó un rato antes de volver a casa. El ramo de margaritas que había comprado el viernes la animó un poco, pero aquel silencio... Se le caía la casa encima.

Suspirando, abrió el sofá y colocó las almohadas para ver un rato la televisión, pero no había nada que la interesara. Tomó un objeto de madera de la mesa, una tortuga tallada a mano. No era un objeto pulido, exótico, sino algo primitivo... y sin embargo exquisito para ella.

Lo colocó bajo su barbilla y pensó en su abuelo, sentado en los escalones de la vieja casa, tallando aquella tortuguita para ella. Aún podía oír el ruido del cuchillo... podía oler la madera, mientras le hablaba del pasado, de su madre, de los problemas que habían tenido.

Cassie tenía una cajita llena de objetos de madera que su abuelo había hecho para ella. Piezas de su pasado, sus recuerdos. Pero no había nadie con quien compartir esos recuerdos. Ningún pariente, ningún amigo del alma porque siempre había ido de un lado para otro.

Ella quería una familia. Debido a su infancia, estar con Heath y Danny la afectaba como nunca nadie la había afectado antes.

Ahora, sólo tenía que decidir qué iba a hacer al respecto.

Capítulo Diez

Heath llegó hasta el final del camino, ahora despejado, sin malas hierbas, sin ramas que ocultaran el sol.

Danny dormía en sus brazos. Se había quedado dormido mientras paseaban por el jardín. Cuatro hombres con sierras eléctricas se habían pasado el día desbrozando la propiedad y el silencio era relajante... Un silencio total porque su madre también se había ido.

La verdad era que disfrutó teniéndolos allí. Agradecía su espíritu, sus ganas de vivir, su ilusión. Y su padre lo había acompañado por el jardín para decidir qué debían cortar y qué no. Se le había olvidado que él sabía mucho de esas cosas.

Pero ahora estaba esperando a Cassie. Aunque fue a visitarlo dos veces durante esa semana, no habían podido estar a solas. Y en ambas ocasiones parecía nerviosa... o asustada.

Heath inventaba razones para llamarla al trabajo y ella intentaba cortar lo antes posible. Excepto cuando hablaban de Danny.

Una mujer complicada Cassie Miranda.

La había pillado una vez, sólo una vez, mirándolo como una mujer mira a un hombre que le gusta. Él estaba soplando las velas del pastel de cumpleaños que había hecho su madre para celebrar que había llegado a los cuarenta y cuando miró a Cassie, el objeto de sus deseos, ella estaba mirándolo como si sus padres no estuvieran allí. Como si fueran un hombre y una mujer normales que se sentían atraídos el uno por el otro.

Un hombre y una mujer normales. Sí, seguro.

La llamó en cuanto sus padres anunciaron que volvían a la comuna, esperando no tener que convencerla para que volviese... Y no tuvo que hacerlo. Ella dijo que volvería por la tarde, cuando saliera de trabajar. Sin vacilación alguna.

Heath se había vuelto hacia la casa cuando oyó que se acercaba un coche por el camino.

Cassie.

La adrenalina aceleró su corazón y tensó todos los músculos de su cuerpo.

–Esto ya no es una selva –sonrió ella, bajándose del coche.

Olía bien. No a perfume, sino a algo único. Quizá era su champú. Fuera lo que fuera, podría estar oliéndolo para siempre.

–Esto es sólo el principio –contestó Heath tranquilamente, como si no quisiera tomarla entre sus brazos y besarla hasta quedarse sin aliento–. Los jardineros volverán mañana para terminar con el resto de la casa.

–¿Cómo está Danny? –preguntó ella.

–Ha sobrevivido a su primera semana con su abuela.

–¿Y tú?

–Necesito carne.

–He traído comida. Está en el maletero.

Mientras él sacaba las bolsas del coche, Cassie tomó al niño en brazos.

–Gracias por volver –dijo Heath cuando llegaron a la cocina.

–¿Tan desesperado estabas por comerte un filete?

Heath no entendía por qué parecía tan distante. Por qué no lo miraba.

–¿Por qué no me miras, Cassie?

–Porque no confío en mí misma.

–¿Cuando estás conmigo?

Ella asintió y Heath le hizo la pregunta que llevaba una semana queriéndole hacer:

–¿Es por mí o por Danny?

–Vais juntos.

–¿No puedes separarnos?

–¿Quieres saber si me sentiría atraída por ti de no existir Danny?

–Sí.

–Sin el niño, no nos habríamos conocido.

–Esa no es una respuesta.

–Ya. ¿Sabes una cosa? Yo creo que, entre los dos, tenemos suficientes problemas como para mantener a un psicólogo durante toda la vida.

Estaba claro que no quería hablar del asunto y Heath se resignó.

–Muy bien. No hablaremos de ello.

–¿Has hablado con la agencia de empleo?

–Sí.

Pero no le había dicho a la directora que le enviase candidatas. No estaba preparado para eso todavía.

Cassie se volvió entonces, con una sonrisa en los labios. Esa sonrisa que tanto había echado de menos. No podía hacerlo, no podía tocarla, ni besarla.

–Cassie...

Heath tomó su cara entre las manos.

Y la besó, un beso que no era el simple saludo de un amigo.

–Te he echado de menos.

–Yo también.

Entonces sonó el teléfono. Era un número privado y, en general, Heath dejaba que saltase el contestador, pero aquella vez contestó, más animado, tocando el pelito de su hijo. Cada día su mundo era un poco mejor, más alegre.

–¿Heath?

–¿Eva? ¿Dónde estás?

–En casa de una amiga. Sólo quería... saber cómo está el niño.

–Está bien. Es precioso. ¿Quieres... verlo?

–No, yo no...

–¿Dónde vives? ¿Cómo puedo ponerme en contacto contigo?

–Heath...

–¿Qué?

Silencio. Heath esperó hasta que no pudo aguantar más.

–¿Seguro que quieres darme al niño?

–Seguro.

Eva colgó antes de que pudiera sacarle una dirección. Pero Heath había notado el temblor en su voz.

–Eres un buen hombre –dijo Cassie.

–¿Por qué dices eso?

–Porque le has preguntado si estaba segura.

–Algunos dirían que sólo estaba mirando por mi propio interés.

–Algunos no han visto tu cara. No te han visto mirando a Danny y no saben cuánto te costaría tener que compartir a tu hijo con otra persona.

Él se encogió de hombros. No quería ninguna medalla, sólo la oportunidad de volver a ser padre. Un padre más involucrado en la vida de su hijo. Un padre con el que Danny pudiera contar para siempre, que nunca le defraudaría.

Cassie se metió en la ducha y cerró los ojos, agotada. Danny había estado llorando toda la tarde y ni siquiera sus canciones habían logrando tranquilizarlo. Debía tener un cólico, pensó. Por fin, después de tomarse el biberón, se quedó dormido. Cuando despertó de nuevo, estaba tranquilo y los dejó cenar sin protestar...

Cassie se dio cuenta de que estaba quedándose dormida bajo la ducha y cerró el grifo a toda prisa.

Pero cuando iba a meterse en la cama, encontró una nota dirigida a ella:

Querida Cassie,

Nos ha encantado conocerte. Gracias por hacer que nuestro hijo vuelva a sonreír. Y recuerda, sólo se lamentan las cosas que no se han hecho.
Mucha paz,

Crystal y Sendero Raven

¿Que querían decir con eso de que «Sólo se lamentan las cosas que no se han hecho»?, se preguntó. En fin, los padres de Heath eran muy agradables, pero también un poquito excéntricos.

Se metió en la cama justo cuando Danny empezaba a llorar. Oyó a Heath salir de su estudio y decidió no moverse. La próxima vez le tocaría a ella.

Estaba medio dormida cuando oyó un golpecito en la puerta.

–¿Cassie?

—¿Sí?

—Danny y yo queremos saber si te apetece ver el programa de David Letterman con nosotros.

—Sí, claro, espera un momento.

Afortunadamente, había llevado una bata, de modo que aquella vez no existía la disyuntiva de quedarse en pijama o vestirse, como una mojigata.

Pero cuando iba a bajar al salón, Heath señaló su habitación.

—¿Ahí?

—No te voy a morder.

—No, ya...

Heath colocó unas almohadas para que apoyase la cabeza.

—Gracias.

—¿Estás bien?

—Estupendamente —contestó ella—. ¿Danny ve el programa entero?

—Lo que más le gusta es el monólogo del principio.

—¿En serio?

—Yo creo que es por las risas. A lo mejor está destinado a ser actor.

Se quedaron allí, los tres, tumbados en la cama, viendo el programa. Con los ojos cerrados, medio dormida, Cassie sonreía de vez en cuando, oía reír a Heath. Era tan agradable...

Pero despertó sobresaltada. Todo estaba oscuro.

—Tranquila —oyó la voz de Heath—. No pasa nada.

–No... –murmuró ella. Tenía que levantarse, tenía que dar la luz.

–Cassie...

–Enciende la luz, enciende la luz.

Heath encendió la lamparita de la mesilla, sorprendido.

–¿Estás bien?

–Sí, sí...

–¿Qué ha pasado?

Cassie no quería hablar de ello. Aún no. Le daba vergüenza tener que dormir con la luz encendida.

–Danny se ha dormido y lo he llevado a su cuarto –explicó Heath–. Pero en cuanto he apagado la luz te has despertado de golpe.

Cassie no dijo nada y él le pasó un brazo por los hombros.

–Tranquila.

–Estoy bien, estoy bien. Pero no apagues la luz.

–¿No me lo vas a contar? Está claro que te da miedo la oscuridad.

–No...

–A mí me da miedo dormir porque sueño con mi hijo –le confesó Heath entonces.

–Lo siento.

–Pero me siento mejor desde que tú estás aquí.

–Desde que llegó Danny.

–Desde que llegasteis los dos.

Se sentía demasiado cómoda con él. Quería quedarse, dormir entre sus brazos, pero no podía hacerlo. Se enamoraría de él tan fácilmente... y Heath estaba empezando a abrirse al mundo. Tenía muchas cosas que hacer, no podía atarse a nadie tan pronto.

Y ella soñaba con una familia feliz, una que, seguramente, era imposible. En algún momento, lo estropearía, estaba segura.

–¿No quieres tumbarte un rato?

–No, me voy a dormir.

Heath la dejó ir, pero en cuanto llegó a su habitación Cassie lamentó haberse marchado así porque sabía que estaba enviando mensajes contradictorios. Se volvió para darle una explicación... y se lo encontró de frente.

–Si te hubieras quedado en mi cama no te habría tocado... a menos que tú quisieras. No debes tener miedo de mí.

–No tengo miedo de ti, Heath. Tengo miedo de mí misma. No confío en mí misma, ya te lo he dicho. La semana pasada, cuando me besaste... aquí, en esta misma habitación, si tus padres no hubieran estado en casa...

Heath tomó su cara entre las manos y la besó despacio, un beso largo, tierno, que hizo que sus ojos se llenaran de lágrimas. Sin las botas, parecía mucho más alto y ella mucho más femenina.

Él deslizaba las manos por su espalda, despacio, rozando sus caderas, apretándola contra su cuerpo con una desesperación que Cassie podía sentir como suya. Gimió al sentirlo duro y tentador. Siguieron besándose, sin descanso, sin decir una palabra, y Cassie se puso de puntillas para enredar los brazos en su cuello.

Sus labios eran suaves y firmes a la vez, dulces y aventureros, cautos y atrevidos. Era un beso para recordar.

–¿Quieres dormir conmigo? –preguntó él entonces, con voz ronca.

–Eres demasiado tentador.

Odiaba decirlo, odiaba ser tan sensata, pero... lo hacía tanto por él como por ella misma. Sin embargo, no podía dejar de tocarlo. Deseaba tanto rendirse al placer, a la alegría de estar con él.

Heath la tomó en brazos y Cassie lanzó un grito.

–¿Qué haces?

–Voy a llevarte a mi habitación. Lo que pase después depende de ti.

La depositó suavemente sobre la cama y se quedó mirándola, muy serio.

–Nunca te he visto con el pelo suelto. ¿Puedo?

La pregunta exigía más de una respuesta... exigía una decisión. Soltarse el pelo significaba dar rienda suelta a su pasión. ¿Estaba preparada para hacerlo?

«Sólo se lamentan las cosas que no se han hecho».

Estuviera de acuerdo o no, quería creer que ésa era razón suficiente para hacer el amor con

Heath esa noche, sin remordimientos a la mañana siguiente.

Cassie empezó a quitarse la goma...

–Lo haré yo. Por favor –murmuró Heath.

–Muy bien.

Lo sintió tirar suavemente de la goma, deshacerle la trenza, con cuidado, hasta que su larga melena cayó sobre su espalda como una capa. Cerró los ojos, disfrutando de esa sensación... Se había fijado en sus manos cuando acariciaba a Danny, tocando su pelo, su espalda. Ahora estaba tocándola a ella.

–Preciosa. Eres preciosa. Y no creo que lo sepas.

–No...

–Lo pensé el primer día. Cuando te vi.

–¿Ah, sí?

–Y protectora. Y amable, valiente. Asustada.

–¿Asustada?

Heath asintió.

–Te da miedo el compromiso, la desilusión.

–¿Has averiguado todo eso de mí en dos semanas?

–Todo eso y más. Mi madre dijo algo que me hizo pensar –contestó él, sin dejar de tocar su pelo.

–¿Qué?

–Que nunca había visto a nadie haciendo tal esfuerzo para no acercarse. Entonces me fijé en cómo aprietas los puños cuando tus ojos dicen que quieres tocar. Cómo das un paso atrás cuando el resto de tu cuerpo parece inclinarse hacia delante. Vas en contra de ti misma, de tus deseos. Lo haces siempre... excepto con Danny.

La había resumido y no había defensa alguna.

«No estoy manteniendo las distancias contigo. Aunque debería. Pero no pienso lamentarlo».

—¿Heath?

—¿Cassie?

—Estoy diciendo que sí.

Capítulo Once

Estaba diciendo que sí.

Heath no sabía si había tomado la mejor o la peor decisión de su vida llevándola a su habitación, pero ya no había forma de volverse atrás. La deseaba con una pasión que no había conocido antes.

Todo en ella lo atraía: su aspecto físico, su instinto maternal, su eficiencia, todo.

–Me alegro –dijo Cassie entonces.

–¿De qué?

–De que estés tan excitado como yo. Me late el corazón tanto que apenas puedo hablar...

–Eres la mujer más sexy que he visto en toda mi vida.

–¿Qué?

–Que eres la mujer... –Heath no terminó la frase al ver que ella estaba sonriendo–. Veo que ya no tienes sueño.

–No.

–¿Estás tomando la píldora?

–Sí.

Heath sabía que ella no le mentiría. Eva lo había hecho, pero Cassie era diferente.

–¿Alguna cosa más que deba saber?

–No. ¿Y tú, tienes que decirme algo?

–No.

–La realidad del siglo XXI le quita el romanticismo a todo, ¿eh?

Heath acarició su pelo.

–No, para mí no.

–¿Sabes desde cuándo te deseo?

–¿Sabes desde cuándo te deseo yo? –replicó él con voz ronca–. Deja que te lo demuestre.

Cassie se quedó muy quieta mientras Heath desabrochaba su bata, mientras le quitaba la camiseta. Él murmuró su nombre, mirando sus pechos desnudos, pero resistió la tentación de tocarla, haciéndola esperar. Luego tomó la cinturilla del pijama y tiró hacia abajo.

–Exquisita –murmuró–. Maravillosa.

Cassie pasó una mano por su torso, sus dedos como de fuego.

–No sé si es buena idea...

–Tengo que tocarte.

–Después.

Su cuerpo era asombroso, fibroso, atlético, pero a la vez suave y lleno de curvas. La besó con fuerza, incapaz de contenerse por más tiempo, y ella le devolvió los besos con la misma pasión. Tenía las piernas abiertas, entregada completamente, pero él quería esperar. Quería más de su boca, más de sus pechos, de sus pezones. Cassie se arqueaba para recibir sus caricias y él tocaba el interior de sus muslos, detenién-

115

dose en el centro para conocerla más profundamente.

–No puedo –dijo ella entonces–. No puedo...

–¿No puedes?

–Espera. Espera, espera... Juntos, quiero que lo hagamos juntos.

–En un minuto –Heath siguió acariciándola, encontró los sitios que la hacían gemir, puso allí su boca...

Cassie agarró su pelo como para detenerlo, aunque levantaba la pelvis hacia él. Y luego explotó con sonido y movimiento, excitándolo aún más.

Antes de que pasaran las convulsiones, Heath se colocó encima para hundirse en ella. Apenas había empezado a moverse cuando Cassie explotó de nuevo, violentamente, enredando las piernas en su cintura. Y Heath se perdió en el placer de su calor, en cómo lo encerraba, lo apretaba, lo envolvía, lo hacía suyo. Quería que durase para siempre, para siempre...

Cuando volvió a la tierra, jadeando, sobre ella, no quería separarse ni un centímetro.

–¿Puedes respirar?

Silencio.

–¿Cassie?

Ella tenía los ojos cerrados y, de repente, dejó escapar un gemido de agonía que acabó convirtiéndose en una carcajada.

–Tonta –sonrió Heath–. ¿Qué tal?

Ella le dio un empujón.

–¿Eso significa que te ha gustado?

–Sabes que sí.

–Sí, lo he oído alto y claro.

Cassie se puso colorada. Asombroso. La dura Cassie Miranda se avergonzaba de disfrutar del sexo.

–Quédate a dormir conmigo.

–¿Para ver si vuelves a tener suerte?

No, no era verdad. Pero le seguiría el juego.

–¿Y si fuera así?

–Entonces, me quedo. ¿Puedes dormir con la luz encendida?

–Lo que tú digas... ¿por qué te da miedo la oscuridad?

–No quiero hablar de eso.

–¿Por que no?

–Porque suena estúpido.

–Los miedos suelen serlo, pero eso no los hace menos reales.

Ella no respondió enseguida.

–Mi ángel de la guarda no puede encontrarme en la oscuridad –dijo por fin, con los ojos cerraos.

–Háblame de tu ángel –murmuró Heath.

–Cuando vine a San Francisco a vivir con mi abuelo no podía dormir por las noches. Mi madre murió de noche y supongo que pensaba que mi abuelo podía morir también si me quedaba dormida. A saber lo que piensa una niña de cinco años. Bueno, el caso es que mi abuelo puso una lucecita de emergencia en mi habitación para que mi ángel de la guarda pudiera encontrarme y me diera un beso todas las noches. Y así me quedaba dormida.

Su voz se había vuelto muy suave, como si de nuevo tuviera cinco años.

—Cassie...

—Es la primera vez que lo cuento. Nunca he dormido con nadie porque no quería contarlo.

—Gracias por confiar en mí.

Ella se movió un poco, pero no para alejarse sino para acercarse más. Y metió una pierna entre las suyas.

—Cuando murió mi abuelo yo tenía nueve años y me llevé la lucecita a la primera casa de acogida. Los niños con los que compartía habitación se quejaban porque no podían dormir, así que me la quitaron. Yo grité y grité... Por fin, me dejaron dormir en la bañera, así pude dejar la luz encendida. Se libraron de mí enseguida, claro.

Heath apretó los dientes. Era una niña, una niña de nueve años que acababa de quedarse sola en el mundo. Una niña que había perdido a su madre, adicta a las drogas...

—Y también tenía un cuchillo.

—¿Un cuchillo?

—Era de mi abuelo, con el que me hacía las figuritas de madera. Es lo único que me dejó al morir. Dije que lo había tirado para que no me lo quitaran, aunque los asistentes sociales especulaban en sus informes, diciendo que lo guardaba en alguna parte –sonrió Cassie–. ¿Crees que estoy loca?

–No, ¿por qué? Creo que fuiste muy valiente.

–Una simple superviviente, como tantos otros.

–No, mucho más que eso.

Cassie bostezó.

–Estoy cansada.

–Duerme –dijo él–. Tu ángel de la guarda velará por ti.

–Gracias, Gabriel.

Un minuto después estaba dormida. Heath pensó en esa terrible infancia, en la gente que había perdido, en lo sola que debía haberse sentido durante aquellos años...

Luego pensó en Kyle, su hijo, que estaría vivo si no fuera por su arrogancia.

Danny empezó a llorar en ese momento. Cassie ni se movió cuando Heath se levantó de la cama para apagar el monitor. Encontró la camiseta y el pantalón del pijama tirados en el suelo y cuando iba a salir de la habitación, vio que Cassie se incorporaba.

–Yo voy también –dijo, medio dormida.

–No, quédate. Luego te toca a ti.

Ella se levantó de todas formas.

–He dicho que yo también voy.

Heath esperó hasta que se puso el pijama y bajaron juntos la escalera, de la mano, para atender a su hijo.

Capítulo Doce

«Hoy es el día», pensó Heath. El primer día del resto de su vida. Cliché o no, era la verdad. Los jardineros habían terminado de desbrozar el jardín, dejando un paisaje abierto, como había pretendido al construir la casa.

Su coche, su precioso descapotable, había vuelto del taller con un cambio de aceite y estaba en la puerta del garaje, esperando, dispuesto a llevar a Cassie y Danny a dar una vuelta en cuanto ella volviera de trabajar.

Cassie llevaba una semana viviendo allí y había pasado cada noche en sus brazos. Por fin, su casa se llenaba de risa, de alegría, de luz.

Había tomado una decisión sobre quién sería el tutor de Danny si a él le pasaba algo. Y, para ello, había llamado a Kerwin, que tendría que ponerlo por escrito.

Heath estaba de muy buen humor aquel día. Aún no había abierto las persianas de su estudio, pero iría poco a poco. Tener a Danny no lo resolvía todo, pero había conseguido darle la vuelta a su vida.

Y luego estaba Cassie. La complicada, sexy,

remota Cassie. Había tantas cosas que quería saber sobre ella...

Oyó su coche en el camino y bajó a recibirla.

—¿Vas a algún sitio?

—No, he pensado que *podríamos ir* a algún sitio.

—¿La vuelta al mundo en 80 días?

—La vuelta a la ciudad en 60 minutos. ¿Te parece?

—Me parece muy bien. ¿Cómo está Danny?

—Son las cinco y media y no está llorando.

—Ah, un progreso.

—Oye, por cierto, mi abogado me dijo que debía nombrar un tutor... por si me pasaba algo. Y quiero que seas tú.

Cassie lo miró, sorprendida.

—Pero tus padres...

—Ellos siempre serán sus abuelos. Pero a ti te importa Danny. Sé que te importa de verdad.

Cassie tragó saliva.

—Gracias, es un honor. De verdad.

En ese momento sonó el teléfono.

—Seguramente será Kerwin. Le he dejado un mensaje... ¿Sí?

—Soy yo.

Cassie fue a la habitación de Danny para ver si estaba despierto.

—¿Has recibido mi mensaje? —preguntó Heath.

—Sí, sí... Oye, no sé cómo decirte esto.

—¿Qué?

Al otro lado del hilo hubo un silencio.

–Acaban de llegar los resultados de la prueba de ADN. Tú no eres el padre de Danny.

–Vamos a dar una vuelta con papá. ¿Qué te parece? Te gusta ir en el coche, ¿verdad?

No oyó a Heath entrando en la habitación pero, de repente, estaba a su lado.

–Mira, se le ha caído el cordón... ¿qué pasa?

–No es mi hijo.

–¿Qué?

–La prueba de ADN demuestra que Danny no es hijo mío.

Cassie tragó saliva. No podía moverse, no podía decir nada. Ella lo había sospechado. Había sospechado que Eva mentía para sacarle dinero...

–Heath...

–No digas nada.

Unos segundos después oyó que cerraba la puerta de su estudio. Despacio, muy despacio. Habría preferido que cerrase de un portazo.

Cassie tomó al niño en brazos y lo apretó contra su corazón. Sabía que era demasiado bonito para ser verdad. ¿Un hombre al que amar? ¿Un niño que fuera suyo? No, nada de eso era para ella. La única vez que había querido creer que era posible... que quiso creerlo con toda su alma...

Cuando miró la carita de Danny tuvo que hacer un esfuerzo para no llorar. Pobre niño, el peón en el absurdo juego de Eva Brooks. ¿Qué clase de persona comete un acto tan vil?

¿Se recuperaría Heath? ¿Podría soportar aquel golpe?

Suspirando, envolvió a Danny en una manta y salió al jardín para pasear un rato. No sabía qué hacer, cómo consolar a Heath.

Volvió después a la casa para darle el biberón y meterlo en su cuna. Peor cuando se inclinó para darle un beso, se le escapó un sollozo que le salió del alma.

–Buenas noches, cariño.

Se quedó al pie de la escalera hasta que pudo reunir valor para subir al estudio de Heath.

–No quiero que vengas a consolarme –dijo él.

–No, lo sé. Pero tenemos que hablar.

–Ya.

–Además del resultado de la prueba, ¿qué más te ha dicho tu abogado?

–Que tengo que llevar a Danny... al niño al departamento de Servicios Sociales.

–No tienes por qué hacerlo.

–¿Cómo que no?

–Yo conozco bien el sistema. Si no quieres llevarlo, no tienes por qué hacerlo. Primero hay que encontrar a Eva.

–No entiendo...

–Eva te dejó el niño a ti. Incluso firmó un documento. Eso cuenta. Tú tienes una casa, puedes cuidar de Danny... Además, yo no lo dejaría en manos de los Servicios Sociales por nada del mundo, te lo digo por experiencia. Si tú no lo quieres, me lo llevaré yo.

—Lo dices como si pudieras quedártelo.

—No sé si podría, pero desde luego me quedaría con él hasta que encontrara a su madre. O a su padre.

Heath se pasó una mano por la cara.

—¿Por qué me ha hecho esto, Cassie?

—No lo sé. Supongo que te eligió... quizá porque sabía que necesitabas un hijo.

—Ya, claro.

—Heath, ahora sabemos que el niño tiene un padre. Y seguramente Eva no quiere que él sepa nada.

—Pero Eva debía imaginar que yo tendría que hacerme una prueba de paternidad...

—Y contaba con que para entonces te habrías encariñado tanto con el niño que no querrías deshacerte de él.

—¿Puedo quedarme con Danny?

—No lo sé. Pero no tienes por qué llevarlo a los Servicios Sociales todavía. Puedes esperar.

—Esperar...

—¿Qué vas a hacer, Heath?

Él se quedó en silencio durante largo rato.

—Sería como... un padre de acogida, ¿no? Tenerlo en casa hasta que encontrase una familia. Quererlo y dejarlo ir después.

—Sí.

—No quiero dárselo a nadie, Cassie.

—Yo tampoco.

–Pensé que quizá Eva intentaría quitármelo, pero esto... esto no se me había ocurrido.

–¿Qué quieres hacer? –repitió Cassie, intentando contener las lágrimas.

Danny, su niño.

–¿Qué debo hacer?

–Yo llamaría a la policía para ver si alguien ha denunciado su desaparición. Y luego hablaría con Servicios Sociales para decir que vas a quedarte con el niño durante un tiempo porque es muy pequeño y ha estado en tu casa desde que nació. No intentarán arrebatártelo, te lo aseguro. Les sobran los niños abandonados.

–Muy bien. Eso haremos. ¿Crees que podría... adoptarlo? Si Eva no lo quiere y no encontramos al padre...

–Existe una posibilidad, sí. Pero tu abogado debe explicar bien el caso a las autoridades. Si alguien tiene posibilidades de adoptarlo, eres tú.

Cassie quería abrazarlo, decirle que todo iba a salir bien. Se le rompía el corazón al ver cómo estaba sufriendo.

–Voy a llamar por teléfono a Johnson, mi contacto en la policía para casos de personas desaparecidas.

–Muy bien.

Cassie fue al cuarto de baño para lavarse la cara. Quería estar a solas un momento para llorar. Y lo hizo, tapándose la cara con la toalla para que Heath no la oyera.

Después, un poco más calmada, volvió al salón y sacó el móvil del maletín.

–¿Johnson? Soy Cassie Miranda.

–¡Cassie! ¿Cómo estás, cariño?

–Muy liada, como siempre. Oye, estoy trabajando en un caso en el que tú puedes ayudarme.

–Dime.

–¿Podrías mirar si alguien ha denunciado la desaparición de Eva Brooks?

–Espera –murmuró Johnson, tecleando en el ordenador–. No, no hay ninguna denuncia por el momento. No hay ninguna denuncia oficial.

–¿Qué quieres decir?

–Eres la segunda persona que me pregunta por esa chica.

–¿Quién más ha preguntado?

–Un abogado.

–¿Kerwin Rudyard?

–No... a ver... ah, sí. Brad Torrance.

El jefe de Eva. El abogado de Heath.

–Muy bien, gracias Johnson. Oye, si sabes algo dame un toque, ¿de acuerdo?

–Muy bien. Cuídate.

–Tú también.

Cassie colgó y miró a Heath, que estaba esperando, ansioso.

–Brad Torrance ha hablado con la policía sobre Eva Brooks.

–¿Torrance?

–Es su jefe, al fin y al cabo. Aunque me sorprende... Eva ha desaparecido, pero debería haber sido el director de Recursos Humanos el que llamara a la policía, no el propietario del bufete. ¿No te parece?

Cassie y Heath se miraron.

–¿Qué sabes de Torrance?

–Que está casado y su mujer espera un hijo. Pero no somos amigos, apenas nos hemos visto un par de veces.

–¿Y cómo sabes que su mujer está embarazada?

–Porque me lo contó Eva.

–¿Y por qué salió esa conversación precisamente?

–No sé... creo que pasó por la oficina un día y estuvieron charlando sobre el embarazo. ¿Crees que Torrance podría ser el padre?

–Podría ser –contestó Cassie–. Eva no quería que nadie en el bufete supiera quién era el padre...

–Creo que debería llamarlo.

–Sí, buena idea. Pero no esta noche. Mañana, a la oficina. Y tendrás que ser cauto.

–Lo he sido desde que tenía dos años.

Danny empezó a llorar en ese momento y Cassie miró a Heath, que parecía indeciso. Pero se levantó unos segundos después.

–Voy a darle el biberón.

Ella apretó su brazo, pero lo dejó ir, en silencio. Y luego bajó a la cocina para hacer una cena que no le apetecía a ninguno de los dos.

Durante un día más, podían fingir que Danny era hijo suyo.

Heath no sabía qué hacer. No quería hablar, no quería hacer el amor. No quería nada ni sentía nada. Llorar por Danny abriría una puerta que no quería abrir... No estaba preparado para eso. Todavía no.

Pero cuando estaba viendo el programa de David Letterman, Cassie llamó a la puerta de su habitación.

—Hola. Me siento un poco solita.

—Entra.

—¿Seguro? ¿Quieres estar solo?

—No, no... pasa.

Estuvieron viendo juntos el programa, sin decir nada, cada uno perdido en sus propios pensamientos. Después, sin pensar, la abrazó y ella apoyó la cara sobre su pecho.

Un minuto después, Heath sintió una lágrima en su cuello, luego otra, y otra. Tuvo que tragar saliva.

«Ah, Cassie, ojalá pudiera llorar yo. Pero no puedo».

—Vamos a dormir —murmuró.

—No quiero...

—A dormir, sólo a dormir.

—Muy bien.

Había una barrera entre ellos, aunque estaban abrazados, aunque no podían estar más cerca el uno del otro. Heath sabía que ella estaba despierta... hasta que Danny empezó a llorar.

Pero aquella vez Cassie dejó que bajara solo.

Capítulo Trece

Cassie despertó sobresaltada y encontró la cama vacía. Cuando miró el reloj comprobó que eran las nueve de la mañana. ¿Cómo podía haber dormido de un tirón?

Después de ducharse a toda prisa, bajó la escalera corriendo, haciéndose la coleta...

–¡Estoy en la cocina! –la llamó Heath.

–Me he quedado dormida...

–Estabas muy cansada –sonrió él.

–¿Cómo está Danny?

–Bien. A punto de tomar el biberón.

–¿Has llamado a Brad Torrance?

–No creo que llegue al despacho antes de las nueve. Lo llamaré cuando Danny se haya dormido.

Media hora después no podían retrasarlo más. Danny estaba dormido, la casa en silencio...

Subieron al estudio y Cassie se sentó frente al escritorio mientras él descolgaba el teléfono.

–Todo va a salir bien, ya verás.

–Eso espero.

–¿Cómo estás, Heath? –lo saludó Torrance.

—Bien. ¿Y tú?

—Ocupado, como siempre. Bueno, dime, ¿qué querías?

—Quería hablarte de Eva Brooks.

Al otro lado del hilo hubo un silencio.

—Dime.

—Sabes que solía pasar por aquí una vez a la semana para traerme papeles.

—Sí, claro.

—Supongo que ya habrá tenido el niño y... en fin, como sé que es madre soltera y no debe estar pasándolo nada bien, pensaba enviarle un regalo.

—¿Cómo sabes que es madre soltera?

—Ella me lo contó.

—¿Cuándo la viste por última vez?

—Cuando pidió la baja por maternidad, creo.

—¿No has vuelto a hablar con ella desde entonces?

—No. ¿Por qué?

—Porque ha desaparecido —contestó Torrance.

—¿Ha desaparecido? ¿Qué quieres decir?

—Que no está por ninguna parte. No sabemos nada de ella.

—¿Habéis denunciado su desaparición a la policía?

—No. Por lo visto, le dejó una nota a su compañera de piso diciendo que se marchaba de la ciudad o algo así. No hay razón para llamar a la policía.

Cassie escribió una nota a toda velocidad: *Pregúntale si han llamado al hospital para ver si ha tenido el niño.*

–¿Sabéis si ha tenido el niño?

–No, creo que no... oye, me sorprende tu interés.

–Bueno, ya sabes que yo no veo a mucha gente. Y Eva era una chica muy simpática –respondió Heath–. Pero en fin, si no sabes nada, no quiero molestarte más.

Después de colgar, se quedó mirando a Cassie.

–¿Qué te parece?

–Me parece muy raro que no te haya dicho que llamaras al jefe de Recursos Humanos o al jefe directo de Eva. Parece tener un interés personal por ella y eso no es normal en un bufete tan importante. Además, sabemos que ha llamado a la policía.

–Eso no prueba nada.

–No, claro... ¿sabes si Eva ha cobrado el cheque que le diste?

–No lo sé.

–Llama al banco.

–¿Para qué?

–Se me ha ocurrido una idea...

Heath llamó al banco y colgó un segundo después.

–No ha cobrado el cheque.

–Ajá.

–¿Ajá?

–¿Le habías dado dinero en otras ocasiones?

131

—Sí.

—¿Y cobraba los cheques?

—Inmediatamente.

—Ya.

—Cassie.

—Perdona, es que estaba pensando... voy a pasarme por los Servicios Sociales.

—¿Seguro que no pueden quitarme a Danny?

—No estoy segura del todo, pero creo que no.

—Llámame en cuanto sepas algo.

—Claro. Y no te quedes ahí, dándole vueltas...

—Ya. ¿Qué otra cosa puedo hacer? Llámame, Cassie.

—Sí, no te preocupes.

—O sea, que los Servicios Sociales dejarán que Heath se quede con el niño por el momento —estaba diciendo Jamey.

—Mientras yo viva en su casa. A él no le conocen, pero a mi sí.

—Te estás metiendo en esto hasta el cuello, Cass.

—¿Y te parece mal?

—No, pero... estás enamorada, ¿verdad?

—Sí —contestó ella, sin pensar.

—Pero si casi no lo conoces...

—Una locura, ¿verdad?

—¿Él siente lo mismo por ti?

La pregunta mágica. Cassie sabía que Heath estaba interesado en ella, que le gustaba, pero...

¿enamorado? No sabía si Heath Raven era capaz de amar a alguien.

En ese momento sonó su móvil.

–¿Sí?

–Soy Darcy, la compañera de Eva Brooks. ¿Te acuerdas de mí?

–Claro que me acuerdo. Dime, Darcy –contestó Cassie, con el corazón acelerado.

–Eva ha llamado para decir que iba a pasar por el apartamento para buscar sus cosas, pero he cambiado la cerradura. Como me debe dinero...

–¿Va a ir al apartamento?

–Sí, he quedado con ella después de trabajar y había pensado que tú podrías hablar con ella, ya sabes. Para que me pague lo que me debe.

–¿A qué hora?

–A las cinco y media –contestó Darcy.

–Muy bien, allí estaré.

–No puedes secuestrarla –dijo Jamey–. Ni puedes obligarla a hablar.

–Pero puedo intentar convencerla, ¿no?

–¿Qué piensas hacer?

–Por lo pronto, llamar a Heath. Quiero que vaya al apartamento conmigo. Quizá entre los dos... Además, tendrá que llevar a Danny y es posible que al verlo, a Eva se le ablande el corazón.

–Te deseo suerte –suspiró Jamey.

133

Una hora después, Heath llegaba al edificio en su descapotable.

–¿No podías haber aparcado en otro sitio para que Eva no viera tu coche?

–No te preocupes, no lo ha visto nunca. Siempre estaba en el garaje.

–Pero podría haberte visto... mira, ahí está.

Eva había recuperado la figura enseguida, pensó Cassie. Nadie podría decir que había dado a luz unas semanas antes.

–Espera –murmuró cuando Heath iba a abrir la puerta del coche–. Deja que llegue Darcy. Saca a Danny de la sillita, así podremos salir en cuanto aparezca.

Dos minutos después llegó su compañera de piso y cuando subieron al apartamento podían oír la bronca desde el rellano.

Cassie llamó al timbre y Darcy abrió enseguida.

–¿Qué...? –Eva se quedó helada–. ¿Qué hace aquí?

–¿Te importaría salir un momento? –preguntó Heath, dirigiéndose a Darcy.

–De eso nada –contestó la chica, dejándose caer en el sofá–. Esto tengo que verlo.

–Siéntate, Eva.

Ella obedeció, con expresión beligerante.

–Yo no soy el padre del niño. Y quiero que me digas quién es.

Capítulo Catorce

Heath observó la expresión de Eva. No iba a ponérselo fácil.

Intentando apelar a su instinto maternal, dejó la sillita en el suelo, a su lado, y puso la mano sobre la piernecita de Danny.

El niño abrió los ojos. Ya fijaba la mirada en la persona que tenía más cerca. Estaba empezando a desarrollar su propia personalidad...

–Mira a este niño, Eva, y explícame cómo puedes ser tan cruel como para negarle a su padre.

La chica se negó a contestar.

–Es Brad Torrance, ¿verdad?

–¿Tu jefe? –exclamó Darcy–. Por favor...

–¿Lo es?

Eva se cruzó de brazos.

–¿Y qué si lo es?

–¿Te has puesto en contacto con él? ¿Sabe que Danny... que el niño es hijo suyo?

–¡No, no lo sabe! ¡Está loco y su mujer está más loca todavía! ¿Crees que dejaría que se quedara con mi hijo?

–¿Su mujer sabía que teníais una aventura?

–¿Una aventura? –rió Eva–. No hubo ninguna aventura. Yo he sido... una madre de alquiler. Con su esperma y los óvulos de ella.

Heath y Cassie se miraron, atónitos.

–¿Qué?

–Me pagaron. Era un trabajo, nada más. No podía contárselo a nadie porque, al fin y al cabo, era hijo suyo.

–Pero si su mujer está embarazada...

–¿Embarazada? ¡Lleva una cojín bajo el vestido para parecerlo! Y cada vez se lo ponía más grande, según estuviera yo de gorda... ¡Te digo que está como una cabra!

–Pero este niño es hijo suyo, Eva. No tenías derecho a hacerme creer que yo era el padre. Te comprometiste con ellos...

–¿Sabes una cosa? Tú eras lo único normal en mi vida mientras estaba embarazada –lo interrumpió Eva–. Brad y su mujer estaban todo el tiempo dándome la charla, que si comía, que si dormía, que dónde iba, con quién salía... Me convertí en una posesión de los Torrance. Y cuando estaba embarazada de ocho meses querían que me fuera a vivir a su casa, que me convirtiera en su prisionera. No, de eso nada. Me habría ahogado. Yo sólo estaba haciendo un trabajo por el que me habían pagado...

–¿Por qué no has cobrado el cheque que te dio Heath? –preguntó Cassie.

–Le pedí el cheque porque quería que creyera mi historia. Pero no pensaba cobrarlo –contestó Eva–. No sabía qué hacer. Quería al niño y... –la chica empezó a llorar–. Lo había llevado dentro de mí durante nueve meses y sentía que era mío, pero sabía que no podía ser...

–Tranquila, mujer –intentó calmarla Heath.

–No sé por qué te dije que el niño era tuyo, quizá porque ellos me trataban como si fuera un experimento, un tubo de ensayo. Tú me tratabas como a una persona, como si fuera alguien especial.

–¿No pensabas decirles nada a los Torrance? ¿Pensabas desaparecer así como así? –preguntó Cassie.

–Los he llamado por teléfono. Seguramente ahora mismo estarán en tu casa.

–Podrías meterte en un buen lío por esto, ¿lo sabes?

–Mira, sé que he hecho mal, pero los Torrance están completamente locos y me volvieron loca a mí. No podían tener hijos y, según ellos, sería tan fácil... bla, bla, bla. Pero luego no me dejaban en paz.

Heath se levantó, suspirando.

–Cassie, déjame tu móvil, por favor.

–¿Qué vas a hacer?

–Llamar a Brad Torrance. ¿Sabes el número de su móvil, Eva?

Ella se lo dio, sin mirarlo.

–¿Brad? Soy Heath Raven. Tengo aquí a tu hijo... no te preocupes. Está bien.

–¡Lo tiene Heath, está con él! –exclamó Torrance.

–¿Estás en mi casa?

–Sí, acabamos de llegar.

–No te muevas de ahí, nos vemos en media hora. Pero antes quiero saber si vas a presentar cargos contra Eva Brooks.

–¿Ese niño es hijo mío?

«No, es mi hijo», habría querido contestar Heath. Pero sabía que no era verdad.

–Sí, es tu hijo.

–No vamos a presentar cargos contra Eva.

–¿Seguro?

–Sólo nos interesa el niño.

–Muy bien.

Heath colgó y se quedó mirando a Eva, que estaba restregándose las manos, incómoda.

–Has tenido mucha suerte. No van a hacer nada contra ti.

–¿Estás enfadado conmigo?

–¡Claro que estoy enfadado contigo! ¿Sabes lo que me has hecho pasar?

–Yo...

–Déjalo, no quiero seguir hablando.

Salieron del apartamento sin decir nada más. Heath colocó la sillita de Danny en el asiento trasero del coche y después se dejó caer frente al volante, agotado.

–Eres un buen hombre –murmuró Cassie–. Otro no la habría dejado irse así, de rositas.

–Ya tiene suficiente con lo que ha hecho. No es una mala persona, es que... no sé, es demasiado joven, supongo. Además, debería darle las gracias. Me ha dado fuerzas para vivir otra vez, Cassie. Danny ha cambiado mi vida.

«Y gracias a él te he conocido a ti».

Ella asintió. Pero no podía mirar a Danny. No quería, no podía mirarlo.

Ya había roto la conexión con él. Tenía que hacerlo.

Los Torrance estaban esperando en la puerta, con expresión angustiada.

La señora Torrance se llevó una mano al corazón al ver al niño y Brad abrazó a Heath, emocionado.

–Gracias. Muchas gracias por todo.

–Tengo ropa y...

–Nosotros tenemos todo lo necesario –lo interrumpió la señora Torrance.

–Habíamos decorado una habitación para él –murmuró Brad.

–Quiero irme ya –insistió su mujer.

–Anna, por favor... Perdónala, es que lo ha pasado muy mal.

–Ya.

–Bueno... te llamaré después, cuando lleguemos a casa.

–Muy bien.

–¿No podemos despedirnos de Danny? –preguntó Cassie al ver que estaban metiendo la sillita en el coche–. Después de todo lo que hemos pasado...

–Cassie...

Había pensado que no podía mirarlo, que no

volvería a mirarlo, pero tenía que decirle adiós. Al menos, tenía que decirle adiós.

–Danny...

–Tienen que irse, Cassie. Tienen que llevarlo a su casa.

La pareja entró en el coche como si no hubiera pasado nada, como si aquello no tuviera importancia para Heath y para ella.

Pero de repente se abrió la puerta y Anna Torrance salió con Danny en brazos.

–Puedes decirle adiós –murmuró, con lágrimas en los ojos–. Perdona... perdóname, es que estaba tan angustiada...

Cassie se abrazó al niño. «No llores, no llores», se decía.

–Te quiero –murmuró, apretándolo contra su corazón–. Sé bueno con tus papás.

Iba a dárselo a Heath, pero él negó con la cabeza.

–Gracias, Anna.

–Cuidad bien de él –dijo Cassie.

–Yo... no sé cómo te llamas.

–Cassie Miranda –contestó ella, dando un paso atrás. No podía mirar. No podía ver cómo aquel niño precioso desaparecía de su vida.

Cuando se quedaron solos, Heath dejó escapar un suspiro. Y cuando Cassie lo miró a los ojos algo se le rompió por dentro. Un sonido inhumano escapó de su garganta, un sonido desesperado, roto. Luego, las lágrimas empezaron a rodar por su rostro...

Heath la abrazó, la apretó muy fuerte, tanto que casi no podía respirar. Daba igual. No quería respirar.

Ella no conocía a aquella persona, a aquella Cassie, pero sabía que no estaba llorando sólo por Danny, sino por su madre, por su abuelo, por su infancia rota. Y le daba las gracias de corazón a Heath por estar a su lado en aquel momento.

Él no decía nada, pero su cuerpo era como de acero, un sitio en el que apoyarse, en el que buscar consuelo.

—Necesito un pañuelo —dijo Cassie mucho después.

—Usa mi camisa.

Ella sonrió. ¿Habría llorado Heath? No, su rostro mostraba un terrible dolor, pero Heath Raven no encontraba consuelo en las lágrimas.

Él la besó entonces, un beso largo, tierno. Luego la apretó contra su corazón, mirando el horizonte. Parecía hecho a propósito. El sol se ponía cuando se cerraba aquel capítulo de sus vidas.

No debería ser tan bonito, pensó Cassie. Pero había unas nubes oscuras en el horizonte, tragándose el color naranja, el majestuoso púrpura...

¿Ahora qué?, se preguntó. ¿Qué iba a pasar?

Acababa de despedirse de un niño al que había entregado su corazón. ¿Podía despedirse también de Heath Raven?

—Vamos dentro —dijo él.

Cassie supo entonces que iba a encontrar respuesta a sus preguntas.

Capítulo Quince

La puerta del cuarto de Danny estaba abierta. Fue lo primero que vio Heath al entrar en la casa. Eso y el chupete en medio de la mesa. Un chupete que no tenía sentido, que ya no valía para nada.

No se movió. Ninguno de los dos lo hizo. Era como si no supieran dónde ir.

–Heath...

–¿Quieres que subamos a la habitación? –preguntó él.

–Yo... sí.

–Tengo que dormir. Sólo dormir.

Se metieron en la cama, en silencio, como dos extraños. Pero una vez allí, Heath tuvo que buscarla.

–Cassie...

Era absurdo, pero deseaba hacer el amor con ella como no lo había deseado nunca, con una desesperación que lo asfixiaba. Y ella no protestó, todo lo contrario.

Lo hicieron deprisa, sin hablar, emitiendo gemidos y sonidos guturales, jadeando. Cassie enredó las piernas en su cintura, clavando las uñas en su espalda, empujándolo. Llegaron al éxtasis a la vez, salvajemente, como si así consiguieran alejar el dolor, olvidarse de él.

Y después...

Cassie le pasó una mano por el pelo, con los ojos llenos de lágrimas. Era tan hermoso que la dejaba sin aliento.

Y le dolía tanto que aquella fuera su última noche con él.

Cenaron sándwiches de pavo en el porche mientras miraban cómo la luna se escondía detrás de las nubes. El aire olía a lluvia, algo raro en septiembre en San Francisco. Luego, cuando volvieron a la cama, empezó a llover. Una lluvia violenta, una tormenta que lo lavaba todo.

Ninguno de los dos dijo nada. Dejaron las persianas subidas y observaron la lluvia golpeando los cristales mientras se acariciaban, en silencio.

Ninguno de los dos mencionó a Danny o el futuro. Parecía lo mejor por el momento. La luz del día los devolvería a la realidad.

–¿Cansada? –preguntó Heath.

–Mucho.

–Duérmete.

–Puedes apagar la luz, si quieres.

–¿Estás segura?

–Quiero intentarlo.

Heath apagó la lámpara y la abrazó. Sin luna, la habitación estaba completamente a oscuras.

Él la besó en la frente.

–Mi ángel de la guarda me ha encontrado en la oscuridad –murmuró Cassie–. Gracias.

Heath estuvo despierto hasta que ella se quedó dormida. Y luego cerró los ojos, intentado olvidar.

Capítulo Dieciséis

Cassie dejó la maleta en el pasillo, delante de la puerta, donde Heath podría verla cuando bajara de la habitación. La había hecho mientras él dormía.

Y esperó. Y esperó.

Supo cuándo Heath se había despertado. No le oía moverse en el piso de arriba, pero lo supo. Después, lo intuyó al final de la escalera, mirando la maleta.

Cassie se levantó, nerviosa. Heath se había puesto unos vaqueros, nada más.

—¿Te vas?

Ella asintió con la cabeza.

«Porque te quiero. Porque ya estás listo para volver al mundo y tu vida va a cambiar. Y porque yo te recordaría a Danny, una pérdida más».

Sabía que Heath tenía que vivir. Había estado encerrado en aquella casa tanto tiempo... Además, no le había contado nada de Kyle. Por eso sabía que no estaba preparado para tener una relación con ella.

Había sido una ilusión, la ilusión de formar

una familia. Y tenía miedo porque las ilusiones se destrozaban con tanta facilidad.

–¿Por qué te vas?

–Porque mi trabajo ya está hecho.

–Ya veo. De modo que sólo estabas aquí por Danny.

–No quiero hacerte daño...

–Ya, claro.

–Es verdad. Puede que no lo entiendas ahora, pero espero que lo hagas algún día. Adiós, Heath.

Él no dijo nada.

Cassie tomó la maleta y abrió la puerta. No quería mirar atrás, pero tuvo que hacerlo.

Y fue mucho peor de lo que había esperado. Pensó que podrían hablar, que podrían despedirse, pero... era imposible. Tenía tantas razones para darle las gracias, pero no iba a poder hacerlo.

«Vive otra vez», le habría gustado decirle. «Ama otra vez». «Yo te querré siempre».

Cassie cerró la puerta y entró en su coche. El sol bañaba la casa que ahora parecía llena de vida. De esperanza. De futuro.

Todo lo que faltaba el día que llegó.

Tendría que conformarse con eso.

Heath estaba en el salón, mirando al vacío. Cassie se había ido. Se había ido para siempre.

Se había equivocado con ella.

No, eso no era verdad. Había sabido desde el principio que estaba allí por Danny, pero... había pensado, había confiado...

Absurdo, se dijo. No tenía derecho a soñar con una nueva vida.

Intentó trabajar, pero no podía concentrarse en nada. Levantó la mirada, pero delante de él sólo había paredes y persianas bajadas.

Iba a levantarlas, pero no... no estaba preparado para eso. Quizá no lo estaría nunca.

Entonces volvió a concentrarse en el ordenador. Tecleó la palabra Kendall, su agencia de seguros, pero sin saber cómo había tecleado Kyle y en la pantalla apareció un archivo.

Una fotografía de su hijo.

La recordaba bien. La había hecho en New Hampshire, antes de que...

No la había visto en tres años.

Kyle. Kyle con los ojos verdes, como los suyos, sonriendo, con el pelo rubio de su madre. Estaba cantando una canción infantil cuando Heath hizo la fotografía y tenía las manitas levantadas...

Heath puso la mano sobre la pantalla del ordenador... aquella sonrisa, la barbilla tan parecida a la suya. Pasó los dedos por sus cejas, por su nariz... y se quedó sin aliento. No le llegaba aire a los pulmones y se abrazó a la pantalla, llorando. Las lágrimas rodaban por su cara como ríos. Horribles, espantosos sollozos salían de su garganta.

–¿Por qué no fui yo? ¿Por qué él? ¿Por qué tuvo que morir mi hijo y no yo?

Se rindió al sentimiento de culpa, al desprecio por sí mismo, por la arrogancia que había sido su perdición.

Se levantó y empezó a tirar libros, a tirar todo lo que encontraba a su paso contra la pared hasta que, por fin, cayó de rodillas y lloró por su hijo muerto, por la luz de su vida, la luz que se había apagado tres años antes.

Pasaron horas hasta que pudo levantarse y tomar el teléfono para marcar el número de sus padres en New Hampshire.

–¿Sí?

–Papá, soy yo...

–¿Hijo, qué te pasa?

–Vuelvo a casa, papá.

Capítulo Diecisiete

Cassie estaba mirando por la ventana de la sala de juntas de ARC. La bahía de San Francisco estaba llena de barcos y de surfistas, como siempre.

Quinn había pedido una reunión esa mañana nada más volver de un viaje por todo el mundo en el que había estado protegiendo a un ejecutivo que, por lo visto, tenía enemigos en todas partes.

Ojalá ella pudiera marcharse, pensaba. Irse lejos de allí para olvidar. Para dejar de pensar.

–Hemos recibido un cheque de Heath Raven –estaba diciendo su jefe–. Pero aún no le habíamos enviado la factura, así que adjunta una nota diciendo que le llamemos para decir si debe algo más o debemos devolverle una parte.

Cassie sintió que Quinn estaba mirándola. Y Jamey también.

–No le he enviado la factura.

–¿Piensas hacerlo?

–No. Devuélvele el cheque... yo pondré el dinero de mi bolsillo.

–¿Te has saltado la regla número uno, Cassie?

149

«No mantener relaciones personales con los clientes».

–Me temo que sí.

–¿Por el niño?

–Al principio, sí.

–Si me enfado será como lo de «le dijo la sartén al cazo», ¿no?

–Tu mujer no era una cliente –le recordó Jamey.

–Pero casi. Muy bien, Cass, no pasa nada.

–Gracias.

–¿Cuándo viste a Raven por última vez?

–Hace diez días. Nos hemos despedido.

–¿No piensas volver a verlo?

Ella negó con la cabeza. Heath ni siguiera había intentado convencerla para que se quedara. Ni siquiera le había dicho adiós.

–¿Por qué lo preguntas?

–Porque ha llamado hace un rato preguntando por ti...

–¿Qué?

–Dijo que habíais dejado cosas sin resolver...

–¿Por qué no me lo has dicho antes? –lo interrumpió Cassie, histérica.

En ese momento sonó el móvil de Quinn.

–Debe ser él. Le he dicho que llamara cuando llegase y le abriríamos la puerta...

Cassie salió de la sala de juntas y entró corriendo en su despacho.

Tenía que calmarse, se dijo. ¿De qué querría hablar? Era demasiado pronto para que volvieran a verse. Debería esperar un año para volver a vivir como una persona normal...

—No tienes que verlo —dijo Jamey.

—Tengo que hacerlo. Soy débil.

—Ya, seguro. Eres la mujer más fuerte que conozco... que tiene debilidad por un hombre. Deja que hable, Cass. Puede que te sorprenda.

—¿Para bien o para mal?

Jamey apretó su brazo y la dejó sola en el despacho, esperando.

Unos minutos después, Heath llamaba a la puerta.

—Entra —murmuró ella, con el corazón en un puño.

—Hola, Cassie.

—Hola.

—¿Qué tal estás?

—Bien, gracias ¿Y tú?

—He estado en el infierno, pero creo que ya se ha terminado. ¿Puedo sentarme?

—Claro.

No tenía mal aspecto. De hecho, estaba muy guapo. Y se había cortado el pelo.

—He ido a ver a mis padres.

—¿A New Hampshire?

—Sí.

—¿Por qué?

—Porque necesitaba enfrentarme por fin con la muerte de Kyle.

—¿Y estar con tus padres te ha ayudado?

—Sí.

–¿Por qué?

Heath dejó escapar un suspiro.

–Hace cuatro años diseñé un colegio para la comuna en la que viven mis padres. Un colegio privado, moderno y cómodo con calefacción y aire acondicionado, laboratorios, de todo. Hice el proyecto sin cobrar nada, pero quería hacer algo más, así que compré un autobús para que lo niños no tuvieran que ir andando en invierno. Ya sabes que en New Hampshire nieva mucho.

Cassie tragó saliva.

Un autobús. Kyle había muerto en un accidente de autobús.

–¿Cómo iban antes al colegio?

–La mayoría, andando. A otros los llevaban sus padres en coche. Y esos padres no querían saber nada del autobús. Según ellos, a los niños les iba bien ir caminando al colegio. Y cuando nevaba mucho, se quedaban en casa. Pero yo insistí en el autobús... mi ego de arquitecto famoso que vuelve a la comuna y quiere impresionar a todo el mundo... Insistí e insistí hasta que, por fin, aceptaron el regalo. Por arrogancia. Una arrogancia intolerable.

Cassie apretó su mano. No sabía qué otra cosa podía hacer.

–Mary Ann, Kyle y yo fuimos a la inauguración del colegio. A mi mujer no le hacía gracia lo del autobús. Decía que era una estupidez gastarse ese dinero si ellos no lo querían. De modo que ella fue en coche y Kyle y yo fuimos en el autobús para empezar la ruta... ya sabes, para ir recogiendo a todos los niños en el camino. Yo me sentía orgulloso y quería que mi hijo se sintiera orgulloso de mí. Y mira lo que conseguí... el autobús patinó y rodó por una pendiente... Todos los niños sobrevivieron; todos menos Kyle.

–Heath...

–Yo no pude salvarlo, no pude hacer nada. Me llamó y no pude salvarlo –repitió Heath, sin mirarla–. Habrás visto que nunca subo las persianas de mi estudio. Es parte de mi castigo. Construí esa casa para él y para Mary Ann. Me encantaba el paisaje que se veía desde mi estudio y después del accidente decidí que mi castigo sería vivir en aquella casa... y no disfrutar del paisaje. Esta mañana, por primera vez, he levantado las persianas.

Cassie tomó su cara entre las manos.

–Lo siento tanto.

–Gracias –murmuró él, apretando su mano–. Te he traído una cosa.

–¿Qué es?

Heath sacó un sobre y de él, una fotografía. Una fotografía de Heath, Danny y ella.

–Gracias, muchas gracias.

–No sabía si la querrías...

–Sí, claro que la quiero. Era tan rico...

–Yo estoy en contacto con Brad. Les va bien. Le han cambiado el nombre al niño, claro. ¿Quieres saber cómo se llama?

—No.

—Muy bien, lo entiendo. Estás muy guapa, por cierto.

—Gracias.

—¿Duermes bien?

—Sí.

—No me mientas, Cassie.

—No, no duermo bien —suspiró ella.

—¿Dejas la luz encendida?

—Sí.

«Porque no hay ningún ángel de la guarda que me bese cuando la apago».

Él la miró, en silencio, antes de sacar otro papel del sobre.

—¿Qué es esto?

—El plano de mi casa, con una ampliación.

—No entiendo...

¿Quería vender su casa? ¿Le recordaría demasiado a Kyle?

—Podríamos llamarla «La casa de Kyle».

—¿Qué?

—Sería un refugio, un sitio lleno de niños ruidosos.

—No entiendo...

Heath se inclinó hacia delante.

—Ahora sé por que me dejaste tan de repente.

—¿Ah, sí?

—Porque me quieres. Me quieres, ¿verdad? Cassie trago saliva.

—Claro que sí.

—Y pensaste que cuando me encontrase a mí mismo no querría saber nada de ti.

—Quería que vivieras, Heath. Que vivieras todo lo que no has vivido durante estos años.

—¿Tú crees que soy un hombre que no sabe lo que quiere?

—Todo lo contrario.

—Entonces, si te digo algo, ¿me creerás?

—Sí... por supuesto.

—Te quiero, Cassie. Quiero casarme contigo, quiero tener hijos contigo... y que nos hagamos cargo de todos los niños que aparezcan en nuestra puerta. Me he encontrado a mí mismo contigo.

—Y con Danny.

—Con Danny, sí. Pero he podido encontrar un sitio para él en mi corazón. Ya no me duele. Le ayudé durante las primeras semanas de su vida y eso es un regalo, ¿no? ¿Quién sabe qué habría hecho Eva de no haber estado yo allí?

Cassie sonrió, con el corazón lleno de esperanza.

—Te quiero, Heath. Te quiero tanto... tampoco yo estaba completa sin ti.

—Pero te has sacrificado por mí.

—Sí, bueno, es que soy toda una mujer —bromeó ella.

Heath tiró de su brazo para besarla. Cuando el beso terminó, la apretó contra su corazón.

—Voy a visitar todos los edificios que he diseñado, pero que no he visto nunca en persona. Y me gustaría que vinieras conmigo. Así tendríamos tiempo para decidir qué vamos a hacer con el resto de nuestras vidas.

–Muy bien, de acuerdo.

Lo había dicho como si no fuera la frase más importante de su vida, pero él podía verlo en sus ojos.

–Me has devuelto la vida, Cassie. Ahora, yo quiero devolverte la tuya. Para siempre.

Ella le echó los brazos al cuello.

–¿Viviremos felices para siempre, Heath?

–¿Quieres que te lo cuente?

–Sí, por favor.

–Érase una vez una princesa, una mezcla entre Rapunzel y Superwoman...

DESEO

SUSAN CROSBY

DOS EXTRAÑOS Y EL AMOR

Capítulo Uno

Caryn Brenley esperó a que cayera la noche para apostarse frente a aquella casa de las afueras de San Francisco. Aunque fuera una novata en aquellos asuntos, había algo que tenía muy claro: la mayor probabilidad para ver llegar a alguien a su casa era después de las cinco de la tarde. Además, la oscuridad hacía más fácil poder observar desde el coche sin ser vista y, a aquellas alturas del mes de octubre, con el horario de invierno, anochecía pronto.

No tuvo que esperar demasiado para que una furgoneta de color gris se detuviera ante la casa que estaba vigilando. La puerta del garaje se abrió y la furgoneta desapareció en su interior. Caryn se inclinó sobre el volante. ¿Saldría el conductor del garaje o tendría acceso directo al interior de la casa?

Su pregunta enseguida obtuvo respuesta al ver a dos niños, un chico de unos ocho años y una chica de unos cinco, seguidos de una mujer alta y delgada vestida con un elegante traje de chaqueta negro.

Estaba casado y tenía hijos. Eso lo cambiaba todo.

Antes de que la mujer y los niños entraran en la casa, un Mercedes llegó. Los pequeños comenzaron a dar saltos y a saludar con la mano, y la mujer sonrió. De nuevo, la puerta del garaje se abrió.

Una moto se detuvo detrás del coche de Caryn. Por el retrovisor vio a un hombre bajarse y dirigirse a la casa más próxima. Antes de subir las escaleras, el hombre se detuvo a recoger el correo del buzón.

3

Continuó observando cómo la familia se saludaba y se fijó detenidamente en el padre, que iba vestido con un traje. Tenía el pelo oscuro y no era tan alto como había imaginado. Desde donde estaba no tenía manera de comprobar el color de sus ojos y el abrigo que llevaba tampoco le permitía distinguir la forma de su cuerpo.

Y ahora, ¿qué? Había ido hasta allí para satisfacer su curiosidad y ver a aquel hombre por sí misma. Pero a menos que saliera del coche y le preguntara su nombre, no podía estar segura de que aquel hombre fuera James Paladin, el padre biológico de su hijo.

Quizá debería olvidarse…

No, por muy tentador que fuera, no podía hacerlo. Paul había hecho una promesa diecinueve años atrás y ya no podría cumplirla. Pero ella confiaba en hacerlo por él. Por eso estaba allí, apostada como si fuera un detective.

Tenía que haber otra manera de confirmar que se trataba de James Paladin. Cuando estuviera segura de que así era, se lo contaría a Kevin. La elección tenía que ser suya, algo difícil para un muchacho de dieciocho años, especialmente después de lo que había sufrido durante el último año.

Tamborileó con sus dedos sobre el volante mientras consideraba las posibilidades que tenía y decidió irse a casa y pensar una solución. Quizá pudiera regresar por la mañana, seguirlo hasta su trabajo y ver si encontraba la manera de confirmar su identidad allí. Eso supondría perder el sueldo y las propinas de un día y no podía permitírselo.

Resignada, Caryn encendió el motor, metió la marcha atrás y quitó el freno de mano antes de ver al motorista regresar. Él la miró y ella escondió el rostro tras un mapa que tenía en el asiento del copiloto. No

4

quería que la viera por si tenía que volver a vigilar a James Paladin.

Oyó que arrancaba la moto, pero continuó ocultándose tras el mapa a la espera de que él se fuera. De pronto, unos golpes en la ventanilla la sobresaltaron.

El mapa salió volando y se le fue el pie del freno haciendo que el coche se fuera marcha atrás.

–¿Qué demonios…? ¡Pare! –exclamó el hombre–. Pise el…

Ella apretó el pedal del freno y de pronto se hizo un tenso silencio.

A través de su ventanilla cerrada podía oírlo maldecir. Al oír sus palabras, su corazón dio un vuelco.

¿Qué había hecho? Nunca había tenido un accidente, nunca le habían puesto una multa. Y para una vez que necesitaba pasar desapercibida…

Tomó aire y miró por la ventanilla. Ya no podía hacer nada por evitar lo que había pasado. El hombre se quitó el casco y se pasó la mano por su pelo oscuro. Sus ojos verdes la miraban y su mandíbula estaba sombreada por una barba de varios días.

Bajó la ventanilla y trató de sonreír.

Por el comportamiento de aquel conductor, imaginó que se trataría de un adolescente. Sin embargo, la persona que acababa de abollar su moto Harley-Davidson de apenas dos meses y recién salida del taller por otro accidente, resultó ser una mujer de aproximadamente su misma edad, cuarenta y dos años. Enseguida se fijó en su físico, como solía hacer nada más conocer a alguien. Tenía el pelo castaño rojizo, liso y cortado a capas a la altura de la barbilla. Era delgada y de estructura pequeña. Aunque no podía determinar su estatura, parecía algo más alta que la media. Sus ojos azules transmitían indecisión.

Él apoyó los puños cerrados en el marco de la ventanilla del coche, tratando de contenerse para no gritarle. No era su estilo atemorizar a nadie, pero lo cierto es que había tenido que esperar casi un año para tener aquella moto. Y aquélla era la segunda vez en un mes que le daban un golpe.

Finalmente, desvió la mirada y comprobó los daños. El parachoques se había incrustado contra la rueda de su moto, exactamente igual que había ocurrido la vez anterior.

Sacó un cuaderno y un lápiz de su mochila y tomó nota de la matrícula de la mujer. Después se quedó absorto mirando el asfalto, tratando de calmarse antes de hablar con ella.

—Lo siento —dijo ella, acercándose.

Sus ojos se encontraron con los de la mujer; de cerca, eran de color turquesa y no azul, como en un primer momento le había parecido, y llevaba los labios pintados de rojo. Odiaba los labios pintados de rojo.

—Me asustó al golpear la ventanilla. Mi pie resbaló…

—Tan sólo pretendía llamar su atención.

Eso le pasaba por hacer de buen samaritano. La había visto con el mapa y había pensado que estaba perdida.

—Por cierto —añadió él—. La parte trasera se le ha abollado.

—¿Mucho?

—Véalo usted misma.

Ella ni se movió. ¿Tendría miedo de salir del coche? ¿Acaso la intimidaba?

—Tenemos que rellenar los datos para el seguro —continuó él.

Al cabo de unos segundos, la mujer se mostró más confiada, aunque todavía parecía nerviosa. ¿Qué estaba ocurriendo?

–¿Por qué no lo arreglamos entre nosotros en lugar de dar parte a las compañías de seguros? Le pagaré la reparación.

¡Así que eso era! Debía de tener miedo a que su compañía de seguros le cancelara la póliza o incluso que le retiraran el permiso de conducir. ¿Debería mostrarse conforme?

Mientras pensaba la respuesta, echó un vistazo al interior del coche. Estaba impecable. No había ningún papel ni ninguna botella de agua vacía por el suelo. Llevaba una blusa blanca y una falda negra hasta la rodilla, como si fuera el uniforme de una camarera. No parecía la típica despistada capaz de provocar un accidente. ¿Cuál sería el motivo de su preocupación? ¿Un marido que no admitiría que hubiera tenido un accidente?

Se fijó en su mano izquierda y comprobó que no llevaba ningún anillo. La mujer se dio cuenta y acarició su dedo.

Le había hecho esperar demasiado tiempo, pero ella continuaba mirándolo impasible y eso le gustaba.

–Si quiere pagarlo en metálico, por mí no hay problema –dijo él, cruzándose de brazos.

Ella se encogió de hombros y respiró aliviada.

–¿Cuánto cree que me costará?

–Anóteme su nombre, dirección y teléfono y le enviaré la factura –respondió él, entregándole una hoja de su cuaderno. Sabía por la expresión de la mujer que no escribiría nada.

–¿No puede conseguir un presupuesto por teléfono?

–Lo dudo.

No sabía por qué se lo estaba poniendo difícil. Conocía perfectamente la respuesta, ya que el daño había sido el mismo que la vez anterior, pero estaba reacio a dejarla marchar. Quizá fuera por la manera en que se comportaba, a pesar de que parecía tenerle miedo.

–¿Puede al menos intentarlo?

Le divertía el nerviosismo que observaba en aquella mujer. Era evidente que no se había dado cuenta de que, aunque no le diera su nombre, él podría averiguar sus datos a través de la matrícula del coche.

Se bajó la cremallera de la chaqueta, sacó su teléfono móvil y marcó un número.

–¿Bronco? Soy Paladin –dijo él por el teléfono, y después de hacer una pausa, continuó–: Podría estar mejor. He tenido un accidente –añadió, y separó el auricular mientras Broco gritaba algo al otro lado de la línea.

Por la expresión del rostro de la mujer, James se imaginó que ella también lo había escuchado.

–¿Que una mujer te ha dado un golpe? –preguntó Bronco.

–Así es –respondió. Se alegraba de que aquella mujer no pudiera oír sus comentarios machistas.

–¿Cuáles han sido los daños?

–Los mismos que la vez anterior.

–¿Puedes seguir conduciendo la moto?

–No hasta que esté arreglada.

–Iré en un rato a echarle un vistazo.

James se giró dando la espalda a la mujer.

–¿Puedes prestarme una?

–¿Tienes trabajo?

–Sí.

–Puedo apañar algo. No será una Eagle, pero será potente.

–Me servirá, gracias –y después de despedirse,

apagó el teléfono y se lo guardó en el bolsillo, antes de girarse y decirle un importe a la mujer–. Eso si no hay daños estructurales –añadió.

Ella tragó saliva.

–¿No sería además su medio de transporte para trabajar, no?

–Pues sí, así es.

Ella miró su casa como si estuviera calculando sus ingresos. Parecía más calmada.

–¿No tiene coche?

–Eso no importa.

Una pequeña llama asomó a sus ojos.

–Mire, no estoy negando mi responsabilidad y siento mucho las molestias que le he causado. Iré al banco ahora mismo y le pagaré y dentro de unos días volveré por si hubiera habido algún gasto extra. ¿Le parece bien?

–No.

Ella se quedó mirándolo con frialdad.

–Me dijo que no le importaba que le pagara en metálico.

–Cierto, pero voy a acompañarla hasta el banco –dijo.

No estaba dispuesto a perderla de vista todavía. Aunque hubiera apuntado la matrícula del coche y supiera que no le sería difícil dar con ella, todo en aquella mujer le intrigaba.

–No suelo llevar a extraños en mi coche, pero puede seguirme.

Él contuvo la risa. Estaba muy guapa.

–¿Acaso pretende escabullirse?

Ella se puso tensa.

–Le doy mi palabra de que no será así.

Ya se lo había imaginado y era precisamente por eso por lo que le parecía desconcertante que no le diera su nombre ni su teléfono, por no hablar de los datos de su seguro. Era una mujer contradictoria y las contradicciones le gustaban.

—Sacaré mi coche del garaje y la seguiré —dijo él—. No se marche sin mí.

—Será mejor que se dé prisa. El banco cierra en veinte minutos.

James eligió el BMW en lugar del utilitario con el que solía moverse, así él también se mostraría contradictorio.

«Así que piensas que formo parte de un grupo de moteros, ¿verdad? ¿Te da miedo darme tu número de teléfono? Bueno, pues así conocerás mi otro lado. ¿Qué hubieras hecho si hubieras golpeado mi BMW y yo hubiera llevado traje y corbata?», pensó.

Sabiendo la respuesta, o al menos imaginando cuál sería, la siguió, disfrutando de que se pusiera nerviosa a su lado. Quizá necesitara un poco de misterio en su vida antes de buscar al hijo que nunca había conocido.

A duras penas, Caryn había conseguido mantener la calma. ¿Habría escrito mal su dirección? No se imaginaba cometiendo ese error, pero ¿cómo si no había estado vigilando la casa que no era? James Paladin había resultado ser desconcertante, pensó mientras entraba en el aparcamiento del banco. Era contradictorio, lo que suponía un gran problema. Obviamente, le gustaba asumir riesgos, estar al mando y dar órdenes, al igual que a su difunto marido, Paul. Él también montaba en moto y precisamente había muerto en un accidente un año antes.

Comenzaba a entender por qué Paul había elegido a James como donante de esperma para la inseminación artificial a la que Caryn se había sometido diecinueve años atrás. Había conocido su identidad la semana anterior y ahora la vida de ambos estaba a punto de cambiar. Y la de Kevin, también.

Aparcó el coche y vio que él aparcaba el suyo cerca. Deseaba poder decirle quién era y la conexión que había entre ambos, pero no podía. Si Kevin decidía que no quería conocer al hombre responsable de su existencia, era su elección, conforme al acuerdo escrito que Paul y James hicieron años atrás. Caryn se había enterado la semana pasada mientras revisaba unos documentos que Paul había guardado en una caja. Entonces, había descubierto una carta que James le había mandado con su actual dirección y teléfono.

Aquella carta había sido enviada una semana antes de la muerte de Paul a un apartado de correos que Caryn desconocía. ¿Qué otros secretos no habría descubierto todavía?

No quería interferir en la posible relación entre James y su hijo. Eso era algo que tenía que decidir Kevin.

No sabía si quería que aquel hombre entrara a formar parte de su vida o no. Se había preparado para que el padre biológico de Kevin formara parte de la vida del muchacho, pero eso había sido antes de conocer al hombre en cuestión, cuando era tan sólo un nombre y unos apellidos y no una persona de carne y hueso. Aquel hombre había hecho despertar las hormonas que tanto tiempo llevaban dormidas.

Él se acercó hasta ella.

—No tiene por qué entrar conmigo –dijo ella.

—No tengo ninguna otra cosa mejor que hacer.

Sus ojos se encontraron. De cerca, era más atractivo. Sus ojos eran de un verde más claro de lo que en un principio le había parecido y tenía un pelo espeso y brillante. Lo único que no le gustaba era la barba.

—Pero no se preocupe, no iré hasta el cajero con usted –añadió él.

Parecía estar disfrutando, pensó ella. No es que estuviera sonriendo, pero adivinaba un brillo burlón en sus ojos. Ella sonrió sin poder evitarlo. ¡Qué ironía! El primer hombre por el que se sentía atraída desde que Paul muriera resultaba ser quien era.

–¿Qué es tan divertido? –preguntó él al entrar en el banco justo cuando estaban a punto de cerrar.

Caryn se encogió de hombros dispuesta a dejarle con la intriga. James se mantuvo a distancia mientras ella sacaba un buen pellizco de sus ahorros y le pedía al cajero que guardara el dinero en un sobre que entregó a James.

–Necesitaré un recibo –dijo Caryn ante la puerta de su coche.

Él sacó su cuaderno del bolsillo, escribió algo, lo firmó y cortó la hoja, entregándosela.

–¿Por qué no me lleva al taller mañana para recoger la moto de sustitución?

–¿No tiene amigos?

–Claro que tengo amigos.

Ella se quedó mirándolo detenidamente. Otra vez la expresión burlona.

–Tome un taxi y ya se lo pagaré también –dijo ella, sintiendo que el rostro le ardía y tratando de disimular–. Tengo la impresión de que no ha sido el primer accidente que ha tenido con su moto.

Él asintió con la cabeza.

–Así es. Es el segundo y ambos han sido muy similares.

–Creo que debería aparcar la moto de otra manera.

Él rió y, después de unos segundos, se metió la mano en el bolsillo de su chaqueta y sacó una tarjeta.

–La veré en unos días, mujer misteriosa –dijo, y se fue.

Ella se quedó leyendo la tarjeta. *James Paladin, Investigador, ARC Seguridad.*

Quizá después de todo, no fuera tan parecido a Paul.

Una hora más tarde, Caryn estaba nerviosa esperando que su hijo hablara.

–No quiero conocerlo –murmuró Kevin por fin. Se levantó de la mesa de la cocina y se acercó a la ventana que daba al pequeño jardín.

Caryn se quedó sentada, dejándole tiempo para que asimilara la existencia de James Paladin. Ella había tenido una semana de ventaja, pero eso no quería decir que estuviera tranquila ni que lo hubiera aceptado.

Le había explicado todo lo que sabía, que Paul había elegido a James como donante de esperma y que habían llegado a un acuerdo por el que el hijo concebido tendría derecho a conocer a James al cumplir los dieciocho años. Le había contado cómo se había enterado del acuerdo entre los papeles de Paul y cómo había encontrado la carta con la última dirección de James. No había ninguna nota que dijera que seguía queriendo conocer a Kevin.

–No tengo por qué verlo –añadió Kevin con los brazos cruzados–. Eso es lo que dice el acuerdo.

–Así es. Nada te obliga a hacerlo.

Él se pasó las manos por el pelo, al igual que James había hecho un rato antes. Aquel gesto llamó su atención. Quizá Kevin lo había hecho siempre, pero ahora parecía tener mayor importancia.

–Preferiría que no me lo hubieras dicho –dijo el muchacho.

–Preferiría no haberlo tenido que hacer.

Él se quedó pensativo unos segundos.

–Nunca hagas promesas que no puedas cumplir y siempre cumple tus promesas –dijo, repitiendo las palabras que su madre tantas veces le había dicho.

Era su filosofía y también había sido la de Paul. Ella había cumplido con su obligación. Se puso de pie y se estiró la falda. Sus dedos rozaron la tarjeta que estaba en el bolsillo.

–Por cierto, es investigador privado –añadió, dándole la última información, convencida de que eso le interesaría.

Kevin levantó la cabeza.

–¿Ah, sí?

–Si decides conocerlo, ¿me lo dirás? –preguntó.

Deseaba abrazarlo como cuando tenía cinco años. Había sido muy duro para él asumir la muerte de Paul.

–Imagino que sí.

–¿Quieres quedarte a cenar?

–No, Jeremy vendrá a estudiar y traerá pizza.

–Está bien.

Caryn había comprado aquel viejo dúplex cerca de la universidad de Kevin y cada uno tenía una planta con dos dormitorios.

–¿Qué tal el trabajo? –preguntó el muchacho.

–Hoy he tenido buenas propinas.

–¿Ha ido Venus?

–Sí –respondió, sacando un vaso del armario.

La atracción que Kevin sentía por la joven camarera que trabajaba con ella le preocupaba. Se estaba convirtiendo en una obsesión más.

–¿Te ha preguntado por mí?

–No –respondió Caryn.

Él se marchaba ya, pero se detuvo junto a la puerta.

–¿Qué aspecto tiene? ¿Me parezco a él?

Ella asintió. El parecido era evidente. Tenían los

mismos rasgos a excepción del color de los ojos. Sus manos también eran iguales, con los dedos largos y las palmas anchas. Su estatura era similar, aunque Kevin todavía estaba creciendo.

–¿Por qué eligió papá a ese hombre?

–No lo sé. Imagino que se conocían, pero no sé qué relación tenían.

–Bueno, hasta luego –dijo el muchacho despidiéndose.

Después de que la puerta se cerrara, trató de buscar algo que hacer. Abrió la puerta de la nevera y se quedó mirando su interior. Había perdido peso desde la muerte de Paul. Debería prepararse la cena, pero dudaba que pudiera comer más que un bocado.

Caminó sobre el suelo combado de madera hasta la consola de un teléfono móvil que se estaba recargando, lo tomó y al momento lo volvió a dejar en su sitio. ¿A quién iba a llamar? A nadie hasta que Kevin tomara la decisión de conocer a James. Hasta entonces no se lo contaría a su madre, ni a su hermano ni siquiera a su mejor amiga.

Había puesto muchas esperanzas en su vuelta a casa. Algunas personas pensaban que se aferraba a su hijo, que su decisión de comprar el dúplex respondía a su interés de tenerlo cerca en lugar de dejar que se convirtiera en un adulto independiente. Quizá fuera cierto en parte. Le había costado más trabajo que a ella asumir la muerte de Paul y había decidido especializarse en criminología como su padre.

Le preocupaba que la filosofía de vida de Paul hubiera hecho mella en Kevin. De hecho, el muchacho estaba convencido de que el accidente que había puesto fin a la vida de Paul había sido intencionado, a pesar de que se había investigado y nada había indicado que la sospecha de Kevin pudiera ser cierta.

Últimamente Caryn se había estado preguntando lo mismo.

De momento, la curiosidad que sentía por conocer al hombre cuya generosidad le había permitido tener a Kevin estaba saciada. Era alto, moreno y guapo y su hijo se parecía a él. Su trabajo requería inteligencia, astucia, reacciones rápidas y una predisposición a afrontar riesgos, el aspecto de Paul que más difícil le había resultado asumir a lo largo de los años, tal y como había descubierto después.

¿Habría pensado Kevin en aquel hombre? Paul y ella nunca le habían ocultado que había sido concebido gracias a la inseminación artificial. Claro que Paul nunca le había hablado de James Paladin y el acuerdo. Entendía que no se lo hubiera dicho a Kevin, pero ¿por qué no a ella? Si no hubiera descubierto aquel acuerdo, ¿qué hubiera pasado? ¿Les hubiera buscado James para acusarlos de incumplimiento de contrato?

Si Kevin no contactaba con aquel hombre, ¿vendría él a buscarlo? No sería muy difícil para un investigador privado dar con ellos.

Quizá después de todo tuviera que intervenir aunque sólo fuera para decir que Kevin no quería conocerlo. Pero le daría un tiempo al muchacho para que tomara una decisión y esperaba que James también lo hiciera.

Aquella misma noche, el timbre de James sonó. Sintió el corazón en un puño mientras bajaba la escalera hasta la puerta. A pesar de los veinte años que llevaba trabajando en aquello, le sorprendía la incertidumbre que sentía cada vez que sonaba el teléfono o que llamaban a la puerta. Claro que aquello no tenía nada que ver con su trabajo.

–He traído algo de comida –anunció Cassie Miranda al pasar junto a él, dejando una estela a su paso de ajo y albahaca.

Él disimuló su decepción, o tal vez fuera alivio, de que alguien de dieciocho años, quizá con sus mismos ojos verdes, estuviera allí. Al menos le gustaría saber si se trataba de un chico o de una chica.

–¿Habíamos quedado, Cass?

Ella miró a su alrededor.

–¿Tienes compañía?

–No.

–Heath está en Seattle y me sentía sola.

Él cerró la puerta y la siguió hasta la cocina.

–¿Llevas prometida tres semanas y ya se te ha olvidado lo que es comer sola?

–¿Increíble, verdad?

James sabía por qué Cassie estaba allí y no tenía nada que ver con el hecho de que su prometido estuviera fuera de viaje. Durante el año en que James y Cassie habían estado trabajando como detectives en *Arc Seguridad,* tanto ellos como su jefe, Quinn Gerard, habían forjado una gran amistad. Sólo a ellos les había hablado de su vida y de lo que estaba esperando.

–¿Has sabido algo? –preguntó ella, sacando unos platos.

–Nada.

–Dales tiempo.

–Quizá Paul ha decidido no cumplir nuestro acuerdo.

–Por lo que me has contado de Paul Brenley, no creo que debas preocuparte por que no mantenga su palabra –dijo Cassie, dejando la comida a un lado y apoyando las manos en la encimera–. Pensemos en nuestra mayor preocupación, ¿qué pasa si el chico no quiere conocerte?

–No sería extraño –dijo él, colocando un bote de queso parmesano junto a los platos.

–Eso es a lo que me refiero, Jamey. Si no recibes noticias de los Brenley, tendrás que buscarlos y obtener tú mismo las respuestas, algo que te resultará fácil, a menos que estén en algún programa de protección de testigos –dijo ella, sonriendo antes de continuar sirviendo los ravioli–. De hecho, me extraña que no lo hayas hecho ya.

–Prometí no buscarlos y he cumplido mi promesa. No quiero aprovecharme de mis fuentes a menos que me vea obligado a hacerlo. Vemos demasiadas cosas extrañas en nuestro trabajo, Cass. Quizá mi acuerdo con Paul fue poco más que un apretón de manos, pero quiero creer que él también cumplirá su parte.

Lo mismo había decidido aquella tarde respecto a la mujer que había chocado con su moto. Quería confiar en que cumpliría su palabra y que todavía existían personas en las que se podía confiar.

–Por cierto, ¿qué tal tu cita de anoche?

Se había olvidado de aquella mujer, lo que no era buena señal. Ya no salía con mujeres por diversión. Ahora, decidido a echar raíces, veía en cada mujer una posible esposa y madre de sus hijos.

–Estuvo bien –contestó.

–¿Cuántos años tenía?

Él la dirigió una mirada pícara.

–¿Tan joven? –preguntó ella inocentemente.

–¿Acaso tengo que recordarte que tu novio es once años mayor que tú?

–Sí, once, pero no veinte.

–Tampoco era tan joven.

–Entonces, ¿cuántos años tenía?

–Veinticinco.

–Así que sólo diecisiete años de diferencia, no está

mal. Jamey, Jamey, Jamey. Ahora, en serio, ¿qué es lo que buscas en una mujer tan joven?

«Hijos, un hogar», pensó.

–Fuerza –dijo, sonriendo en lugar de decir lo que estaba pensando.

Durante el resto de la noche, James evitó contarle a Cassie el incidente que había tenido aquella misma tarde con la moto, seguro de que le haría toda clase de preguntas cuando supiera que la mujer era de su edad. Seguramente le preguntaría si era atractiva. Recordó el modo en que se había acariciado el dedo anular, como si llevara una alianza. ¿Divorciada? ¿Viuda? Aunque había advertido cierta vulnerabilidad en ella, no le había parecido una mujer débil.

También le preguntaría si le había parecido inteligente, y sí, así había sido. Le había gustado especialmente el modo en que le había dicho que tomara un taxi y que luego ella se lo pagaría.

Pero la pregunta que Cassie le haría, y a la que no sabría dar respuesta, sería qué era lo que ocultaba. No lo sabía, pero era evidente que había algo cuando había evitado darle su nombre y los datos del seguro.

Aquel encuentro había llegado a su vida precisamente en un momento en el que necesitaba algo de acción.

Después de que Cassie se fuera a eso de las diez, James se sentó frente a su ordenador, pero no pudo concentrarse, así que salió al patio. El tamaño de su casa y la frondosa vegetación tamizaban el sonido de la calle. Los pájaros estaban durmiendo. Un año antes no habría podido imaginarse viviendo en una casa como aquélla, de cuatro habitaciones y espacio suficiente para una familia. Había nacido y se había criado en San Francisco. Durante los veinte años que había pasado como cazarrecompensas y después de

19

su divorcio, había ocupado un pequeño apartamento en la ciudad.

Al morir su padre el año anterior, James había decidido que ya había llegado el momento de tomarse la vida con calma y había encontrado aquella casa que, desde el primer momento, tanto le había gustado. Se había ocupado de arreglar el jardín y había muchas cosas por hacer en aquel patio. Al igual que en su vida. Ya habían quedado atrás los días en que perseguía a fugitivos.

Había decidido aceptar el empleo en ARC porque investigar era lo único que sabía hacer.

Pero también quería un cambio en su vida personal. Quería un hogar, aunque no uno tradicional. No le importaba si la mujer que eligiera como pareja tuviera hijos, aunque quería tener alguno propio, si es que todavía no era demasiado tarde.

Ya tenía un hijo propio, pero no le había visto crecer. Quizá ahora pudieran hacerse amigos. ¿Lo permitiría Paul? Y su esposa Caryn, a la que nunca había conocido, ¿pensaría que se estaba entrometiendo en sus vidas? ¿Habrían conseguido darle un hermano a aquel hijo? Había habido muchas veces en que se había preguntado si sería una buena idea conocer a aquel hijo, dadas las complicaciones que eso podría acarrear a todas las personas implicadas, pero él era un hombre de palabra que siempre cumplía sus promesas.

El no poder controlar la situación le sacaba de quicio. No había nada que pudiera hacer más que esperar.

Capítulo Dos

En un barrio tan familiar como el suyo, James había imaginado que muchos niños fueran a pedirle caramelos, pero no tantos. Una y otra vez abría la puerta, dejaba un puñado de caramelos en la calabaza o en una bolsa de plástico, cerraba la puerta y, apenas daba unos pasos, el timbre volvía a sonar.

Al ver que no podía hacer nada más, se sentó en los escalones de la entrada a dar los caramelos. Ya era de noche a pesar de que era temprano. Los niños iban acompañados de sus padres, que unas veces los animaban a superar su timidez y otras, trataban de controlar su charlatanería y curiosidad. A James le gustaban todos. Era su primer Halloween en un vecindario. Había disfraces comprados y otros hechos en casa. Piratas, princesas... Algunas cosas nunca cambiaban.

Conforme pasaron las horas, la edad de los niños fue aumentando. Iban en grupos y sin supervisión paterna.

Cuando por fin fueron disminuyendo, decidió entrar en la casa. Justo cuando se puso de pie, un joven se acercó y se detuvo al pie de la escalera.

–Sin disfraz no hay caramelos –dijo James.

El chico ni siquiera se había molestado en ponerse un sombrero, ni siquiera una máscara, a menos que considerara la chaqueta de cuero negro y las gafas de sol que llevaba dos horas después de la puesta de sol como un disfraz.

–Soy Kevin –dijo el chico, metiendo las manos en los bolsillos–. Kevin Brenley. ¿Es usted James Paladin?

Sintió un golpe en el estómago, una mezcla de dolor y felicidad. Tenía un hijo, Kevin. ¿Cómo había podido dudar de que quisiera conocer al chico?

–Sí, soy James –dijo cuando por fin pudo hablar. Su única relación era biológica y allí estaba, con aspecto asustado, hostil–. Gracias por venir –añadió, extendiendo la mano.

El muchacho dudó unos segundos, estrechó su mano y rápidamente la volvió a ocultar en el bolsillo.

James trataba de controlar su torbellino interior.

–¿Quieres entrar? –preguntó sin saber muy bien qué hacer.

–¿Podemos sentarnos aquí?

–Claro –respondió James, indicando que se sentara a su lado, y sonrió al ver que Kevin se sentaba lejos de él. ¿Qué podía decirle a un muchacho del que era padre, pero al que nunca había conocido? ¿De qué asuntos banales podrían hablar antes de que alguno dijera algo importante? ¿Tenía derecho a hacer preguntas a aquel joven que ni siquiera se había quitado las gafas de sol?

James estaba sorprendido de que hubiera ido él solo, pero lo prefería. Si Paul hubiera estado allí, se habría sentido muy incómodo.

–¿Cómo está Paul?

–Mi padre murió hace un año.

James desvió la mirada, sintiendo una enorme tristeza. Sintió un nudo en la garganta y cerró los ojos. Hacía casi diecinueve años que no veía a Paul, pero todavía recordaba su rostro y su voz.

–Lo siento, lo siento mucho.

–Gracias –dijo Kevin, quitándose las gafas–. No he venido a buscar un padre sustituto.

Kevin estaba enfadado y James lo entendía. Su padre estaba muerto y James vivo. No era justo. La vida no era justa.

—No quisiera ocupar su lugar. Él te crió.

—He oído que es investigador privado.

—¿Cómo te has enterado? –preguntó James sorprendido.

—Me lo ha dicho mi madre. La semana pasada se enteró del acuerdo entre mi padre y usted y ha hecho algunas averiguaciones.

Era una mujer lista por no permitir que su hijo hiciera frente a aquella situación a ciegas. Pero James no pudo dejar de preguntarse qué habría pasado si no le hubiera parecido aceptable.

—Espero poder conocerla en alguna ocasión.

Kevin esbozó una medio sonrisa.

—Mi madre es bastante imprevisible.

—Está bien –dijo James sin saber qué responder a aquello. ¿Habría querido decir chiflada?–. ¿Sabe que estás aquí?

—No, y no tiene por qué enterarse.

—¿Por qué?

—Porque no le parecería bien.

Aquello no tenía ningún sentido para James.

—Pero dijiste que había hecho averiguaciones, y es evidente que ella te dio mi nombre y mi dirección. Es una manera de mostrar su acuerdo.

—Estaba cumpliendo la promesa de papá, eso es todo.

—Entiendo. Pero has venido, ¿por qué?

—Porque hay algo que puede hacer por mí.

—¿De qué se trata?

—Necesito que me ayude a encontrar al asesino de mi padre.

Impresionado, James estudió al muchacho, percatándose de su furia y dolor.

—¿Asesino?

Kevin asintió.

—Los policías dijeron que había sido un accidente, pero no lo creo.

Un grupo de niños se acercó y James se puso de pie y repartió los caramelos que le quedaban entre ellos.

Después de unos segundos, Kevin también se levantó. El parecido entre ambos era evidente, pensó James. ¿Se habría percatado Kevin? ¿Se sentía incómodo por ello? James y Paul eran parecidos, pero no tanto.

Apagó la luz del porche para evitar que más niños se acercaran y vio que Kevin miraba a su alrededor.

—¿Vive aquí solo? —preguntó Kevin con las manos en los bolsillos.

—Sí —respondió, indicándole el camino al salón.

—¿Tiene hijos?

—No.

—¿Por qué?

—Hasta el año pasado trabajaba como cazarrecompensas y no pasaba mucho tiempo en casa. No me parecía justo tener una familia y no pasar tiempo con ella.

—Mi padre también viajaba mucho.

—¿A qué se dedicaba?

—Era especialista de cine.

James se sentó en una butaca, convencido de que sentado impondría menos. Kevin paseó por la habitación y se detuvo a contemplar algo, antes de seguir.

—¿De Hollywood?

—Sí.

—Su muerte debió de ser noticia.

Kevin tomó un trozo amarillo de cuarzo que estaba sobre la chimenea y lo examinó.

—Así fue.

—Quizá yo estuviera fuera del país cuando ocurrió. ¿Dónde vivíais?

–Al sur de California, cerca de Sylmar. Teníamos un pequeño rancho.

–¿Con caballos?

–Sí. No puedes ser un buen especialista si no sabes montar a caballo –dijo Kevin. Por el tono de su voz, era evidente que le había parecido una pregunta estúpida.

–Lo imagino. ¿Sabes montar?

–Por supuesto.

–¿Tu madre también?

Kevin lo miró con frialdad.

–¿Me ayudará?

Así que se había acabado la charla. Kevin no tenía ningún interés en James más allá de lo que pudiera hacer por él. Al menos, era algo.

–Cuéntame lo que sabes.

Después de un año, era obvio que le costaba hablar del accidente.

–Papá estaba montando en moto por el camino del cañón.

–¿Por qué crees que fue intencionado?

–Mi padre era cuidadoso, muy cuidadoso. Comprobaba cada escena diez veces. Además, se conocía cada centímetro de esa carretera. Es imposible que tuviera un accidente.

–¿Aunque estuviera lloviendo?

–Hubiera sido aún más cauto –afirmó con seguridad.

–Pero la policía no piensa así, ¿no?

–La policía no conocía a mi padre –dijo, cruzándose de brazos–. Mire, si no quiere ayudarme, dígamelo.

–¿Se comportaba de manera diferente? ¿Tienes algo concreto con lo que empezar?

–Sí, se mostraba diferente, no sé cómo describirlo, pero era diferente.

–¿En qué aspecto?

El muchacho cerró los ojos unos instantes.

—Sé que no tiene sentido. Era como si estuviera distraído.

—¿Hablaste con él de eso?

—Más o menos. Le pregunté si pasaba algo, pero dijo que no, que sólo estaba cansado.

—¿Le creíste?

—No le di importancia, pensé que necesitaba tiempo. Siempre me contaba todo y pensé que, antes o después, también me contaría lo que le estaba pasando.

Estaba claro que no le contaba todo. La decisión de James era sencilla. Ayudaría a Kevin ya que si no lo hacía, el muchacho desaparecería de su vida tan rápidamente como había llegado. Además, quería ayudarle a superar el dolor.

James entendía la prisa que sentía Kevin por hacer justicia.

—Lo investigaré —dijo James.

—No parece que me creas.

—Creo que conocías a tu padre mejor que cualquier otra persona, exceptuando a tu madre. Pero no quiero que te hagas falsas esperanzas.

Kevin se quedó mirándolo fijamente. Parecía estar a punto de marcharse en cualquier momento.

—Necesitaré información —añadió James, poniéndose de pie—. Deja que tome un papel. ¿Quieres comer o beber algo?

—No tengo hambre.

El timbre sonó, pero James lo ignoró pensando que se trataba de más niños pidiendo caramelos, y convenció a Kevin para que se sentara. Tomó nota de los detalles del accidente tales como dónde y cuándo había ocurrido, qué departamentos de policía se habían ocupado de la investigación y una descripción más exacta del extraño comportamiento de Paul.

–Veré qué puedo hacer con esto –dijo James–. Dame un par de días para hacer algunas averiguaciones. ¿Quieres que te llame?

Kevin tragó saliva y luego negó con la cabeza. James hizo como si no se percatase de lo importante que era aquello para Kevin.

–Dime tu teléfono y tu dirección –añadió James.

Kevin sólo le dio un número de teléfono.

–Es mi móvil.

Era la segunda vez en una semana que alguien evitaba darle información personal. La imagen de la mujer que había chocado contra su moto se le vino a la cabeza. Tenía la misma expresión de cautela que ahora veía en Kevin.

–Tengo que irme –dijo Kevin, levantándose y poniéndose de nuevo las gafas de sol para salir a la oscuridad de la noche.

James no quería que se marchara, pero entendía que si quería una relación con aquel muchacho, sería mejor tomárselo con calma. Se le había presentado una oportunidad de oro para conocer a Kevin y no quería echarla a perder.

James extendió su mano y Kevin la estrechó.

–Gracias –murmuró, y se dirigió a la puerta dando pasos largos y rápidos. Cerró, haciendo vibrar la ventana, y sus pasos se alejaron escaleras abajo.

El silencio se hizo más ensordecedor que nunca en la enorme casa que James tanto apreciaba. Jamás se había parado a pensar en lo vacía que estaba y, ahora, deseaba llenarla.

Tomó una cerveza y se fue al estudio. Primero, echaría un vistazo a los artículos de prensa acerca de la muerte de Paul. Se sentó frente al ordenador y se quedó inmóvil recordando cómo había conocido a Paul y lo que había pasado entre ellos y que había hecho que James se sintiera obligado con él.

Necesitaba contárselo a alguien, pero no a su madre, al menos hasta que surgiera una relación. Quinn estaba en Los Angeles ayudando a otros miembros de ARC en un importante caso. Sólo le quedaba Cassie. Llamó a su casa y saltó el contestador automático. Colgó, dudando si llamarla al móvil, pero no quería interrumpirla, ya que estaría con su novio. Seguramente estarían fuera divirtiéndose.

El timbre sonó. Y al igual que antes, no hizo caso. Volvió a sonar y a los quince segundos, otra vez. Molesto, se dirigió hacia la puerta. Cuando él era niño, la luz apagada del porche significaba que no molestaran. Además, ya no le quedaban caramelos.

Abrió bruscamente la puerta, decidido a dar una clase de educación y buenos modales a algún chiquillo, pero, en su lugar, se encontró con la mujer del accidente, en vaqueros y jersey rojo.

–¿Interrumpo algo? –preguntó. Parecía a punto de marcharse.

–No –dijo, sorprendido al verla allí–. No, por favor, pase.

–No, gracias. Siento venir tan tarde, pero vi que había luz dentro. Sólo quería saber si tiene el presupuesto de los daños, por si le debo más dinero.

Quizá fuera porque se le había disparado la adrenalina al conocer a Kevin, pero lo cierto es que su corazón comenzó a latir más deprisa. Seguramente tenía algo que ver en ello el hecho de que la encontrara atractiva. Le agradaba que fuera una mujer de palabra, lo que era una prueba de que aquel tipo de personas existía. También le gustaba la expresión inteligente de sus ojos, la misma que había visto en Kevin. Incluso el color de sus ojos azules era el mismo…

–¿Señor Paladin? –dijo ella, dando un paso atrás.

–¿Quiere cenar? –preguntó James.

Necesitaba hablar con alguien de lo que le acababa de pasar. Tenía la sensación de que ella podría animarlo y darle algún buen consejo acerca de cómo manejar la situación. Quizá tuviera hijos adolescentes.

–¿Con usted?

Él sonrió al percibir el tono de sorpresa en su voz.

–No, gracias –negó ella con firmeza–. ¿Le debo algo?

Se sentía decepcionado aunque no sorprendido por su negativa.

–El mecánico todavía no me ha contestado. Si quiere dejar su nombre y su teléfono, la llamaré en cuanto lo sepa.

–Volveré –dijo ella, bajando las escaleras.

James la observó hasta que la perdió de vista, contemplando el movimiento de su trasero. Aunque era delgada, tenía curvas en los sitios adecuados.

No sabía por qué sentía tanta curiosidad por aquella mujer, especialmente teniendo en cuenta que no coqueteaba con él y que le hablaba como si estuvieran haciendo negocios. De hecho, lo miraba como si tuviera la peste. Se sentía atraído por ella físicamente, aunque había algo más.

Dispuesto a ignorar la decepción que sentía, se cambió los zapatos por botas, se puso la cazadora de cuero y el casco y salió de la casa. Necesitaba compañía y una copa, así que decidió salir y aprovechar para hacer un pequeño trabajo.

Con los nervios a flor de piel, Caryn se sentó en su coche tratando de calmarse. Al poco tiempo, vio a James bajar las escaleras, subirse a la moto que había aparcada frente a la casa y que imaginaba que sería la que le habían prestado, y marcharse.

Lo siguió. No sabía muy bien por qué, quizá fuera porque ella estaba a punto de encender el motor y…

No, no era cierto. Lo cierto es que se sentía fascinada por él. Si la casa servía de muestra, era evidente que le iba bien en la vida. Estaba muy guapo en vaqueros y camiseta. No parecía un aventurero, un hombre al que le gustaran los riesgos como a Paul.

Caryn deseaba poder enseñarle a James una foto de Kevin, hablarle del hijo tan maravilloso que tenía y agradecerle la generosidad que había mostrado al hacer posible que Kevin existiera. Quería preguntarle por qué lo había hecho, pero no podía. Kevin tenía que hacer el acercamiento, pero de momento no parecía dispuesto a hacerlo.

Se había sentido tentada a ir a cenar con James. Estaba evitando darle información por una buena razón. Si Kevin se ponía en contacto alguna vez con él y James y ella llegaban a conocerse oficialmente, sería un desastre si había mentiras entre ellos. De momento, todo lo que había hecho era excusable, dadas las circunstancias.

Dejó que un coche se interpusiera entre la moto y su coche, con la esperanza de que no la viera. Quería saber a dónde iba después de haber rechazado su invitación.

Era una aventura seguirlo. Sonrió por la excitación que sentía en su interior. Aquella subida de adrenalina era lo último que necesitaba. Su vida comenzaba a encauzarse después de la muerte de Paul y no necesitaba complicársela. Pero a la vez, deseaba conocerlo y que Kevin tuviera un padre de nuevo, una buena influencia masculina. Llevaba un año sin intimidad y su cuerpo reaccionaba ante su sola presencia.

Parecía haberse dado cuenta de que lo seguía y, Después de unos cuantos giros más, se detuvo ante un ruidoso bar, al lado de otras motos. No tenía ni idea de dónde estaba ni de cómo volver a casa. Y lo que era peor, la había visto. Disminuyó la marcha hasta detenerse y él se acercó hasta la ventanilla del coche, quitándose el casco.

–¿Ha cambiado de opinión?

–¿Sobre qué?

–Acerca de cenar conmigo.

–No.

–Entonces, ¿por qué estaba siguiéndome?

–No lo sé –dijo Carlyn.

Él levantó las cejas.

–Está bien, seré franca. Sentía curiosidad. Le vi salir y simplemente decidí seguirlo. Y ahora no sé dónde estoy. No he dejado de fijarme en usted para no perderlo y ahora no sé volver.

–Si hubiera querido perderla, lo hubiera hecho.

Tenía que haberlo imaginado.

–¿Estaba jugando conmigo?

–Estaba comprobando si me estaba siguiendo –respondió, apoyando el brazo en el techo del coche–. La invitación sigue en pie.

Ella miró hacia el bar. Otra moto se había detenido en la puerta y un hombre gordo ayudaba a una mujer a bajarse. Ambos llevaban los brazos llenos de tatuajes.

–Aquí no –dijo él, esbozando una sonrisa contagiosa.

–Apuesto a que esa sonrisa suele funcionar –dijo ella, tratando de relajarse.

No había hecho nada para intimidarla, aunque así se sintiera. Pero ése era su problema y no el de él.

–Me intriga –dijo él.

¿Ah, sí? Normalmente era muy clara y nada misteriosa. ¿Sería porque no le había dado su nombre por lo que pensaba que se estaba mostrando misteriosa? En lugar de decirle que ella era la persona menos misteriosa del mundo, sonrió.

31

–¿Cómo puedo regresar a Market?

James no perdió ni un segundo para darle las indicaciones y luego se apartó. Su sonrisa había desaparecido.

–Lo veré dentro de un par de días.

Él asintió con la cabeza.

Mientras se alejaba, se sintió fatal, como si se hubiera comportado como una adolescente sin escrúpulos. Le había contestado sin tan siquiera pararse a pensar en lo que decía. Estaba cayendo en una situación que tenía que evitar a toda costa. Y temía ser incapaz de detenerse.

Capítulo Tres

Normalmente, James recogía toda la información en un dossier que luego entregaba al cliente para que conociera el estado de la investigación. Pero por razones puramente egoístas, esta vez no lo haría para Kevin por miedo a que desapareciera. Le haría ir y quedarse a escuchar el resultado de las primeras averiguaciones. Al menos, podrían pasar un rato juntos.

Era martes por la tarde y hacía tres días que Kevin había aparecido en su vida. James andaba distraído no sólo por Kevin, sino también por la mujer misteriosa. No sabía qué pensar de ella. Lo había seguido, había coqueteado con él y, de pronto, lo había rechazado. Era una mujer imprevisible.

Lo mismo había dicho Kevin de su madre. Al parecer, era la definición de la mujer moderna. Claro que él prefería una mujer imprevisible que una predecible.

James había llamado a Kevin a su móvil y lo había pillado saliendo de su última clase. Estaba de camino.

Convencido de que para llegar al corazón de un adolescente no había nada mejor que hacerlo a través del estómago, James había preparado una fuente con patatas fritas y varias salsas que había dejado sobre la encimera de la cocina, ya que le parecía un lugar más relajado que el salón para hablar.

Se acercó hasta la ventana para ver llegar a Kevin. La ansiedad lo estaba consumiendo. No estaba preparado para aquello. Dijera lo que dijera e hiciese lo

33

que hiciese, Kevin podría sacar cualquier conclusión. Todo era posible en la mente de un adolescente.

No lograba entender por qué no quería Kevin que su madre supiera que se habían conocido, pero al menos se alegraba de que ella considerara la promesa de Paul sagrada. Aunque en cualquier caso, ¿cuánto tiempo pensaba Kevin que podría ocultárselo a su madre?

Kevin apareció, con las manos en los bolsillos, sus gafas de sol y una gorra de los Dodgers en la cabeza. ¿Dónde había aparcado? Había algunos sitios libres para aparcar frente a la casa, pero venía andando. Aunque la gran pregunta era si debía abrir la puerta o esperar a que Kevin llamara. Odiaba no saber cómo comportarse con Kevin. ¿Sería conveniente que el chico se diera cuenta de lo ansioso que estaba por verlo o creería que James se había hecho ilusiones?

Decidió dejar que el muchacho llamara a la puerta y abrió casi al instante.

—¿Qué tal va todo? —preguntó, dirigiéndose hacia la cocina y dejando que Kevin lo siguiera.

—Bien.

—He imaginado que tendrías hambre —dijo, señalando los aperitivos—. ¿Qué quieres beber?

—Zumo de naranja.

Ocultando la sonrisa, James abrió la nevera y sacó el zumo, dejando en su interior los seis tipos de refrescos que había comprado confiando en que uno de ellos fuera el favorito de Kevin. Llenó un vaso y se alegró al ver que Kevin ya estaba dando cuenta de las patatas fritas.

—¿Qué estás estudiando?

—Criminología —contestó, desviando la mirada hacia el dossier que descansaba a un lado de la encimera—. ¿Ha averiguado algo?

«Criminología. Lo mismo que Paul y yo», pensó James, sentándose y dejando una silla libre entre ellos.

–Me he enterado de muchas cosas, pero no creo que sea nada nuevo para ti.

El timbre sonó y James se excusó.

–Estoy esperando un paquete. Enseguida vuelvo.

Resultó ser un paquete, pero no el que estaba esperando. Tendría un metro y sesenta centímetros de estatura y vestía su uniforme de camarera.

–Mujer misteriosa –dijo fríamente. Lo había incomodado la noche anterior con su coqueteo o lo que fuera, pero no lograba convencer a sus hormonas de que se tranquilizaran.

–Hola. Estaba en el vecindario –dijo ella, sonriendo con nerviosismo.

–Tengo compañía. ¿Podría regresar dentro de un rato?

Sus ojos lo miraron impacientes.

–¿Cuánto tiempo necesita para darme una respuesta? Quiero saber si le debo dinero.

Podía darle una respuesta, pero no quería hacerlo todavía. Obviamente, había algo entre ellos y quería saber por qué se resistía a aquella atracción.

–Yo…

–¿Me has seguido?

Kevin apareció junto a James y se estaba dirigiendo a la mujer.

–¡Kevin! –exclamó. Sus ojos fueron de Kevin a James una y otra vez–. No sabía que estabas aquí.

–Te lo dije, mamá. Tengo que encontrar al asesino de papá.

¿Mamá? Aquello comenzaba a tener sentido. A pesar de que Kevin había acusado a su madre de seguirlo, era evidente por su expresión de sorpresa que no sabía que el chico estuviera allí.

–Tengo dieciocho años. No puedes decirme lo que tengo que hacer.

–No te he seguido –respondió ella.

El muchacho se giró hacia James.

–Entonces, ¿ha sido idea tuya llamarla? Muchas gracias por nada.

James lo agarró del brazo al ver que se iba.

–No tan rápido. No sé qué está pasando, pero puedo imaginarlo. Quiero que entréis los dos y hablemos.

Kevin trató de soltarse.

–Suéltame.

–Hijo…

–No soy tu hijo.

Era sólo una manera de hablar. Había dicho aquella palabra sin pensar.

–Lo siento, Kevin. Pero escucha un momento. Tu madre y yo nos conocimos el otro día, no tenía ni idea de quién era. Está aquí porque chocó contra mi moto y va a pagar la reparación, no porque estemos conspirando contra ti –dijo, lanzando una mirada a Caryn–. Quizá ahora prefiera ponerse en contacto con su compañía de seguros.

A Caryn le daba igual la reparación de la moto. El dolor que veía en los ojos de Kevin le recordó los momentos durante el último año en los que le había pedido que dejara de investigar la muerte de Paul. Había llegado a creer que finalmente había aceptado la versión de la policía de que su padre había muerto en accidente.

Pero era evidente que no lo había hecho. Necesitaba detenerlo antes de que a él le ocurriera también algo.

–Me voy.

–¡Kevin!

–Me voy a casa –dijo el muchacho, marchándose.

–Pase –dijo James a Caryn, en tono firme.

Su casa parecía sacada de una revista de arquitectura. Era grande, de amplios espacios decorados en un estilo clásico, con suelos de madera, grandes alfombras y un mobiliario cómodo a la vez que estiloso. Ella se sentó en un sofá de ante y él en una silla.

–Se ha olvidado mencionar algunas cosas, ¿verdad, mujer misteriosa?

–Si no hubiera chocado contra su moto no habría sabido que existía –dijo ella. Aquel argumento tenía sentido.

–Pero chocó contra mi moto. ¿Por qué no me dijo quién era?

Decidió atacar y no dejarse vencer.

–¿Por qué le dio a Paul una dirección incorrecta?

Él frunció el ceño.

–¿Cómo dice?

–En la carta que le mandó a Paul con su nueva dirección, le dio el número de la casa de enfrente. ¿Por qué?

–La alquilé mientras mi casa estaba de obras. Me mudé aquí hace un par de meses y se me olvidó informarle. De todas formas, mi número de teléfono era el mismo. No ha respondido a mi pregunta: ¿por qué no me dijo quién era?

–Quería hacerlo, pero la decisión de contactar con usted era de Kevin. Me fui a casa y le conté todo porque era lo que debía hacer. Él me dijo que no quería conocerlo.

James se echó hacia atrás en la silla. ¿Era decepción lo que mostraban sus ojos?

–Pero vino a verme.

–No me lo dijo, probablemente porque sabía que no habría estado de acuerdo, si es que vino a verlo por la razón que creo.

–Vino a que lo ayudará a encontrar al asesino de Paul.

Ella sintió. No sabía si decirle que ella también tenía sus sospechas.

–¿Cree que lo asesinaron, Caryn?

–Dijeron que fue un accidente.

–No he preguntado eso.

–A Paul le gustaba apostar.

–¿Y eso tiene que ver con su muerte?

–No lo sé.

Eran suposiciones y no quería compartirlas con él.

–Creo que sí lo sabe –dijo James, inclinándose hacia delante para mirarla directamente a los ojos. ¿Tenía deudas?

–Sí, pero ya están pagadas.

–¿Cómo?

–Yo las pagué.

La observó en silencio, manteniendo su mirada.

–¿Le ha quedado algo?

–Lo suficiente.

–¿Lo suficiente para qué?

Ella se levantó del sofá, se acercó a la chimenea y se quedó contemplando el cuadro que colgaba sobre ésta.

–Lo suficiente para que Kevin estudie en la universidad y para poder comprar un dúplex aquí.

–Pero nada para asegurar el futuro.

–Esas dos cosas son mi futuro.

–Me refiero a algo para cuando se retire –dijo James, poniéndose de pie y acercándose a ella.

Caryn trató de mostrarse indiferente, pero su cercanía la tentaba de un modo que nunca antes había sido tentada.

–Me queda mucho tiempo hasta que me retire.

–¿Trabaja como camarera?

–Sí. ¿Qué pasa? Es una profesión decente. Serví muchas mesas cuando era joven.

–No pretendía molestarla. Siento curiosidad por su vida, especialmente en lo que a Paul se refiere.

–Criábamos caballos. Los dos nos dedicábamos a ello. Requería mucho esfuerzo.

–¿Por qué se mudó a San Francisco?

–Lo considero mi hogar.

Además, necesitaba irse del valle y alejarse de todos los recuerdos.

–¿Tiene familia aquí?

Se estaba impacientando con todas aquellas preguntas, aunque entendía por qué tenía que hacerlas.

–Ya no, pero Kevin decidió venir aquí a la universidad y decidí volver a casa –dijo, y se cruzó de brazos.

–No le ha gustado que se pusiera en contacto conmigo, ¿verdad?

–No.

–¿Por qué no?

«Porque le caerás bien. Te gustan los riesgos como a su padre. Se entusiasmará y yo quedaré relegada a un segundo plano».

–No hace falta que me conteste –añadió James, apoyando su mano sobre el hombro de Caryn–. Creo que sé la respuesta. No voy a alejarlo de usted. No podría aunque quisiera.

Sintió electricidad con aquel roce. Llevaba casi un año, trescientos sesenta y un días exactamente, sin ser acariciada por un hombre y todas sus hormonas se despertaron.

–Mire –dijo ella, ignorando aquellos pensamientos–. Lo contrataré para que lleve a cabo una investigación a fondo. Sólo quiero que deje a Kevin fuera de esto.

–No puedo hacerlo.

Ella se giró, dándole la espalda. Se sentía dolida y

enfadada. ¿Cómo podía proteger a su hijo? ¿Cuánto tendría que revelarle a James para que cambiara de opinión o al menos para que investigara por su cuenta?

–Kevin necesita involucrarse. Quería a su padre y es un asunto de honor para él. Si no consigue una respuesta que lo satisfaga, nunca se quedará tranquilo. Necesita tomar parte de todo este proceso. Lo protegeré, estará seguro.

¿Cómo podía garantizárselo? Claro que si no lo permitía, tendría un enfrentamiento con su hijo y no quería que eso pasara. Había echado a perder muchas cosas durante el último año, incluida la poca inocencia que le quedaba. Su relación con Kevin se había complicado durante ese último año y especialmente desde que cumpliera dieciocho años, un mes atrás.

–Yo también quiero involucrarme –dijo, girándose hacia James con expresión neutral.

Él se quedó en silencio durante largos segundos.

–Está bien. Pero digámosle a Kevin que fue idea mía. Creo que se lo tomará mejor si le digo que es parte del plan.

–De acuerdo.

¿Cómo iba a poder trabajar con él sintiendo aquella atracción? Tenía una manera de fijar su atención en ella, de mirarla directamente a los ojos, que le gustaba. Hacía mucho tiempo que nadie la escuchaba con tanta atención. Sabía que Paul había dejado de mirarla directamente a los ojos por la culpabilidad que sentía.

–Lo llamaré ahora mismo –dijo James, y comenzó a marcar el número en su teléfono móvil. El timbre de la puerta sonó y, con el teléfono en la oreja, abrió la puerta y recogió el paquete, que dejó sobre una silla antes de volver al salón.

–Kevin, soy James. Quiero seguir adelante con la investigación. Cuando escuches este mensaje, llámame. O mejor, ven si puedes y hablaremos –dijo, y colgó–. He dejado un mensaje en el buzón de voz.

–¿Y ahora qué? –preguntó Caryn.

–Esperaremos. ¿Tiene hambre?

Así era, pero no se había dado cuenta ya que hasta un minuto antes su estómago era un nudo de nervios.

–Creo que podría comer algo.

–Puedo preparar unos sándwiches. Comamos algo mientras esperamos a Kevin. Y creo que va siendo hora de que nos tuteemos.

Lo siguió hasta llegar a una bonita cocina de muebles blancos, electrodomésticos de acero inoxidable y encimera de granito. La combinación entre materiales antiguos y nuevos era perfecta para la casa.

James sacó unas bandejas de embutidos de la nevera y las dejó en la encimera.

Caryn quería hacerle unas preguntas y prefería que Kevin no estuviera presente. Estaba disfrutando allí, sentada, viéndolo moverse en la cocina.

–¿Qué puedes decirme acerca de la muerte de Paul que no esté en el informe de la policía? –preguntó él.

–¿Qué te hace pensar que hay algo más?

Él buscó su mirada y la mantuvo con expresión seria.

–Está bien –admitió ella por fin–. Es cierto que hay más.

Debía haberse imaginado que James no dejaría las cosas como estaban.

Capítulo Cuatro

James no tenía ninguna duda de que había algo más. Sus sospechas no se habían originado a partir del informe policial, sino por el comportamiento de Caryn. Sabía reconocer cuándo le estaban mintiendo y era evidente por la expresión de su rostro, que ella lo estaba haciendo. Estaba decidido a mantener las distancias ahora que sabía quién era, pero la atracción no hacía más que ir en aumento, especialmente desde que estaba conociendo más acerca de ella, lo que no era una buena señal.

–Háblame de las apuestas –dijo él.

–Hay algunas cosas que no quiero que Kevin sepa.

–Te arriesgas demasiado.

Ella se quedó mirándolo largos segundos antes de asentir.

–Puedo contarte lo que he averiguado desde que Paul murió. Antes no me había dado cuenta de nada, a pesar de que en ocasiones me preguntaba por qué no nos iba mejor económicamente.

Tenía las manos entrelazadas sobre su regazo. Su expresión parecía indiferente, pero sus ojos reflejaban dolor, seguramente debido a todas las cosas que había tenido que afrontar ella sola, imaginó James.

–Algunos hombres vinieron a mi casa justo después del funeral. Tenían unos pagarés.

–¿Firmados por Paul?

–Sí.

–¿Por qué importe?

42

–Ochocientos mil.

James sintió un arrebato de furia, aunque no sabía si tenía que ver con aquellos hombres o con Paul.

–¿Y les creíste?

–Al principio no. Había oído que había personas que se dedicaban a estafar a las familias de los fallecidos, así que los eché de mi casa. Tenía el teléfono en la mano y comencé a llamar a la policía. Me dijeron que si lo hacía…

Ella cerró los ojos y tragó saliva.

–¿Harían daño a Kevin?

Ella asintió.

–Me dijeron que revisara las cuentas bancarias y todos los papeles del banco, de los que siempre se había ocupado Paul. Me dieron de plazo una semana y entonces regresaron. Bueno, eso no es del todo cierto. Siempre había alguien vigilando mi casa, imagino que para asegurarse de que no salía huyendo.

Podía imaginar su miedo. Debería haber llamado a la policía, pero no podía decírselo ahora que ya era demasiado tarde.

–¿Comprobaste si tenían razón?

–No pude verificar la cantidad exacta, pero tenía que haber habido más dinero invertido. No supe cuánto dinero había ganado y perdido Paul, ni cuánto había apostado. Pero estoy segura de que tenía que haber habido mucho más dinero ahorrado en el banco –dijo, pasándose un mechón de pelo detrás de la oreja–. No puedo creer que fuera tan estúpida. Siempre decía que todo iba bien, pero nunca parecía que tuviéramos suficiente. Ni siquiera podíamos criar nuestros propios caballos y nos ocupábamos de los de otra gente.

–Si tanto te intrigaba, ¿por qué no se lo preguntaste?

–¿Qué puedo decir? Habría parecido que estaba

protestando porque no pudiera ocuparse de nosotros. Lo quería y confiaba en él. Sabía que le gustaban los riesgos, pero nunca me imaginé que también le gustaran los riesgos económicos.

–¿Cómo lograste pagar sus deudas, Caryn?

–Con lo que cobré del seguro.

–¿Tanto esperaron para saldar la deuda?

–¡Desde luego! Querían su parte del pastel.

–¿Cómo?

–Cobraron intereses. Por suerte, dado su trabajo de especialista, tenía un buen seguro y nunca dejó de pagar la póliza.

–Entonces, fue cuando decidiste vender el rancho y mudarte aquí.

–Quería volver a casa. Quería volver a sentir la niebla, subir y bajar las colinas y disfrutar de nuevo del olor a mar. Deseaba volver al bullicio y al ajetreo.

–¿El rancho estaba apartado?

Ella se sobresaltó al oír el timbre de la puerta y él la tranquilizó tocándola en el hombro. Se sentía capaz de matar a Paul por lo que le había hecho pasar a Caryn. Sorprendido por sus pensamientos, se contuvo. Estaban intimando demasiado deprisa.

–Confiemos en que sea Kevin –dijo él, saliendo de la cocina.

–No le contarás nada, ¿verdad?

–No te preocupes.

Se sentía tan protector como ella, aunque no estaba seguro de que ocultar aquello al muchacho fuera lo mejor. Si llegaba a enterarse de lo que hacía su padre…

–Dijiste que ibas a seguir con la investigación –dijo Kevin en tono acusador cuando James le abrió la puerta–. ¿Qué hace el coche de mi madre todavía aquí?

–Quiero que ella también esté al tanto.

–Yo no...

–Tiene derecho –dijo James, interrumpiéndolo. No podía amenazarlo con dejar la investigación ya que si no, el chico podía continuar la investigación por otro lado.

–De acuerdo –dijo Kevin después de unos segundos.

–¿Tienes hambre? Pensaremos en lo que vamos a hacer mientras cenamos.

Deseaba pasarle el brazo por los hombros mientras caminaban. Sabía que no podía considerarse su padre, pero sentía la necesidad de protegerlo. Quizá fuera porque durante años había sabido que tenía un hijo en algún lugar. Sabía que bajo aquel comportamiento beligerante de Kevin, había mucho dolor y confiaba en que pudiera aliviarlo de alguna manera averiguando la verdad. Ahora que James sabía de las apuestas de Paul y de los buitres que habían hecho acto de presencia después de su muerte, empezaba a pensar que Kevin podía tener razón al afirmar que su padre había sido asesinado.

James observó cómo Caryn abrazaba a Kevin. Después de unos segundos, Kevin correspondió y después tomó asiento al otro extremo de la encimera, dejando dos sillas libres entre su madre y él, lo que significaba que James tendría que elegir junto a cuál de los dos se sentaría.

Pero en vez de eso, rodeó la encimera y sacó unas bandejas de embutidos que colocó entre ambos para que se prepararan sus propios sándwiches. Se quedó de pie donde estaba, observándolos.

–Esto no tiene por qué ser incómodo –dijo James, mirando a uno y otro–. Es una situación extraña, tengo que reconocerlo, pero no hay ninguna razón para que no estemos todos a gusto.

–Es raro –dijo Kevin.

–Estoy de acuerdo, pero concentrémonos en lo que os ha traído aquí.

–El asesinato de mi padre.

–Dejémoslo de momento en su muerte –dijo James mientras veía cómo Kevin se preparaba un enorme sándwich, sintiendo una cierta satisfacción al verlo relajado–. ¿Se quedó la policía con los restos de la moto? –preguntó, dirigiéndose a Caryn.

–Sí.

–Veré si puedo descubrir dónde los guardan y si lo consigo, pediré que los manden a un mecánico de confianza para que eche un vistazo.

Mientras comían, revisaron el informe que James había preparado. Nada de lo que allí se decía era nuevo para Kevin.

–¿Qué crees que podemos descubrir que sea diferente? –preguntó el muchacho a James–. ¿Con quién hablamos?

James evitó mirar a Caryn. De momento, estaba de acuerdo con ella en que no había necesidad de que Kevin supiera de la afición de su padre por las apuestas.

–Dime por qué crees que fue asesinado.

–Intuición. Debía saber algo o había visto algo. Siempre están pasando cosas en Hollywood.

–Eso es muy impreciso.

–Escucha: sé que mi padre conocía muy bien esa carretera. Alguien tuvo que hacerle algo.

–Kevin tiene razón –convino Caryn, recogiendo los platos mientras rodeaba la encimera. Abrió el grifo, y añadió–: Pero había estado lloviendo y…

Kevin se giró hacia ella.

–¡Como si no le hubiera llovido nunca! Vamos mamá, despierta.

–Vayamos por partes –intervino James–. Trataré de averiguar algo acerca de los restos de la moto. Caryn, has revisado sus papeles, ¿hay algo que nos pueda servir de pista? Alguien tiene que revisarlos detenidamente y analizarlos –dijo, confiando en que captara el mensaje de que quería que Kevin se ocupara de ello.

–No he acabado de revisar todo –dijo ella.

–Yo lo haré –se ofreció Kevin–. ¿De acuerdo, mamá?

–Claro.

Mostrando por fin cierto entusiasmo, el muchacho dejó la servilleta a un lado y se levantó de la silla.

–¿Ahora mismo? –preguntó Caryn.

–Sí, nos veremos en casa. Adiós.

–Espera un momento –dijo James.

Kevin se detuvo y se cruzó de brazos.

–Necesito algo a cambio.

James sintió los ojos de Caryn sobre él. Debería haberlo hablado con ella antes, pero no había tenido oportunidad.

–Mi padre también murió el año pasado –dijo James. Kevin ni se inmutó–. Desde entonces, mi madre ha estado muy sola y deprimida, como podrás imaginarte. Estoy seguro de que si te conociera, le haría mucho bien.

–De ninguna manera yo…

–Es lo único que te pido.

Se hizo un largo silencio. James no quitó ojo de Kevin y Caryn permaneció callada. ¿Intervendría si Kevin decía que no?

–Está bien –dijo por fin, y se marchó.

Caryn se giró hacia James.

–Estoy segura de que quería darte las gracias por la cena y por ayudarle, mejor dicho, ayudarnos a descubrir la verdad.

–Eso está por ver. Si Paul estaba involucrado con el crimen organizado, probablemente no consigamos respuestas, al menos no sin ponernos en peligro.

–No quiero eso.

–Lo sé.

Ella se secó las manos en un trapo y se apoyó en la encimera.

–Siento haberte mentido la semana pasada.

–Entiendo por qué lo hiciste –dijo, preguntándose qué iban a hacer acerca de la evidente atracción que había entre ellos–. Siento no haberte hablado de mi madre antes.

–Si alguien me hubiera ofrecido ese tipo de distracción tras la muerte de Paul, lo hubiera agradecido.

–¿Me darás ahora tu número de teléfono? –preguntó él, acercándole un trozo de papel.

Ella sonrió y lo escribió.

–¿Cuándo trabajas? –preguntó James.

–De lunes a viernes de seis de la mañana a tres de la tarde.

–¿Dónde?

Caryn sacó un manojo de llaves de su bolsillo.

–En el club Golden Gate.

Aquél era un club privado de golf y tenis, casi tan antiguo como el puente colgante de San Francisco. El turno que hacía no era tan bueno como el de las noches y los fines de semana. Probablemente, tendría que pasar un tiempo hasta que pudiera trabajar en aquellos turnos.

–Kevin se siente atraído por Venus, una de mis compañeras.

Él sonrió.

–¿Venus? ¿Acaso tiene aspecto de diosa?

–Sí, bastante –respondió. Por fin sus ojos mostraban algún brillo–. Tiene veintitrés años, es rubia y tiene el cuerpo con el que sueña todo adolescente.

–¿Cuándo puedo conocerla?

Ella sonrió.

–Quizá pudieras hablar con él y darle algún consejo –dijo Caryn.

–¿Como cuál? ¿Que use preservativos?

Ella le dirigió la misma fría mirada del primer día que tanto le había gustado, y entonces él rió.

–Tiene dieciocho años y, a esa edad, a los chicos les gusta el tipo de mujeres que has descrito. ¿Qué clase de relación tienen?

–¿Relación?

–¿Hablan o sólo flirtean? ¿Lo trata ella como si fuera su hermano pequeño?

–Ella no hace nada por disuadirle.

–¿Cuándo se ven?

–Ella no tiene experiencia sirviendo mesas y no tiene familia en San Francisco. Es como si la hubiera tomado bajo mi protección y está siempre cerca.

–¿Kevin tiene trabajo?

–Está presentando solicitudes aquí y allí, pero no tiene nada todavía.

–¿Quieres que vea si puedo hacer algo?

Ella enarcó las cejas.

–¡Eso sería estupendo!

–¿Qué está buscando?

–Es muy bueno en matemáticas, aunque no se le da bien escribir. Le fascinan las armas y es un deportista bastante bueno.

–¿Crees que podrá repartir pizzas?

Ella rió y eso le gustó a James. Le había llevado mucho tiempo conseguir que se relajara.

–¿Es todo esto tan raro para ti como lo es para mí? –preguntó James mientras se dirigían a la puerta.

–Sí –dijo ella. Parecía aliviada por poder reconocerlo.

–Cambia lo que empezamos la semana pasada, ¿verdad?

Ella detuvo su mirada en James.

–¿Qué es lo que empezamos?

–El coqueteo –dijo él a modo de prueba. Necesitaba saber a qué se estaba enfrentando y cómo continuar con una relación que le resultaba extraña–. ¿O acaso era tan sólo un juego para despistarme?

–¿Quieres saber la verdad?

–Desde luego.

–No pude evitarlo –dijo ella, dejando escapar un suspiro–. Sé que eso complica las cosas.

Él metió las manos en los bolsillos.

–Será mejor que vayamos con calma.

Ella asintió. Le gustaba que no disimulara la atracción que se había instalado entre ellos desde el primer momento.

–¿Por qué lo hiciste?

–¿Hacer el qué?

–¿Por qué te hiciste donante?

La respuesta vino a la mente de James, pero la apartó.

–Eso es una historia para otro día. Kevin te está esperando.

–Ahora eres tú el que me intriga, James.

–Mis amigos me llaman Jamey. Puedes llamarme así si quieres.

–No me has contestado.

–Te lo contaré cuando tengamos más tiempo –dijo, abriéndole la puerta–. ¿Cuánto tiempo crees que necesitará Kevin para revisar los papeles de Paul?

–Depende de lo rápido que lo haga. Lo cierto es que hay bastantes. Puedo pedirle que los coloque y los archive.

–¿Estás segura de que no encontrará nada que tenga que ver con las apuestas de Paul?

Ella frunció el ceño.

–No, no estoy segura. Pero le diré que tiene que contarnos todo lo que averigüe.

–¿Aunque nosotros no le contemos toda la verdad?

–Sé que no es justo, pero lo más importante es su seguridad.

–Estoy de acuerdo, pero no creo que la verdad suponga un peligro para él.

–Quizá. Ya hablaremos de eso –dijo ella, extendiendo la mano–. Gracias.

Él se la estrechó, tomándola entre las suyas.

–Es un placer para mí.

–Te tomaste mi mentira mejor de lo que pensaba.

–Entiendo los motivos que tenías.

Le gustaba sentir su mano entre las suyas, la delicadeza de sus huesos y su piel. Llevaba las uñas cortas y sin pintar.

Ninguno de los dos soltaba su mano.

–Puedes confiar en mí, Caryn.

–Lo hago. Tú también puedes confiar en mí.

–Lo sé.

Ella parecía estar a punto de decir algo más, pero retiró su mano.

–Seguiremos en contacto.

–Sí.

–De acuerdo. Adiós.

Él no se quedó mirando cómo bajaba las escaleras para no incomodarla. Cerró la puerta y se acercó a la ventana del salón, manteniéndose lo suficientemente alejado para que no pudiera verlo. Algo había detonado en su interior. Era peligrosa. Nadie había alterado su equilibrio como ella con tan sólo una mirada, un roce y, lo que era más importante, la gran conexión que había entre ellos gracias a Kevin. Debía mantenerse alejado de Caryn y tratar de construir una relación con Kevin sin que su madre estuviera presente en todo momento. Aquella relación era imposible. ¿Cómo iban a tener algo más que un hijo en común? No podían. James quería casarse y tener hijos. ¿Cómo encajaba Caryn en aquellos planes? ¿Y Kevin?

De un día para otro, la vida de James había cambiado. Ahora no había lugar para aquel sueño de tener una esposa e hijos. La realidad era diferente. Estaba ante personas reales con problemas reales y alguien podía resultar herido. No podía precipitarse en tomar una decisión.

Capítulo Cinco

A la mañana siguiente en el club Golden Gate, apenas quedaba gente desayunando. En una hora, comenzaría a servirse el almuerzo. Caryn se acercó a Venus en el comedor.

–La mesa seis pregunta qué ha pasado con sus zumos –le dijo en voz baja.

–Se me ha olvidado colarlos –dijo, poniendo los ojos en blanco y dirigiéndose hacia el mostrador de los zumos.

Caryn contuvo un suspiro. A pesar del mes de prueba, Venus seguía cometiendo errores de principiante. El problema es que a la mayoría de los clientes masculinos no les importaba.

Era imposible que Venus Johnson no cayera bien. Era inocente, dulce y realmente ponía empeño en aprender el trabajo, aunque no tuviera la habilidad para hacerlo bien. Ninguno del resto de los empleados había dejado escapar palabra sobre su incompetencia, ni siquiera Rafael, el encargado, quien criticaba el trabajo de todos incluso aunque estuviera bien hecho.

Caryn se preguntaba si Venus se las arreglaría para salirse siempre con la suya. Al menos respetaba la norma de no intimar con los miembros del club. Era una lástima que aquella regla no incluyera a los hijos de los empleados, pensó Caryn. Tenía miedo de que Kevin sufriera si Venus no paraba de mostrarse tan amable con él. Llevaba dos meses en la universidad y todavía no había mostrado ningún interés en ninguna chica en particular, a pesar de que nunca había tenido ningún problema con las chicas.

–Mamá.

Sorprendida, Caryn se giró y se encontró a Kevin detrás de ella. Rápidamente, miró a un lado y a otro en busca del encargado.

–¿Qué estás haciendo aquí? Ya sabes que no puedo tener visitas.

–Tranquila. Rafael me ha dicho que estaba bien.

–Estás bromeando.

–No. Me ha dicho que podías tomarte un descanso de quince minutos.

Mientras hablaba, Kevin no miraba a su madre, sino a Venus, quien lo vio desde el otro lado del comedor y lo saludó con la mano. Luego, se dirigió hacia el mostrador de bebidas sonriendo y agitando los rizos rubios de su melena.

Caryn se percató de que Kevin se sonrojaba mientras Venus lo saludaba con un abrazo y se compadeció de él al ver que no sabía qué decir.

–¿Has venido a verme? –preguntó Venus.

–No, bueno… He venido para…

–Por mí –intervino Caryn–. Y sólo tengo quince minutos. ¿Puedes ocuparte de la mesa once por mí? Creo que todavía les queda un rato, pero si piden la cuenta, llámame.

–De acuerdo. Estaba pensando pasarme por vuestra casa después del trabajo –dijo Venus en tono cantarín–. ¿Te veré luego, Kevin?

–No estoy seguro. Tengo cosas que hacer.

Normalmente, Kevin cambiaba sus planes para estar en casa cuando Venus iba de visita. ¿Acaso su interés en ella estaba decreciendo?

–Vamos –dijo Caryn a su hijo.

Llegaron a la sala de descanso, una pequeña estancia pensada para tomar un tentempié y poner los pies en alto durante un par de minutos.

–¿Qué ocurre? –preguntó ella mientras se sentaban en el sofá de plástico–. ¿Por qué no estás en clase?

Kevin frunció el ceño.

–Es miércoles.

Los miércoles sus clases no empezaban hasta las dos de la tarde. Teniendo en cuenta que se había pasado la noche revisando los documentos de Paul, había imaginado que a aquella hora seguiría durmiendo.

–Él me llamó –dijo.

Caryn no supo si el pellizco que sintió en el estómago se debía a recordar a James y el modo en que la había rozado el día anterior o si era porque sentía celos de que James hubiera llamado a Kevin y no a ella.

–¿Qué te ha dicho?

–Quiere que conozca a su madre hoy.

–¿Hoy?

–Se ha dado prisa, ¿eh? ¿De qué debería hablar con ella?

–Confío en que James dirija la conversación. Estoy segura de que ya le habrá contado todo a su madre.

–Lo sé, pero es extraño. Todo esto es muy extraño.

Caryn no sabía qué pensar acerca de que Kevin conociera a aquella mujer. ¿Qué pasaría si su extraordinaria relación se estropeaba después de que la investigación acerca de la muerte de Paul concluyese? ¿Era justo que conociera a su abuela cuando no tenían certeza de cómo terminaría todo aquello?

Por otro lado, Caryn comprendía que la mujer se sintiera sola y deprimida después de la muerte de su esposo. Si Caryn no hubiera tenido a Kevin, no hubiera sido capaz de levantarse de la cama durante muchos días.

–James nos está haciendo un favor –le dijo a su hijo–. Para él parece que es algo importante y tú mejor que nadie deberías comprender lo duro que ha tenido que ser este último año para esa mujer.

–¿Puedes venir por favor?

Quería responder que sí, ahora que se lo había preguntado. Estaba molesta porque James no se lo hubiera pedido, pero lo cierto es que ella no había sido invitada.

–Si hubiera querido que fuera, me lo habría pedido. ¿A qué hora has quedado con él?

–A las doce. Por suerte, no podré quedarme demasiado ya que tengo clase a las dos –dijo, levantándose. Era evidente que se sentía frustrado–. ¿Y si me pregunta por papá? Me refiero a que su hijo es…, bueno, ya sabes.

–Sé lo que sientes –dijo, acercándose a él y acariciando su espalda–. Estoy segura de que, con el tiempo, todo será más fácil.

–¿No hubiera sido más fácil que adoptarais papá y tú?

Ella sonrió.

–Trataré de llamarte antes de que empiece tu clase.

–Está bien. Siento como si me fuera a colocar delante de un pelotón de fusilamiento.

–Puedo prestarte un pañuelo si quieres taparte los ojos.

Él sonrió. Caryn lo abrazó.

–Estoy orgullosa de ti, Kevin. Y papá también lo estaría.

–Gracias.

–Perdón –dijo Venus, abriendo la puerta–. No quiero interrumpir, pero tu mesa acaba de pedir la cuenta.

–Enseguida voy –repuso Caryn.

–Si quieres yo me ocupo.

–No, está bien.

Venus salió de la habitación y madre e hijo intercambiaron una mirada de complicidad.

–¿Vas a dejar que vaya a casa contigo? –preguntó Kevin.

–Creo que sí. Me hará compañía hasta que vuelvas de tus clases.

Así vendría directo a casa sabiendo que Venus estaría allí.

Terminó el descanso y llevó la cuenta a la mesa once. Más tarde, cuando volvió a mirar la hora en su reloj, eran las doce. Un nuevo capítulo en la vida de Kevin se estaba abriendo.

James había llegado a casa de su madre a las once y media. Le había relatado la historia de Paul, Caryn y Kevin y luego había salido fuera a esperar que el muchacho llegara. Su madre había reaccionado tal y como lo había imaginado, con cautelosa curiosidad. Ahora, lo único que esperaba era que Kevin no pusiera las cosas difíciles.

A James no le importaba que Kevin no le reconociera como su padre, pero al menos esperaba que considerara a su madre como su abuela. Ella necesitaba algo que la animara.

–Hola.

James se giró, sorprendido.

–¿Dónde has aparcado? –preguntó a Kevin, que llevaba las manos hundidas en sus bolsillos, un gesto característico en él.

–Más arriba de la calle. Me gusta conocer el terreno.

–Serías un buen detective o policía.

–¿De veras?

Caryn lo mataría por hacer aquel comentario. Probablemente reaccionaría igual que su madre lo hizo cuando le anunció su intención de convertirse en cazarrecompensas.

–Es una manera de hablar.

Kevin esbozó una medio sonrisa.

–No le contaré a mamá lo que has dicho.

–Gracias –dijo, resistiéndose a abrazar al muchacho–. ¿Estás listo para conocer a mi madre?

–Creo que sí.

James se percató de la incomodidad de Kevin.

–Tan sólo preocúpate en ser tú mismo –dijo James mientras subían las escaleras–. ¿Cómo está tu madre?

–Bien. Fui a verla al trabajo y le conté que vendría aquí.

James se había planteado si invitarla, pero había decidido no hacerlo. No quería complicar una situación que debía ser lo más sencilla posible. Además, no tenía ninguna duda de que su madre se daría cuenta de la atracción que había entre Caryn y él. Su madre también habría sido una buena detective.

–¿Le pareció bien? –preguntó James.

–Creo que sí. ¡Es muy enrollada!

–Además de imprevisible, ¿no?

–Sí, pero eso la hace especial.

–Aquí está –anunció James nada más cruzar la puerta.

–Está haciendo galletas de chocolate –observó Kevin al percibir el olor.

–Cierto –dijo James después de unos segundos, preguntándose cómo habría hecho la masa tan rápido–. Tienes buen olfato.

Ella apareció con un delantal rosa sobre un chándal. Su pelo rubio ceniza era corto y estiloso para sus sesenta y tres años y solía llevar ropa clásica y cómoda que estilizara su cuerpo menudo.

–Te pareces mucho a Jamey cuando tenía… –se llevó ambas manos a la cara y sus ojos mostraron un brillo especial–. ¡Kevin! Me alegro de conocerte. Soy Emmaline.

Después de unos segundos de silencio, el muchacho sonrió.

–Has hecho galletas.

–Venid a la cocina. Estarán listas en un par de minutos.

James la siguió.

–Estaremos bien sin ti –dijo Emmaline por encima de su hombro–. Puedes volver al trabajo si quieres.

Seguramente su madre llegaría a saber todo tipo de cosas sobre Kevin que él nunca llegaría a saber. Se negaba a admitir que estuviera celoso. Kevin había sonreído abiertamente a su madre sin el nerviosismo que había mostrado en otros momentos.

No confiaba en que aquello fuera fácil. Las barreras eran difíciles de romper. Sabía que tendría que ganarse el respeto y la amistad de Kevin. Pero ¿por qué no podía resultar fácil algo en aquella extraña situación? Su madre y Kevin se lo merecían.

James se metió en su coche, sacó el teléfono móvil y marcó.

–Hola, Cassie. Soy James. ¿Has comido ya?

–No, ¿por qué?

–¿Qué te parece si nos encontramos en el club Golden Gate?

Cassie rió.

–¿Ahora vas a ese sitio tan caro?

–No, pero tengo algunos contactos. Hice un trabajo para el presidente del consejo hace un tiempo. Creo que podrá permitirme la entrada. He oído que preparan un estupendo solomillo.

—¿Invitas tú?

—Por supuesto. ¿Cuánto tardas en llegar?

—Quince minutos.

James hizo una llamada al presidente del consejo. Quería encontrarse con Caryn y hablarle del encuentro entre Kevin y su madre y la idea de llevar a Cassie era una coartada para mantener la distancia entre Caryn y él. Quería echar raíces y tener hijos, y eso no iba a pasar con Caryn; sería demasiado extraño, especialmente teniendo en cuenta que siempre estarían vinculados gracias a Kevin. James tan sólo quería evitar que las cosas se pusieran tensas entre ellos y no dejó de repetírselo mientras se dirigía a su encuentro.

Capítulo Seis

–La mesa ocho pregunta por ti –le dijo Venus a Caryn junto al mostrador.

Distraída, Caryn miró el reloj. Eran las doce y media. ¿Qué tal le iría a Kevin? Deseaba que fueran las dos de la tarde para llamarlo.

–¿Cómo dices? ¿Alguien pregunta por mí? ¿Quién?

–No lo sé, no lo había visto nunca. Pelo oscuro, musculoso,…

El pánico se apoderó de Caryn. Buscó una vía de escape, pero la seguirían. Querrían más dinero o quizá ahora fueran otros. Quizá Paul tuviera otras deudas.

–¿Que le has dicho? –dijo cuando por fin pudo articular palabra.

Venus frunció el ceño.

–Le dije que te estabas ocupando de una fiesta privada. ¿Acaso no debería habérselo dicho?

–No, quiero decir sí, está bien. Echaré un vistazo.

Se asomó y vio a James sentado con una mujer muy atractiva. Lo primero que sintió fue alivio y luego ¿desilusión? ¿Quizá celos? James y la mujer estaban hablando sonrientes y era evidente que estaban a gusto el uno con el otro. Ella llevaba un anillo con un diamante lo suficientemente grande como para que Caryn lo distinguiera a diez metros de distancia. Era guapa, llevaba el pelo recogido en una larga trenza y tenía un cuerpo similar al que tenía Caryn antes de perder peso.

Y de repente se dio cuenta. Él no debía estar allí, sino con Kevin.

¿Qué se suponía que debía hacer ahora? No debía acercarse a él y preguntarle dónde estaba su hijo, al menos no delante de aquella mujer y de los demás clientes. Por no mencionar que Rafael estaba de mal humor. No podía poner en peligro su trabajo.

Si aquélla era la manera de James de vengarse por no decirle desde el primer momento quién era... Claro que él también se había sentido atraído. La había invitado a cenar antes de que supiera quién era.

Hombres, juegos. ¡Al demonio con todo! ¿Pero en qué estaba pensando? Ella no estaba celosa.

—Dale recuerdos de mi parte —dijo Caryn a Venus. Revisó sus anotaciones, las bebidas que tenía preparadas en la bandeja y luego se guardó la libreta en el bolsillo y levantó la bandeja. Encontraría la manera de evitarlo, manteniendo la paciencia para hablar con Kevin antes. Quizá, después de todo, había decidido no conocer a aquella mujer—. ¡Ah! Dile también que le recomiendo el salmón al vapor.

—Pero el salmón es... —Venus se detuvo y sus ojos brillaron divertidos—. ¿Se trata de un antiguo novio? ¿Quieres vengarte de él por algo?

—Algo así.

Bueno, quizá estaba algo celosa, pero enseguida desechó ese pensamiento. Tenía trabajo que hacer.

Caryn se dirigió al comedor privado decidida a, tan pronto como sirviera las bebidas y tomara la comanda de las mujeres que estaban celebrando un torneo de golf, irse al vestuario a llamar a Kevin.

Pero al salir del comedor, se encontró con James esperándola junto a la puerta. Su irritación fue en aumento.

—¿Qué estás haciendo aquí? —le preguntó en voz

baja, buscando a Rafael con la mirada–. ¿Dónde está mi hijo? ¿Por qué no estás con él?

La puerta del comedor privado se abrió golpeándola en la espalda.

–Lo siento –dijo una mujer.

–No, discúlpeme –dijo Caryn, haciéndose a un lado. La mujer salió en dirección a los aseos.

Caryn dirigió una mirada furiosa a James.

–He venido expresamente a contártelo –dijo tranquilamente, enarcando las cejas al percibir su enojo–. Kevin y mi madre han congeniado a la perfección desde el primer momento y no me querían tener a su lado.

Ahora sintió otra clase de celos. Bastantes preocupaciones tenía con James, como para que ahora su madre...

–Yo también –dijo con mirada cómplice, leyendo sus pensamientos.

–¿Tú también qué?

–Yo también me he sentido celoso al ver lo rápido que han congeniado.

–Yo no... –se detuvo y dejó escapar un suspiro–. Debería alegrarme.

–Es lo mismo que yo me he dicho. Escucha, no quiero entretenerte. Sólo quería contarte lo que había pasado.

–Gracias –respondió, deseando preguntarle quién era la mujer que estaba con él.

Él se giró.

–¿Así que aquella que nos está observando es la famosa Venus?

Caryn asintió.

–Ahora entiendo por qué Kevin está fascinado –añadió James.

–Es justo lo que necesitaba escuchar.

Él sonrió y ella sacó su libreta.

–Tengo que darme prisa.

–Si tienes un minuto, me gustaría que vinieras a mi mesa. Quiero presentarte a alguien.

–Veré si puedo. Estoy muy ocupada.

Él permaneció en silencio unos segundos.

–Venus me ha dicho que recomiendas el salmón.

Caryn se enfrentaba a un dilema. No podía decirle lo mediocre que era el salmón sin dejar en mal lugar a Venus, que había entendido su comentario al revés.

–No me gusta el pescado –añadió él–. ¿Tienes alguna otra sugerencia?

–Carne guisada, si te gustan las especias.

–Sí, gracias.

Ella se dirigió a la cocina y entregó la comanda al cocinero, sonriéndole amablemente. A continuación, sacó unos platos de ensalada del frigorífico y preparó las guarniciones. Eso la mantendría ocupada mientras James comía. ¿Sería miembro del club? Debía de serlo ya que si no, no le hubieran permitido la entrada, a menos que lo fuera la mujer que lo acompañaba.

–Caryn –dijo Rafael, apareciendo a su lado–. ¿Tengo que recordarte las normas? –preguntó sin molestarse en mantener la voz baja, levantando el tono para hacerse oír por encima del ruido de la cocina.

–¿Perdón?

–Hoy ya te he permitido hablar con tu hijo durante las horas de trabajo. Y ahora, te he visto hablando con ese cliente, el señor Paladin. Sabes que eso no está permitido.

Caryn se irguió. En momentos como aquél, prefería disculparse antes que dar explicaciones.

–Lo siento. No volverá a ocurrir.

Él se marchó. Nunca antes la habían reprendido. Sentía que el rostro le ardía. Su conversación con James apenas había durado un minuto. Además, ella

64

no había sido la que lo había buscado, sino todo lo contrario, pero no quería decirle eso a Rafael. ¿Qué se suponía que debía haber hecho? ¿Mostrarse antipática con un cliente?

Dibujó su mejor sonrisa y sirvió los primeros platos, rellenó las cestas de pan y los vasos antes de que salieran los platos principales. No podía mostrar las emociones que se arremolinaban en su interior sobre Kevin, James y su madre. Y además, ahora, la reprimenda de su jefe. Pensaba que su vida se había estabilizado, pero al parecer no podía permitirse el lujo de pensar así.

No podía hacerlo, pensó, dirigiendo la mirada hacia James y su acompañante.

Él levantó la cabeza y arqueó las cejas, invitándola a que se acercara a su mesa. Ella se dio media vuelta, a punto de llorar.

—¿Estás bien? —preguntó Venus por detrás de ella.

—Claro —respondió, tomando una bayeta y limpiando el mostrador.

—¿Quieres que te ayude a servir los platos?

—Rafael nos dirá si hace falta ayuda, gracias.

Se fue antes de que Rafael, que parecía verlo y escucharlo todo aunque no estuviera cerca, la viera. No podría llamar a Kevin antes de las dos y eso la enfadaba más aún todavía, así que no sabría lo que habría pasado hasta las cinco. Todo por culpa de James.

«¿A quién pretendes engañar?», se dijo. No estaba enfadada porque Rafael le hubiera llamado la atención. Lo que de verdad la había enfadado era que James no le hubiera dicho que tenía novia.

Pero ¿por qué debía importarle eso? Su vida sería más sencilla si James no estaba disponible más que para Kevin. Admitiría que James formara parte de su vida si Kevin así lo quería, pero más allá de eso, no había razón para saber mucho más el uno del otro.

***

−¿Quién era la camarera? −preguntó Cassie a James mientras se dirigían al coche después de haber comido.

−En su solapa decía: Venus.

−No me refiero a ella, sino a la otra, la pelirroja de pelo corto y labios pintados de rojo.

−No se te escapa nada, ¿eh?

−Se supone que así debe ser.

Llegaron al coche de Cassie.

−Se llama Caryn Brenley.

−¿Brenley? −preguntó, tomándolo del brazo−. ¿Has encontrado a tu hijo?

−Él me ha encontrado. Bueno, más bien fue su madre.

−¿Cómo te sientes?

−Todavía no lo sé. Sinceramente, Cass, es todo tan confuso.

−¿Por qué?

−Es una larga historia y ahora los dos tenemos que volver al trabajo.

Ella metió la llave en la cerradura, pero no abrió la puerta.

−¿Cuándo lo has conocido?

−El sábado.

−¿Y no me lo has dicho hasta ahora?

−Te llamé, pero no estabas en casa. Luego pensé que sería mejor que me hiciera a la idea primero.

−La madre es muy guapa, aunque está demasiado delgada.

−Le han pasado muchas cosas en este último año.

−¿Qué tal está su marido, viejo amigo tuyo?

−Murió hace un año. Mira, ya te contaré todo, ahora no es el momento.

Cassie sacudió la cabeza.

–¿Por qué me has traído aquí?

–Quería decirle algo y también verla trabajando. No quería venir solo, ya que hubiera sido muy evidente. No había contado con que pudiera no estar trabajando en el comedor –dijo, mirando el edificio–. Creo que se ha enfadado conmigo por venir.

–Sí, quizá.

–¿Por qué dices eso?

–Es su lugar de trabajo y tú lo has invadido. Seguramente tiene que cumplir unas reglas en su trato con los clientes. En todos los sitios donde trabajé sirviendo mesas, las había, aunque no siempre las cumplíamos.

¿Cómo no se le había ocurrido? Miró hacia las ventanas del comedor y vio que todavía había algunas personas comiendo. ¿Le habría causado algún problema?

–No puedo regresar y preguntárselo –dijo James–. Si ya ha tenido problemas, lo único que haré será empeorarlo todo.

–Ya se te ocurrirá algo –dijo, y se despidió de él con un abrazo–. Me alegro mucho por ti.

–No te alegres todavía. Hay mucho que hacer entre los tres.

–El esfuerzo valdrá la pena –dijo, apartándose para abrir la puerta–. ¿Vendrás a la oficina hoy?

–Detrás de ti.

Esperó a que se fuera antes de dirigirse hacia su coche, que estaba aparcado junto al edificio. Miró hacia las ventanas y vio a Caryn, observándolo. La saludó con la mano, pero ella se dio media vuelta y desapareció.

Imprevisible. ¿Por qué demonios había pensado que le gustaría eso de ella?

***

Poco después de las cinco, James aparcó delante del dúplex de Caryn y Kevin. Al lado izquierdo del edificio, en la segunda planta, encima de la puerta del garaje, había dos puertas pintadas de rojo con diferentes números, una que conducía hacia el piso superior y la otra hacia el piso inferior. Caryn vivía en el de arriba.

No había llamado. Prefería arriesgarse antes de que le diera una negativa. No sabía si esperar en su coche a que Kevin llegara o llamar y comprobar si Caryn estaba allí. Necesitaba hablar con ambos, pero no tenía que ser necesariamente a la vez. Además, que Kevin saliera de clase a las cinco no quería decir que regresara directamente a casa, lo que le ayudó a tomar una decisión. Llamaría a la puerta de Caryn.

No le hizo esperar demasiado y tampoco pareció sorprendida, así que quizá lo estaba esperando.

—Hola —dijo él, tratando de mostrarse alegre.

—Hola —dijo ella, cruzándose de brazos.

Era obvio que no le iba a poner las cosas fáciles.

—He venido para disculparme.

—¿Por qué?

—Por molestarte en tu trabajo. ¿Has tenido problemas?

—Sí.

—Lo arreglaré.

—No, gracias.

—Pero…

—No servirá de ayuda, créeme. ¿Es todo?

Sorprendido, no dijo nada durante unos segundos.

—No. Me gustaría hablar contigo y conocerte mejor. ¿Qué tal si me invitas a entrar?

—Tengo compañía.

Aquello lo pilló con la guardia baja. ¿Sería un no-

68

vio? No había considerado esa posibilidad, probablemente por cómo le había seguido aquella noche y la atracción que había admitido sentir.

–Venus está aquí –dijo ella, rompiendo el silencio.

Se sintió aliviado.

–Entonces, éste es un buen momento para hablar con ella y así poder aconsejar a Kevin.

Caryn frunció los labios antes de sonreír.

–Cree que eres un antiguo novio mío.

–¿Por qué piensa eso?

–Es lo que le he dicho.

–¿Por qué…?

–Está bien, puedes entrar con una condición: no decirle cuál es nuestra relación.

–¿No pensará que es algo extraño que aparezca un antiguo novio y le dejes pasar?

–Sentirá curiosidad, pero eso no es ningún problema.

–Está bien.

La siguió escalera arriba hasta un espacioso salón con ventanas hacia la calle. Los muebles eran probablemente los mismos que tenía en el rancho, pero quedaban bien allí también. Tenía buen gusto para la decoración y todos los colores y accesorios combinaban a la perfección.

–Hola –dijo Venus, regresando al salón de lo que parecía ser la cocina.

–Ya os conocéis –dijo Caryn.

–Sí, pero no sé su nombre.

–James –dijo él, extendiendo la mano–. Jamey, si lo prefieres.

De pronto reparó en que Caryn nunca lo llamaba por su nombre y se preguntó por qué.

–¿Solíais salir juntos? –preguntó Venus.

–De eso hace mucho tiempo –dijo Caryn, forzando una sonrisa–. Siéntate. ¿Quieres beber algo?

–Estoy bien –dijo él, tomando asiento en el sofá color arena.

No sabía muy bien qué decir delante de Venus, quien se había sentado al otro lado del sofá sobre sus piernas. Las dos se habían cambiado los uniformes y ahora llevaban vaqueros.

–¡Ya estoy en casa! –gritó Kevin, diluyendo la tensión que había en la habitación.

Se oyeron sus pasos en la escalera y entonces el muchacho apareció. Su rostro dibujó tres expresiones diferentes al ver a las personas que estaban en el salón. Su madre todavía no se había sentado, y al verla, sonrió. Después, vio a Venus y se dirigió hacia ella, pero al ver a James allí sentado en el mismo sofá, se paró en seco. Si la situación no hubiera sido tan incómoda, habría sido divertida. Casi al mismo tiempo, todos se giraron hacia Caryn.

Aquel silencio incomodó a Caryn. ¿En qué estaba pensando para dejar que James entrara mientras Venus estaba allí? Ninguno podía hablar tranquilamente. Caryn quería hablar con Kevin. El chico preferiría hacerlo con Venus, que parecía tener preguntas que hacer a James, quien estaba dispuesto a hablar con todos y con ninguno a la vez. Además, había algo diferente en él, estaba segura.

Kevin se hizo cargo de la situación.

–¿Quieres venir abajo a escuchar música? –le preguntó a Venus.

–Claro –respondió. Parecía encantada ante la idea de abandonar el apartamento de Caryn.

–¿Todo bien? –preguntó al chico, quien tras mirar a James, posó su mirada en su madre.

–Estupendamente. Ya te lo contaré más tarde.

–Antes de que te vayas, Kevin –dijo James, poniéndose de pie y sacando una tarjeta del bolsillo de su camisa, la misma que llevaba puesta en la comida que había tenido con la mujer del anillo de diamantes–. Tu madre me ha dicho que estabas buscando trabajo –añadió, entregándole la tarjeta. Es un amigo mío. Puedes intentar hablar con él antes de las diez, si te interesa.

Kevin leyó la tarjeta y sus ojos se abrieron como platos.

–¿Puedo ir a verlo ahora mismo?

–Será mejor que te pongas algo más apropiado para una entrevista de trabajo –contestó James.

–¿Un traje?

James sonrió.

–No, una camisa limpia y planchada te servirá. Y unos vaqueros más nuevos.

–¿De qué trabajo se trata? –preguntó Caryn.

Kevin le enseñó la tarjeta a su madre.

–¡Un club de tiro! ¿Cómo sabías que me gustaría? –preguntó el muchacho a James.

–Por tu madre, ella me lo dijo.

Kevin la abrazó y luego salió de la habitación, con Venus a sus espaldas, que había estado callada durante toda la conversación. Caryn se preguntó en qué estaría pensando.

–Muchas gracias –dijo Caryn–. Hacía mucho tiempo que no lo veía tan feliz.

–Ahora es él quien tiene que tomar una decisión.

–¿No has pagado a tu amigo para que le contrate, verdad?

Él sonrió lentamente, de aquella manera tan sexy e irresistible. Al parecer, tenía novia. Los había visto hablar y sonreír, hacerse confidencias y abrazarse en el aparcamiento. Había visto todo aquello y había tratado de ignorar el dolor que le producía.

–No se me había ocurrido subvencionarlo –dijo James–. Es difícil encontrar el primer empleo. Lo único que he hecho es abrirle una posibilidad –y acercándose, añadió–: Caryn, siento que hayas tenido problemas en el trabajo por mí. Si Cassie no me lo hubiera advertido, no me habría dado cuenta. Deberías haberme dicho algo.

–¿Cassie?

–La mujer que quería que conocieras. Trabajamos juntos.

¿Acaso aquello quería decir que no eran pareja? ¡Pero los había visto abrazarse! Los compañeros de trabajo no solían abrazarse.

–Es muy atractiva –comentó Caryn.

–Me impone.

–¿Qué quieres decir?

–Es una detective muy cualificada y no teme nada. Pero no es despiadada, lo cual también es bueno. Hace un mes que se comprometió. Me preguntó cuánto tiempo seguirá trabajando. Le gustan mucho los niños. Estoy seguro de que enseguida se quedará embarazada.

Caryn sintió alivio. No se había percatado de lo atraída que se sentía hacia James hasta que pensó que estaba comprometido. Aunque por lo poco que sabía, era posible que tuviera alguna relación con otra mujer.

James se quedó pensativo.

–¿No habrías pensado que éramos pareja, verdad?

–Claro que no –contestó ella, dándose media vuelta y dirigiéndose a la cocina para ocultar que viera la verdad en su rostro.

–Sí que lo pensaste –dijo, siguiéndola–. Te invité a cenar conmigo antes de saber que eras la madre de Kevin. Me sentía atraído hacia ti.

–Está bien.

–Mira –dijo, poniéndole la mano sobre el hombro para hacer que se girase–. Me imagino que no es fácil ganar tu confianza y lo entiendo. Pero créeme cuando te digo que si tuviera una relación con una mujer, no te hubiera pedido una cita.

Tenía dos opciones: creerlo o no creerlo. Teniéndolo tan cerca, se dio cuenta de por qué lo veía tan diferente: su barba había desaparecido.

—Te has afeitado —dijo, acariciando su mejilla sin pensarlo. Era un hombre increíblemente guapo.

Él se quedó inmóvil y todo pareció detenerse a su alrededor. No veía nada más que su rostro, sólo sentía la suavidad de su cara y aquel olor… Si pudiera saborearlo…

Él bajó la cabeza y besó sus labios, pero no la abrazó, sino que simplemente rozó sus labios como si tuviera miedo de hacerle daño. Después se apartó y apoyó la mejilla en su pelo.

—Esto no es una buena idea —susurró junto a su sien.

—Lo sé.

Pero hacía tanto tiempo que no disfrutaba de una caricia, que la sensación le resultaba muy reconfortante.

Se las había arreglado sola para muchas cosas: vender la casa, comprar una nueva, mudarse… Por no recordar a aquellos matones.

—¿Te importa abrazarme?

Sus brazos la rodearon y ella hundió el rostro en su cuello y lo saboreó. Era como si sus huesos comenzaran a derretirse y dejó escapar un gemido. Trató de emitir algún sonido para disimular y de apartarse, pero él la estrechó.

—No tengas miedo.

No lo tenía., pero ¿cómo iba a decírselo? Se sentía protegida.

—Lo siento —dijo, avergonzada—. Lo siento mucho.

—No te preocupes —dijo, acariciándole el pelo.

–Es que he estado tan…

–Sola, lo sé.

Después de un minuto, ella se separó.

–Gracias –dijo, y se dirigió a la nevera, tratando de mostrarse ocupada–. Voy a tomar un té helado, ¿te apetece?

–Claro, muchas gracias –respondió, sentándose en la mesa de la cocina, y esperó a que se sentara ella también con las bebidas–. He revisado la moto de Paul. La llevaron a un cementerio de coches hace unos meses. Al parecer firmaste la baja del seguro.

–Durante aquellos días firmé muchos papeles. No podría distinguir un documento de otro.

–Puedo ir hasta allí y ver qué ha pasado.

–Sólo si crees que servirá para algo. Imagino que todo ha sido investigado minuciosamente.

James dio un sorbo a su té y volvió a dejar el vaso suavemente. Caryn estaba segura de que tenía algo importante que decirle, pero que no sabía cómo hacerlo. Se veía muy diferente afeitado. Había llegado a gustarle el aspecto de travieso que le daba la barba. Ahora no parecía peligroso. Eso debería haber calmado su adrenalina, pero no había sido así. Al contrario, sus hormonas se agitaban en su interior.

–¿Ha encontrado Kevin algo en los papeles de Paul? –preguntó.

–No lo sé. No hemos hablado de ello todavía.

La puerta se abrió y Kevin apareció subiendo las escaleras.

–¡Mamá!

–Estoy en la cocina –respondió Caryn, aliviada de que no los hubiera encontrado besándose. No hubiera sabido cómo explicarlo.

–¿Qué aspecto tengo? –dijo, entrando en la cocina mientras se estiraba la camisa de manga larga azul que se había puesto, con una corbata azul y amarilla.

Su mirada voló de Caryn a James, que asintió con la cabeza.

–Muy guapo –dijo ella–. Necesitarás referencias.

–¿De quién?

–De algunos adultos que te conozcan –respondió James.

–¿No es suficiente que tú me hayas recomendado?

–Tendrás que rellenar un formulario como todos los demás candidatos.

–Te daré algunos nombres –dijo Caryn, poniéndose de pie. De pronto reparó en que los dejaría a solas y no quería que hablaran de la madre de James, ni de ninguna otra cosa, sin que ella estuviera presente–. ¿Dónde está Venus?

–Abajo, voy a llevarla a su casa de camino a la entrevista.

–Bien –dijo Caryn, saliendo de la cocina.

Buscó rápidamente su agenda y enseguida regresó. No parecía que hubieran hablado de nada mientras había estado ausente y se preguntó por qué.

–Háblame de tu…, de la madre de James –dijo, tomando lápiz y papel.

Su mirada se iluminó.

–Me gusta. ¿Sabías que navegó desde San Francisco a Australia? –dijo, dirigiéndose a James–. Sólo ella y tu padre.

–Sí, lo sabía –dijo, sonriendo–. Fue durante su primer año de casados y en ese viaje se quedó embarazada de mí. De todas formas, nunca pararon de viajar. Nunca me llevaron a Disneylandia, pero sí estuve en el Amazonas. Y también me llevaron de safari en un par de ocasiones.

–¡Guau!

–Nunca valoré todo lo que me habían enseñado hasta que fui lo suficientemente mayor como para darme cuenta de que nadie tenía ese tipo de vacaciones.

–Tu padre era policía, ¿verdad?

–Sí, y muy bueno.

Caryn percibió un tono de orgullo en su voz.

Kevin se apoyó en la encimera.

–Tu madre me enseñó algunas fotos –dijo, y asintió para sí mismo, como si acabara de tomar una decisión–. Iré a verla otro día.

Caryn acabó de escribir los nombres y le dio el papel a su hijo.

–Qué tengas mucha suerte.

–Gracias –dijo, y se fue sin despedirse.

–Nunca sé cómo va a reaccionar –comentó Caryn–. Es muy imprevisible.

–Imprevisible, ¿eh? –dijo, sonriendo sin que Caryn supiera por qué–. Los dieciocho años son una edad muy difícil. Uno está deseando liberarse de los padres, pero todavía no se está preparado para afrontar las cosas solo.

–He de reconocer que me cuesta admitir que se haya hecho mayor.

–Es comprensible, teniendo en cuenta la situación. Pero parece un buen chico, con la cabeza bien puesta sobre los hombros.

–Eso espero –dijo ella, dejando su vaso en la mesa. ¿Qué debía hacer? ¿Querría irse o quedarse a cenar? ¿De qué podían hablar?–. ¿Quieres ver fotos de cuando era niño?

–Sí, me encantaría –respondió él después de unos segundos.

La emoción de su voz la impresionó. No había pretendido poner a prueba sus sentimientos por Kevin. Durante aquellos años, habría sabido que tenía un hijo, pero ¿se habría preocupado por él? Había leído artículos escritos por otros donantes de semen. Algunos querían conocer a sus hijos, pero otros preferían desentenderse de un ser genéticamente suyo.

Había ayudado a alguien que de otra manera no hubiera podido tener hijos y eso era todo, un deber cívico.

Quería preguntarle a James cuál era su postura, pero no estaba segura de querer saberlo todavía.

–¿Caryn?

–Dime –dijo ella, levantando la cabeza.

–¿Las fotos?

Se fue a por los álbumes y pasaron la hora siguiente viendo fotos. Caryn le contó historias que recordaba al ver las imágenes.

Si alguien le hubiera preguntado durante los veinte años en los que había estado casada si era feliz, habría contestado que sí. Por supuesto que habían tenido problemas, como cualquier otra pareja, pero habían sabido resolverlos. No había matrimonio perfecto.

Pero al ver las fotografías, lo vio todo desde una nueva perspectiva. Con el pasar del tiempo, Paul y ella se habían ido distanciando. Imaginaba que eso era normal en una relación estable.

Durante los primeros diez años, habían trabajado mucho y nunca habían tenido el tiempo ni la energía para discutir. Se habían limitado a sobrevivir. Con los años, su reputación como especialista de cine había ido en aumento. Él ganaba lo suficiente como para que ella se pudiera quedar en casa con Kevin en un momento que parecía crucial: la pubertad. En aquel entonces, no tenía ni idea de cuál era sus situación económica.

Al ver fotos de Kevin de cuando estaba en el instituto, advirtió cambios en Paul que no había advertido en su día. Había perdido peso y se veía demacrado. ¿Preocupado, atemorizado? ¿Acaso había empezado a hacer apuestas ya por aquel entonces?

–¿Caryn? –dijo James.

Ella se había quedado absorta mirando una de las últimas fotografías de su marido.

—Te invito a cenar.

Ella se giró y lo miró. Aquel hombre había sido parte de su vida durante muchos años sin saberlo. Era evidente que era física y mentalmente fuerte. Si hubiera sido cualquier otro hombre, habría permitido que la cortejara. Sonrió ante aquel pensamiento tan antiguo. Pero era quien era.

Aún así, deseaba conocer al hombre que había dado vida a su hijo.

Capítulo Siete

–¿Dónde has estado? –preguntó Kevin desde las escaleras al ver llegar a James y Caryn después de cenar.

–Hemos ido a comer algo –contestó James antes de que Caryn tuviera un enfrentamiento con su hijo.

Todos parecían estar tensos y por el tono de voz de Kevin, era evidente que estaba dispuesto a discutir.

–Podías haberme dejado una nota –dijo, mirando a su madre.

–Pensé que volveríamos antes que tú –dijo Caryn, pasando junto a él–. ¿Qué tal fue la entrevista?

James se percató del repentino cambio de humor típico en los adolescentes.

–He conseguido el trabajo.

–¡Cariño, eso es maravilloso!

–Sí. De momento haré cosas como limpiar, pero me irán dejando hacer más cosas. Empiezo mañana. Tendré que trabajar muchas tardes y si todo está tranquilo, podré hacer los deberes –dijo, y dirigiéndose a James, añadió–: Gracias.

–De nada. Suelo ir por allí, así que te veré de vez en cuando.

–¿Llevas armas?

–Fui un cazarrecompensas durante veinte años. Ahora soy detective. ¿Qué te parece?

–Imagino que no te fías de nadie.

–Más o menos.

79

Se fueron al salón y se sentaron. Su intención había sido dejar a Caryn y marcharse, pero no quería perder la oportunidad de pasar un rato con los dos.

–¿Qué tal te va revisando los papeles de tu padre?

–No puedo creer cuánta basura guardaba. Creo que nunca tiró nada.

–¿Crees que tardarás mucho en revisarlos todos?

–Sí, sobre todo ahora que voy a tener un trabajo. Pero lo haré –se apresuró a aclarar–. Estoy tratando de ordenarlos. Creo que muchas cosas se pueden tirar. Incluso guardaba algunas facturas de cuando os casasteis.

–Voy a por un vaso de agua –dijo Caryn, poniéndose de pie–. ¿Queréis beber algo?

James y Kevin negaron con la cabeza. James sabía lo que tenía que hacer. Lo había planeado con Caryn mientras cenaban. Tenía que preguntarle por Venus y esperó a que Caryn se perdiera de vista.

–¿Hay algo entre Venus y tú? –preguntó en voz baja, echándose hacia delante.

Kevin no contestó y James pensó que había cometido un gran error. El muchacho se arrellanó en su asiento y se cruzó de piernas.

–Eso no es asunto tuyo.

¿Cómo podía salir de aquella incómoda situación?

–Por supuesto que no. Es sólo que me pareció adivinar que había algo entre vosotros y sentía curiosidad.

–Lo cierto es que Emmaline me dio algunos consejos.

Al menos su madre había logrado ganarse la confianza del muchacho.

–Venus me ha preguntado por ti.

–¿Qué te ha preguntado?

Caryn regresó con el agua.

–Quería saber cuánto tiempo hacía que mi madre

y tú estabais saliendo, ya que pensaba que mi madre no había salido con nadie desde que papá murió.

James observó a Caryn con preocupación.

—¿Qué le dijiste? —preguntó Caryn.

—Nada.

—Bien —dijo Caryn—. Lo único que le dije fue que habíamos salido un par de veces desde que habíamos venido aquí, pero que no había funcionado. Hace un mes que conozco a Venus, desde que comenzó a trabajar en el club.

—Le di a entender que era detective —añadió el chico.

—¿Por qué lo hiciste? —preguntó Caryn—. No deberías...

—No importa —interrumpió James.

No era cierto, pero no quería que Kevin se sintiera mal. Al igual que a otras personas, a Kevin le parecía fascinante el trabajo de James y no podía culparle de que se lo hubiera contado a Venus.

Decidió que había llegado el momento de irse.

—Será mejor que me vaya a casa —dijo, poniéndose de pie.

Caryn lo detuvo.

—Esperaba que nos contaras cómo conociste a Paul.

Se lo había preguntado durante la cena, pero habían decidido hablar de ello con Kevin también.

—De acuerdo —dijo, y se sentó—. Nos conocimos en el instituto. Jugábamos al fútbol juntos. No éramos lo que se dice amigos íntimos, pero nos llevábamos bien. Nos hicimos buenos amigos en la universidad y ambos estudiábamos lo mismo que tú, criminología —añadió, dirigiendo una sonrisa a Kevin.

—Con la diferencia de que mi padre nunca se dedicó a ello.

—¿Qué planes tienes?

–No estoy seguro. Quizá me convierta en policía o en abogado. ¿Quién sabe?

¿Quizá detective?

–Durante el segundo curso –continuó James–, el mejor amigo de mi padre fue arrestado por intento de asesinato. Mi padre creía que su amigo, que también era policía, era inocente y que le habían tendido una trampa. Así que pagó la fianza, hipotecando su casa, pero su amigo desapareció. Aquello fue muy humillante para mi padre, por no mencionar el daño económico que le produjo.

–Fuiste detrás de ese hombre –dijo Kevin, adivinando lo enfadado que debía estar por lo que le había pasado a su padre.

–Sí, y le pedí a tu padre que me echara una mano. No dijimos nada a nuestras familias de lo que estábamos haciendo. ¡Qué estupidez! –exclamó, sacudiendo la cabeza–. Éramos jóvenes y estúpidos. Cometimos errores de principiantes, pero conseguimos localizarlo dos semanas más tarde. El problema fue que aquel hombre no sólo era más listo y tenía más experiencia que nosotros, también tenía motivos para que no lo pillaran.

–¿De veras era culpable de asesinato? –preguntó Kevin.

–Sí.

–Paul y tú no pedisteis ayuda cuando lo localizasteis, ¿no? –dijo Caryn, dando la respuesta por sentada–. Ni a tu padre, ni a la policía. Vosotros solos fuisteis tras él.

–Creíamos que podríamos arreglárnoslas. Ya sabes, dos contra uno. La confianza de la juventud.

–Aquel tipo tendría años de experiencia como policía a sus espaldas –dijo ella–, y seguramente, iría armado.

James asintió.

–Fui tras él y me pegó un tiro en el hombro. Paul se abalanzó sobre él y consiguió arrebatarle la pistola. Durante la pelea –James miró a Caryn y luego a Kevin–, tú padre se llevó la peor parte en la entrepierna.

–¿Le pegaron un tiro… ahí? –preguntó Kevin con ojos horrorizados.

–No fue un tiro. El tipo le dio una patada con sus botas de punta metálica. Aún así, Paul consiguió dejarle sin sentido antes de que él mismo se desmayase por el dolor. Le puse las esposas y luego llamé a la policía. Estábamos en Nevada, lo que complicó las cosas. Hubo que extraditarlo a California, por no hablar de todos los problemas que tuvimos con nuestros padres, las autoridades locales y las de San Francisco.

–Así que le diste tu esperma como una manera de devolverle el favor, ¿no? –dijo Caryn lentamente.

–El golpe que recibió le hizo sangrar, lo que le produjo un daño irreversible en la producción de esperma. Fue culpa mía porque me ayudó. ¿Nunca te lo contó?

–Lo único que me dijo es que era infértil.

–Demasiada información –dijo Kevin, tapándose los oídos con las manos y poniéndose de pie, se fue–. Tengo que irme.

Voló escaleras abajo y cerró dando un portazo.

–Deberías haber dicho qué debía decir y que no.

–Tenía que saberlo. Espero que, sabiendo lo que os pasó a Paul y a ti, le haga recapacitar antes de que se arriesgue.

–Aun así, tú misma no quieres hablarle del problema de Paul con las apuestas.

–Eso es diferente –repuso ella, mirando hacia las escaleras–. No te he preguntado qué tal fue la visita a tu madre.

–He ido a verla antes de venir aquí. Me contó que

se lo pasaron muy bien juntos, que Kevin es muy dulce.

—Es un buen chico. Escucha, James, quiero que me des tu opinión sobre algo.

«Sí, te encuentro muy atractiva y estoy deseando volver a besarte y abrazarte».

—¿De qué se trata? —preguntó él.

—No le he dado a Kevin todos los papeles. Tengo tres cajas llenas de los expedientes más delicados. No sé muy bien qué hacer con ellos.

—Les echaré un vistazo, si no te importa, y luego consideraremos la posibilidad de comentarlos con Kevin. Los recogeré mañana por la noche, aprovechando que él estará trabajando —dijo, poniéndose de pie—. Por cierto, Caryn, creo que no deberías preocuparte por Kevin y Venus.

—¿De verdad?

—Él insinúa que no hay nada entre ellos.

—¿Y eso es suficiente para que lo creas?

—Sí, por ahora —respondió, dirigiéndose hacia la escalera a pesar de que quería quedarse—. No hace falta que me acompañes a la puerta —añadió al ver que se ponía de pie. Aun así, ella lo siguió hasta el inicio de la escalera—. ¿Estás bien?

—Sí.

—No estás segura de que te guste la idea de que forme parte de la vida de tu hijo, ¿verdad?

—Sí que lo estoy. Te necesita y soy consciente de ello.

—¿Y qué me dices de ti? ¿No quieres tenerme cerca?

—Yo no diría eso.

—Entonces, ¿qué dirías?

—Nada. Al menos todavía.

Él sonrió.

—Me sorprendes, mujer misteriosa.

–Bien.

James posó la mirada en sus labios rojos.

–¿Prefieres llamarme tú a que te llame yo?

–Sí. No sé en qué momento podré tomarme un descanso.

–Hay veces en que no puedo contestar.

Ya no tenía aquel aspecto frágil que tenía al principio de la tarde. Le gustaba la fuerza y determinación que veía en ella.

–Buenas noches.

–Buenas noches.

Bajó lentamente la escalera, haciendo crujir la madera a cada paso. Cuando llegó a la puerta, se giró y se dio cuenta de que no se había quedado parada mirándolo. Se había ido. Sonrió.

Se quedó sentado en el coche durante unos minutos, escuchando los mensajes de su contestador por si acaso había tenido alguna llamada urgente a la que tuviera que responder. Si no hubiera estado allí ocupado, no habría visto a Venus llamar a la puerta de Kevin, quien la hizo pasar a toda prisa, mirando a derecha e izquierda antes de cerrar. Tampoco hubiera visto unos segundos más tarde sus siluetas contra las cortinas. Nadie diría que estaban manteniendo las distancias.

Capítulo Ocho

Al día siguiente, Caryn llegó a casa del trabajo, se duchó y se puso una falda azul y una camiseta blanca de algodón. Metió las tres cajas de documentos en su coche y se dirigió a casa de James. Le había llamado durante el descanso para comer. A pesar de que Kevin estaría trabajando, habían acordado verse en casa de James. Le había dicho que fuera cuando quisiera.

Caryn se preguntaba cuánto tiempo de trabajo habría perdido James por culpa de Kevin y ella. No podía dejar de pensar en él y eso la distraía. ¿Le estaría pasando lo mismo a él? Seguramente, eso no era bueno para alguien con aquel tipo de trabajo.

Debía de estar esperándola porque nada más aparcar, él apareció.

—¿Llevas cajas atrás? —preguntó él.

Ella asintió. Le gustaba su sonrisa. Había algo diferente en él, pero ¿qué era? Llevaba vaqueros y una camisa a cuadros con las mangas enrolladas.

—¿Qué? —preguntó James con dos cajas en los brazos.

Se había quedado mirándolo fijamente y de repente se dio cuenta qué era lo que veía diferente. Lo había besado. Ahora lo miraba con ojos diferentes y no como la madre del hijo que biológicamente compartían, sino como una mujer necesitada. Había confiado en que la besara a modo de saludo, pero no había motivo para eso.

—¿Qué? —repitió él.

Ella sonrió. Se sentía a gusto allí con él.

–Nada –respondió.

–¿Nada? –repitió él, arqueando las cejas–. ¿Quieres traer la otra caja, por favor?

Ella tomó la caja más pequeña del coche, lo cerró y siguió a James. A Jamey. A pesar de que parecía querer que lo llamara así, aquel nombre no iba con él. Era James, una persona calmada, segura y en quien se podía confiar.

Lo siguió hasta su estudio. Él tomó la caja que ella traía y la dejó junto a las otras. Caryn se preguntó si sabría lo difícil que le resultaba dejarle ver aquellos papeles que eran la prueba de las apuestas de Paul y que dejaban al descubierto cuál había sido su estado financiero durante los últimos años.

Caryn se quedó mirando las cajas. Allí estaba todo menos una carta que Paul había enviado a un apartado de correos privado el día antes de su muerte. Confiaba en que James investigara el accidente y que llegara a la misma conclusión que la policía para así creerlo y destruir aquella carta. Quizá debería haberlo hecho ya.

–Hoy no estás en el mundo –dijo James a su lado.

Ella se giró hacia él.

–Lo siento.

James se quedó observándola y ella sintió que los latidos de su corazón iban en aumento.

–¿Sabes si Paul tenía un ejemplar de su libro escolar?

–No he encontrado ninguno.

James tomó un libro de la estantería y lo abrió. Ella sonrió al ver una foto de Paul con diecisiete años y la acarició con su dedo.

–¡Qué guapo! –dijo–. Cuando lo conocí dos años más tarde, su aspecto no había cambiado mucho del de esta foto. ¿Dónde estás tú?

James pasó unas páginas.

–Aquí.

–No hay duda de que eres el padre de Kevin –dijo ella, inclinándose sobre el libro–. El parecido es evidente. ¿Tienes fotos de cuando eras bebé?

–Estoy seguro de que mi madre sí las tiene. Puedo llevarte a que la conozcas, si quieres.

–Todavía no, gracias –respondió. Quería darle tiempo a Kevin–. ¿Quieres que revisemos estas cajas juntos?

–No.

–¿Por qué no?

–Quiero llevar esta investigación como si fuera cualquier otra. Haré preguntas cuando sea necesario.

–Estás deseando echar un vistazo a esos papeles.

Parecía preferir trabajar en vez de pasar un rato con ella, lo que le hizo sentir cierta envidia, pero finalmente él le dedicó toda su atención.

–Estás muy guapa, mujer misteriosa.

Le gustaba mucho aquel apodo que le había puesto.

–Gracias.

–Espero que te quedes a cenar.

Se había percatado del delicioso aroma nada más entrar en la casa. Antes de que pudiera contestar, él se acercó a ella.

–Vamos a compartir muchos momentos de nuestras vidas. Será mejor que nos acostumbremos a sentirnos cómodos cuando estemos juntos.

Se sentía cómoda junto a él, a pesar de que invadiera su espacio personal.

–Te aprecio por cómo eres –dijo, tomándola por los hombros–. Una buena madre, una esposa leal y fiel, una mujer de palabra. Sé que te resulta difícil compartir a Kevin conmigo y te admiro por todo ello.

–Le das a Kevin cosas que yo no puedo darle. No

puedo negarle lo que tú le ofreces –dijo ella–. ¿Qué hay de cena?

–Carne asada, patatas y judías verdes.

–¿Quieres hacerme engordar? –preguntó ella. Sabía que tendría mejor aspecto con un poco más de peso. Quizá su cuerpo tan delgado no le gustaba.

–Me gusta comer bien. Y más si es en buena compañía.

–Está bien, me quedaré a cenar contigo.

–En diez o quince minutos para que esté todo listo. ¿Quieres beber algo: vino, té?

–Vino blanco, por favor.

–Siéntate en el salón. Enseguida estoy contigo.

La última vez que había estado allí, se había fijado en aquella habitación para evadirse de la emoción del momento. Lo que le llamaba la atención en aquel momento era el ambiente tranquilo de la estancia. La chimenea estaba lista para ser encendida y sonaba una música proveniente de unos altavoces que no veía.

Nada más sentarse en el sofá apareció James con una copa de vino blanco en cada mano. Le dio las gracias y James se sentó en el sofá, no demasiado cerca.

–Se me olvida preguntarte por tu moto.

–Con lo que me diste, los daños están cubiertos.

No sabía si aquello sería verdad, pero nunca lo sabría.

–¿Te la devolverán pronto?

–Tienen que cromar el nuevo guardabarros. Creo que la tendré la semana que viene –dijo, estirando el brazo sobre el respaldo del sofá–. ¿Te gusta tu trabajo?

–Está bien.

–¿Te gustaría dedicarte a otra cosa?

–No sé hacer mucho más.

–¿No tienes ninguna pasión secreta?

Aquélla era una pregunta con segundas intenciones y Caryn dio un sorbo a su copa para ocultar una sonrisa. Al ver que no contestaba, James continuó:

–Es evidente que te gustan los caballos. ¿No te gustaría volver a trabajar con ellos?

–¿Acaso has abierto una oficina de empleo para la familia Brenley?

–Sólo sentía curiosidad.

–Me gusta montar a caballo de vez en cuando, pero cuidarlos y llevar un establo requiere mucho trabajo físico.

–¿Acaso servir mesas es más fácil?

–No, pero es diferente. Lo que más se me cansan son los pies –respondió Caryn, mirándoselos. Llevaba unos zapatos de piel gastados y cómodos.

Después de unos segundos, él dejó su copa, se acercó a ella y tomó sus pies. Ella se echó hacia delante, tratando de soltarse.

–¿Qué estás haciendo?

–Mimándote un poco –dijo, mirándola sin apenas pestañear.

Caryn tragó saliva. Hacía mucho tiempo que nadie hacía nada por ella. ¿Por qué no dejar que lo hiciera?

Colocó sus pies sobre su regazo. Él le quitó los zapatos lentamente, como si la estuviera desvistiendo. Sí, hacía mucho tiempo. Cerró los ojos acomodándose en el asiento y sintió que le quitaba la copa de la mano para ponerla encima de la mesa.

Él comenzó a darle un masaje en la planta de los pies y ella dejó escapar un gemido de placer. Poco a poco fue relajándose. Él no dijo nada y Caryn no estaba segura de que quisiera distraerse conversando, así que se concentró en sus caricias.

Tenía unas manos mágicas que se movían con

lentitud. James hizo más intensa la presión, le giró los tobillos y le dio un masaje en cada pie. Un suspiro escapó de los labios de Caryn. Nadie la había acariciado por más de un par de segundos y de aquella manera tan íntima en que James lo estaba haciendo, a pesar de que nunca subía más de los tobillos.

Sintió que su cuerpo reaccionaba como si la estuviera acariciando por todas partes. Sentía el calor de los muslos de James a través de la tela de sus vaqueros. Su falda se había subido un poco y dejaba al descubierto parte de su piel, pero decidió no colocársela para que él no se diera cuenta de lo mucho que le estaban afectando sus caricias.

Quizá debería olvidarse de todo. Al fin y al cabo, eran adultos y tenían necesidades…

No. Les esperaba una conexión de por vida debido a Kevin. Sería mejor que la relación fuera buena, pero que no llegara a íntima. En algún momento, tendrían los mismos nietos.

¡Nietos! Al imaginarse aquella estampa, abrió bruscamente los ojos.

–¿Qué ocurre? –preguntó él sin apartar sus manos.

De pronto comenzó a sonar un timbre. La cena estaba lista. Él detuvo el movimiento de sus manos, pero no las apartó, rodeando con ellas sus pies.

–¿Qué ocurre, Caryn? –repitió.

Al verlo tan cerca, sintiendo sus piernas bajo las suyas, no quiso ocultarle sus pensamientos.

–Acabo de caer en la cuenta de que en algún momento nuestros nietos serán los mismos –dijo ella, y James se quedó helado en el sitio sin saber qué decir–. ¿No te hace sentirte mayor?

–¿Mayor? –repitió él. Eso era lo de menos. Teniendo en cuenta que pretendía ser padre, la idea de convertirse en abuelo no le cabía en la cabeza en aquel momento–. No, no me siento mayor. Además, tú tampoco tienes aspecto de abuela.

–Gracias. Creo que tampoco estoy preparada para serlo. Apenas puedo acostumbrarme a que Kevin no viva conmigo. Y ya ves que vive justo debajo.

James sintió un vuelco en su interior. Quizá fuera mejor construir una relación más íntima, pensó él. Caryn podía no querer casarse ni tener hijos, pero seguro que estaría dispuesta a tener más que una amistad con él. Lo malo es que según cómo terminara esa relación, las cosas en un futuro podían complicarse. Debería pensárselo…

Y así lo hizo durante la cena, a pesar de que hablaron de otras cosas: de Kevin y su infancia, de sus propias experiencias y de divertidas historias. Después, ella insistió en ayudarlo a recoger la cocina. Entonces, al cerrar el lavavajillas, tomó la decisión. No la besaría. No arriesgaría la larga relación que les esperaba de por vida por una breve aventura. Ella no quería hijos. Además, ya tenían un hijo en común. Bastantes aspectos extraños tenía aquella relación como para complicarla aún más.

–Me gustaría ver tu jardín antes de irme.

«¿Te vas a ir tan pronto?», pensó él.

Hacía mucho tiempo que no se lo pasaba tan bien cenando. Quizá Cassie tenía razón y había estado saliendo con mujeres demasiado jóvenes.

James encendió las luces que había colocado entre los árboles.

–¡Qué agradable! –dijo ella mientras caminaban por el sendero–. Teníamos uno de estos –añadió, acercándose a uno de los árboles.

Entonces, Caryn metió los dedos en uno de los bebederos para pájaros y sonrió con malicia. Él sacudió la cabeza, imaginando lo que estaba a punto de hacer, pero ella no le hizo caso y le salpicó antes de salir corriendo.

Él fue tras ella y la alcanzó. Se detuvieron junto a uno de los árboles, sonriendo. Caryn apoyó la cabeza contra el tronco, tratando de recuperar el aliento. Alargó el brazo y tomó una hoja de una de las ramas. Jugueteó con ella haciéndola pedazos y después se la echó a James por la cabeza, quien se la sacudió de un rápido movimiento de cabeza.

Era una mujer peligrosa cuando lo miraba con aquella sonrisa. James sabía que su vida no había sido fácil, que había sufrido mucho debido a la adicción al juego de Paul, pero parecía estar recuperándose y no quería hacer nada para estropearlo.

Se pasó la mano por la cabeza para quitarse los restos de la hoja y, de repente, se encontró tomando el rostro de Caryn entre sus manos. La había besado el día anterior, pero había sido diferente. Lo había hecho casi por lástima.

«Si quieres que me detenga, dímelo», se dijo para sí.

Ella levantó su rostro hacia él y lo rodeó por la cintura, poniéndose de puntillas. Sus labios se tocaron y él la estrechó entre sus brazos. Aquel beso sabía a helado de chocolate con menta. Era difícil describir cómo se sentía en aquel momento. Era como si ambos llevaran esperando aquel momento desde hacía años, desde que crearan una vida aún sin saberlo.

James la estrechó contra el árbol. Su pecho oprimía sus senos, aquellos que habían alimentado a su hijo, y deslizó sus manos para acariciarlos. Ella dejó de besarlo y se quedó quieta, como esperando. Él apartó su rostro y buscó su mirada mientras tomaba sus pechos entre las manos. Sentía sus pezones duros a través de la tela. Después de unos segundos, ella lo tomó por las muñecas. Él se detuvo, pero ella sacudió la cabeza, cerró los ojos y guió sus manos.

James observó cómo la expresión de su cara reflejaba placer mientras jugaba con sus pezones a través de la ligera camiseta y el sujetador. Colocó una pierna entre las de ella y presionó ligeramente. Por el modo en que ella dejó caer su cabeza hacia atrás, era evidente que le gustaba. Jugueteó con el lóbulo de su oreja y continuó deslizando los labios por su cuello hasta el borde de la camiseta. Ella dejó escapar un gemido mientras él la estrechaba contra su cuerpo y a continuación pronunció su nombre. James colocó su boca sobre su pecho, por encima de la ropa.

Entonces, Caryn lo apartó con decisión.

—No puedo —dijo, apoyando la frente contra la de él.

—¿Qué es lo que no puedes?

—Hacer esto. Vamos demasiado deprisa. Hay muchas cosas que debemos tener en cuenta.

James no tenía ninguna duda de que le había gustado y no lograba entender que hubiera encontrado la fuerza para detenerse. Deseaba darle placer y hacer que disfrutara entre sus brazos.

—Sólo deja que me ocupe de ti, que te haga feliz —dijo, y acarició con la lengua sus labios.

—No puedo —dijo ella, respirando entrecortadamente.

—Claro que puedes.

Sus labios estaban rozándose.

—¿Qué quieres hacer?

—Deja que te lo demuestre.

James se quedó a la espera unos segundos. Le mostraría cómo podrían disfrutar juntos, aunque sólo fuera durante una temporada. Una aventura podría satisfacer su mutua curiosidad y así su relación proseguiría sin tener que estar continuamente pensando qué sentirían al hacer el amor.

–No querrás dejarlo así.

–No quiero, pero tengo que hacerlo. Lo siento.

Él dio un paso atrás apartándose. No estaba enfadado, pero sí sorprendido y decepcionado.

–Debería irme –dijo ella.

–Está bien –repuso él. Quería creer que había otra ocasión, otra oportunidad.

–No hace falta que me acompañes –dijo ella, regresando a la casa.

Él consiguió salir de su estupor y la siguió. Cuando llegó a la puerta principal, Caryn estaba dentro del coche en marcha y se despidió agitando la mano.

Al girarse para regresar al interior de la casa, vio que había un coche aparcado al otro lado de la calle. Era oscuro, de dos puertas, la clase de coche que solía utilizar la policía secreta. Dentro, vio la silueta de un hombre. Recordó haber visto el coche allí cuando Caryn llegó. Aun así, era una buena señal que no la hubiera seguido a ella. James se acercó lo suficiente para ver la matrícula y al hombre del interior, que ocultó el rostro al ver que James se acercaba. Él continuó caminando hasta el quiosco de prensa de la esquina, compró un periódico y regresó. Unas horas más tarde, el coche se fue. Pero, por la mañana, allí estaba otra vez.

Capítulo Nueve

James tenía un plan. Llamó a Cassie y acordó con ella que fuera hasta su casa y aparcara fuera del alcance de la vista del extraño para comprobar si lo seguía. Hubiera preferido confrontarlo él mismo, pero sabía que en ese caso sólo obtendría una mentira por respuesta. Era mejor saber quiénes eran sus enemigos.

Cuando llegó, Cassie le llamó para avisarlo. Entonces, James sacó su coche del garaje como si tal cosa.

—No te sigue —le dijo Cassie a través del teléfono móvil.

James se alegró, pero se preguntó quién en el vecindario estaba siendo vigilado y por qué.

—Quédate ahí unos minutos. Daré la vuelta y aparcaré detrás de ti. Luego, puedes irte. Quiero ver qué hace.

—De acuerdo. ¿Cómo está…? ¡Espera! Está saliendo del coche. Acaba de abrir la puerta de tu valla. ¡Está en tu patio!

James aceleró.

—¿Lleva algo?

—No veo nada. Me acercaré un poco más a la casa.

—Está bien. ¿Vas armada?

—Sí.

Hizo el último giro para tomar de nuevo su calle, aparcó el coche y se dirigió corriendo a su casa, haciendo una señal a Cassie para que se quedara al pie de los escalones de entrada. Sacó la pistola y abrió el pestillo de la puerta de la valla. Cruzó el patio y se

96

acercó hasta unos arbustos desde donde echar un vistazo a la parte trasera de la casa.

Un hombre bajo y musculoso, con la cabeza afeitada, estaba junto a la puerta trasera estudiándola detenidamente en busca de algún sistema de alarma. A continuación se acercó a la ventana más próxima. James tenía que ser paciente y dejarle hacer lo que tenía planeado si quería pillarlo. La alarma enviaría una señal al aparato que James llevaba en el bolsillo y que previsoramente ya había apagado, y a su oficina, con lo cual su jefe, Quinn Gerard, llegaría inmediatamente, si es que estaba allí.

El hombre sacó un teléfono móvil del bolsillo y apretó un botón de la memoria. De vez en cuando, James lograba oír algunas de las palabras. Al parecer el intruso estaba pidiendo consejo. James escuchó las palabras «alarma» y «riesgo». Luego, guardó el teléfono y miró al patio. James se ocultó. Lo siguiente que escuchó fue el sonido de un cristal al romperse. La alarma se habría disparado, pero eso aún no lo sabía el intruso.

James volvió a asomarse. El hombre se quedó en el sitio, como si esperara a que la alarma sonase o que un vecino apareciese. Cuando decidió que ya había pasado suficiente tiempo, pasó un brazo a través de los cristales rotos de la puerta trasera y la abrió. El crujido de los cristales del suelo sonó bajo sus pasos.

James lo siguió. Se agazapó al pasar junto a las ventanas y a continuación entró sigilosamente en la casa, retirando los trozos de cristal antes de pisar el suelo de la cocina.

De pronto, maldijo para sus adentros. No le había dicho a Cassie que iba a entrar. Había cometido el error de entrar sin respaldo, a pesar de los años que llevaba trabajando. Pero ya era demasiado tarde. Al menos, ella estaba haciendo guardia en la entrada principal.

Oyó ruido en el estudio, como si estuviera revolviendo papeles. Caminó con la espalda pegada a la pared en dirección a aquella habitación. Llegó junto al umbral de la puerta y se asomó. El hombre estaba guardando de nuevo en las cajas los papeles que James había sacado la noche anterior. Todo el trabajo de clasificación que James había hecho estaba perdido.

—¡Arriba las manos! —gritó James al entrar en la habitación, apuntándole con la pistola.

El hombre, asustado, buscó una vía de escape.

—Deje la caja en el suelo y levante las manos —dijo James, apuntando al hombre con el arma.

El intruso se inclinó lentamente y, a medio camino, golpeó a James con la caja y salió corriendo. James no tenía motivos para dispararle así que salió detrás de él. Lo agarró por la parte trasera de la chaqueta, pero el hombre se quitó las mangas y siguió corriendo hacia la cocina hasta salir por la puerta al jardín.

James corría tras él, pero aquel hombre era al menos quince años más joven y cruzó la valla de un salto. Cuando James llegó a la segunda valla, el hombre ya había desaparecido.

Llegó hasta la acera y, al verlo, Cassie corrió junto a él. Quinn detuvo su coche junto a la entrada. Todo el equipo estaba allí.

—Se ha ido.

—¿Qué está pasando? —preguntó Quinn, acercándose hasta ellos.

—Entremos en casa —dijo James, dirigiéndoles al interior.

Su ego estaba herido. Ahora recordaba por qué había dejado su trabajo como cazarrecompensas. No podía seguir a delincuentes jóvenes que podían correr más rápido que él. Si llegara a tener un hijo, quizá no pudiera jugar con él en seis o siete años. Aquel pensamiento lo deprimió aún más.

Les contó acerca de Caryn y Kevin y después hizo un par de llamadas. Una a la policía y la otra a un cristalero para que fuera a arreglar el cristal de la puerta trasera.

James registró la chaqueta del intruso, pero no encontró ninguna identificación aunque sí el teléfono móvil.

Quinn metió algunas cosas en una bolsa de plástico para que fueran analizadas en busca de huellas dactilares y volvió a la cocina.

—Me ocuparé de esto.

—¿Qué crees que buscaba ese hombre, Jamey? —preguntó Cassie.

—Creo que tiene alguno que ver con Caryn o, mejor dicho, con Paul.

—Pero ya les pagó las deudas.

—Quizá debía dinero a alguien más. Quizá ese hombre estaba vigilando la casa de Caryn y la vio meter las cajas en su coche. ¿Cómo si no habría sabido que estaban aquí?

—¿Vas a decírselo a Caryn?

—Sí —respondió, frotándose la frente. Ahora estaba deseando revisar a fondo los papeles. Tenía que haber algo en ellos que le diera una pista, algo que a Caryn se le hubiera pasado.

—¿Necesita protección? —preguntó Cassie.

Él también se había preguntado si Kevin y ella estarían en peligro. Y ahora que James había tenido un enfrentamiento con aquel hombre, ¿enviarían a otro en su lugar? ¿Alguien que quizá fuera más violento?

—Quizá —respondió por fin.

—Deberías hacer que vinieran a vivir aquí.

Quinn entró en el estudio.

–Necesito usar tu ordenador.

Quinn estaba tratando de obtener información del teléfono del intruso a través de vías legales, algo que había estado haciendo durante el último año, desde que se convirtiera en un respetado detective y dejara atrás un pasado que rozaba la ilegalidad.

–Todo tuyo –respondió James y, girándose hacia Cassie, añadió–: Caryn no estaba siendo vigilada.

–Al menos, no esta mañana.

–Echemos un vistazo al coche –dijo él.

–Es alquilado –dijo Quinn mientras escribía en el teclado–. Ya lo he comprobado.

–Sólo puedo conseguir que se muden aquí si Caryn le cuenta a Kevin la verdad sobre las apuestas de su padre. Tengo que ir a hablar con ella y asegurarme de que no es el objetivo.

–Vete –dijo Cassie–. Yo me quedaré a esperar a la policía y al cristalero. Dime el código de la alarma. Te llamaremos en cuanto Quinn averigüe de quién es el teléfono.

–No hagas nada por lo que pudieras perder tu licencia –dijo James mientras escribía en un papel el código, y después se fue.

Le hubiera gustado tener una moto, pero incluso había devuelto la que le habían prestado, ya que el caso para el que le hacía falta ya había terminado.

Tras soportar el intenso tráfico, por fin llegó al club Golden Gate y se acercó hasta una de las ventanas del restaurante. Venus lo vio y lo saludó con la mano. Él le hizo un gesto para que avisara a Caryn. Ella apareció junto a la ventana y le dijo por señas que se verían en diez minutos, así que se fue a la entrada de los empleados a esperarla.

Al poco, Caryn apareció poniéndose un jersey. Debido a la subida de adrenalina, James no había reparado en que había refrescado.

–¿Qué ocurre? –preguntó–. ¿Acaso es Kevin?

–Él está bien.

Lo había llamado con un pretexto ridículo para asegurarse de que todo iba bien y lo había despertado.

James le contó a Caryn lo que había pasado.

–¿Crees que se trata de la misma gente? –preguntó, sintiendo un escalofrío–. Quizá sean otros. Puede que haya más.

–Todavía no lo sé. Cassie y Quinn están haciendo averiguaciones. Te prometo que llegaremos al fondo del asunto –dijo él, frotando vigorosamente los brazos de Caryn para que entrara en calor, ya que seguía temblando–. Caryn…

–No me gusta cómo suena eso.

–Todavía no he dicho nada.

–Estás a punto de decir algo que no me va a gustar.

–Tienes que contarle todo a Kevin.

–No.

–Sí, porque tenéis que venir a vivir conmigo hasta que tengamos algunas respuestas.

Ella se puso tensa.

–No –repitió.

–Sí. Es la única manera de garantizar vuestra seguridad.

–¿Por qué estás tan seguro de que estamos en peligro?

–No lo sé con certeza, pero no estoy dispuesto a correr ningún riesgo.

Caryn se estremeció por el tono de su voz. Era evidente que se sentía responsable de ella y de su hijo.

De pronto sonó el teléfono móvil de James y ella se apartó para dejar que hablara. ¿Mudarse a su casa? ¿Contarle todo a Kevin? Se llevó las manos al rostro. Se suponía que su vida estaba volviendo a la normalidad.

–Caryn.

Ella se giró.

–Era Quinn, mi jefe. Dice que el teléfono móvil es de una empresa de Los Ángeles. Va a ver si averigua algo más de esa compañía, pero está seguro de que se trata de una tapadera.

–¿Ha podido localizar las llamadas?

–No puede hacer eso. Si lo pillan intentándolo, podría perder su licencia. De todas formas, hemos llamado a la policía y probablemente ellos podrán obtener esa información.

–¿Has avisado a la policía?

–Por supuesto –dijo en tono más relajado–. Eso no quiere decir que vayamos a dejar nuestra investigación –añadió, acariciando la mejilla de Caryn.

–Mañana hará un año de la muerte de Paul. ¿No es ése suficiente dolor para Kevin?

Entonces, James la rodeó con sus brazos. Las lágrimas se le escapaban de los ojos y los cerró con fuerza. El olor de su cazadora de cuero le resultaba reconfortante.

–Lo siento, pero tiene que saberlo por su propio bien –replicó James–. Cuando acabe tu turno estarás libre durante el fin de semana, ¿verdad? Y Kevin tampoco tendrá clase, ¿no?

–¿Qué pasa con su nuevo trabajo?

–No creo que sea una buena idea que trabaje en un lugar donde hay armas.

–Se va a disgustar.

–Tienes que ayudarme a hacerle entender que no tiene otra opción. Le guardarán el trabajo.

–Está bien. Hablaré con él esta tarde.

–Los dos hablaremos con él. Estaré en el aparcamiento cuando salgas de trabajar y te seguiré a casa. Cassie cuidará de Kevin y lo seguirá cuando acabe sus clases. No puedes contárselo a nadie, ni siquiera a Venus.

–De acuerdo.

Por un segundo, pensó que iba a besarla. ¿Acaso no la había besado apasionadamente la noche anterior?

–Todo se arreglará –dijo él.

–Seguro que eso se lo dices a tus… –comenzó ella. No sabía qué palabra emplear. ¿Víctimas, clientes?–, amigos –dijo por fin.

–Tú eres más que una amiga –dijo James, y ella se quedó mirándolo fijamente. Él tomó su rostro entre sus manos–. No sé cómo ha ocurrido tan rápido, pero así ha sido.

–¿Por ser la madre de Kevin?

–Por ser mi mujer misteriosa.

Ella tragó saliva.

–Eso supone una gran complicación.

–Es cierto –dijo él, y rozó sus labios con los de ella antes de que el beso se volviera más intenso.

De pronto la puerta se abrió y golpeó a Caryn en la espalda, haciéndole perder el equilibrio. Él la sujetó para evitar que se cayera.

–Lo siento –dijo Venus–. No sabía que… Le diré a Rafael que necesitas un minuto más –añadió antes de desaparecer.

–Tengo que irme –dijo Caryn, enfadada consigo misma por olvidar dónde estaba. Estaba preocupada por Kevin y, a la vez, se sentía confundida y feliz respecto a James.

–Nos vemos a las tres.

Ella asintió y regresó al interior del edificio.

–Hacéis muy buena pareja –comentó Venus con una sonrisa en los labios.

Caryn sonrió, a pesar de la angustia que sentía.

–Venga, volvamos al trabajo.

Era demasiado pronto para hablar de amor, pero había algo entre ellos lo suficientemente fuerte como para sentir que podía confiar en él. Y eso le gustaba.

Capítulo Diez

James no sabía cómo reaccionaría Kevin, pero desde luego no había imaginado aquel silencio. El chico había escuchado atentamente la explicación de Caryn, después a James y luego se había sentado sin decir palabra.

Caryn lanzó una mirada interrogante a James, y él se encogió de hombros.

—¿Tienes alguna pregunta? —dijo Caryn a su hijo.

—No.

—Pero debes tener…

—No, mamá. Estoy buscando la manera de decirte que ya te lo había dicho. Has esperado demasiado tiempo, has ocultado este secreto durante mucho tiempo. Ahora no hay ninguna pista. Mi padre fue asesinado y podíamos haber encontrado a su asesino si no hubieras mantenido esto oculto —dijo, y se levantó de su asiento, dando largos pasos por el salón de la casa de su madre—. Gracias por confiar en mí. Te dije que algo no iba bien. ¡Te lo dije!

James apenas podía decir nada para defenderla, ya que opinaba lo mismo que Kevin respecto a que debería haberlo sabido antes. Todavía no tenía pruebas que confirmaran que Paul había sido asesinado. Claro que a la vez, comprendía el miedo de Caryn y por qué no le había hablado a su hijo de las apuestas y las deudas de su padre.

—Si son tan profesionales como parecen, no hubieras tenido ninguna pista que seguir —dijo James a

Kevin–. Dale a tu madre un respiro. Hizo lo que pensaba que sería mejor para ambos.

–Debería haber llamado a la policía.

–Quizá.

–¡Mira dónde estamos ahora! –dijo Kevin, metiéndose las manos en los bolsillos–. No sabemos si son los mismos. ¿Qué motivos tienen para volver un año después teniendo en cuenta que las deudas se saldaron? Y respecto a tu trabajo, no te preocupes, lo conservarás.

–Por ahora.

–Por el tiempo que haga falta.

Kevin pareció tranquilizarse un poco. James observó a Caryn, que se había quedado mirando el suelo, con las manos en su regazo, como si tratara de controlar sus emociones. Deseó rodearla entre sus brazos. Quería llevarla a la cama y hacerle pensar en otras cosas.

–Tenéis que meter en una maleta algo de ropa para unos cuantos días –dijo James–. Kevin, llevaremos todos los papeles de tu padre también. Puedes dedicarte a revisarlos en mi casa.

–No he dicho que vaya a ir.

–Tú…

–Es lo mejor que puedes hacer –dijo James, interrumpiendo a Caryn.

No podía obligar a Kevin a ir. Ella podía tratar de convencerlo, pero tampoco podía obligarlo.

–Te estás comportando como si fueras mi padre.

Aquello dolió a James, pero debía ignorarlo.

–No, pero trato de ser tu amigo. Además, estoy acostumbrado a enfrentarme a este tipo de situaciones. Sinceramente, Kevin, me vendría bien tu ayuda durante este fin de semana.

–Tengo planes para mañana por la noche.

Al oír aquello, Caryn levantó rápidamente la cabeza y dirigió a James una mirada acusadora. Después de todo, le había dicho que no tenía nada de lo que preocuparse. No le había contado nada de que había visto a Kevin y Venus a través de las cortinas, abrazados.

–Tendrás que cancelarlos –dijo James–. Y una cosa más. No debes decirle a dónde vas.

–¿A quién?

–A Venus.

–No he dicho que mis planes incluyeran a Venus. Tengo otros planes. ¿Qué se supone que tengo que decir?

–Que es el primer aniversario de la muerte de tu padre –dijo Caryn–. Y que hemos decidido pasar el fin de semana juntos.

Después de unos segundos, Kevin se acercó a ella.

–No se me había olvidado. Es que quería pensar en otras cosas.

Ella tomó su mano.

–Lo entiendo –dijo, y miró a James–. ¿Y si alguien nos ve entrando o saliendo de casa con las maletas?

–Meter las cosas en bolsas de supermercado. Después de que nos vayamos, Cassie vendrá y recogerá todo. Luego volverá a traerlo como si se tratara de la compra. Pero aseguraros de que no preparáis muchas bolsas, ¿de acuerdo?

–Hay muchas cajas –dijo Kevin.

–¿Están clasificadas por años?

–No del todo.

–Ya pensaré en algo. De momento, ¿por qué no os preparáis?

Kevin se dirigió a la escalera y de pronto se paró.

–Debería usar la escalera de atrás, ¿no te parece?

James parecía a punto de haber sugerido lo mismo.

–Buena idea.

–Tiene razón –dijo Caryn una vez que su hijo se fue–. Debería haber llamado a la policía.

–Estabas asustada y ya no se puede cambiar –dijo, y sacó su móvil para llamar a Cassie–. Hola Cass, estaremos listos en veinte minutos.

–Quinn está aquí conmigo. Podemos ir hasta allí y dar una vuelta por la zona a ver qué vemos.

–Gracias –dijo.

Se guardó el teléfono en el bolsillo antes de mirar por la ventana. Como estaban en un tercer piso, no podía ver el interior de los coches. ¿Quién sabía si habría alguien en su interior observándolos? Tenía que sacar a Caryn y Kevin de allí y llevarlos a su casa sin que nadie los viera. Además, tenía que hacer lo mismo con todas aquellas cajas.

No tenía ninguna duda de que podría protegerlos. Pero ¿quién iba a protegerlo a él de encariñarse con ellos más aún?

Más tarde, en el estudio de James, Caryn colocó los papeles de las tres cajas mientras Kevin revisaba en el salón las otras cajas. James iba de una habitación a otra. Llevaban horas así y era casi medianoche. Caryn estaba sentada en el suelo, cruzada de piernas. Estaba tan cansada que estaba a punto de convertir aquellos papeles en su colchón. Pero no podía dormirse, todavía no. Tenía que decirle algo a James, pero no quería hacerlo hasta que Kevin se fuera a la cama.

–¿Cansada? –preguntó James desde la puerta.

Ella asintió. Ni siquiera se había espabilado con el café que había tomado una hora antes.

–¿Y tú?

–También, pero creo que nos hemos organizado bien.

–¿Te vas a dormir o vas a seguir trabajando en todo esto? –preguntó ella, abriendo los brazos.

–Me voy a la cama.

Le gustaría irse a la cama con él. Dormir junto a él la haría sentirse mejor. Sólo con que la abrazara...

¡Qué gran mentira! No sólo quería ser abrazada. Lo quería todo. Quería besarlo y que la besara, tocarlo y que la tocara, hacer el amor con él, sentirlo dentro de ella y olvidarse de todo lo demás.

–¿Caryn?

–Dime.

Él estaba justo a su lado.

–¿Te has dormido?

Ella sonrió y negó con la cabeza. Alargó su mano para tomar la de él y...

–¿Mamá?

Ella apartó rápidamente su mano.

–No nos ha visto –murmuró James de espaldas a Kevin–. Estoy en medio.

–¿Qué quieres, cariño?

–Quiero irme a la cama.

–Justamente estábamos hablando de eso. Me iré detrás de ti –dijo, aceptando la ayuda de James para levantarse. Llevaba tanto tiempo sentada que tenía las piernas adormecidas y perdió el equilibrio. Él la sujetó por el codo.

–Uy.

–Lo siento. Se me ha dormido el pie –dijo, agitándolo.

Kevin se acercó a ella y tomó su mano libre. Caryn soltó la de James.

–Te ayudaré a subir la escalera –dijo Kevin.

Ella rió.

–Todavía puedo arreglármelas yo sola. Dame un minuto –dijo, moviendo su pie hasta que los pinchazos desaparecieron, consciente de que James se había separado.

¿Acaso estaba celoso Kevin? Desde luego que lo parecía. ¿Acaso había visto algo entre James y ella? ¿Algo de lo que sin ser conscientes estaban mostrando?

—Está bien, estoy lista. Hasta mañana, James. Muchas gracias por cuidar de nosotros.

—De nada.

Caryn trató de sonreír, pero al tener a Kevin cerca, le quedó demasiado forzado.

—Buenas noches, Kevin —dijo James.

—Buenas noches.

Kevin y ella subieron la escalera. La habitación en la que iba a dormir era tan bonita como el resto de la casa. La cama tenía dosel y una colcha en tonos rosas. Estaba deseando meterse en ella. Pero tenía que permanecer despierta para hablar con James. No podía tener secretos con él.

—¿Estás bien aquí? —preguntó Kevin desde la puerta.

—Sí, ¿por qué no iba a estarlo?

—¿No te parece extraño estar con un hombre que…? Bueno, ya sabes.

—Estoy contenta de que formes parte de nuestras vidas en este momento. Creo que no podría soportar más amenazas yo sola.

—No deberías haberlo afrontado sola.

—Ya lo sé, ahora me doy cuenta.

—Puedo cuidar de ti, lo sabes. Papá hubiera querido que lo hiciera.

—Lo sé. Pero aun así, es agradable tener ayuda, ¿no te parece?

Él se encogió de hombros.

—Imagino que sí.

Ella palmeó suavemente su mejilla.

—Te veré por la mañana —dijo ella, y se dirigió a su habitación.

—¿Mamá?

—¿Sí?

—Por la expresión que vi antes en tu cara, creo que no quieres que salga con Venus.

«Ahora no, Kevin», dijo mentalmente.

—Cinco años de diferencia es mucho a tu edad.

El muchacho se sonrojó.

—No tiene mucha más experiencia que yo.

El hecho de que le relevara información tan íntima de Venus y de él, le resultaba esperanzador.

—Me cae bien Venus, es una chica encantadora. Pero no tengas prisa.

—Emmaline dijo lo mismo.

Cuanto más sabía de la madre de James, más le gustaba aquella mujer.

—Sé que tu padre te habló sobre sexo…

—Y sobre métodos anticonceptivos. No tienes por qué hacerlo. No estamos… Sólo somos amigos —dijo, y se fue.

Caryn no sabía si sentirse aliviada o feliz. Iba a tener que dejar que se hiciera mayor. Durante el último año, había madurado en muchos aspectos. Estaba dejando de ser un muchacho para convertirse en todo un hombre.

Se puso el pijama de franela rojo, la bata amarilla y unas zapatillas azules, y después se miró al espejo. No, no había nada sexy en su aspecto. Tomó la carta de Paul y se la guardó en un bolsillo.

Luego, se sentó en la cama a esperar hasta que el resto estuviera durmiendo.

James tomó un puñado de papeles y se los llevó a su habitación. No podía dormir mientras Caryn y Kevin estuvieran en peligro.

Los asuntos económicos no eran su fuerte. Una

de los socios de ARC estaba casada con un contable, que también trabajaba para la compañía. James decidió llamarla por la mañana y pedirle que fuera hasta San Francisco y se ocupara de esa parte de la investigación, a pesar de que fuera sábado. James confiaba en que algo extraño surgiera ante él. De momento, todo lo que sabía era que Paul ganaba mucho dinero con su trabajo y que menos de la mitad acababa en las cuentas bancarias de la familia.

Apiló los documentos y los bajó. Al volver arriba, puso la oreja en la puerta de Kevin. No había ningún ruido. Lo había oído un rato antes hablando por teléfono con Venus, a pesar de lo tarde que era.

Se acercó hasta la puerta de Caryn. Su habitación también estaba en silencio. Se apoyó en el quicio y acarició la puerta. Le gustaba que estuvieran allí, e incluso hubiera preferido que Caryn compartiera su cama en lugar de dormir cada uno solo.

En menos de un segundo, giró el pomo de la puerta y se deslizó al interior. No había apagado la luz del baño y la vio allí tumbada sobre la cama, dormida. A pesar de que llevaba una bata, parecía tener frío. Estaba muy guapa con aquellos colores brillantes. No sabía qué hacer, si taparla con la colcha o meterla en la cama. Lo primero no la despertaría, pero lo segundo sí.

James se quedó observándola unos segundos. No parecía relajada. Su expresión cambió, como si estuviera soñando algo que la incomodara, y frunció el ceño. Deseaba acariciar su pelo y tranquilizarla para evitar que tuviera pesadillas.

Abrió la cama y luego la tomó en sus brazos.

–Tranquila –dijo al ver que abría los ojos–. Soy yo. Te has quedado dormida sobre la cama.

–¡Oh!

–Parece que tienes frío –dijo, colocándola sobre las almohadas.

Le quitó las zapatillas y le dio un breve masaje en los pies. Sentía su mirada puesta en él y deseó que le dijera algo, lo que fuera.

–Gracias.

–Hasta mañana –dijo, él sonriendo.

–¡James, espera! Quería estar despierta para hablar contigo –dijo ella, metiéndose la mano en el bolsillo de la bata y sacando el sobre–. Después de encontrar la carta que le mandaste a Paul con tu nueva dirección a un apartado postal, me puse en contacto con la compañía de envíos. Tenían una carta para mí desde hacía un tiempo. Al parecer, Paul no les había dado la dirección de casa y no sabían qué hacer con ella. La había mandado dos días antes de morir.

James se sentó junto a ella en la cama. Ella se levantó y se alejó dándole la espalda, mientras él abría el sobre y la leía.

Mi querida Car:
Cuando leas esta carta, ya no estaré contigo. Siento haberlo estropeado todo. He ido demasiado lejos. Quiero que sepas que te quiero a ti y a Kevin más que a mi vida.
Siempre te querré,
Paul

James dobló la carta y volvió a guardarla en el sobre. No tenía necesidad de preguntarle por qué no le había hablado de aquella carta antes.

–¿Cómo lo interpretas?

–Debía mucho dinero y no podía pagar. Debía imaginarse que estaban a punto de hacerle daño. Probablemente sabían que tenía un seguro que cubriría las deudas.

112

James no dijo nada.

–O huyó –continuó ella con voz temblorosa–. Quizá no podía soportar lo que había hecho.

James se acercó a ella por detrás y la rodeó con sus brazos. Después de unos segundos, ella se dio la vuelta y se acurrucó contra él, que la estrechó.

–No podemos decírselo a Kevin –afirmó Caryn con rotundidad–. No a menos que averigüemos la verdad. Tiene derecho a saberlo todo, pero primero quiero estar segura. No quiero que piense que su padre fue un cobarde.

–Sí –respondió James. Aquello no cambiaría el curso de la investigación–. ¿Cuánto tiempo hace que conocías esa carta?

–Desde el día en que nos conocimos.

–¿Crees que habría huido?

–Algo en mi interior me dice que no. Pero la carta…

–Es ambigua –dijo, acercando su rostro al de ella–. ¿Acaso te hace cambiar de opinión y pensar como Kevin que alguien lo asesinó? Si hubieran sabido acerca del seguro, eso habría sido un motivo suficiente.

–De cualquier manera, es horrible. La policía dice que fue un accidente y quiero creer eso.

–La policía no tenía esta información. Dependiendo del resto de los datos, eso puede hacer que todo sea diferente –dijo James.

–Lo sé –respondió ella.

–¿Hay algo más que me estés ocultando?

–Nada más. Te lo prometo –dijo ella, negando con la cabeza.

Él la estrechó entre sus brazos de nuevo.

–Vivía demasiado protegida. Paul se encargaba de todo y eso no volverá a pasar nunca más.

Aquello parecía una advertencia. Era evidente que durante ese último año, ella había cambiado.

¿Quién no lo haría en esas circunstancias? Lo cierto es que le gustaba aquella mujer.

–Tengo que irme –dijo él.

Ella estaba de puntillas y James no se había dado cuenta hasta que la soltó. Aquello le produjo una gran ternura, aunque no sabía muy bien por qué. Caminaron hasta la puerta de la mano y la besó suavemente. Ella lo rodeó con sus brazos y lo atrajo hacia sí. James no opuso resistencia y la besó apasionadamente, saboreando su boca. Deslizó su mano por la espalda, la agarró por el trasero y la estrechó contra su cuerpo. Sus caderas se movían al compás. Ella gimió y él la besó más intensamente. Deslizó la bata por sus hombros y puso sus labios sobre su pecho, cubierto por la franela.

A continuación, le desabrochó el pijama y dejó al descubierto la suavidad de su piel. Caryn se arqueó hacia atrás, exponiéndose, y él jugueteó con su pezón en la boca. James la acorraló contra la pared y deslizó su mano bajo el pijama, explorando con los dedos su cálida humedad. Ella dejó caer la cabeza hacia delante y clavó sus dientes en el hombro de James, quedándose quieta. Luego, comenzó de nuevo a agitarse. Finalmente se detuvo, relajada. Él le abrochó el pijama y dejó la bata sobre la cama.

–¿Y qué pasa…?

–Calla –dijo, besándola–. Nos vemos mañana por la mañana.

Se fue a su habitación, se quitó la ropa y se dio una ducha. Se sentía embriagado por el olor de Caryn y no quería que desapareciera, pero aun así, se enjabonó.

Las complicaciones podían volverse más profundas. Al igual que sus sentimientos.

***

–Pensé que sólo íbamos a ser nosotros –dijo Kevin al día siguiente, cruzándose de brazos nada más acabar de comer.

Caryn guardó en la nevera la comida que había sobrado, dejando que James hablara con Kevin.

–Lyndsey es auditora. Su marido, Nate Caldwell, es uno de los dueños de la compañía para la que trabajo. Necesitamos su ayuda, sobre todo la de Lyndsey. Ahora mismo, están de camino desde el aeropuerto.

–¿Dónde se quedarán?

–En mi habitación. Yo dormiré en el sofá.

Kevin lanzó su servilleta al mostrador.

–¿A cuántas otras personas vas a contar cómo papá estropeó las cosas?

La mirada de Caryn se cruzó con la de James. Comprendía que Kevin se sintiera dolido, pero ambos tenían que tragarse su orgullo si quería resolverlo todo. Le sorprendía que James se mostrara tan frío, especialmente a la vista del enfado de Kevin.

–¿Acaso no quieres respuestas? ¿No quieres volver a tener una vida?

Kevin asintió.

–Entonces, ésta es la manera más rápida de hacerlo. No se lo contarán a nadie.

–Pero lo sabrán todo.

–Saben cosas peores de muchas otras personas.

–¿Y eso mejora las cosas? –dijo Kevin antes de salir de la habitación.

Caryn lo vio dirigirse al salón, así que imaginó que iba a ponerse a trabajar de nuevo. Era su primer momento a solas con James desde lo de la noche anterior. Lo miró, sonriente.

–¿Cómo estás? –preguntó.

–Satisfecha –dijo, coqueta–. ¿Y tú?

–Yo no.

–Te sugerí…

–Confío en poder aceptar tu oferta uno de estos días.

Cuando ponía su atención en algo, se entregaba completamente. Podía sentir el calor de su mirada desde el otro lado de la encimera.

–Tienes mucha paciencia con él, James.

–No hay motivo para perder la paciencia. Además, hoy es un día difícil para vosotros dos.

Caryn no se había acordado de que era el día del aniversario de la muerte de Paul, pero al parecer James sí. No había tardado mucho en recordarlo, pero durante unos minutos había sido una mujer como cualquier otra, tratando de hacer lo mejor para ella y su hijo y así continuar con su vida.

El timbre sonó. Caryn siguió a James a la puerta y conoció a Lyndsey y Nate. James les ofreció algo para comer, invitación que ellos declinaron, y entonces, los guió hasta el estudio para que se pusieran manos a la obra. Caryn y James continuaron revisando el resto de documentos de las cajas. Las horas pasaron lentamente. A pesar de la música que sonaba de fondo, la casa estaba muy silenciosa. Caryn observó a Kevin y James trabajando juntos, codo con codo, examinando una pila de documentos. Eran muy parecidos y, a la vez, diferentes. Había algo de Paul en Kevin, sobre todo en los gestos y en las expresiones. Y confiaba en que también tuviera cosas de ella, aunque no supiera distinguirlas.

Nate apareció.

–¿Tienes los pagarés, Caryn?

–¿No están ahí?

–No –dijo, y miró a su alrededor.

–No deberían estar con esto. Los guardé… ¡Ah, sí! Los guardé dentro de un libro de recetas.

Todos la miraron, interrogantes.

–Imaginé que Kevin nunca miraría ahí –añadió,

encogiéndose de hombros–. Iba a alquilar una caja de seguridad, pero se me olvidó. Iré a por ellos.

–Lo haré yo –dijo Kevin, poniéndose de pie, pensativo–. Mirad, había quedado con Emmaline esta noche. ¿Puedo ir a su casa después de que traiga los recibos?

Caryn miró a James, y éste asintió.

–Por mí está bien –dijo él–. Pero no puedes ir solo.

–No voy a ver a Venus, lo prometo. Ya te he dicho que sólo éramos amigos.

–Alguien vendrá a buscarte por la mañana –dijo James–. Quédate a dormir si quieres, pero llámanos. Mi madre hace las mejores tortitas.

Caryn vio cómo James miraba fuera comprobando lo oscuro que estaba.

–¿Te importa llevarlo en mi BMW? –le dijo a Nate–. Así puedes salir y entrar directamente al garaje. Kevin, tienes que…

–Esconderme en el asiento trasero. Lo sé. Hice lo mismo al venir.

Después de que Kevin y Nate salieran de la habitación, James miró a Caryn.

–Deberíamos pensar en la cena. Encargaremos algo. ¿Qué te apetece?

–Me gusta todo, pero será mejor que preguntes a Lyndsey. A veces, las mujeres embarazadas no pueden comer de todo.

–¿Embarazada?

Caryn se tapó la boca con la mano.

–Lo siento, pensé que lo sabías.

–¿Por qué lo sabes?

–Simplemente, lo sé.

–Me pregunto por qué no han dicho nada. Dana, la esposa de Sam Remington, otro de los socios de Los Ángeles está embarazada también. Lo anunciaron la semana pasada.

–No digas nada delante de Nate y Lyndsey. Seguro que tienen algún motivo para mantenerlo en secreto. Pregúntales simplemente qué tipo de comida les apetece.

–Está bien.

Caryn se tomó un minuto para estirar las piernas. Después de que él saliera de la habitación, se sentó en el sillón de James y cerró los ojos. Habían pasado un día de ambiente familiar. Su relación era nueva y extraña, pero natural y cómoda.

–Lyndsey dice que puré de patatas con lo que sea –dijo James al volver.

–Comida reconstituyente.

–Conozco el sitio adecuado –dijo, y volvió a marcharse, pero enseguida regresó, se inclinó, apoyando las manos en el reposabrazos, y la besó apasionadamente. Ella tomó su rostro entre sus manos.

De pronto, James giró la cabeza hacia la puerta.

–Creí que alguien nos miraba, mujer misteriosa.

–¿Acaso eso es un problema?

–No por lo que a mí respecta. Lyndsey sabe guardar un secreto. De todas formas, será mejor que me vaya a ver lo que quiere.

Un rato más tarde, los cuatro adultos daban cuenta de una abundante cena: pollo, puré de patatas, maíz y pastel de plátano, mientras hablaban de lo que Lyndsey y Nate habían descubierto hasta el momento.

–Mi primera impresión –dijo Lyndsey–, es que Paul, en algún momento, debía los ochocientos mil dólares que devolviste, pero no creo que en realidad debiera tanto. Todas las ganancias se compensaban con las deudas. He conocido algunos casos como éste, pero todavía tengo datos que confirmar –añadió antes de bostezar.

–Eso será mañana –dijo Nate, rodeando sus hombros con el brazo–. Ya has hecho demasiado por hoy.

James miró la hora en su reloj. No eran siquiera las ocho de la tarde y Lyndsey ya quería irse a la cama. Caryn debía estar en lo cierto respecto al embarazo.

–Sí, mañana seguiremos –dijo James.

–Estoy bien.

Nate sacudió la cabeza e intercambió una mirada con su esposa.

–Vamos a pasar la noche con Sam y Dana –dijo Nate–. Siento no habértelo dicho antes. Lyndsey y Dana tienen mucho de qué hablar y yo tengo algunos asuntos que resolver con Sam. Además, quiero que eche un vistazo a los pagarés.

James ni siquiera se opuso a aquel plan. Caryn y él tendrían la casa para ellos solos. Sin embargo, se dio cuenta de que Caryn estaba muy concentrada recogiendo la mesa, sin dirigirle una sola mirada.

Veinte minutos más tarde, estaban solos en la casa.

–No tenían previsto pasar la noche en casa de Sam y Dana –dijo Caryn en el vestíbulo tras despedirlos–. Lyndsey nos vio besarnos y decidió dejarnos solos, ya que Kevin tampoco estaría aquí.

–¿Eso crees? –preguntó él, aunque también lo había pensado. Caryn lo miraba fijamente y la tomó por los hombros–. No quiero decir que tenga que pasar algo, mujer misteriosa. Si lo piensas, apenas nos conocemos –dijo, pero lo cierto es que le parecía que se conocían de toda la vida. De pronto, recordó en qué fecha estaban–. Quizá no sea hoy el día más adecuado.

–Ya veremos cómo acaba la tarde.

–Está bien.

La noche fue cayendo y por fin terminaron de revisar todo. Había papeles por todas partes y había llegado el momento de comenzar a tirarlos. Fueron llenando caja tras caja de papeles que nunca más harían falta: recibos, facturas, garantías de electrodomésticos...

A continuación llenaron otras dos cajas con papeles para guardar. Era medianoche cuando Caryn se puso las manos en la espalda y se estiró.

–Ya hemos acabado.

Él asintió.

–Eso está bien. Así Kevin no se preguntará qué estuvimos haciendo. Además, todavía queda algo para que él revise mañana.

–Somos buenos.

Él sonrió.

–James, si Lyndsey tiene razón y Paul no debía todo ese dinero, ¿qué debemos hacer a continuación?

–Averiguar quién te extorsionó.

–¿Puedes hacerlo?

–Espero que sí.

–¿Crees que se trata de la misma gente que te estaba vigilando?

–Quizá.

–¿Te gusta estar seguro de todo, verdad?

–Mi trabajo es verificar cosas y para eso hay que ser cauteloso.

Ella se acarició las sienes.

–Tienes razón. Quiero que todo esto acabe cuanto antes. Estoy cansada.

–Tengo una bañera de hidromasaje. Puedes usarla si quieres –dijo James, pero ella se quedó callada–. Sola –añadió, por si eso era lo que le preocupaba.

–¿Y después de eso?

–Lo que tú quieras, Caryn.

Ambos eran adultos responsables, capaces de tomar decisiones racionales sobre sexo. Pero había muchos condicionantes en aquella relación. Les esperaba una vida manteniendo el contacto. Como ella había dicho, algún día serían abuelos de los mismos nietos.

Y era por eso por lo que debían acostarse y acabar con aquello, antes de que tuviera mayor importancia. Tenían que hacerlo y poner fin a aquella curiosidad. Tenían que convertirse en amigos y no en amantes.

–Creo que aceptaré tu oferta. ¿Tiene algún truco la bañera?

–Llénala hasta unos cinco centímetros por encima de los inyectores de agua, luego aprieta el botón grande para que se ponga en funcionamiento.

Ella se apartó de él.

–¿Dónde estarás?

–Aquí abajo hasta que oiga que vas a tu habitación.

–De acuerdo, gracias –dijo ella, dándole una suave palmada en la mejilla antes de irse.

Confundido, la vio marcharse. Todos los habían dejado a solas para una noche de pasión y sexo, pero ella estaba decidida a irse a dormir.

El teléfono sonó. Era la policía y, por una vez, se trataba de buenas noticias.

Caryn no entendía cómo después del relajante baño, se sentía más tensa que cuando entró en la bañera. Debería sentirse relajada y haberse ido a la cama ya. En su lugar, se sentía herida, enfadada y acalorada debido a James.

Si hubiera llevado un bonito camisón, la decisión habría sido más fácil. Quería estar increíble para él. Sólo se había acostado con un hombre en su vida y hacía un año que estaba muerto. Se sentó en el borde de la bañera, envuelta en una toalla azul y se quedó mirando su pijama de franela, que la noche anterior no había detenido a James. Le había besado con aquella ropa puesta, le había acariciado los pechos, había deslizado su mano…

Se levantó y se miró al espejo. Su rostro tenía un brillo especial que hacía mucho tiempo que no veía, quizá debido al agua caliente, pero ¿qué más daba? Le daba un aspecto juvenil y animado. Tenía las puntas de pelo mojadas. En definitiva, tenía un aspecto sexy.

Se pintó los labios y se aplicó un poco de rímel. Ya estaba lista, si es que su respuesta era afirmativa.

Se quedó mirando fijamente el suelo durante un minuto y luego levantó la cabeza hacia el techo.

—Imagino que querrás que sea feliz —murmuró—. Creo que esto me hará feliz. Al menos, por ahora. Sé que el futuro no está en tus cartas. Pero, por esta noche, ¿qué daño puede hacer?

Asintió con la cabeza y se dirigió a la puerta del dormitorio. Abrió e inmediatamente la cerró con fuerza para asegurarse de que él lo oyera. Luego, abrió la cama y se sentó arrodillada en medio de ella, sujetando con fuerza la toalla con ambas manos.

Esperó y esperó. Las piernas comenzaron a dolerle, así que las estiró e hizo girar los tobillos a la vez que movía los dedos. James seguía sin llegar. Decidió levantarse de la cama e ir a buscarlo. La puerta se abrió justo cuando estaba poniendo una pierna en el suelo y la toalla se le escapó de las manos dejando entrever su cuerpo.

—¡Oh! —exclamó.

—¿Qué ocurre?

—Me ha dado un tirón en un pie —respondió avergonzada.

Él se acercó.

—Oí la puerta y pensé que te habías ido a tu habitación —dijo él, confundido.

Si iba a hacer el ridículo, al menos lo menos que él podía hacer era mostrarse confuso.

—No me he ido.

–Ya he usado todos mis conocimientos como detective para darme cuenta de eso –dijo James. Tomó el pie de Caryn entre sus manos y comenzó a darle un masaje en la planta. El silencio se prolongó al menos un minuto

–¿Es esto un sí? –preguntó él

–Sí –respondió, sintiendo un nudo en el estómago–. ¿Por qué has tardado tanto?

–Trataba de que se me pasara la decepción antes de meterme en la cama. Si hubiera sabido que estabas aquí... Hemos perdido diez minutos.

–Quince, pero ¿qué más da?

James tenía el pelo mojado. Debía haberse duchado en otro baño de la casa.

–¿Estás segura? –preguntó–. Ya sabes a lo que me refiero. Me refiero a la fecha de hoy...

–Ya es más de medianoche. El día ha acabado.

–Eres preciosa.

El tono de su voz hizo que Caryn sintiera un pellizco en el estómago. Todas las preocupaciones y dudas que tenía, desaparecieron en ese instante.

–Enseguida vuelvo –dijo, dejando las piernas de Caryn a un lado.

Se acercó a la chimenea y la encendió. A continuación, puso música suave y apagó las luces, con lo que la única iluminación era la de las llamas. Luego, regresó a la cama.

Ella abrió los brazos para recibirlo. Bajo su atenta mirada, él se fue desnudando poco a poco antes de hundirse en su abrazo y besarla.

«Todo para mí», pensó Caryn. No podía esperar para acariciarlo.

Él tiró de la toalla y la apartó, haciéndola caer al suelo. Caryn se sentía como si tuviera veinte años y fuera virgen otra vez, sólo que ahora sabía de qué se trataba.

—Necesito tocarte —dijo ella.

—Necesito que me toques.

Lo tomó de la mano y lo hizo tumbarse. Sintió que sus ojos la recorrían de arriba abajo y sintió la rigidez de sus pezones y lo húmeda que estaba. No quería dejarse llevar por las prisas. Su corazón latía más deprisa por momentos. Sabía que aquel momento se convertiría en un recuerdo para toda su vida. No necesitaba complicarse la vida enamorándose, pero eso era precisamente lo que le estaba pasando.

Dejando a un lado su debate interno, ella lo tomó por la cabeza y acarició su pelo. Deslizó su mano por su rostro y acarició su frente, sus cejas, sus pestañas y luego sus mejillas, su nariz, sus labios y su barbilla. Estaba recién afeitado. Su piel estaba suave. Su mano continuó bajando y se sentó para poder contemplarlo mientras él no dejaba de observarla.

De pronto, vio una cicatriz en su hombro izquierdo y la acarició con la punta de los dedos.

—¿Es ahí donde te dieron un tiro?

—Sí.

—¿Te dolió?

—Muchísimo.

Luego vio otra en el otro lado y otra más junto al estómago.

—¿Y éstas?

—De un cuchillo.

—Quizá deberías encontrar otro trabajo.

—Eso hice. Y ya no entra dentro de mis planes tener más cicatrices.

Ella besó la cicatriz y pasó suavemente la lengua por toda su longitud. Él contuvo el aliento y se arqueó en la cama. La agarró por la muñeca y tiró de ella haciéndola tumbarse a su lado, con el rostro junto al suyo.

–No sé lo que me estás haciendo.

–Todavía no he acabado –respondió ella, sonriendo con picardía.

–Sí que lo has hecho, al menos de momento.

–Creo que no –dijo ella, deslizando la mano hacia su entrepierna y sintiendo cómo su cuerpo se ponía rígido.

Con curiosidad, Caryn lo acarició, pasando la punta de sus dedos por la parte más erecta de su cuerpo y tomando una gota de fluido. Después, él se sentó, la hizo tumbarse de espaldas y la torturó haciéndole lo mismo. Ella perdió el control y se dejó llevar. Sus manos estaban por doquier y luego su boca.

James se colocó sobre ella, separó sus piernas y encontró su lugar.

–Abre los ojos –dijo él.

Caryn vio el deseo en sus ojos. James había llegado a un punto sin retorno y se preparó para penetrarla. Lentamente dejó que sintiera cómo se abría para él. Caryn no pudo impedir el orgasmo que la sacudió antes de que él llegara al fondo, ni el siguiente cuando él la penetró por completo ni el tercero cuando él comenzó a moverse rítmicamente. Él tampoco se contuvo y su placer fue intenso hasta que finalmente se dejó caer sobre ella. Ambos estaban jadeando. Caryn estaba impresionada por lo que acababa de pasar. Después de un minuto, él se giró sobre su costado y la abrazó con fuerza.

–Maldita sea. Tengo que levantarme un segundo.

Ella se apartó para dejarle ir. Se había puesto protección antes del momento crítico, lo que era un alivio. Ni siquiera se había parado a pensarlo. ¿No habría sido un desastre si se hubiera quedado embarazada?

Él volvió a la cama y ella lo estrechó de nuevo entre sus brazos. Le gustaba sentirse abrazada, sentir su cuerpo junto al suyo, olerlo y tocarlo…

—¿En qué piensas?

—Soy feliz. Siento como si hubiera recibido el mejor regalo.

—Yo también.

Caryn no estaba segura de que aquello fuera del todo cierto. Seguramente, él habría tenido muchas relaciones a lo largo de los años. ¿Por qué iba a ser aquélla mejor que las otras? Pero no quería hacerle esa pregunta y menos mientras estuvieran desnudos.

El fuego estaba encendido y la música sonando, pero el tiempo no se había detenido. Eran más de las dos de la mañana. Pronto amanecería y Kevin regresaría. También lo harían Lyndsey y Nate. ¿Cómo iba a pasar el día sin tocar a James, sin sonreírle, sin recordar los minutos en los que habían hecho el amor?

—Estás preocupada por mañana —dijo James.

—¿Cómo lo has sabido?

—Te has puesto seria. No te preocupes, ¿de acuerdo? A menos que Kevin esté pendiente de ver algo entre nosotros, no se dará cuenta. El caso es que no podemos hacer nada para evitarnos.

—Supongo que tienes razón.

—¿Quieres oír algo bueno? La policía ha obtenido una huella del intruso. Es un ladrón de poca monta. Nunca va armado y ahora está en la cárcel.

—¿Estamos a salvo?

—De él, por supuesto. Pero el caso de que no lleve armas es también una señal de que lo único que tenía que hacer era vigilarnos e informar.

James acarició el pelo de Caryn, que cerró los ojos dejándose mimar.

—Duérmete —dijo él suavemente.

Había imaginado que sería extraño dormir con él, ya que apenas se conocían de dos semanas. Pero se sentía relajada a su lado y dejó todas sus preocupaciones y miedos a un lado. Un nuevo día estaba a punto de empezar.

Capítulo Once

–Yo diría que éstos –dijo el hombre, agitando un manojo de pagarés firmados por Paul y visados por alguien llamado Johnson– fueron firmados por Paul Brenley. Los demás son falsos.

El reloj dio a las doce. Todos estaban situados alrededor del experto calígrafo que Sam Remington, uno de los dueños de ARC, había llamado a petición de Lyndsey. El hombre dejó todos los papeles sobre la mesa y se sentó. James miró a Caryn y luego a Kevin.

Sam, Nate y Lyndsey no dijeron nada.

–¿Cuánto era lo que en realidad debía?

–Trescientos cincuenta mil, más o menos –respondió Lyndsey.

–Así que me han estafado por más de cuatrocientos cincuenta mil –dijo, y su rostro se transformó. La furia y la vergüenza dio paso a la desesperación–. Quiero que me devuelvan mi dinero.

Los investigadores intercambiaron miradas.

–Tus posibilidades son... –comenzó a decir Nate.

–Quiero que me devuelvan mi dinero.

–Jamey –dijo Nate–. Lyndsey y yo vamos a volver a casa de Sam y Dana. Llámanos cuando decidáis que vais a hacer.

Al cabo de unos minutos, todos se habían ido a excepción de James, Caryn y Kevin.

–No voy a dejar que se salgan con la suya –dijo Caryn con voz temblorosa–. No lo voy a permitir.

Kevin estaba muy callado y James se preguntó en qué estaría pensando.

–Prepararé algo de comida si me dices dónde están las cosas –dijo Kevin a James.

Sorprendido, James lo miró. Sabía de sobra dónde estaba la nevera y dónde guardaba el pan. Entonces, la mirada de Kevin se volvió intensa y giró levemente la cabeza hacia la cocina. James lo siguió.

–Enseguida volvemos –dijo James a Caryn al pasar junto a ella, acariciándole suavemente el hombro.

En la cocina, Kevin se pasó las manos por el pelo.

–Mira, quizá no tenga importancia –dijo, y se detuvo para mirar hacia el salón. Bajó la voz y continuó–. Johnson es un nombre muy común.

–Sí –respondió James, inclinando la cabeza para poder oír mejor al muchacho–. ¿Y?

–Todos esos pagarés están firmados por Johnson. El apellido de Venus es Johnson.

James frunció el ceño.

–¿No creerás que tiene algo que ver en todo esto, no?

La mirada de Kevin podía haber convertido en piedra a James.

–Después de que le contara que eras detective, se mostró más cariñosa conmigo. Estaba más nerviosa y me hizo muchas preguntas. Sé que parece una locura, pero no dejo de oír que hay que seguir los presentimientos de uno mismo. Y yo tengo el presentimiento de que hay una conexión.

James consideró esa idea teniendo en cuenta lo que sabía de aquella chica. Había sido contratada al poco tiempo de Caryn, no tenía experiencia como camarera, se había hecho amiga de Kevin y Caryn inmediatamente, aunque había mantenido las distancias con el muchacho hasta que se había enterado que él era detective.

129

–Podrías estar sobre la pista. –dijo james.

–Sé que mamá quiere que nos devuelvan el dinero, es mucho. Pero también quiero que paguen por haber asesinado a mi padre.

–Eso todavía no lo sabemos. Vayamos poco a poco –dijo James pensando que tenía que ver el lugar donde Paul había muerto y hablar con el policía que había redactado el informe–. ¿Quién crees que nos está siguiendo?

–Alguien que quiere que no sepamos la verdad.

–¿Cuál es el próximo paso? –preguntó James.

Kevin se quedó pensativo.

–Hablar con Venus.

–De acuerdo, vayamos a hablar con tu madre para contarle lo que está pasando –dijo James, y se dio la vuelta para regresar al salón.

Kevin lo tomó por el brazo para detenerlo y lo miró directamente a los ojos.

–¿Sabes que no somos una familia?

–¿Quién?

–Mi madre, tú y yo.

James no supo qué contestar. No estaba seguro de haber entendido bien lo que Kevin quería decir, pero tampoco quería saberlo.

–Todo esto es muy extraño, ¿sabes? Nunca podré presentarte a mis amigos, ya que por nuestro parecido es fácil imaginar quién eres.

–¿A qué viene hablar de esto?

–Por mi madre y tú –dijo, sonrojándose–. Sé que os gustáis. Cuando acabe todo esto, haznos un favor. Vete. No quiero que vuelva a sufrir nunca más.

«¿Y alejarme de ti?», quiso preguntarle. Pero no era el momento de discusiones ni promesas.

–Ya nos preocuparemos de eso más tarde –dijo James–. De momento, ¿por qué no llamas a Venus a ver si podéis quedar a comer? Así podré comprobar si alguien la está siguiendo a ella o a nosotros. Debería ser un lugar con el que ninguno de los dos tuvierais relación.

El lugar perfecto sería la casa de su madre, decidió. Allí podría dejar a Kevin en caso de que hiciera falta, sabiendo que estaría siendo atendido.

–¿Quieres contarle a tu madre lo que has averiguado?

–Lo has averiguado tú.

Kevin sonrió. James deseó abrazarlo, pero había demasiadas barreras entre ellos. Pero para el muchacho se había convertido en un indeseable intruso.

Caryn no sabía quién le ponía más nerviosa, si Venus o Emmaline, la madre de James. Si lo que James y Kevin pensaban de Venus era cierto, ella había vuelto a ser víctima de otra decepción.

Kevin ya adoraba a Emmaline. Pero ¿por qué no iba a hacerlo? Nunca había conocido a la madre de Paul, quien había muerto antes de que él naciera y apenas veía a la madre de Caryn, que se había mudado hacía unos años a Arizona. Emmaline era su abuela, vivía en la misma ciudad y al parecer era una buena cocinera, además de buena consejera. Caryn se hubiera sentido celosa si no fuera porque quería lo mejor para Kevin.

Había recogido a Venus y la había llevado a un restaurante cercano. Cuando parecía que nadie los estaba siguiendo, se unieron todos en un coche y condujeron hasta casa de Emmaline. Venus no dejaba de hacer preguntas, pero sólo obtenía respuestas vagas.

Emmaline abrazó a Caryn, pero debido a la presencia de Venus, nadie habló de la relación que los unía. Emmaline fue a la cocina con la excusa de preparar un aperitivo, pero su única intención era dejarlos a solas.

La habitual inocencia de Venus parecía haber desaparecido. Caryn cruzó los dedos, trató de sonreír y de mirarla a la cara.

—Sabemos lo de tu padre —dijo Kevin.

Caryn sintió la tensión de James y adivinó que no era el modo en que había planeado llevar a cabo el interrogatorio, pero no interrumpió.

—¿Lo de mi padre?

Kevin se inclinó hacia ella.

—¿Crees que soy estúpido? Una mujer como tú no se interesa por alguien como yo. Tú quieres algo.

—No sé de qué estás hablando. ¿Qué podría querer?

Kevin no contestó. Al parecer se había arrinconado él solo y miró a James.

—Te han enviado a espiar a Caryn y Kevin —dijo James.

—¿Para qué haría eso? —dijo, levantando la barbilla.

—Porque alguien tenía que vigilarlos y ver qué estaban haciendo.

—Porque mi padre fue asesinado —dijo Kevin.

—¡No! —exclamó Venus, dirigiéndose a Kevin.

—Y fue tu padre quién lo hizo —añadió el muchacho.

—¡Mi padre murió hace diez años. ¡Ésa es la verdad!

Se hizo un tenso silencio en la habitación. Estaban equivocados. ¿Cómo podían haberse equivocado?

—¿Puedo hablar contigo a solas? —preguntó Venus a James.

Caryn montó en cólera. Había confiado en aquella joven, había disfrutado de su compañía, la había recibido en su casa y tratado como a una hija.

132

–Lo que tengas que decir, dilo delante de todos.

Venus los miró uno a uno y luego fijó la mirada en el suelo.

–Estáis buscando a mi hermano. No sé exactamente a qué se dedica, pero no es ningún asesino –dijo, mirando a Kevin.

–Fue él el que te envió a vigilar a Caryn y Kevin, ¿verdad? –dijo James.

Después de unos segundos, ella asintió.

–Él me consiguió el trabajo en el club.

–Sí.

–¿Por qué lo hiciese?

Sus ojos se llenaron de lágrimas. Desvió la mirada y se enderezó en su asiento.

–Me amenazó con algo que no os voy a contar. Es un asunto familiar. Me dijo que si hacía esto, me dejaría en paz.

–Confiábamos en ti –dijo Caryn.

–Lo sé y lo siento –dijo con ojos suplicantes.

–Está bien, ya he tenido bastante. ¿Qué es lo siguiente? –preguntó James.

Cansada de todo lo que estaba pasando a su alrededor, estaba lista para pasar a la acción.

Hicieron planes. De momento, cada uno seguiría con su vida como si nada, especialmente teniendo en cuenta que ninguno parecía estar siendo objeto de vigilancia.

En un par de horas James tomaría un avión hacia Los Ángeles con Nate y Sam para investigar la muerte de Paul y determinar su causa, con los conocimientos que tenía y la posibilidad de que Paul hubiera sido asesinado. James les habló de la carta de Paul a James y Nate, para estudiar también la posibilidad de que estuviera huyendo.

Kevin se quedó con Emmaline. Quizá lo hiciera para molestar a James, ya que se había dado cuenta de que envidiaba la relación que había iniciado con su madre, pero no le importó. Lo único que quería era que el muchacho estuviera seguro.

James llevó a Caryn a casa y la siguió escaleras arriba llevando las bolsas con sus cosas. Con la mirada puesta en sus caderas. Recordó lo guapa que estaba la noche anterior, desnuda en su cama bajo el resplandor de las llamas. Llevaba una falda verde y una blusa blanca. Sabía que su sujetador era blanco y de encaje, ya que de vez en cuando se entreveía. Era increíblemente sexy. Se había comportado de manera provocativa y ansiosa, sobre todo por la mañana, cuando lo había despertado con sus dedos curiosos y aquellos besos apasionados.

Y pensar que Kevin quería que la dejara... No podía decírselo.

—La casa está fría —dijo ella, deteniéndose frente al termostato para ajustarlo—. ¿Tienes que irte enseguida?

—Sí —respondió él, y la observó colocando los cojines y apilando unas revistas que estaban perfectamente colocadas—. ¿Caryn?

—Dime.

James se había dado cuenta de que pretendía mostrarse indiferente, a pesar de que todo había cambiado. Había sufrido mucho durante el último año, pero quizá pudiera darle algunas respuestas acerca de Paul, conseguir que le devolvieran su dinero y ayudarla a empezar una nueva vida.

—Voy a hacer todo lo que pueda por ti —le dijo.

—¿De veras?

—Por supuesto.

—Quiero ir contigo —dijo ella, cruzándose de brazos.

134

–No.

–Sí, se trata de mi vida y de mis problemas. Necesito formar parte de la solución.

–Este viaje es sólo para hablar con la policía, no voy a hacer nada más. Johnson no irá a ninguna parte. No hay razón para tener prisa. Además, no podré hacer bien mi trabajo si tengo que preocuparme por ti.

–Eres como él, como Paul. Te gusta asumir riesgos innecesarios.

No le gustó ser comparado con Paul, quien, a los ojos de James, parecía débil. No se había preocupado de cuidar a su familia.

–Yo asumo riesgos calculados –dijo fríamente.

–¡Tienes cicatrices! Las he visto y tocado.

–Estoy vivo.

Dejó escapar un suspiro de frustración, como si no pudiera hacer valer su punto de opinión, y luego se puso de puntillas para besarlo. Él se resistió durante unos segundos antes de tomarla entre sus brazos y devorar su boca, tomando todo lo que le ofrecía y devolviéndole incluso más.

–Tengo miedo de que te hagan daño –susurró–. Mucho miedo. ¿A quién tendría Kevin?

Escuchó sus palabras, pero la ignoró. Quizá Paul no había acabado su trabajo, pero él sí lo haría.

–Tengo que irme –dijo, tomándola de los brazos y apartándose.

–¿Ya? –preguntó ella, tomando su rostro entre sus manos–. Hazme el amor otra vez. Por favor.

Impredecible. Había pasado de enfadada a…

Ella empezó a desabrocharle la camisa.

–No te vayas todavía.

–No tengo mucho tiempo.

–No hace falta mucho tiempo, Jamey.

Era la primera vez que lo llamaba así. La besó

como si fuera la última vez, lo que podía ser si Kevin se interponía entre ellos. James no quería pensar en ello, sólo quería disfrutar de cada curva de su cuerpo. Quería besarla hasta que dejarla sin aliento y amarla hasta hacerla gritar.

La desnudó allí mismo donde estaban y después se quitó la ropa, la tomó en brazos colocando sus piernas alrededor de sus caderas y la llevó al dormitorio. La dejó en medio de la cama y se colocó sobre ella, uniendo sus bocas hambrientas. Luego, se deslizó por su cuerpo, se llevó a la boca uno de sus pezones y después el otro, jugueteando con su lengua.

Después de un rato, continuó bajando. Ella levantó las caderas. Él la saboreó lentamente, tomándose su tiempo. Caryn acarició su cabeza con las manos y se arqueó, disfrutando. Luego, él se colocó sobre ella y la penetró, sintiendo su cálida bienvenida. No quería acabar todavía, pero su cuerpo tenía otros planes. Al poco, ambos llegaron al clímax a la vez.

Él le dio un largo y cálido beso, ya que parecía estar tan seria como antes de que se fueran a la cama.

–¿Prometes que no harás nada todavía?

–No puedo prometerte nada, Caryn. Ya te he dicho cuál es el plan. Además, no puedes faltar a tu trabajo. Me dijiste que podías perder el empleo si faltabas.

–¿Sabes cuántos restaurantes hay en esta ciudad? Tres mil. ¿Crees que no podré conseguir otro trabajo?

–¿Tan bueno?

–Incluso mejor.

–Entiendo que Kevin esté enfadado conmigo, pero tú no.

–¿Puedo llamarte?

–Cuando quieras.

–No te enfades –dijo ella con una sonrisa.

136

–No me enfado.

Deseaba decirle lo guapa que estaba, pero eso sólo complicaría las cosas. ¡Como si acostarse con ella no complicara ya las cosas! No había usado ningún método anticonceptivo, ni siquiera se había acordado. Ella tampoco había dicho nada. ¿En qué estaba pensando? ¿Qué pasaría si tenían un bebé? Bueno, ya no había nada que hacer. Aquel pensamiento hizo que volviera a imaginarse de nuevo una familia.

Le dio un beso de despedida. El destino haría lo demás.

137

Capítulo Doce

–Os debo una –dijo James a Nate y Sam mientras esperaban en una sala de juntas al oficial de tráfico que había investigado el accidente de Paul–. Sé que tenéis otros asuntos de los que ocuparos.

Al fin y al cabo, eran los dueños de ARC y él, tan sólo, uno de sus empleados.

–En primer lugar, estamos mirando por nuestro propio bien –dijo Sam. En segundo lugar, es entretenido ver cómo haces el ridículo –añadió, mirando a Nate–. Nosotros también hemos pasado por lo mismo. No sé Nate, pero yo no me di cuenta de lo tonto que estaba cuando me enamoré de Dana. Necesitas alguien a tu lado, porque no piensas con claridad.

Nate rió.

–Estoy de acuerdo.

James había hablado de sus preocupaciones con Cassie, pero aquéllos eran sus jefes. No podía hablarles de su relación con Caryn o de la razón que había detrás de todo aquello. ¿Qué le dirían? ¿Que hiciera lo que creyera que tenía que hacer y que Kevin ya cambiaría de opinión? No quería eso. Quería que Kevin le aceptara primero, pensó mientras observaba al sargento Hal Bodine entrar y dejar un expediente en la mesa frente a James. El oficial se quedó de pie. Tendría unos cincuenta años y parecía estar en buena forma física.

–Me acuerdo de este caso –dijo Bodine–. Sólo he traído el expediente para enseñarte las fotos. El hijo de la víctima no dejaba de venir y hacerme toda clase de preguntas.

James abrió el expediente y lo giró para que Sam y Nate pudieran verlo también.

—Kevin, el hijo de la víctima, no vio las fotos, ¿verdad?

Bodine se quedó mirando a James.

—No.

Leyeron y hablaron acerca del informe. Al parecer había estado lloviendo y el día anterior un camión de carga había volcado justo en esa misma curva.

—Imaginé que Brenley derrapó y no pudo recuperar el control. Seguía habiendo algo de grava y de arena del camión, y además, el suelo estaba mojado.

—¿No pudo ser que alguien lo golpeara y huyera? —preguntó Sam.

Bodine suspiró, como si hubiera hablado del mismo asunto una docena de veces antes.

—Las motos no dejan tantas pruebas como los coches. Pero todavía podemos sacar alguna conclusión. La mayor parte del daño estaba en el lado izquierdo de la moto, como pueden ver. Derrapó y nunca pudo recuperar el control.

—¿Comprobó que no le golpearon? —preguntó James.

—Comprobé todo.

—No pretendía ofenderlo, sargento —dijo James—. Necesito aclararlo para tranquilizar al hijo.

—El muchacho ha venido a verme cinco o seis veces. ¿Qué se supone que debo decirle? Según él, su padre conocía a la perfección esa carretera y era muy prudente. Yo también conozco esa carretera, y he estado a punto de perder el control en esa curva en dos ocasiones. No hay nada que demuestre que recibiera un golpe, bien intencionado o bien fortuito, pero no lo creo. No encontré nada que lo indicara.

–¿Hay algo que demuestre que frenó? –preguntó James.

–¿Insinúa que él mismo provocó el accidente? –preguntó Bodine, arqueando las cejas.

–Lo estoy preguntando, no afirmando.

El sargento se rascó la mejilla y comenzó a revisar las fotos hasta que se detuvo en una.

–No quedaron marcas en el suelo, pero la carretera estaba mojada –le recordó–. Personalmente, si fuera a dar mi último paseo, no lo haría ahí, lo haría un par de kilómetros más arriba. Si Brenley conocía la carretera tan bien como dice su hijo, también lo habría sabido.

James asintió.

–¿Cree que eso tranquilizará al muchacho? –preguntó Bodine.

–Haré lo que pueda para convencerlo –dijo James, levantándose y extendiendo su mano–. Muchas gracias.

Pensó en Caryn y en Kevin. También en Venus, quien probablemente era una víctima como ellos. ¿Qué debía hacer a continuación? No tenía ninguna duda.

James tomó el último avión a San Francisco esa noche. Había sido el domingo más largo de su vida. Debería irse a casa, meterse en la cama y dormir lo suficiente. Miró el reloj del salpicadero mientras conducía por la autopista, dejando atrás el aeropuerto. Era casi medianoche. Deseaba ver a Caryn y contarle lo que habían decidido hacer. Podía decírselo por teléfono, pero prefería hacerlo en persona porque necesitaba estar con ella.

Su teléfono móvil sonó y supo que era ella sin siquiera mirar la pantalla.

–Hola, misteriosa.

–¿Cómo sabías que era yo?

–Lo he adivinado. ¿Cómo estás?

Aunque estaba seguro de que no había pasado nada en su ausencia, se sentía preocupado como cualquier hombre por la mujer que amaba.

–Bien, pero no tengo sueño. ¿Quieres venir?

–Kevin…

–Se fue a dormir hace un par de horas. Sólo quiero hablar contigo. No puedo esperar a mañana.

Y él quería abrazarla, besarla y dormir junto a ella. Eso era todo: dormir. Pero no podía hacerlo, nunca podría hacerlo.

–Por favor –añadió ella. Tenía que aprovechar la oportunidad mientras pudiera.

–Está bien. Estoy ahí en veinte minutos.

–Te estaré esperando. No tendrás que llamar a la puerta.

–Enseguida nos vemos –dijo, abriendo su corazón al dolor.

Sabía que tendría que vivir de aquella manera. Su hijo y la madre de su hijo eran lo primero, ahora y siempre.

–¿Quieres tomar algo? –preguntó Caryn, después de que James se sentara a la mesa de la cocina–. ¿Has cenado?

–Una hamburguesa en el aeropuerto. Lo que ahora mismo me apetece es un chocolate caliente.

–¿Comida casera? –preguntó ella, mirándolo.

No la había abrazado al llegar. Caryn estaba deseando saber lo que pasaba. En dos ocasiones durante el día, la había evitado con vagas excusas.

–Ha sido un día muy largo –dijo él.

Caryn puso leche en una cacerola y sacó un bote de chocolate en polvo. Así estaría ocupada y esperaría a que fuera él el que empezara a hablar, aunque no podía evitar la curiosidad que sentía.

—Fue un accidente, Caryn.

Ella se llevó las manos al rostro, dejando caer al suelo la cuchara.

—¿Estás seguro?

—Seguro.

No le había oído moverse, pero allí estaba, junto a ella. Sus brazos la rodearon, reconfortándola. Por fin iba a poder recomponerse, y todo gracias a James. El dolor había dejado paso al recuerdo de los buenos momentos en vez de a los malos. Ahora, podría recordar a Paul con cariño.

Después de unos momentos, ella se retiró y tomó un pañuelo. James se agachó a recoger la cuchara y sacó otra limpia del cajón.

—Y ahora, ¿qué hacemos? —dijo, secándose las lágrimas antes de guardar el pañuelo.

—¿Quieres oír cuál es mi plan? —dijo él con un brillo divertido en los ojos.

—Debemos poner fin a todo esto antes de que nada más ocurra. ¿Qué te parece si convencemos a Venus para que hable con su hermano y le diga que va a prestar declaración? —dijo él con expresión seria—. Seguro que enseguida vendrá desde Los Ángeles dispuesto a llevársela a su casa. Pero yo estaré allí escondido y lo retendré hasta que acceda a devolverte los quinientos mil dólares que te debe, incluyendo los intereses. Cuando devuelva todo, entonces lo dejaré marchar.

Ella sonrió ante lo ridículo de su idea, feliz de que la hubiera hecho cambiar de estado de ánimo. James siempre parecía darse cuenta de cuáles eran sus necesidades.

—¿No le darás la opción de entregarse?

—No sé por qué, pero no me lo imagino entregándose —respondió él, sonriendo.

–Entonces, ¿no vas a llamar a la policía?

–Sólo complicaría las cosas. Al menos, eso es lo que pasa siempre en las películas.

–¿Puedo hacer algo?

–No veo por qué no –dijo él, apagando la lumbre–. Acércame un par de tazas.

Caryn las sacó de una de las gavetas y se las dio.

–¿Qué ha sido eso? –preguntó James de repente.

–¿El qué?

–Ese ruido.

–Habrá sido el sonido de las tazas sobre la encimera.

–No –dijo James, dejando a un lado la cacerola para asomarse al salón y las escaleras.

Ella lo siguió.

–No he oído nada –dijo ella. Volvieron a la cocina y se sentaron a tomar el chocolate–. Ahora, hablando en serio, ¿cuál es el plan?

–¿Acaso no te ha gustado el que te he contado?

–Bueno, espero que dejes que la policía haga su trabajo.

Si James estaba considerando la posibilidad de perseguir a Johnson, estaba dispuesta a hacer lo que hiciera falta para que no corriera ningún peligro.

–¿Por qué dices eso?

–Porque confío en el sistema.

–¿A pesar de que no te pusieras en contacto con la policía cuando te estaban sobornando?

–Pero ya he aprendido la lección. Tenemos suficientes pruebas, ¿verdad?

–Quizás, depende de sus abogados. Tengo que ser franco contigo y no quiero que te hagas falsas esperanzas: puede que nunca recuperes el dinero. Es posible que aunque sea condenado, no te pague. Es difícil saberlo.

–Tengo todo lo que necesito, Jamey.

–Esta mañana no decías lo mismo. Querías que te devolviera el dinero.

–He tenido tiempo para pensar y he decidido cuáles son mis prioridades. Sería estupendo recuperar el dinero, pero eso no importa.

–¿Qué es lo que importa?

–El hogar, la familia, la buena comida, los amigos, la paz mundial –respondió ella, sonriendo.

–Eres única –dijo él, rodeando la mesa y besándola.

–Tengo que irme a dormir –dijo él–. Llamaré a Kevin antes de que se vaya a clase y quedaremos en encontrarnos los tres a eso de las tres y media, a menos que quieras que hable con él a solas.

–¿Vas a decirle algo que no me hayas dicho a mí?

–No.

–Entonces, habla con él cuando quieras. Estoy segura de que si no le llamas tú, te llamará él.

Se tomaron de la mano y caminaron juntos hasta la escalera.

–No hace falta que me acompañes.

–Tengo que hacerlo. Quiero cerrar la puerta con llave.

Al pie de la escalera, Caryn se quedó a la espera de un beso. No sabía cuánto tiempo pasaría hasta que Johnson fuera arrestado. Quizá días, incluso semanas. Hasta entonces, la incertidumbre se mantendría, pero al menos, algunas de sus preguntas habían obtenido respuesta. Y ahora, estaba frente a una de ellas. ¿Qué pasaría entre James y ella? No sabía qué pensar, pero, por absurdo que fuera, de algo estaba segura y era de que se había enamorado de él.

Capítulo Trece

El sonido del teléfono sacó a James de su profundo sueño al instante. Lo descolgó enseguida, mirando la hora. Eran las seis menos cinco.

–Venus ha llamado para decir que estaba enferma.

–¿Cuándo? –dijo él, incorporándose.

–Ahora mismo –dijo Caryn, susurrando, como si temiera ser oída.

–¿Has hablado con ella?

–No, ha hablado con Rafael.

–¿Qué ha dicho que le pasaba?

–No lo sé, Rafael no me lo ha dicho.

–Está bien. Voy a intentar ponerme en contacto con ella. Quizá todo lo que está pasando le esté afectando.

–Te llamaré más tarde.

James colgó, buscó el número de Venus y la llamó. El contestador automático saltó.

–Venus, soy James. Si estás ahí, por favor, contesta –dijo, y después de quedarse a la espera durante largos segundos, colgó el auricular. Presentía que algo no iba bien.

Se vistió, decidido a ir a verla, a pesar de que su apartamento estuviera a más de media hora en coche en un día normal. Pero aquel día, el tráfico estaba imposible y tuvo tiempo de pensar en lo que haría el resto del día mientras conducía. Después de hablar con Kevin, iría a la oficina a revisar los detalles con Cassie y Quinn y probablemente con Nate y Sam a través de videoconferencia. A continuación, se pondría en contacto con el fiscal del distrito de Johnson y, aunque dejara que hiciera su trabajo, se mantendría al tanto. Por la experiencia que tenía, había aprendido a mantener buenas relaciones con la policía y con los fiscales de distrito. Sabía que no les gustaban las interferencias en su trabajo, pero siempre agradecían una ayuda.

Estaba a punto de llegar al apartamento de Venus, cuando recibió una llamada.

–Soy Kevin.

–¡Hola! Iba a llamarte para…

–Creo que tenemos problemas –dijo el muchacho entre susurros.

–¿Tenemos?

–Sí, Venus y yo.

–¿Dónde estáis?

–En mi apartamento.

James giró el coche en dirección este.

–Acabamos de llegar de casa de Venus, después de darnos cuenta de que lo que habíamos hecho era…

Sus palabras se entrecortaron.

–¿Qué estabais haciendo allí? –preguntó James. Se encontraba de nuevo en mitad del tráfico.

–Te estuve esperando anoche. Oí algo de lo que le dijiste a mamá, ya sabes, tu plan para atrapar a Johnson.

Aquel estúpido comentario que le hizo a Caryn resonó en su cabeza.

–¿Qué has hecho? –preguntó James, adelantando bruscamente a un coche por la derecha.

–Fui a ver a Venus inmediatamente y decidimos hacerlo nosotros mismos, tal y como tú lo habías planeado. Pero… –dijo, deteniéndose–, ahora estoy un poco asustado. Ni siquiera tengo una pistola. Creo que hemos sido unos estúpidos. ¿Podrías…

146

–Estoy de camino, Kevin. Ahora, escúchame. Salid de ahí, ahora sabe dónde vives. ¿Estás hablando por el teléfono móvil?

–Sí.

–De acuerdo. Espera un minuto. Quédate ahí hasta que te diga.

–Está bien.

El miedo que transmitía su voz preocupó a James.

–Todo va a salir bien. Espera –dijo, y dejó a Kevin a la espera mientras llamaba a la policía para pedirles que enviaran un coche patrulla–. Kevin, continúa hablando conmigo. Salid del apartamento ahora, meteros en el coche y poneros en marcha.

–¿Adónde?

–No importa, simplemente conduce.

–Está bien. Venus, vámonos.

De pronto, James oyó gritar a Venus y el sonido de una puerta que se cerraba de golpe.

–¡Johnson está aquí!

–¿Te ha visto?

–No lo sé.

–Sal por la puerta de atrás y busca a tu madre. Quedaros en un armario y no hagáis nada, ¿de acuerdo?

–Sí. Siento que…

–¡Vete! Deja el teléfono encendido, estoy a dos minutos.

–Acaba de romper el cristal y está entrando por la puerta de atrás.

–Mantened la calma. No sabe que estáis ahí.

–Mi coche está aparcado en frente.

Por una vez, el muchacho había aparcado justo delante de su casa.

–No digas nada a menos que estés frente a él.

James aparcó frente al dúplex y, sin preocuparse de cerrar la puerta, salió corriendo del coche en dirección hacia el lateral de la casa. Lentamente, subió las escaleras.

–Voy a guardar el teléfono. No salgáis del armario, pase lo que pase. ¿Entendido?

–Sí, entendido.

James se guardó el teléfono en el bolsillo y dudó si sacar el arma. Aunque Venus había asegurado que su hermano no solía llevar armas, no podía fiarse esta vez. Johnson buscaba salvarse y podía estar desesperado. Probablemente, se la llevaría con él y ambos permanecerían ocultos.

Llegó a lo alto de la escalera. Entonces, oyó la sirena acercarse a toda velocidad. Por fin había llegado apoyo. De pronto la puerta se abrió, golpeando a James. Un chico desgarbado lo empujó, haciéndolo rodar escaleras abajo. Cuando por fin se detuvo, sintió que todo el cuerpo le dolía. Trató de moverse, pero no pudo.

Johnson corrió escalones abajo y trató de pisotearlo. Entonces, James lo tomó de la pierna y lo hizo caer de bruces al suelo. Por el grito que dio y la manera en que se llevó las manos al rostro, se imaginó que le había roto la nariz.

De pronto, aparecieron dos policías armados.

–Ahí está vuestro hombre –dijo James antes de perder el sentido.

Había movimiento al otro lado de la cortina de la sala de emergencias.

–No dejaré que me detengan –oyó que decía una mujer a la que enseguida reconoció, y sonrió, a pesar de que se sentía aturdido por la medicación.

De pronto apareció junto a él, con lágrimas en los ojos.

–¿Estás bien? –preguntó ella.

–No me puedo quejar, la vida me trata bien –respondió James, estirando las palabras–. Tengo claras cuáles son mis prioridades.

Caryn apoyó el rostro sobre su pecho y comenzó a llorar. Él acarició su espalda, reconfortándola.

–Dijiste que no ibas a tener más cicatrices.

–¿Acaso quedan cicatrices en los huesos? No mentí cuando dije eso.

–¿Cómo puedo agradecerte lo que has hecho, Jamey? –dijo, poniéndose seria–. Has estado a punto de perder la vida por mi hijo.

–Es mi hijo también.

Caryn empezó a llorar de nuevo y lo besó dulcemente.

–Está bien, señor Paladin –intervino la enfermera–. Es hora de dar un paseo hasta el quirófano –añadió, y con la ayuda de otra compañera comenzó a empujar la camilla fuera del cubículo.

–Te quiero, Caryn –dijo él mientras se alejaba, y le pareció escucharla decir que ella también lo quería, pero estaba aturdido. De todas formas, decidió convencerse de que así había sido antes de que la anestesia comenzara a hacer su efecto.

James pidió que no dejaran entrar a ningún visitante en la sala de recuperación. Necesitaba despejarse antes de hablar con Caryn, Kevin y Venus.

No sabía qué hacer. ¿Le habría dicho Caryn que lo quería? Todavía no estaba seguro. Además, aún tenía que ocuparse de Kevin. Aunque había madurado en poco tiempo, James no quería que lo aceptara sólo porque lo había ayudado. Quería ser aceptado por quién era y no por lo que había hecho.

Más tarde, fue llevado en silla de ruedas hasta la sala de espera. Caryn, Kevin y Venus se pusieron de pie al verlo y corrieron hacia él.

Tras unos segundos de duda, Kevin alargó la mano y la apoyó en el hombro de James.

–¿Estás bien?

Aquel gesto significaba para James más que lo que las palabras podían expresar.

–Sí –dijo. Apenas podía articular palabra por la felicidad que lo invadía–. ¿Nos vamos?

Después de ciertas maniobras, por fin se sentó en el asiento trasero del coche de Caryn. Luego, le llevó cierto tiempo subir los escalones de su casa mientras trataba de arreglárselas con las muletas. Cuando finalmente se sentó en el salón, su frente estaba cubierta de gotas de sudor. Necesitaba tomar algo para el dolor, pero quería tener la mente despejada, así que esperó.

–¿Dónde está tu hermano? –preguntó a Venus.

–Está en la cárcel. Dice que no pensaba hacer daño a nadie.

–¿Ha reconocido que se quedó con el dinero de Caryn?

Venus negó con la cabeza.

–¿Ha admitido su culpabilidad?

–¿Piensas testificar contra él? –preguntó a la joven. Parecía haber envejecido durante los últimos días y se la veía triste.

–¿Tengo que hacerlo?

–Depende de lo que sepas. ¿Qué es lo que realmente sabes?

No parecía saber demasiado, al menos no lo suficiente para que su hermano fuera condenado.

–Todo lo que sé son especulaciones.

–¿Qué quieres hacer, Venus? –dijo Caryn, dando un paso hacia ella, como si fueran las únicas personas en la habitación.

–Quiero desaparecer como mi madre.

–Si quieres, puedo ayudarte. De hecho, sé exactamente dónde puedo enviarte.

Alivio, esperanza y duda asomaron a su rostro.

–¿Dónde?

–Con alguien que conozco. Creo que él también te necesita.

Sí, Venus podría hacerle mucho bien. Quizá podría cambiar su vida. Si la dulce Venus no podía hacerlo, nadie podría.

–¿Estás segura de que quieres dejar tu pasado atrás?

–No tengo un gran pasado.

–Está bien, arreglaremos el viaje tan pronto como hables con los abogados.

Después de darle las gracias, Venus se fue a la cocina a esperar a Kevin.

El muchacho miró a su madre.

–¿Quieres quedarte a solas con él? –preguntó Caryn a Kevin.

–No creo que sea el momento de guardar secretos.

James sonrió. Sí, era evidente que Kevin había madurado.

–Gracias –dijo Kevin.

–De nada.

–Hace quince días te dije algunas cosas… –continuó Kevin–. Te pedí que te alejaras de nosotros.

James miró a Caryn y se dio cuenta de que contenía una exclamación.

–Lo retiro.

–¿Por qué? –preguntó James, sintiéndose aliviado.

–Porque ahora todo es diferente.

–¿Por qué? ¿Qué ha cambiado? No lo hagas porque te sientas obligado. No quiero este tipo de gratitud.

–No quiero que mi madre vuelva a sufrir. Además, te he oído decirle que la querías y no creo que vayas a hacerle daño.

–¿Es por eso, porque quiero a tu madre?

«Dime algo más, Kevin», pensó James.

Kevin se agitó, bajó la cabeza y luego miró a James a la cara.

—Lo que te dije en un principio era cierto. No quiero otro padre. Quería a mi padre, a pesar de lo que hiciera. Me ofreciste ser mi amigo. ¿Podemos empezar por ahí?

Era un comentario franco y honesto por parte de Kevin.

—Lo estoy deseando.

Kevin se inclinó y lo abrazó. La mirada de James se cruzó con la de Caryn, que sonreía con los ojos llenos de lágrimas.

—Voy a llevar a Venus a casa —dijo Kevin, y dirigiéndose a su madre, añadió—: Si quieres quedarte aquí cuidándolo, te entiendo.

—Sí, me quedaré. Gracias —dijo, y abrazó a su hijo—. Te quiero.

—Yo también te quiero, mamá.

Un minuto más tarde, la puerta se cerró. Caryn se quedó donde estaba.

—¿Quieres comer o beber algo?

Él sacudió la cabeza y le hizo un gesto para que se sentara a su lado.

—Pareces estar a punto de salir corriendo.

Eso era lo último en lo que estaba pensando, pero no lo dijo. Sólo estaba nerviosa. Ahora, James no estaba bajo la influencia de los analgésicos ni de la situación por la que había pasado.

Caryn se sentó. Se había asustado mucho cuando Kevin la llamó para decirle que James estaba en el hospital, inconsciente. Apenas había podido entender lo que le decía. No había dejado de decir que era culpa suya. Más tarde, cuando volvieron a hablar mientras esperaban a que la operación de James terminara, le contó que había intentado tomarse la jus-

152

ticia por su mano. Él había sido el culpable de lo que le había pasado a James y había aprendido la lección.

–No estás muy habladora, mujer misteriosa.

–No sé por dónde empezar.

–¿Nada de darme las gracias, de acuerdo?

Ella asintió y después de un momento, tomó su mano y la estrechó.

–Te quiero –dijo.

Él cerró los ojos durante unos segundos.

–Yo también te quiero.

–Tenía tanto miedo...

–Cásate conmigo.

–¿Qué?

–Que te cases conmigo. Mañana, la semana que viene, cuando sea, pero cásate conmigo.

–Jamey, apenas nos conocemos.

Él tomó su rostro entre sus manos.

–Sabes que funcionará.

Lo sabía, pero ¿por qué tanta prisa?

–Quiero acostarme contigo –dijo–. No quiero que Kevin sepa que no hemos esperado hasta la boda. Y no puedo esperar mucho más, Caryn.

–Se preguntará por qué tenemos tanta prisa. Al menos, deberíamos esperar a que te quiten la escayola.

–¿Y si se lo pregunta, qué más da? Si no me besas enseguida...

Ella se acercó a él y lo besó apasionadamente, sintiendo el amor que había entre ellos.

–Me casaré contigo –dijo un minuto más tarde, con la frente apoyada en la de él–. ¿Quieres tener hijos?

–Si es posible, desde luego. Tengo algo de lo que hablarte, pero lo haré más tarde –dijo James, y tomó las muletas–. Ayúdame a llegar al sofá para que pueda abrazarte.

153

Cuando estuvo acomodada entre sus brazos, cerró los ojos y disfrutó del momento.

—Ésta debe de ser la relación más extraña del mundo.

—Creo que es cosa del destino.

—Nunca hubiera imaginado que creyeras en esas cosas.

—Hay muchas cosas de mí que todavía no conoces. E imagino que al contrario.

—Eso hará que todo sea más interesante durante más tiempo.

—¿Caryn?

—Dime.

—Siempre habrá un hueco en nuestras vidas para Paul.

Su corazón se detuvo. No era de extrañar que se hubiera enamorado de él. Lo besó y volvió a decirle lo mucho que lo amaba. Era el principio de la segunda parte de su vida.

Epílogo

–¿Papá?

James retiró la vista de la barbacoa. Era un día de octubre, cálido y brillante.

–¿Qué pasa, Kevin?

–Mira a Emma.

James dirigió la mirada hacia su hija de un año. Acababa de dar un mordisco a un tomate con los únicos seis dientes que tenía, manchándose su recién estrenada camiseta.

James rió.

–¿Quieres ocuparte de la barbacoa o prefieres atender a tu hermana?

–Me quedo con la barbacoa. Necesita que le cambien los pañales –dijo Kevin, tomando la espátula.

James disfrutaba teniéndole en casa, ya que el muchacho se había quedado a vivir en el dúplex para mantener su independencia.

En los dos años que llevaban casados Caryn y James, se habían convertido en una familia tan unida como cualquier otra, incluso más debido al modo en que habían llegado a aquella situación.

–¡Emma! –exclamó Caryn, saliendo al patio.

–Mamá –balbuceó la pequeña, sonriendo. Alargó los brazos para que la sacara de la silla y le ofreció el tomate a Caryn.

–Humm, es tan bueno como tú, preciosa –dijo Caryn, dándole un beso.

James se unió a ellos y dio un mordisco al tomate.

–Papá, creo que estas hamburguesas están hechas.

James tragó saliva. En ocasiones, momentos como aquél le llegaban al corazón. Era afortunado, muy afortunado. Lo tenía todo.

Besó a su esposa y a su hija, tomó la fuente de panecillos y se acercó a su hijo. Sí, lo tenía todo.

DESEO

SUSAN CROSBY

LAS REGLAS DEL DESEO

Lo habían contratado para vigilar a la hermana de Claire Winston, pero Quinn Gerard se dio cuenta de que estaba siguiendo a la mujer equivocada cuando se encontraron cara a cara...

Sabiendo que Claire lo conduciría hasta su presa, Quinn decidió no separarse de ella, pero al hacerlo estaba arriesgando mucho más de lo que imaginaba…

N.º 538

CORAZÓN DE OLVIDO

Heath Raven llevaba años aislado, pero eso no le impidió tener un hijo. Desesperado por encontrar al pequeño, contrató a una investigadora llamada Cassie Miranda, una mujer que despertó el deseo que había reprimido durante años. Cassie intentó que su relación con Heath fuera solo profesional, pero después de encontrar a su hijo, no soportaba la idea de marcharse de su lado...

DOS EXTRAÑOS Y EL AMOR

James Paladin había accedido a donar esperma para la mujer de su mejor amigo, pero con tres condiciones: Caryn Brenley nunca sabría quién era realmente el padre, él no se pondría en contacto con su hijo y cuando el muchacho cumpliera los dieciocho años, saldrían a la luz todos los secretos…

DESEO
KATHERINE GARBERA

UNA BELLEZA EN LA CAMA

Una declaración de amor en una limusina era lo último que
necesitaba Sarah Malcolm. Era cierto que Harris Davidson
era rico, poderoso y muy sexy, pero
también le había dejado muy claro
que en su vida no había sitio para
el amor.

Teniendo que cuidar a sus hermanos y dirigir el restaurante, Sarah no
entendía por qué no podía dejar de
pensar en aquel hombre.

N.º 540

UN ASUNTO DEL CORAZÓN

Con solo oír la campanada de medianoche, CJ Terrence recordó que,
a pesar del vestido de alta costura,
seguía siendo la vulgar estudian-
te deseosa de creer en cuentos de hadas. Años atrás, el
empresario de cuyo negocio dependía la carrera de CJ se
había hecho amigo suyo y después la había traicionado.
Pero ahora acudía en busca de su perdón... y de sus besos.
CJ deseaba sus besos y sus caricias, como siempre. Y algo
le decía que una extraña hada madrina le había dado una
segunda oportunidad...

CHRISTINE MERRILL

El mayor pecado

Después de haber pasado seis años creyendo una mentira sobre su origen, y condenado a un infierno personal, el doctor Samuel Hastings se enfrentó por fin al objeto de sus deseos, la única mujer a la que nunca podría tener…

Lady Evelyn Thorne estaba a punto de casarse con el muy conveniente duque de Saint Aldric cuando una impresionante verdad fue revelada… ¡y a partir de aquel momento, Sam se convirtió en un hombre diferente y no le daba tregua con tal de seducirla!

El pecado de amar

El honorable y para colmo atractivo Michael Poole, duque de Saint Aldric, se había ganado a pulso el apodo de "El Santo". Pero la al-

ta sociedad se habría estremecido si hubiera sabido la verdad. ¡Porque, lanzado al libertinaje, aquel santo se había convertido en un pecador impenitente!

Con la aparición de la institutriz Madeline Cranston, embarazada de su heredero, Saint Aldric buscó redimirse por medio de un matrimonio de conveniencia. Pero la misteriosa Madeline estaba lejos de ser una sumisa duquesa…

No. 80

JAZMÍN™

BETTY NEELS
HISTORIA DE AMOR EN INVIERNO

Claudia Ramsey estaba muy agradecida al señor Thomas Tait-Bullen por todo lo que había hecho por su tío abuelo, por eso aceptó encantada su proposición de casarse con él por conveniencia. Pero se acercaban las navidades y Claudia estaba empezando a romper todas las normas... ¡se estaba enamorando de su marido!

TRISH WYLIE
AMIGOS Y AMANTES

Ryan y Molly llevaban toda la vida siendo amigos, pero el juego infantil empezó a volverse peligroso cuando él la retó a fingir que estaban saliendo juntos... y ella aceptó.

La primera regla del juego que impuso Ryan era que debían besarse mucho para que pareciera real. Así fue como dos buenos amigos se convirtieron en dos buenísimos amantes... Y como Molly se dio cuenta de que aquella apuesta era mucho más adecuada de lo que ella había previsto.

N.º 573

PATRICIA FORSYTHE
PROTEGER A LA PRINCESA

Estaba claro que la nueva misión de Reeve Stratton se salía de lo habitual. La princesa Anya Chastain de Inbourg tenía una mirada que podría reducir a cenizas a cualquier hombre, pero en realidad no era la niña consentida que él pensaba. Era una mujer bella e inteligente que trataba con verdadero amor a su hijo, a su familia y a su país. Hacerse pasar por su prometido no era ningún esfuerzo para Reeve; solo tenía que bailar y flirtear con ella... e incluso besarla, y todo por el bien del pueblo. El problema era que aquellos besos le parecían demasiado reales... y esa vez era él quien corría peligro... ¡de enamorarse!

JULIA™

TERESA SOUTHWICK
UNA PROPOSICIÓN INCREÍBLE

A pesar de que Ryleigh Evans ya no sentía nada por su exmarido, estaba segura de que era el hombre perfecto para darle el hijo que ella siempre había querido tener. Sin embargo, seguía existiendo atracción entre ellos, aunque Ryleigh se negaba a creer que el sexy pediatra la dejara llegar a su corazón…

Nick Damian se quedó de piedra al ver aparecer a su exmujer para ofrecerle una oportunidad única. No dudó en aceptarla. Ya había dejado escapar a Ryleigh una vez y no quería volver a cometer el mismo error.

N.º 468

LEANNE BANKS
PASIÓN EN PALACIO

Cuando a Eve le ofrecieron ser la responsable de las caballerizas del reino de Chantaine, le pareció una oportunidad que no podía desperdiciar. Eran unos caballos impresionantes, como el entorno, aunque había un inconveniente: el príncipe Stefan, quien sería su apuesto, pero desquiciante, jefe.

Stefan estaba decidido a ser un gobernante de verdad, no como los playboys que lo habían precedido. Sin embargo, la increíble texana que acababa de contratar conseguía que pensara todo el rato en otra cosa. Nunca había conocido a una mujer que le pusiera tanto a prueba… o que fuera tan irresistible.

BIANCA.

LYNN RAYE HARRIS

EL PRÍNCIPE Y LA PRINCESA

El príncipe Cristiano di Savaré no tenía escrúpulos a la hora de conseguir sus propósitos. Su objetivo del momento, Antonella Romanelli, formaba parte de una dinastía a la que él despreciaba... Antonella se vio turbada por el poderoso atractivo de Cristiano. Sin embargo, no se fiaba de él. Pero Cristiano tenía un plan para lograr que se sometiera a sus deseos.

Si para conseguirlo tenía que acostarse con ella, su misión sería aún más placentera...

CORAZONES DE DIAMANTE

Francesca d'Oro solo tenía dieciocho años cuando el sexy y misterioso Marcos Navarro se casó con ella. Luego, antes de que se secara la tinta del certificado de matrimonio, la abandonó. Aunque le había regalado un anillo de compromiso, a cambio, él robó una

N.º 475

joya mucho más valiosa: El Corazón del Diablo, un espectacular diamante amarillo que, según creía Marcos, había pertenecido antiguamente a su familia.

Años más tarde, Francesca decidió recuperar la joya, pero había olvidado que el nombre del collar era perfecto para Marcos... y que hacer tratos con el diablo era extremadamente peligroso.

¡YA EN TU PUNTO DE VENTA!

BIANCA.

ANNIE WEST
UN PRÍNCIPE DE ESCÁNDALO

Raul, príncipe de Maritz, estaba furioso porque una ley arcaica lo obligaba a casarse. Perseguido por el escándalo, sabía que casarse con la recién descubierta princesa Luisa Hardwicke ayudaría a la estabilidad de la monarquía.

Pero Luisa era una chica de campo y muy directa, así que no iba a ser fácil ganársela. Aunque había refinado sus modales, retaba a Raul siempre que tenía ocasión. Y él, por su parte, jamás habría imaginado que desearía tanto que llegase la noche de bodas…

N.º 474

CATHY WILLIAMS
TEMOR A AMAR

Trabajando para Luc Laughton, Agatha Havers se encontraba fuera de su elemento. Siempre escondida bajo anchos jerséis, era totalmente invisible para su jefe. Hasta que Luc descubrió las excitantes curvas que Agatha había estado escondiendo…

Agatha se encontró viviendo un cuento de hadas… hasta que un giro inesperado en su relación la devolvió bruscamente a la realidad.

HELEN BROOKS
DEUDA DEL CORAZÓN

Toni George necesitaba un trabajo para pagar las deudas de juego que su difunto marido había acumulado en secreto. Con dos gemelas pequeñas, no tuvo más remedio que aceptar un trabajo con el *playboy* Steel Landry.

Steel se sintió intrigado y algo más que atraído por la bella Toni, aunque sabía que estaba fuera de su alcance...

¡YA EN TU PUNTO DE VENTA!

DESEO

¿Creía que le besaría y
que luego aceptaría sus condiciones?

UN ENCUENTRO ESCANDALOSO

JULES BENNETT

N.° 224

De vuelta en la ciudad después de dieciséis años, Maty
Taylor, abogada de Tennessee, tenía que persuadir a su
examante, el multimillonario fabricante de *bourbon* Sam
Hawkins, para que vendiera su destilería de valor incal-
culable. Una tarea muy difícil, ya que Maty estaba siendo
chantajeada para que consiguiera persuadirlo.

Percibiendo los problemas, Sam rechazó la oferta, incluso
cuando un renovado deseo surgió entre ellos. Pero ¿haría
su secreto oculto que le costara una segunda oportunidad
con Maty?